अग्निबीज

(उपन्यास)

अग्निबीज

मार्कण्डेय

लोकभारती प्रकाशन

पहली मंजिल, दरबारी बिल्डिंग, महात्मा गाँधी मार्ग, इलाहाबाद-1

लोकभारती प्रकाशन
पहली मंजिल, दरबारी बिल्डिंग, महात्मा गांधी मार्ग
इलाहाबाद-211 001
वेबसाइट : www.lokbhartiprakashan.com
ईमेल : info@lokbhartiprakashan.com
शाखाएँ : 1-बी, नेताजी सुभाष मार्ग, दरियागंज
नई दिल्ली-110 002
अशोक राजपथ, साइंस कॉलेज के सामने
पटना-800 006 (बिहार)
36-ए, शेक्सपियर सरणी
कोलकाता-700 017

द्वितीय संस्करण : 2015

इण्डियन प्रेस प्राइवेट लिमिटेड
इलाहाबाद द्वारा मुद्रित

AGNIBEEJ
by Markandey

ISBN : 978-81-8031-985-3

मूल्य : ₹ 300

माई की स्मृति में

'अग्निबीज' स्वतंत्रता के बाद, '५३-'५४ के आस-पास के ग्रामीण संदर्भों में उभरते पात्रों की सामाजिक, राजनैतिक चेतना की विकास-यात्रा को रेखांकित करने वाले कथानक का पहला उपन्यास है।

अग्निबीज

‘तुम कैसे खड़े हो, मुराद!’ भाईजी ने अपने हाथ की छोटी धुनकी रोककर गरदन सीधी करते हुए पूछा, ‘करघा चला लेते हो? बाकर भाई ने तुम्हें कुछ सिखाया या नहीं?’

‘चला तो लेता हूँ, भाईजी। लेकिन जब सूत टूटने लगता है, तो अब्बा डाँटकर भगा देते हैं। कहते हैं,—मन कहीं और है। जा, उठ जा, जाकर खेल!’

भाईजी हो—हो कर हँस पड़े और बगल में पेटी चरखे पर बैठी, सूत कातती भागो बहिन बात को आगे बढ़ाती हुई बोलीं, ‘यही तो बात है, मुराद। बापू ने स्वदेशी को इसी कारण आदमी की पूरी चेतना से जोड़ा है। यह सिर्फ़ आर्थिक जीवन का आधार नहीं, बल्कि सत्य और अहिंसा का पूरा विचार ही इस पर टिका हुआ है। आधे मन से चरखा-करघा का काम नहीं हो सकता।’

‘भागो, पहले इन बच्चों को बैठने के लिए कहो! सारे लोग सभा खतम होते ही तमाशबीनों की तरह चले गये, लेकिन ये बेचारे कताई-यज्ञ देखने के लिए रुके रह गये हैं।’ भाईजी ने मुराद के पीछे खड़े सुनीत और सागर को बुलाते हुए कहा, ‘आ जाओ, इधर बैठ जाओ, बेटे।’ और उन्होंने गोबर से लिपी जमीन पर दो छोटी-छोटी चटाइयाँ बिछा दीं।

श्यामा पहले से ही भीतर खड़ी थी। उसने अपने लिए खुद चटाई बिछा ली।

‘ये सब तुम्हारे साथ ही पढ़ते हैं? ...अरे हाँ,’ वे फिर हो हो करके हँसते हुए बोले, ‘यह तो शायद साधो काका की श्यामा है?’

‘जी’, मुराद बोला, ‘और यह सुनीत है, ज्वाला बाबू का लड़का।’

भाईजी सिर हिलाकर मुस्कुराने लगे। वे बोलने की जल्दी में मुराद का आखिरी वाक्य नहीं सुन पाये।

गले में गमछा लपेटे और फटी हुई बनियान लटकाये, सबसे पीछे खड़ा सागर उनका पुराना परिचित था। दरवाजे पर खड़ा बार-बार नाक सुड़क रहा था। वह अपने साथियों की तरह अन्दर जाकर चटाई पर नहीं बैठा।

भाईजी सुनीत की ओर देखकर बोलते जा रहे थे, ‘एक दिन कोई मुझे बता रहा था कि ज्वाला बाबू का लड़का चरखा बनवाने के लिए माँ के पीछे पड़ गया था। उन्होंने सारे लोहारों-बढ़इयों को दरवाजे पर बुलवाया। लेकिन किसी को चरखा बनाना नहीं आता था। सुना, सुनरी लोहाइन ने अपने लड़के को बहुत समझाया,

लेकिन वह भी चरखा नहीं बना सका। क्यों, बेटा, सच है न!'

सुनीत शरमाकर नीचे देखने लगा।

श्यामा बोल पड़ी, 'यह चाहता तो है, लेकिन सूत कातना इसके बूते का नहीं। चार आदमी तो इसे उठाने-बैठाने के लिए लगे रहते हैं। घर से निकला नहीं कि ताई चिल्लाने लगती हैं—सिर ढँक लो, देखो, बचाकर जाना, धूप न लगे। देख, श्यामा, जरा ध्यान रखना सुनीत का।'

भागो बहिन हँस कर बोलीं, 'जैसे तुम तो कात ही लेती हो। क्यों, पुरखिन?'

'क्यों, नहीं? कात तो लेती ही हूँ!' श्यामा भी धीरे से हँसकर बोली।

'कैसे कात लेती हो?' भागो बहिन ने इस बार ध्यान से उसकी ओर देखते हुए पूछा।

श्यामा ने साड़ी पहिन रखी थी और बड़ी औरतों की तरह उसे बखूबी सँभाल भी रखा था। उसके सिर के रूखे बाल, पीछे एक काले धागे से कसकर बँधे थे। नीचे का लटकता, खुला हिस्सा मकई के खूहे की तरह उड़ रहा था। उसके नन्हें, कंचन-वर्ण चेहरे की दीप्त आँखें भागो बहिन को हृदय-तल तक बेधती चली गयीं।

श्यामा ने बिना संकोच जवाब दिया, 'तकली से।'

तभी दरवाजे से सटकर खड़ा सागर जैसे शान्त सरोवर में कुछ फेंकते हुए बोल पड़ा, 'चरखे से भी अच्छा और पतला सूत।'

यह सुनकर भाईजी का ध्यान सागर की ओर गया। वे उससे बोले, 'तुम वहाँ क्यों खड़े हो, भाई? इधर आओ न, यहाँ इस चटाई पर बैठ जाओ!'

भागो बहिन पल भर को सागर का मुँह ताकती रह गयीं।

'यह मुसई चाचा का लड़का सागर है,' मुराद बोला।

'अरे, अब इसका भी परिचय कराओगे?' भाईजी बोले, 'मुसई भाई तो हमारे संघ के संस्थापक-सदस्य हैं। लेकिन दुख की बात है कि हरिजन भाई कताई के मामले में बहुत पीछे हैं। कोई तो कातता! कहो तो कहेंगे,—मरने की फुरसत नहीं। चरखे से पेट चलेगा, भाईजी!"

'वे ठीक ही कहते हैं। मैंने आपको कितनी बार समझाया कि आपकी सोच का यह तरीका ठीक नहीं है। आदर्श कोरी कल्पना की नींव पर नहीं टिक सकता। आप बस यह मानकर चलते हैं कि आदमी को ऐसा करना चाहिए, हरिजन भाई सूत कातें, तो उनकी बहुत-सी समस्याएँ सुलझ जाएँगी, पर आपने कभी यह भी सोचा है कि वे कब कातें, कैसे कातें? सुबह से शाम तक उनका पूरा परिवार भूपतियों के दुरवाजों पर खटने के लिए बाध्य है। अपने बच्चों को स्कूल भेजने पर उनकी पिटाई इसलिए की जाती है कि सारे हरिजन बच्चे स्कूल चले जाएँगे, तो मालिकों के जानवर कौन चरायेगा।' भागो बहिन ने कहा।

'मैं सोचता हूँ, यह हरिजनों की कमजोरी है। अगर वे चाहें तो कोई उन्हें बाध्य नहीं कर सकता।'

'कैसी बातें करते हैं, आप? यही तो असली समस्या है। अगर वे भूखे भी रहना चाहें और काम करने से मना कर दें, तो लोग इसे अपनी महिमा पर आक्रमण मानते हैं। क्या मजाल कि गाँव का कोई हरिजन काम पर जाने से मना कर दे। नन्हें-नन्हें बच्चों तक को लोग जबरिया काम पर घसीट ले जाते हैं।'

भाईजी चुप हो गये थे। पल-भर को खामोशी का एक नन्हा-सा टुकड़ा सँझलौके के साथ घुल-मिलकर चुपके से दालान में घुस आया था। दरवाजे के सामने बैठी श्यामा और भागो बहिन के अलावा सबकी आकृतियाँ इस धुँधलके में डूब गयी थीं। कुछ देर के लिए एक अजीब-सी दुखती हुई खामोशी अनचाहे ही वहाँ टिक गयो थी और चुपचाप बैठे बच्चे एक ऐसे कुहासे में भटक गये थे, जहाँ राह का आभास तो था, पर उस आभास के सहारे सबका चलना संभव नहीं था।

सागर नाक सुकड़ता हुआ, उठ कर बोला, 'अंधेरा हो रहा है। तुम लोग कैसे जाओगे?' उसका संकेत मुराद, सुनीत और श्यामा की ओर था।

'हाँ, देखो, बातचीत में सुध ही नहीं रही।' कहती हुई भागो बहिन दिया-बत्ती करने उठ गयीं।

तभी बाहर से किसी ने लड़खड़ाते स्वर में आवाज दी, 'सुनीत, तुम काहे रुक गये, भइया? घर में बवंडर मचा है। चन्दा बहू बार-बार सिवान झाँक रही हैं। कोई मजूर-धतूर भी दुआर पर नहीं था। दौड़ी हुई काका के पास आ गयीं। संजोग से मैं वहाँ बैठा था। अकेले ही आ रहा था, लेकिन काका भी साथ चल पड़े।' मुसई महतो ने इतनी-सारी बातें एक साथ कह डालीं।

'राम-राम, साधो काका।' भाईजी हाथ जोड़े दालान के बाहर निकले और घुटने तक धोती बाँधे, नंगे बदन खड़े साधो काका से दो मिनट बैठने का आग्रह करने लगे, 'आपका कभी इधर आना ही नहीं हो पाता!'

साधो काका का ध्यान दूसरी तरफ था। मुसई, सुनीत को ठीक से घर तक पहुँचा देने के लिए मुराद और श्यामा को समझा रहे थे, 'हम लोग पीछे-पीछे आ रहे हैं, अच्छा, डरना नहीं।'

काका ने अब तक भाईजी के हाथों को प्यार से थाम लिया था। उस हलके, भूरे सँझलौके में जब चेहरे का भाव करीब-करीब दृष्टि से परे था, काका के हाथों की सिहरन से प्यार की प्रवाहित अन्तरधारा भाईजी को साफ महसूस हो रही थी।

भाई जी मन-ही-मन डर भी रहे थे कि कहीं दौरा न पड़ जाय काका को। अक्सर ऐसे ही क्षणों में वे महीनों के लिए सिर की भयानक पीड़ा से परेशान हो जाते थे और एकटक लोगों का मुँह देखते रहते थे। बयालीस के बाद जेल से वे इसी तरह

छूटे थे। फिर श्यामा के साथ खेलते-बोलते उनकी हालत में अपने-आप धीरे-धीरे कुछ सुधार आ गया था।

लोग बताते हैं कि जेल से अदालत में पेशी के लिए ले जाते समय किसी पुलिस अधिकारी ने बात-बात में ही महात्मा गांधी को एक भद्दी गाली दे दी थी। साधो काका ने झपटकर उसका गला दबोच लिया था और लाख कोशिश करने पर भी उन्होंने उसे नहीं छोड़ा था। तब उनके हाथों में रस्सियाँ डालकर खींचा गया था और किसी तरह उस अधमरे अफसर को उनकी पकड़ से छुड़ाया जा सका था। उसके पहले काका के शरीर पर बन्दूकों के कुन्दों से बेतरह मारा गया था, जिससे उनकी कनपटियों के ऊपर सिर खुल गया था और जाँघ तथा पिंडलियों का मांस आलू के भर्ते की तरह हो गया था। फिर बेहोशी की हालत में ही उन्हें भी अस्पताल पहुँचा दिया गया था। वहाँ धीरे-धीरे कई महीनों में उनकी चेतना तो वापस आ गयी, लेकिन जुबान मारी गयी थी। यह तो भगवान की मर्जी ही थी कि जेल से छूटने के बाद नन्हीं श्यामा के प्यार-दुलार में उनके सिर का तनाव धीरे-धीरे कम हो गया था। लेकिन आज भी जब कभी देश की हालत पर बात होती थी, गांधी जी का नाम आता था, अथवा कोई सभा होती थी, तब जरा-सा बोलने की कोशिश करते ही उनकी आँखों से आँसू बहने लगते थे, पलकें स्थिर हो जाती थीं और सिर की पीड़ा से वे हफ्तों तड़पते रहते थे।

इसीलिए भाईजी ने जल्दी से बात शुरू कर दी, 'श्यामा ने देर न की होती, तो आपके दर्शन कैसे होते?'

अंधेरे के बढ़ने के साथ भाईजी के हाथों पर साधो काका के हाथों की संवेदना का प्रभाव बढ़ता जा रहा था। दृष्टि का स्पर्श में ऐसा प्रत्यावर्तन भाईजी ने इससे पहले कभी महसूस नहीं किया था।

मुसई महतो ने बात आगे बढ़ाई, 'श्यामा बिटिया कब से एक चरखे के लिए रट लगाये है। काका आपके पास आने ही वाले थे?'

मुसई महतो के इस कथन का जवाब भाईजी को काका को देना था। मुसई महतो, श्यामा और बाकर तीन ऐसे थे, जिन्हें काका की वाणी सिद्ध थी। काका के साथ होने पर यह तीनों उनकी तरफ से बेलाग बोलते चले जाते थे और सुननेवाले लोग इन बातों का उत्तर काका को देते रहते थे।

भाईजी ने कहा, 'चरखा कल ही भिजवा दूँगा, काका! यह तो बड़ी खुशी की बात है कि श्यामा चरखा चलाना चाहती है।'

अब तक भागो बहिन ने दालान में लालटेन जलाकर रख दी थी और भाईजी तथा काका दरवाजे के समानान्तर, सामने फैली रोशनी की सीमा में आ गये थे।

मुसई महतो ने छुट्टी माँगी, 'अब हम लोग चलते हैं, भाईजी! आज बजमा और भी फफा गयी है। घिवपोखर का पानी उलटकर दक्खिन से आने लगा है। बच्चों ने

उसे न जाने कैसे पार किया होगा।'

काका और बाकर मुड़कर अंधेरे में खो गये। लेकिन भाईजी ऊँचे स्वर में बोलते जा रहे थे, 'श्यामा के लिए कल ही चरखा भेज दूँगा। वह यहीं से पिउनी भी लेती रहेगी।'

भाईजी वहीं अंधेरे में खड़े उस ओर देखते रह गये, जिधर अभी-अभी बाकर के साथ काका चले गये थे। सुदूर क्षितिज में बिजली की कौंध से बादलों का हृदय चाक-चाक हो रहा था। लेकिन भाईजी को लग रहा था, जैसे वह कौंध बाहर, उतनी दूर न होकर उनके ही हृदय-तंत्र को टूक-टूक कर रही थी।

भाईजी का मन आश्रम में जाने को नहीं हो रहा था। उस अंधेरे एकान्त में इधर-उधर घूमते हुए, उन्हें स्मृतियों ने चारों ओर से घेर लिया था। लगभग बीस वर्ष पहले आश्रम के उद्घाटन के लिए हुई उस पहली सभा के चित्र उनकी आँखों के आगे अनायास उभरते चले गये—मैं सेवा-ग्राम की विचार गोष्ठी से सीधा यहाँ लौटा था। आदेश हुआ था कि प्रबुद्ध जन अलग होकर नई इकाइयाँ गाँवों में बनायें। लेकिन इस क्षेत्र की सामाजिक बनावट से मुझे सदा हिचक होती थी। फिर भी उस बार मैंने निर्णय कर लिया था कि इस तरह भागना कायरों का काम है। इसलिए गाँव लौटने पर मैंने सबसे पहले साधो काका से भेंट की थी। मुझे अच्छी तरह याद है कि उनकी आँखों में आँसू आ गये थे और उन्होंने मुझे सीने से सटा लिया था।

—काका बेहद खुश थे। अत्यधिक भावावेग के कारण उनका शरीर थरथराने लगा था। मुझे वहीं चारपाई पर बिठा कर वे तेजी से घर में गये और थोड़ी ही देर में चने की घुघुरी और एक गिलास में गुड़ का रस लेकर लौटे थे। घुघुरी खाते-खाते मैंने कहा, 'यहाँ किसी और से मिलने की जरूरत है, काका?'

—उनका चेहरा सहसा उतर गया था। अभी पल भर पहले की दीप्ति एक ऐसी उदास झाईं की तरह उनके पूरे मुखमण्डल पर उतर आयी कि मेरे लिए मुँह की घुघुरी निगलना मुश्किल हो गया। कहीं कोई अनुचित बात तो मैंने नहीं कह दी थी। उन्हें ऐसा तो नहीं लगा कि मैं दूसरे लोगों को उनसे ज्यादा महत्वपूर्ण मान रहा हूँ। मैं तुरंत बोल पड़ा, 'आपका ही आशीर्वाद मुझे चाहिए। और तो आप जानते हैं कि हम राजनीतिक नहीं हैं। महात्मा की सुझाई राह पर सत्य और अहिंसा के सहारे खादी का प्रचार करना और लोगों को आत्मनिर्भरता और स्वदेशी के लिए प्रेरित करना हमारा काम है। आप ही से मुझे प्रेरणा मिली है। वर्ना इस जवार में तो ऐसा अंधेरा था कि लोग गुलामी-आजादी का अर्थ ही नहीं जानते थे। लोग इस बात को कहने में भी शर्म नहीं मानते थे कि अंग्रेज़ हुकूमत करने के लिए ही पैदा हुए हैं। आपका बलिदान हमें यहाँ तक ले आया है।' मैं बोलता गया था। मुझे लग रहा था कि मैं और क्या कह डालूँ, जिससे काका का पहले वाला भाव फिर उभर आये। लेकिन वे बुझ गये थे और इसका रहस्य मुझे तब मालूम हुआ जब वहीं बगल

बैठे मुसई ने मुझे सलाह देते हुए धीरे से कहा था, 'ज्वाला सिंह से भी मिल लेना चाहिए।'

—मैंने उत्तर काका को दियाया, 'मुझे कोई चुनाव थोड़े ही लड़ना है।'

'नहीं भइया, ऐसे शुभ कारज में सबका सहजोग चाहिए! इसमें सन्त-असन्त सबको मिलाकर चलना है। फिर अभी तुम लड़िका हो। इन सबको नहीं जानते।'

मुसई मेरा हाथ पकड़कर ज्वाला सिंह के पास ले गये थे। वह फर्शी लेकर बैठा था। मेरी बात सुनकर बोला, 'तुम घर के लड़िका हो, जो कहोगे करना ही पड़ेगा। लेकिन इस बवंडर में अपना समय क्यों बरबाद करते हो? पढ़-लिख कर दरोगा-तहसीलदार बनते, कुछ जात-बिरादरी का नाम बढ़ता। खैर, ठीक है, मैं तो रहूँगा ही। देखो, यह भी करके देख लो।'

आज इतने दिन बाद भी वह सब सोचकर भाईजी खिन्न हो गये और मन के कोने में दबा, सोया पश्चाताप एक बार फिर जाग उठा।—आखिर उस दिन मैं वहाँ गया ही क्यों?

वैष्णव जन तो तेणे कहिए...आश्रम से सांध्य प्रार्थना का भजन सुनाई पड़ रहा था। भागो बहिन आश्रम की दो-तीन महिलाओं के साथ धीरे-धीरे गा रही थीं ;

शायद उन्होंने समझा हो कि मैं साधो काका के साथ कुछ दूर चला गया हूँ। भाईजी का ध्यान फिर जहाँ का तहाँ लौट गया। आश्रम के उद्‌घाटन वाली सभा का मंडप उनकी आँखों के सामने उभर आया।—यहीं कहीं तो, शायद हाँ, वहाँ, आगे है वह जगह। मैंने जान-बूझकर इस क्षेत्र के सारे हरिजनों को घर जा-जा कर उस उद्‌घाटन-सभा में बुलाया था। बहुत-से पढ़ने वाले लड़के, शिक्षक और बनारस के कमल भाई उस सभा में उपस्थित थे। कार्यक्रम यह बना था कि सबसे पहले साधो काका का विधिवत् सम्मान किया जाएगा और उन्हें फूल-मालायें पहनायी जायेंगी। वही झंडा फहरायेंगे और उन्हीं की अध्यक्षता में सभा होगी।

—दोपहर ही से लोग सभा-स्थल पर आने लगे थे। लड़कों ने गांधी महात्मा की जय का नारा लगाना शुरू कर दिया था। सभा का वक्त होते-होते सारा मैदान लोगों से भर गया था, लेकिन साधो काका का कहीं पता नहीं था। लोगों की निगाह पश्चिम की तरफ लगी थी। एकाएक ज्वाला दो-तीन लठबन्दों के साथ आता दिखाई पड़ा। लोगों ने सोचा, उससे साधो काका का समाचार मालूम होगा। इसलिए लोग उसके पहुँचने का इंतजार करने लगे। सभा में उसके पहुँचते ही बहुत से हरिजन उठ खड़े हुए और कई लोगों ने उसकी आगवानी की। उसके दो-तीन आदमी गांधी महात्मा की जय के साथ ज्वाला बाबू की जय भी बोलने लगे।

—वह सीधे मंच पर चढ़कर बैठ गया।

—मुझे काटो तो खून नहीं। समझ में ही नहीं आया कि अब क्या किया जाय। कार्यकर्त्ता एक-दूसरे का मुँह देखने लगे, जैसे सब रंग में भंग हो गया हो। ज्वाला ने खुद मंच से बोलना शुरू कर दिया, 'कार्यक्रम शुरू करो, भाई।'

तभी किसी ने साधो काका के बारे में पूछ लिया।

'उसे मैंने सवेरे ही जौनपुर भेज दिया था। दुलहिन की तबीयत बहुत खराब है।' उसने जोर से कहा, 'अब काहे की देर है?'

—कोई दूसरा उपाय न देख, मैंने लोगों को अपनी बात किसी तरह समझायी और फिर कमल भाई के भाषण के बाद सभा समाप्त कर दी। सारी फूल-मालायें बेकार हो गयीं, प्राइमरी स्कूल के बच्चों का स्वागत गान धरा रह गया और मैंने मन-ही-मन दो दिनों से जो भाषण तैयार किया था, वह आज तक नहीं दे पाया। सोचा था कि आश्रम के साथ यहाँ की जनता के सामने एक ऐसे व्यक्ति को आदर दिया जायेगा, जो सच्चे अर्थों में उसका पात्र है और इस तरह यहाँ एक नयी धारणा का जन्म होगा। लोग सही आदमियों को सम्मान देना सीखेंगे। लेकिन यह कैसी विडंबना है कि चाहते हुए भी मैं कुछ न कर पाया।

—मैं लोगों के साथ दूर खड़ा तब तक बात करता रहा, जब तक ज्वाला वहाँ से चला नहीं गया। प्राइमरी स्कूल के दो-एक अध्यापकों ने मुझसे बताया कि वे जो दो-तीन आदमी उसकी जय बोल रहे थे, वे पहले से ही इस काम के लिए तैयार किये गये थे। उसे यहाँ का पूरा कार्यक्रम मालूम हो गया था।

इसी कारण उसने जान-बूझकर साधो काका को बाहर भेज दिया था।

—उनके साथ इसी तरह के अन्याय वह अक्सर करता रहता था। लोगों के बीच उन्हें इस ढंग से अपमानित करता कि वह कुछ बोल ही नहीं पाते थे। उनके खेत दबा लिये थे। कुछ अपने असामियों से जुताया लिये थे और हमेशा ऐसी स्थिति बनाकर रखता था कि लोगों में उनका आदर किसी तरह बढ़ने न पाये।

भाईजी चहलकदमी करते-करते थक गये थे। लेकिन उनका मन आश्रम में जाने को नहीं हो रहा था।—कितना समय बीत गया तब से, देश आजाद हो गया, लेकिन ज्वाला ने जो चाहा वही कर लिया। सुराजियों को पिटवाया। उनकी सभा तुड़वायी, आश्रम का विरोध किया, हरिजनों को डाके में फँसाया और स्वतंत्र भारत के पहले ही चुनाव में जनता का चुना हुआ प्रतिनिधि बनकर विधायक भी बन गया है। जिस जनता के मुँह पर वह थूँकता था, उसी से उसने अपनी जय बुलवायी और यह सब हमें बाध्य होकर देखना और सहना पड़ा।

आज वह सब सोचते-सोचते भाईजी खण्ड-खण्ड हो रहे थे। उन्हें लग रहा था, जैसे यह एक लाचारी है। यह खद्दर, चरखा, प्रार्थना, क्या यह सब मिलकर, इस समाज को बदल सकते हैं? गांधी जी कहते हैं,—हाँ, बदल सकते हैं, लेकिन इसके

लिए धैर्य की जरूरत है—अपार धैर्य, आस्था तथा सत्य और अहिंसा पर दृढ़ विश्वास! उन्हें सहसा मन के इस भयानक अँधेरे में रोशनी की एक उगती हुई किरण दिखी। उमस-भरे हृदय में ठंडी हवा का एक हलका-सा झुरका आया और वे धीरे-धीरे आश्रम की ओर बढ़ गये।

सुबह जब रामपुर के लड़के इधर से आये थे, तो पानी घुटने भर था। श्यामा ने धोती थोड़ा ऊपर खिसका कर, बजमा के बढ़े हुए पानी को पार कर लिया था। छोटों ने अपनी जाँघिया उतार कर सिर पर रख ली थी और बड़े धोतियाँ घुटनों के ऊपर चढ़ा कर पार उतर आये थे। कुछ तो बड़ी देर तक उसी में छपकोरिया खेलते रहे थे और एक-दूसरे पर पानी का छींटा मारने में उन्होंने अपनी किताब-कापी भी भिगो दी थी। कुछ पानी के पार उतर कर अपने बस्ते दूसरी तरफ रखकर, फिर दुबारा पानी में कूद पड़े थे और स्कूल की सुध-बुध खोकर नहाते ही रह गये थे।

यह काम एक दिन का नहीं था। बरसात शुरू होती और लड़के देवी-देवता मनाकर बजमा माई को बुलाने लगते। पोखरी धीरे-धीरे भरती। फिर दूसरे तालों का पानी बढ़कर उसमें मिल जाता और तेजी से चढ़ता हुआ पानी रामपुर और सेतपुर के बीच इस पतले, निचले भाग में भर जाता। फिर क्या था, लड़कों के मजे के दिन आ जाते। वे मनमाना नहाते और कपड़ा भीग जाने का बहाना लेकर वापस घर लौट जाते। इन दिनों स्कूल की हाज़िरी बहुत कम हो जाती क्योंकि ज्यादातर लड़के रामपुर से ही आते थे।

कहते हैं कि फ़िरंगियों ने कंपनी के जमाने में नील की खेती करके यहाँ रंग बनाना शुरू किया था। उन्हें यहाँ के लोगों ने पहले निलहे साहबों के रूप में ही जाना था। रामपुर को ही केन्द्र बनाकर आस-पास का नील सड़ाया जाता था। गाँव के दक्षिण अब भी विशाल कुंड टूटे पड़े हैं। उन्हीं से लगे बड़े तालाब में अब भी कहीं-कहीं सीढ़ियाँ तथा प्लास्टर की दीवारें शेष रह गयी हैं। बजमा उसी तालाब का बिगड़ा हुआ वृहद् रूपाकार है।

निलहे, किसानों का खेत जबरदस्ती जोत लेते थे और उनकी स्त्रियों तथा बच्चों तक के साथ दुर्व्यवहार करते थे। सूरज अहीर इसी गाँव का बासिन्दा था। उसके पास ज़मीन का सिर्फ़ एक ही टुकड़ा था। इसलिए उसने जमीन देने से इन्कार किया और लाठी लेकर, चलते हुए हल के सामने खड़ा हो गया। पेट पर चोट से आदमी सुध-बुध खो देता है। सूरज पागल की तरह लाठियाँ भाँजता रहा किन्तु निलहों ने अपने आदमियों के साथ मिलकर उसे पकड़ लिया। फिर सारे गाँव के सामने उसे बाँधकर इतना मारा गया कि वह वहीं मर गया लेकिन अस्पताल और डाक्टर का नाम लेकर निलहे उसकी लाश वहाँ से उठवा ले गये।

सूरज की जवान बीवी बजमा उसी रात अपनी महीने भर की बच्ची को टोकरी में पुरइन के पत्तों पर सुलाकर, टोकरी सिर पर लिए इसी तालाब में उतर गयी। सुबह बच्ची उसी टोकरी में हाथ-पाँव हिलाती किनारे लग गयी, लेकिन बजमा की जल-समाधि अंतहीन हो गयी।

तब से मकान बनाने की मिट्टी निकालते-निकालते यह तालाब एक बेडौल और विशाल पोखरी के रूप में बदल गया। लेकिन आज तक इसमें कोई छोटा बच्चा डूबकर नहीं मरा। लड़कियाँ तो बजमा की मनौती मनाती हैं। वह आज भी नाचती-गाती कजरी की जरई की मिट्टी के लिए बजमा में ही जाती हैं। उनकी शादी के लिए भी मिट्टी बजमा से ही आती है।

वही बजमा दिन भर में कैसी फफा आयी है।

—बजमा आँचल पसार रही है—पानी के गन्दिर की सीढ़ी छूते ही औरतें कहतीं,—बजमा सिंधूर-टिकुली माँगती है। चलो, बहिनी, सुहागिन का माथा भर आएँ! घर-घर से कतार बनाकर, गाती-बजाती वे निकलतीं—

बजमा हथवा कगनवां मैं लायी हो ना।
बजमा मंगिया सेंधुरवा मैं लाई हो ना॥
बजमा मथवा टिकुलिया मैं लाई हो ना।

हरे-भरे धान के ऊँचे, लहराते पौधों के बीच, पतली मेड़ों पर चलते, उनकी कमर कई-कई बार बल खा जाती। हाथ की दीपों भरी थाली गिरने-गिरने को हो जाती। बजमा नई, सुहागिन बहुओं की ही आरती स्वीकार करती है और गाँव की कुँआरी कन्याओं का पुरइन के पत्तों पर रखा पाँव पखार कर वापस उतर जाती है—

बजमा ग़ँउआँ क कुंअरी चिरइया हो ना,
बजमा रचि-रचि पइयाँ मेंहदिया हो ना
बजमा भुइयाँ धरे पुरइनियाँ हो ना
बजमा मांगेनी तोहरी असिसियाँ हो ना

श्यामा कुंअरी चिरइया तो जरूर थी, लेकिन न तो उसके पाँव में मेंहदी रची थी, न उनके नीचे पुरइन के पात ही रखे थे। श्यामा पूजा के लिए नहीं आयी थी। फिर भी वह नतशिर थी और मन-ही-मन प्रार्थना कर रही थी—बजमा माँ, मुझे पार उतार दो!

श्यामा पल-पल गाढ़े होते अँधेरे में मुराद और सुनीत के साथ खड़ी थी। सागर का घर स्कूल के पास ही था। इसलिए वह आश्रम से ही अलग चला गया था।

'पानी बहुत बढ़ गया है, मुराद,' श्यामा पानी में पैर डालते हुए बोली। उसकी आवाज़ में भय की सिहरन थी।

'चलो, इधर भीट पर से, पानी को एक तरफ़ छोड़कर, खेत-खेत निकलें।' मुराद ने प्रस्ताव रखा।

लेकिन श्यामा और भी डरी आवाज़ में बोली, 'ना-ना, भइया। लोग कहते हैं कि भिटवा पर चुरइनें शाम ही से उतर आती हैं और तेल-फुलेल लगाकर, सिंगार-पटार करने लगती हैं।'

'हाजी बाबा ककहा-डोकी बेचने लगते हैं,' सुनीत ने कहा।

तीनों पल-भर को और भी सहम गये। तभी एक जल-पक्षी बजमा के सूने वक्षःस्थल को छूकर, टिह्-टिह्-टिह् करता हुआ उनके ऊपर से गुज़र गया। आवाज दूर-दूर तक लहर कर क्षितिज में डूबते-डूबते टूक-टूक हो गयी।

दिन होता तो वे उसे देखते, हँसते और वैसी ही आवाजें बनाते। खेतों तक निर्बाध गति से बढ़ आये, इस उथले जल को देखकर उनकी खुशी का वारापार न होता। लेकिन इस झपसी अंधियारी में वे पानी में पैर डालने से डर रहे थे। श्यामा ने सबसे पहले अपने हाथ के झोले को कंधे पर डाल, दोनों हाथों से धोती ऊपर खिसका कर जल में पाँव डाल दिये और कहा, 'तुम आगे चलो, मुराद, और उस ऊँचे बने चन्ने को पाँव से टटोलो।'

श्यामा कुछ और आगे बढ़ी, तो जल पिंडलियों को छूने लगा, उसके सारे बदन में ठंड की अन्तर्धारा बिजली की तरह दौड़ गयी और रोयें भभर उठे।

'आज जाने क्यों, जी डर रहा है।...तुम्हें चन्ना मिला?' श्यामा ने पूछा।

'अभी नहीं। रुको, आगे न बढ़ो, नीचे से चलने पर पानी कमर के ऊपर होगा। देखती नहीं, कितनी दूर चढ़ आया है!'

सुनीत आगे बढ़ता हुआ बोला, 'मैं ढूँढ़ता हूँ!'

'नहीं, नहीं!' श्यामा चीख पड़ी, 'तुम मेरे पीछे रहो। देखना, कहीं फिसल कर गिर न जाना।'

'मिल गया, मिल गया!' मुराद चिल्लाया, 'सँभल कर मेरी आवाज के सहारे दाहिने से दबकर आना। हाथ को हाथ भी नहीं सूझता। चाँद उगने में अभी न जाने कितनी देर है!'

'चन्ने पर पानी कितना है?' श्यामा ने धीरे-धीरे आगे बढ़ते हुए पूछा, 'अब पानी के ऊपर पाँव लाना मुश्किल है, इसलिए भीतर-भीतर ही, उसे तिल-तिल सरकाना पड़ रहा है।'

'अरे कुछ न पूछो, सवेरे से दूना। चन्ने पर मेरी धोती भींग रही है।'

'बाप रे! तब तो नीचे मैं डूब ही जाऊँगी!' श्यामा काँप कर बोली, 'डरना नहीं, सुनीत भइया।'

'मुझे तुम्हारे लिए डर लग रहा है,' सुनीत पीछे से बोला।

'डर की क्या बात है? तैरना तो हम सभी जानते हैं। फिर यहाँ कोई अथाह पानी थोड़े ही है। बहुत होगा गर्दन तक।'

'यह तो कहो, राघो पंडित ने इस साल मिट्टी डालकर इस चन्ने को ऊँचा किया था। जाड़े में बेचारे का पानी ही नहीं चढ़ रहा था।'

'वे भी तो खूब हैं कि इतने दूर के कुएँ से पानी ले जाते हैं।' श्यामा बोली।

'चन्ने की मेंड़ मिली, श्यामा? बात जरा कम करो, संभल कर आओ!' मुराद दूर से खड़े-खड़े बोला।

'अरे, बाप रे!' सुनीत जोर से चिल्लाया, 'यह क्या है?'

'मेढक है, पागल!' श्यामा ने धीरे से कहा, 'डरो नहीं, चुपचाप चले आओ।'

'मैं पूछता हूँ, मेंड़ मिली? लगता है, नीचे-ही-नीचे चली आ रही हो। पानी कितना है?

'घुटने के ऊपर,' श्यामा आगे बढ़ते हुए बोली।

'तो तुम अभी वहीं खड़ी हो? इस तरह तो रात ही बीत जाएगी।'

श्यामा कुछ तेजी से खिसकने लगी। पानी हर कदम पर उसके घुटने से ऊपर गोलाई में ऊपर चढ़ने लगा। जैसे ठंड धीरे-धीरे रेंगती, उसे निगलती हुई ऊपर चढ़ रही हो। लेकिन यह क्या, जांघों पर उसका दंश सहसा इतना तीखा क्यों? वह नीचे से ऊपर तक सिहर उठी।

उसके रोयें भभर आये और खुद ही को गड़ने लगे।

'ठंड तो काट रही है, मुराद।' श्यामा ने दाँतों से अपना होंठ दबाकर कहा।

'पानी घुँटने के ऊपर पहुँच गया? मेंड़ मिल गयी?' मुराद ने चिढ़कर पूछा।

'हाँ, हम मेंड़ ही पर हैं,' सुनीत ने जवाब दिया।

'अब टो-टोकर पाँव रखना, नहीं तो गड़ाप से नीचे चली जाओगी।'

श्यामा अब और धोती नहीं उठा सकती। अंधेरा घना था, फिर भी उसे लाज लग रही थी। वह सोचने लगी,—छुटपन में वह चड्ढी उतार कर नंगे ही कितनी बार इस पानी को पार कर चुकी है और दूसरी ओर पहुँचकर, चड्ढी पहनकर स्कूल गयी है। पर आज तो पानी हद कर रहा है। उसने बुरी तरह तिलमिलाकर, दोनों हाथों से धोती को कमर के पास किचकिचाकर दबा लिया। उसे ऐसा पहले कभी नहीं लगा था। जैसे ठंड उसके मन-प्राण तक धँसती जा रही हो। वह कितनी बार नहाने के लिए पानी में घुसी है, लेकिन उसे कभी ऐसा नहीं लगा। शायद पूरा बदन एक साथ भिगाने पर आज भी ऐसा न लगता। वह लड़खड़ा गयी और उसके मुँह से निकल गया। अरे, मैं, मैं तो...।'

छपाक् की आवाज हुई तो मुराद झटके से उलट कर उसका हाथ पकड़ने लगा, वह भी चन्ने से फिसलकर नीचे गर्दन-भर पानी में गिर गया। लेकिन तत्क्षण पाँव टिका कर वह खड़ा हो गया और श्यामा को उभ-चुभ होने से बचाने के लिए, उसकी कमर में हाथ डाल, उसे उठाकर मेंड़ पर चढ़ाने लगा। इस बीच श्यामा दो-चार घूँट पानी पी चुकी थी। उसका सिर चकरा रहा था। सुनीत ने ऊपर से झुककर उसका हाथ पकड़ने की कोशिश की, लेकिन अंधेरे में उसकी अंगुलियाँ हाथ से फिसल गयीं और श्यामा का पूरा शरीर पलटकर मुराद के कंधे पर झूल गया। मुराद लड़खड़ा गया, फिर सँभलकर पाँव को दुबारा जमा कर, ऊँची मेंड़ पर चढ़ने लगा। लेकिन चिकनी मिट्टी पर उसके पाँव फिसल गये और वह श्यामा को लिये-दिये फिर नीचे गिर गया। श्यामा के होंठों से बार-बार सिर्फ यही बुदबुदाहट निकल रही थी, 'मु...रा...द,...मु...रा...द।'

आखिर मुराद घुटनों के बल चन्ने की ढलवान पर सरकता हुआ, श्यामा को लिये-दिये ऊपर चढ़ गया और सुनीत ने श्यामा के थर-थर काँपते शरीर को ऊपर संभाल लिया। मुराद जरा अलग खड़े होकर हाँफने लगा। उसका दम उखड़ रहा था।

'मेरे पाँव थरथरा रहे हैं' मुराद किसी तरह बोला।

श्यामा ने सुनीत का हाथ छूकर मुराद को संभालने का संकेत किया। तीनों थोड़ी देर तक चुपचाप सिर झुकाए वहीं के वहीं खड़े रह गये।

कुल मिलाकर यह एक अद्‌भुत दृश्य था। सावन के महीने के निर्मल आसमान में जिधर देखो, तारे-ही-तारे छाये थे और चतुर्थी का चाँद पेड़ों की झुरमुट से खिसककर बाहर आ रहा था। बजमा का रुपहला आँचल जैसे रत्नों से भर गया हो। गाँव का उफनता हुआ गंदला धुँआँ जाने कहाँ उड़ गया था। वे तीनों किन्हीं भटके हुए जल-पक्षियों की तरह, स्वच्छ जल में चित्र-लिखित-से खड़े, एक-दूसरे को देख रहे थे।

'धीरे-धीरे चले चलो, मुराद!' सुनीत ने कहा।

श्यामा भी कुछ बोलने को हुई, लेकिन बोल नहीं पायी।

वे फिर आगे बढ़ने लगे—धीरे-धीरे, रेंगते हुए। लेकिन अब जैसे पानी के भीतर भी चन्ने की ऊँची मेंड़ उन्हें दिखाई पड़ रही हो, वे तेजी से आगे खिसकते गये। श्यामा मन-ही-मन बजमा को मनाती रही। लेकिन मुराद अब भी ठीक नहीं था। उसे चक्कर आ रहा था। वह किनारे पहुँचकर ज़मीन पर बैठ गया। श्यामा उसे हाथ पकड़कर उठाना चाहती थी, उसका माथा छूकर कुछ पूछना चाहती थी, पर उसे अनायास संकोच हो आया। वह सिर्फ इतना बोली, 'कैसा लग रहा है मुराद?'

मुराद ने घूमकर कहा, 'अब तुम लोग देर न करो। रानी बहू रो रही होंगी, सुनीत! साधो काका और मुसई चाचा भी अब तक घर पहुँच गये होंगे। जल्दी जाओ, नहीं तो बड़ा बवंडर होगा।'

लेकिन श्यामा खड़ी रही, टस-से-मस नहीं हुई। मुराद चिढ़कर उठा और तेजी से गाँव में घुसकर बखरी के पीछे से अपने घर की ओर चला गया।

चंदा बहू आधे माथे तक घूँघट निकाले बड़की बखरी के सामने वाले ओसार के मोटे, नक्काशीदार पाये से सटी खड़ी थीं। ज़रूर कोई उमिर का बड़ा होगा पास। चमार, पासी, नाई, मुसलमान—चाहे जिस जाति का आदमी हो, वह पद में बड़ा है, तो उसके सामने वे इसी तरह खड़ी होती हैं। गाँव की अलिखित बही में पुरखों-पुरनियों से भाई-बन्द का यह हिसाब चला आता है। यहाँ हर कोई, हर किसी का कुछ-न-कुछ लगता है।

इसी सम्बन्ध के अनुसार बाकर ज्वाला सिंह का बड़ा भाई लगता था। चन्दा बहू इस चलन को पूरी तरह निभाती थीं। वह लोगों को काका, चाचा, दादा आदि सम्बोधनों से ही पुकारती थीं।

कहने को उस समय वहाँ दसियों आदमी इधर-उधर खड़े हुए थे और आते भी जा रहे थे, लेकिन वे बात कर रही थीं बाकर से ही।

लोग मजाक करते,—बाकर की उमिर का भगवान को भी पता नहीं। मैंने तो जब से होश संभाला, बाकर को ऐसे ही देख रहा हूँ।

'बाकर दादू, मुराद स्कूल से नहीं लौटा, क्या?'

'आज बड़ी देर हुई, बहू,' बाकर को समझते देर नहीं लगी कि बहू सुनीत भइया के लिए परेशान हैं।

ज्वाला सिंह का इकलौता लड़का, सुनीत—गाँव के लोगों का कहना था कि भगवान बड़े को बड़ा ही देता है। बाँस की कोख से बाँस ही जनमता है।

सुनीत इतनी ही उम्र में सारा शिष्टाचार सीख गया था। लोग बाबा हरिभजन सिंह को याद करते हुए कहते, 'लड़का बाबा पर गया है।'

दुलरा आजी धोती से सिर ढाँके, आँचल दाँत से दबाये आ खड़ी हुईं, तो चन्दा बहू ने अपना आँचल उनके पाँव से छुआ कर माथे पर लगाया।

बिरजी लोहाइन दूर से ही बोलती आयी, 'कीरा-बिच्छी का दिन है, बचवा, ऊपर से बजमा की छाती फटती आ रही है।'

'का कुबोल भाखती है, बिरजी!' दुलरा आजी उसे डाँटती हुई बोलीं, 'मइया की बिनती करो बहू, सब कल्यान होगा। खोइछा और पियरी मान दो!'

गोपी काकी कब से अपनी बकुली के सहारे खड़ी-खड़ी सब की बातें सुन रही थीं। थक कर बैठते हुए बोलीं, 'क रे बहू, साधो की समवां भी तो उसी के साथ पढ़ती है। अकल मारी गयी है साधो की। कितनी बार समझाती हूँ कि शादी-बियाह करके छुट्टी पाओ, मुदा पढ़ाय रहा है। गन्ही-सन्ही के अंडोलन में सिर कुचाय के पगलाय गया है। कहो, बहू, इतने अन्हारे-धुन्हारे सयानी लड़की को छोड़ना अनरथ है कि ना?'

गोपी बस बोलती थी, किसी की सुनती नहीं थी। साधो काका के पिछवाड़े एक टूटे हुए घर में अकेली रहती थी। अनाथ थी। दो जवान बेटे एक ही साथ हैजे में मर गये थे। श्यामा की माँ श्यामा के हाथ खाना भिजवा देती थी।

बाकर को एकाएक आश्रम के सालाना जलसे की याद हो आयी। भाईजी का उसे भी बुलावा था। वह बोल पड़ा, 'बहू, आज चरखा-जग्ग था, आसरम में। लगता है, बचवा लोग वहीं रुक गये हैं, मुदा कहें तो दौड़ जाऊँ।'

'बबुआ और मुसई महतो गये हैं, बाकर दादू। जब तीनों साथ हैं, तो आ ही रहे होंगे।'

'तब मैं चलता हूँ, बकरियों को बाहर छोड़ आया हूँ। खाना भी तो बनाना है।' बाकर मुड़कर चलने को हुआ, तभी सुनीत सामने से आता दिखाई पड़ा। श्यामा अपनी बखरी की ओर मुड़ गयी थी।

चन्दा बहू ने पुकारा, 'श्यामा, इधर तो आना!'

श्यामा लौट पड़ी—ताई जी नाराज लगती हैं। डाटेंगी जरूर आज। श्यामा सोचती हुई उनके सामने आ खड़ी हुई। भींगी हुई धोती पाँव में फँस रही थी और चलते हुए उसमें से फट्-फट् की आवाज़ निकल रही थी।

'चला नहीं जा रहा है, क्या रे!' वे गुस्से में बोलीं। गोपी की बात उनके दिल में चोट कर गयी थी,—सयानी लड़की को अन्धेरे-धुँधेरे में छोड़े रहते हैं। दुनिया चाहे साधो काका को दूर का समझे, पर वे श्यामा को घर ही की बेटी मानती थीं।

श्यामा डर के मारे कांपती, लथपथ भींगी उनके सामने खड़ी थी। चन्दा बहू ने अचानक उसे बाँह पकड़कर खींचा और जोर का एक चाँटा लगा दिया, 'बेशरम कहीं की! लाज नहीं आती इतनी देर से पानी में भींग कर घर लौटते? तुमसे किसने कहा था आश्रम पर जाने के लिए? और तू, सुनीत! बोल, तू वहाँ क्यों गया? तू जानता नहीं कि तुम्हारे पिता को वहाँ आना-जाना पसन्द नहीं?' चन्दा बहू को किसी ने इस तरह गुस्सा होते कभी नहीं देखा था।

'न कुल का ध्यान, न मर्यादा का, तिस पर रोती है।' वे दुबारा फिर श्यामा पर झपटीं। लेकिन सुनीत बीच में आ गया, 'माँ...माँ ऽऽ!'

चन्दा बहू को एक झटका-सा लगा। वह बोलीं, 'अच्छा, चल अन्दर, बदन पोंछकर कपड़े बदल!' उन्होंने सुनीत से कहा।

लेकिन सुनीत वैसे ही खड़ा रहा। उसकी आँखों से अविरल अश्रुधारा बह रही थी, क्योंकि उसके पीछे खड़ी श्यामा फूट-फूटकर रो पड़ी थी।

चन्दा बहू का मन करुणा से भर आया। अपने गुस्से पर उन्हें ग्लानि हुई। दूसरा दिन होता तो वे ऐसी हालत में सुनीत को सीने से चिपकाकर अन्दर ले जातीं, उसका बदन पोंछती, सूखे कपड़े पहना कर गरम तेल की मालिश करतीं। सुनीत को आज भी माँ से यही उम्मीद थी। लेकिन उन्होंने तो आज श्यामा को...वह श्यामा की ही तरह फूट-फूटकर रोने लगा। उसे लगा, जैसे वह माँ के सामने नहीं, पिता के सामने खड़ा है और इस अजीब से भाव ने उसके मन के कोने-कोने को मथ डाला।

चन्दा बहू ने आँखें पोछीं। स्थिति को समझते उन्हें देर न लगी। इसलिए वे दोनों को घर के अन्दर ले गयीं। श्यामा को देर तक सीने से चिपकाये रोती रहीं। बड़ी देर बाद वह किसी तरह संयत हुई।

चन्दा बहू ने बकस से एक धोती निकाली और भींगी तौलिया लेकर श्यामा का बदन पोंछने लगीं। श्यामा ने पीठ और सिर उन्हें पोंछने दिया। फिर तौलिया उनके हाथ से लेकर वहाँ से हट गयी। वे मन-ही-मन बुदबुदायीं, 'लड़की सयानी हो रही है। सुनीत के बाप इस बार लखनऊ से लौटें तो उनसे शादी-ब्याह की बात करूँ। साधो बबुआ का मुँह देखने से कब तक चलेगा? हे भगवान! मैंने आज यह क्या कर दिया? नाहक हाथ चलाया बेटी पर। श्यामा की दुबली, सुडौल पीठ और उस पर झूलते हुए लम्बे, उलझे, अनसंवारे बाल देर तक उनकी आँखों के सामने नाचते रहे। उन्हें अपना ही वह समय याद आने लगा,—सयानी होती कन्या के समान कोमल और सुन्दर इस दुनिया में दूसरा कुछ नहीं है। काश, श्यामा मेरी कोख से जनमी होती!

मन का यह उचाट सारी रात उन्हें इसलिए भी बीन्हता रहा, क्योंकि सुनीत बिना कुछ बोले, आज पहली बार उनसे कटकर पलंग की एक पाटी से चिपका, इस तरह सोता रहा था कि नींद में भूलकर भी उसने माँ का स्पर्श नहीं किया। चन्दा बहू को सारी रात एक पल को भी नींद नहीं आयी।

बाकर बेहद दुखी होकर घर लौटा था, उसने आज तक चन्दा बहू के बारे में क्या-क्या सुन रखा था और अब तक का उसका अपना अनुभव भी वैसा ही था। तीज-

त्यौहार पर जिस तरह वे परजा-परजुनियाँ को लेन-देन करती थीं; उनके सुख-दुख में शामिल होती थीं; वह उसकी आँखों से छिपा नहीं था।

बाकर ने लोगों को यह भी कहते हुए सुना था कि धनिक लोग दिल के बड़े कठोर होते हैं। लेकिन कभी-कभी उसके मन में संदेह होता था। आज कितनी ही कोशिश करने पर श्यामा बिटिया के मुँह पर लगे ज़ोर के चाँटे को वह भूल नहीं पा रहा था। सोच में डूबता-उतराता वह अपने घर पहुँचा था। बकरियाँ ओसारे में बँधी हुई थीं और गौंखे में ढिबरी कालिख उगल रही थी। ओसारे के दरवाजे पर टट्टर लगा हुआ था।

मुराद चूल्हे में आग जलाने की कोशिश कर रहा था। लेकिन लकड़ी इतनी भींगी थी कि आग किसी तरह पकड़ नहीं रही थी। अब्बा को देखते ही उसने सिर ऊपर करके पूछा, 'तुम कहाँ चले गये थे, अब्बा?'

'क्या बताऊँ, बेटा! तुम्हें रोटी मिली या नहीं?'

'रोटी तो तवे के नीचे ढँकी मिली थी। लेकिन सारी हाँड़ियाँ देख गया, गुड़ का एक टुकड़ा भी नहीं मिला।'

'गुड़ खतम हो गया है। कल जरूर लाऊँगा। क्या बताऊँ... !' वह जल्दी-जल्दी एक प्याज लेकर चाकू से काटने लगा।

मुराद ने तवा उठाकर मोटी-रोटी निकाली और नमक-प्याज से खाने लगा।

मुराद को स्कूल से लौटने के बाद इसी तरह सदा तवे के नीचे ढँकी एक रोटी रखी मिलती थी। वह गुड़ से रोटी खाना पसन्द करता था। इधर उसकी बकरियों में से कोई दूध नहीं देती, वर्ना बाकर मुराद के आते ही किसी बकरी से उसके लिए थोड़ा दूध निकाल देता था।

बाकर मुराद को पिछले पन्द्रह वर्ष से इसी धैर्य से पाल रहा है। माँ मरी तो मुराद मुश्किल से छै महीने का था। अपनी लगन और बकरियों के दूध के सहारे वह उसे जिला ले गया। बीमारी में रात-रात भर उसे गोद में लिये बैठा रहता था। पेशाब-पाखाने से लेकर नहलाने-धुलाने तक सारे काम खुद करने पर भी वह मुराद पर कभी नहीं खींझा। पूरे गाँव में किसी ने कभी बाकर को मुराद पर हाथ चलाते या उसे डांटते नहीं देखा था। वह हमेशा इस बात पर ध्यान रखता था कि मुराद उसी के समान जिन्दगी जीने का हुनर सीख ले और घर के छोटे से करघे को अपनी रोजी का आधार बनाये। बाकर उसे पढ़ा तो इसलिए रहा था कि बाजार से सूत वगैरह लाने में उसे हिसाब-किताब में दिक्कत होती थी। कपड़े में भी दुकानदार उसे जट लेते थे।

दो-तीन साल पहले तक उसके पास एक टुकड़ा जमीन और उसी के एक कोने पर खड़ा एक पुराना कटहल का पेड़ था। उसका बाप हरभजन सिंह का अखाड़े का

गुरु भाई था और दोनों साथ-साथ जोर किया करते थे। ठाकुर ने वह खेत और कटहल का पेड़ बिना किसी लगान के उसे दे दिया था। बाकर उसमें हर समय कुछ साग-सब्जी बोये रहता था और अपने खाने के अलावा कुछ बेच भी लेता था। असल में वही उसकी जीविका का मुख्य आधार था।

सरकार ने जब जमींदारी उन्मूलन का कानून बनाया तो उसे लागू होने के पहले ही जमींदारों ने अपनी ज्यादातर ऊसर-पापर तथा जोत के बाहर की भूमि नज़राने पर लोगों को पट्टा कर दी। कानून लागू होने के पहले ही अलाभकारी अथवा साधारण लाभ देने वाली ज़मीन के बदले लाखों रुपये जमींदारों ने खड़े कर लिये थे, जो बाद में व्यापार में लग गये अथवा बैंकों में सूद कमाने के लिए जमा कर दिये गये। उनकी अपनी जोतों पर कोई पाबन्दी नहीं थी, इसलिए उन्होंने सर्वोत्तम ज़मीन को निजी फार्मों के रूप में बदल लिया था। मुआवजा उन्हें ऊपर से मिला था। इस कानून ने जमींदारों का नजरिया बदलकर उन्हें बेहद लाभ पहुँचाया था। शोषण की नई विधियाँ और नये हथियार उनके हाथ में आ गये थे। उन्होंने देश की राजनीति में भी अपनी एक भूमिका बना ली।

ज्वाला सिंह ने बाकर से भी वह जमीन का टुकड़ा खरीद लेने को कहा पर उसके पास पैसा कहाँ से आता। मुरली महराज ने एक हजार नज़राना देकर बाकर की उस जमीन का अपने नाम पट्टा करा लिया। और दूसरे ही दिन उसके बोये हुए खेत को उलटकर उस पर कब्जा कर लिया। बाकर इसे देश की आजादी का प्रसाद समझ कर चुप रह गया। बोलता भी तो कैसे? देश हिन्दू-मुसलमान में बँट गया था। लोग खून-खराबे की बातें रोज ही करते। कुछ लोग यहाँ तक चले जाते कि जब बँटवारा हो ही गया तो मुसलमान का यहाँ क्या रहा?—वाह रे, आजादी!—बाकर अक्सर सोचता,—मिली भी तो आदमी को नहीं, हिन्दू-मुसलमान को मिली। आदमी के लिए इससे बड़ी गुलामी और कौन-सी होगी कि वह जहाँ रहना चाहे, वहाँ न रह पाये? वह धरम-वरम ज्यादा समझता भी नहीं। कायदे से नमाज का उसे कभी मौका ही नहीं मिला। हाँ ईद-बकरीद वैसे ही मना लेता जैसे होली और दीवाली।

बाकर पूरी तरह भूमिहीन था। वही क्यों, कितने ऐसे गरीब किसान जो जमींदारों को धरती के बदले धन नहीं दे सके, रुपया देने वाले पट्टेदारों-द्वारा अपनी पुश्तैनी जोतों से खदेड़ दिये गये। यह तो कहो, बाकर के पास एक छोटा-सा करघा था, नहीं तो वह भूखों मर जाता अथवा ज्वाला सिंह के यहाँ हलवाही करता होता।

रोज की भाँति मुराद आज रोटी खाकर बाहर नहीं जा सका। रोज तो वह बिना कुछ सोचे गणित की किताब और स्लेट लेकर निकल पड़ता था और पहले सुनीत के घर जाकर उसे साथ लेता और उसकी लालटेन हाथ में लेकर दोनों साधो काका की दहलीज में बड़े तख्त पर रात दस-ग्यारह बजे तक पढ़ते रहते। श्यामा की लालटेन

का शीशा वर्षों पहले से फूटा पड़ा था। उसकी कोई जरूरत भी नहीं थी, क्योंकि घर का काम मिट्टी की ढिबरी से चल जाता था। पढ़ने के लिए सुनीत की साफ-सुथरी लालटेन आ ही जाती थी।

आज मुराद बेहद थकान महसूस कर रहा था। रह-रह कर उसकी देह में सिहरन दौड़ जाती थी। वह चूल्हे से सट कर बैठा बाकर को रोटी सेंकते देखता रहा। उसका मन बार-बार सुनीत के घर जाकर श्यामा के पास पहुँचने को होता, लेकिन न जाने क्यों वह इस भाव को अन्दर-ही-अन्दर दबोच लेता। उसे आज पहली बार ऐसे अन्तर्द्वन्द्व का सामना करना पड़ रहा था। शायद इसी कारण वह कुछ खोया खोया, उदास और निराश दिख रहा था।

बाकर ने तवे से आखिरी रोटी उतारते हुए कहा, 'कैसा जी है, मुराद? तुझे जाड़ा लग रहा है क्या रे?'

'बजमा में भींग गया था।' मुराद चूल्हे पर गरम किये हुए हाथ से गले की ताबीज के भींगे धागों को बार-बार छू रहा था। कई फेरे भींगे सूती धागों में लटकी तावीज की ठंड रह-रह कर उसे श्यामा की ठंडी अँगुलियों की याद दिला देती थीं। उसने ताबीज को मुट्ठी में लेकर अनायास ही नीचे की ओर खींच दिया। पुराने धागे चट-चट टूटकर अलग हो गये।

बाकर चौंक पड़ा, 'यह क्या किया तुमने? भूरे पार के पीर की तावीज है, यह। इसे देह से हटाना असगुन है, मुराद! इसमें बड़ी दुआएँ हैं।'

मुराद फिस से हँस कर बोला, 'दुआओं से कुछ नहीं होता, अब्बा!'

'नहीं बेटा,' कहते हुए वह चूल्हे के पास से उठकर करघे तक गया और काले धागे का एक लम्बा-सा टुकड़ा लाकर ताबीज का गंडा बनाने लगा। इस बीच उसके जी में बार-बार आया कि वह चन्दा बहू के व्यवहार की बात मुराद को बताये और पूछे कि श्यामा इस तरह रास्ते में कहाँ भींग गयी थी पर वह मुराद को जानता है। यह भी जानता है कि मुराद, श्यामा और साधो काका को कितना मानता है। वह बेहद दुखी हो जायेगा। हो सकता है, सुनीत के घर आना-जाना ही छोड़ दे। वह चुप लगा गया। उसने ताबीज को हुण्डीदार गण्डे में पिरोकर मुराद के गले में पहना दिया।

'तुम्हारा जी अच्छा नहीं लगता। दलान में सो रहो। मन कहे तो ढिबरी लेकर कुछ पढ़ो-लिखो। मैं जरा सरजू साव के यहाँ देखूँ, गुड़ लेने बाज़ार गया था, आया कि नहीं।' बाकर डारे पर टंगा गमछा कंधे पर रखकर निकलते-निकलते रुक कर बोला, 'जाड़ा लगे तो करघे के पीछे कथरी टँगी है। झाड़कर ओढ़ लेना, या भाईजी की चादरें भी बुन गयी हैं, उन्हीं में से कोई ले लेना।'

मुराद बोला, 'अब्बा तुम आश्रम की सभा में क्यों नहीं आये?'

'क्या आता, बेटा? तुम अभी वह सब नहीं समझोगे। बड़े लोगों के झगड़े में गरीब ही मारे जाते हैं। ज्वालासिंह के दलाल हर जगह मौजूद रहते हैं। भाईजी ने काँग्रेसी टिकट को लेकर उनका विरोध क्या किया, हम लोगों का जीवन ही जहर हो गया। ज्वाला सिंह ने दस हजार लोगों से दस्तखत कराकर लखनऊ वाले बड़के कांग्रेसी नेता को बता दिया था कि साधो काका आधे पागल हैं और ज्वाला सिंह साधो काका ही नहीं, यहाँ की गरीब जनता के सच्चे सेवक हैं। आश्रम भी उन्हीं ने खोला है। उन्होंने साधो काका के नाम से एक जाली चिट्ठी भी लखनऊ के नेताओं के पास भिजवा दी थी कि वे बयालिस में लगी सिर की चोट से कभी-कभी बेहोश हो जाते हैं। अब बस जनता की सेवा ही करना चाहते हैं। गवरमिन्टी काम उनके भाई ज्वाला सिंह को दिया जाय!

'भाईजी बेचारे दौड़ते रह गये। लेकिन उनकी किसी ने एक न सुनी। लखनऊ और दिल्ली के नेताओं ने कहा कि चरखा चलाने और चुनाव लड़ने में बड़ा फरक है। यह आजाद भारत का पहला चुनाव है, कोई मजाक नहीं। उन्हें कांग्रेस की नींव पक्की करनी थी। भाईजी बेचारे भकुआ बन गये। उधर ज्वाला सिंह दो सौ लोगों को लारियों में भरकर ले गये थे, जो लगातार उनकी जय-जयकार कर रहे थे।'

मुराद मुँह बाये अब्बा की बात सुन रहा था। उसने कहा, 'लेकिन इसका तुम्हारे आश्रम जाने से क्या मतलब? तुम तो आश्रम के बुनकर हो!'

'बेवकूफ हो तुम! अरे, ज्वाला के खोफिया-दलाल उन्हें बताते रहते हैं कि गाँव का कौन-कौन आश्रम जाता है। ज्वाला सिंह उन लोगों को अपनी विरोधी पार्टी का मानते हैं।'

'लेकिन श्यामा तो कहती थी कि काका के कहने पर ज्वाला सिंह को टिकट मिला था। अब्बा, क्या वही चुना जाता है जिसे काँग्रेसी टिकट मिलता है।'

'नहीं-नहीं, ऐसी बात नहीं। लखनऊ और दिल्ली का मिम्बर वही होगा, जिसे जियादा ओट मिले, जो लोगों का प्यारा हो।'

'फिर ज्वाला सिंह को ज्यादा ओट कैसे मिल गये? उन्होंने तो अंग्रेजों के साथ मिलकर सुराजियों को पिटवाया था। श्यामा बताती है कि बयालिस में वे अंग्रेजों की सहायता करते थे, सुराजियों को पकड़वाते थे। वह हमेशा लोगों को सताते हैं। साधो काका को पागल बताकर...।'

'मैं समझ गया! लेकिन तुम कहीं मुँह न खोलना, समझे? जो दो जून रोटी-नमक मिल रहा है, वह भी मोहाल हो जाएगा। अब लेट जाओ। मैं अभी लौटकर आता हूँ। कबरा को अन्दर कर लेना।' वह टट्टर हटाकर बाहर निकला और कबरा

ऽऽ ...कबरा ऽ...दो ही बार पुकारा होगा कि कुत्ता पूँछ हिलाता सामने कूँय-कूँय करने लगा। 'चलो, अब भितरा जाओ।' कबरा पूँछ हिलाता टट्टर पर पाँव मारने लगा। मुराद ने टट्टर हटाकर उसे अन्दर कर लिया।

श्यामा को घर आने में देर लगी। चन्दा बहू ने महरी से उसके हाथ-पाँव में गरम तेल लगवाया। उसके बाल सुखाकर कंघी की और एक रिबन से अच्छी तरह बाँध दिया। श्यामा के बहुत नाहीं-नूकुर करने पर भी उसे एक पूरा गिलास गरम दूध पीना पड़ा। यह सब करते हुए चन्दा बहू की आँखों के आगे सुनीत का आँसुओं-भरा चेहरा हर क्षण बना रहा लेकिन सुनीत ने आज पहली बार अपना सारा काम खुद किया। महरी को बदन पर हाथ तक लगाने नहीं दिया। आश्चर्य की बात यह थी कि सुनीत से कुछ कहने में चन्दा बहू को आज कुछ संकोच और डर-सा लग रहा था। इसलिए वे उस कारण को ही अनुकूल करने में लग गयी थीं। हो सकता है, इससे सुनीत प्रसन्न हो जाय और अभी कुछ देर पहले की घटना भूल जाय। लेकिन सच बात तो यह थी कि उनकी इस चूक से उन दोनों किशोर मनों पर एक ऐसी गहरी खरोंच लग गयी थी, जिसका निदान ही मुश्किल था तो वे दवा क्या करतीं?

श्यामा ने अपने घर के दालान में घुसते ही देखा कि साधो काका तख़त पर पाँव लटकाये और दोनों हाथ पाटी पर टेके इस तरह बैठे थे, जैसे उन्हें अभी-अभी उठ जाना हो। बीमार काकी दालान के पिछले दरवाजे को पकड़े खड़ी थीं। बुढ़िया गोपी अँगुरी चटका-चटका कर चन्दा बहू को गालियाँ निकाल रही थी, 'राछस है। चुड़ैल है। कुकुरिया के मन में दया-धरम कहाँ? ज्वलवा के धन-दौलत पर उतराई है...।'

श्यामा ने उढ़की किवाड़ का पल्ला सीधा किया और काका के सामने आ खड़ी हुई। कैसी लग रही थी श्यामा। साँवले रंग पर हल्के, नीले रंग की छोटी-छोटी बूटियों वाली साड़ी, करीने से पीठ पर फैले हुए बाल और चिकने मुलायम हाथ-पाँव। श्यामा ने काका को देखते ही आँसुओं की उमड़ी बाढ़ को पूरी ताकत लगाकर इसलिए रोक लिया कि उसने गोपी-द्वारा चन्दा बहू को दी जाने वाली गालियाँ बाहर ही से सुन ली थीं।

'इसमें क्या बात है, आजी? वे कोई पराई थोड़े ही हैं। गुस्से में हाथ चला दिया तो क्या हुआ? आखिर मेरी भलाई के लिए ही तो...।' श्यामा ने एक सांस में कहा और देखा कि काका की आँखें डबाडब भरी हुई हैं। उसने कितनी ही बार आँसुओं में उभ-चुभ इन आँखों को देखा है—बढ़ी हुई अथाह नदी की तरह इनका आवेग वही समझ सकता है, जिसने लाचारी के आँसू झेले हों।

'नहीं काका, नहीं। ऐसी कोई बात ही नहीं हुई।' वह काका के पाँव के पास सटकर बैठ गयी, 'कोई ऐसी बात नहीं हुई, काका!'

उदास फूल-सा कुम्हलाया सुनीत उसकी भरी-भरी आँखों में तैर आया।...वह माँ के सामने किस तरह अड़ गया था!—श्यामा और भी कठोर हो गयी। बात जरा भी बढ़ी तो उस पर क्या बीतेगी? सुनीत, मेरा भाई, मेरा सखा, कितना कोमल है, वह। जरा-जरा सी बात पर रो पड़ता है।

श्यामा सचमुच सयानी हो गयी थी। इस नन्हें से काल-खण्ड ने जैसे सारा कुछ बदल दिया था। अभी कुछ देर पहले सुनीत की माँ से उसने किस तरह अपना शरीर छिपाया था और अभी-अभी पल भर को यह सब सोचते हुए उसकी निगाह अपने ही ऊपर चली गयी, तो वह शर्म से अनायास लाल पड़ गयी।

बुढ़िया गोपी बड़बड़ा रही थी, 'तुम जस हो, तस हो ही। लेकिन इस बहू को मैं का कहूँ! चारपाई धरे है, मुदा जरा भी फिकिर नहीं की लड़की सयानी हो गयी है। का सारी जिन्नगी यहीं बैठी रहेगी!'

श्यामा उठ खड़ी हुई और घर में अन्दर जाते-जाते चौखट पर बैठी माँ से बोली, 'माई, गोपी आजी को यहीं कुछ खिला देना, मेरा जी ठीक नहीं है। अब इतनी रात को उनकी रोटी लेकर कौन जाएगा?'

साधो काका का मन कुछ हलका हो गया था—श्यामा कितनी समझदार हो गयी है। लेकिन गोपी कहती है कि वह सयानी हो रही है। अभी तो वह कल की बच्ची है। बयालिस के बाद ही तो...काका मन-ही-मन सोचने लगे थे।

चौखट पर बैठी काकी बोल पड़ीं, 'जब राउर जेल से छूटे तब पाँच बरिस के ऊपर डाक रही थी। उसी साल से स्कूल जाने लगी थी। तब सिरी बाबू साहब बड़के मास्टर थे। एक दिन आकर इसे और सुनीत को साथ-साथ स्कूल ले गये थे। अरे, यही समझ लें कि पिछले जेठ में पन्नरह की हो गयी।' थोड़ा रुककर कुछ सोचते हुए काकी फिर बोल पड़ीं, 'नहीं मैं भूल रही हूँ, आठ साल वह, पचास तक और छह साल यह, कुल चौदह ही तो हुए।'

काका चुपचाप बैठे उनकी बातें सुन रहे थे तभी बाकर ने दरवाजे से झाँका। काकी ने झटके से आँचल माथे तक खींच लिया और उठकर अन्दर चली गयीं। काका भी उठ कर बाहर निकले और बाकर के साथ सिवान की ओर चले गये।

सागर आश्रम से ही श्यामा, मुराद और सुनीत से अलग हो गया था। जब वह घर पहुँचा था, उसकी माँ घर में नहीं थी। किवाड़ उढ़के हुए थे और दरवाजे के बाईं ओर सनहकी में अलमोनियम की डेकची और कई चकत्तियों वाला टूटा तवा अब भी

डूबे पड़े थे। उसे स्थिति समझते देर नहीं लगी थी। घर में जाने को मन नहीं हुआ था। दिन-भर बिना कुछ खाये उसे अजीब-सी मिचली छूट रही थी और पेट में ऐसी मरोड़ और जलन हो रही थी, जैसे अपच में होती है। सागर वहीं बाहर ओरी के नीचे दीवार से टेक लगा कर बैठ गया था।

दो दिन से वह पानी में भींग जाता था। कोई दूसरा कपड़ा न होने के कारण वह भींगा गमछा गार कर लपेट लेता और वैसे ही निखरहरी चारपाई पर सो रहता। माँ-बाप देर-सवेर कहीं से एक-दो सेर मकई लाते। उसे जल्दी-जल्दी कूट-पीसकर भात बनता, फिर कभी खाली नमक, कभी पानी में उबली सिधरी या चेल्हवा से खाकर सारा परिवार सो रहता।

छबिया को दो दिन से बुखार था। इसलिए वह करेम खोटने नहीं जा पाती थी। लेकिन आज वह छोटी बहिन को लेकर ताल की ओर गयी थी।

सागर भी बैकुंठी के पहरे पर जाता था और सवेरे कभी-कभी एक-एक सेर सिधरी उसे मिल जाती थी। लेकिन जुकाम-बुखार के कारण आज उसकी भी हिम्मत उधर जाने की नहीं पड़ती थी।

बैकुंठी चमरौटी में अकेला आदमी था, जिसके पास पहरा था। वह बड़ा ठुकुची आदमी था। मछली मारने के सारे सामान बनाना जानता था। छोटी जाल, हत्था और छन्नी वह खुद बना लेता था। जब पानी जैसा रहता, वह उसी तरह के साधन लेकर तालाब में उतर जाता था। कभी-कभी तो कटिया और तड़ेरी से वह दो-दो सेर सौरी मार लेता। सागर को केंचुआ खोदने और कटिया खींचने के नाम पर वह अपने लिए थोड़ी मछरी रखकर, सारी-की-सारी दे देता था।

उस समय पानी में हल्का बहाव था। बैकुंठी उथले, बहते हुए पानी में दोनों ओर मेड़ डालकर पहरा गाड़ देता और मछलियाँ अपने आप उसमें पड़ती जाती थीं। सागर मछलियों को बीन कर हांड़ी में भरता जाता था।

यह काम रात ही में हो सकता था, इसलिए बैकुंठी चीलम-आग सब कुछ साथ ले जाता और वहीं पास बैठा तम्बाकू पीता रहता। उसे पानी की गहरी पहचान थी। मछलियाँ न पड़ने पर वह कभी भी निराश नहीं होता था और पहरे की दिशा में थोड़ा हेर-फेर करके, पानी में अगल-बगल, इस हिसाब से घूमता कि मछलियाँ पड़ने लगतीं।

अभी चेल्हवा और झींगे का मौसम था। पानी कम होते ही वह अखना बाँधेगा। गाँव के कई लोग अखना बाँधते थे, लेकिन बैकुंठी जैसी हथौटी किसी के पास नहीं थी। फैले हुए, छिछले पानी में अखने की जगह चुनना ही असली बात थी। बैकुंठी एक नज़र में मछलियों के बिहार की जगह पहचान लेता और वहीं खड़ा हो कर चारों ओर मेंड़ डाल देता। एक क्यारी से पानी निकाल कर जमीन को कुछ ऊँचा कर

देता, फिर उस पर हल्का-सा पानी तैरा कर छोड़ देता था। मछलियाँ पानी से उछल कर अपने आप अखने में जा पड़ती थीं।

बैकुंठी सागर के भरोसे बैठा रहे तब तो वह काम से गया। उसने दो दिनों से कलुआ को पहरे पर लगा दिया था। आजकल तो साथ के लड़के को एक-डेढ़ सेर झींगा देने के बाद पाँच-पाँच सेर लोगों को बेंच देता था।

सागर को बाहर जाड़ा लगने लगा था। कोठरी का किवाड़ खोलकर वह अन्दर चला गया और एक किनारे पड़ी झिलगी खटिया बिछाकर लेट गया। कोठरी में अन्धेरा था और बाहर वाली हवा की ठंड भी वहाँ नहीं थी। वह गहरी नींद सो गया। उसे यह पता नहीं चला कि छबिया और माई कब लौटीं, कब चूल्हा जलाया, और कब करेम का साग और लिट्टी बनी। माँ ने मोटी, गरम लिट्टी पर करेम का साग रखकर खाने के लिए उसे जगाया। लेकिन कुछ देर उसे पता ही नहीं चला कि वह कहाँ था। एक बार आश्रम का ख़्याल आया, पर वहाँ तो लालटेन की रोशनी के सामने श्यामा दीदी बैठी थी।

माँ ने बड़े प्यार से कुछ खाने की बात कही, 'बचवा आँख खोल! ले, थाम ले, सागर! ले, रोटी खा ले!'

रोटी का नाम सुनते ही सागर की सारी चेतना जाग उठी। मकई की सोंधी महक उसकी नाक में भर गयी। हाथ बढ़ा कर उसने रोटी थाम ली। लेकिन पहला ही कवर उसके दिन भर के सूखे गले में अटक गया और वह खाँसने लगा। छबिया ने दौड़ कर उसे पानी का लोटा थमाया। दो घूँट पानी पी कर सागर स्वाद के साथ लिट्टी खाते हुए आज जिस प्रसन्नता का अनुभव कर रहा था, वह याद नहीं, कितने दिन बाद उसे मिली थी। हाँ, वह पचइयाँ का मेला ही था। लौटते हुए वह श्यामा दीदी के घर गया था। बाबू कहते हैं, उधर जाया करो, तो साधो काका के चरन छू लिया करो। लेकिन काका घर नहीं थे। श्यामा दीदी ने यह कह कर रोक लिया था, 'कुछ खाकर जाना, त्योहार का दिन है।' फिर काकी ने किस तरह सामने बैठ कर पूछ-पूछ कर खिलाया था, उस दिन!—वह जैसे स्वप्न देख रहा हो।

उसकी माई ने चूल्हे के पास से तवे पर रोटी उलटते हुए दुबारा रोटी के लिए पूछ कर आज एक और अचरज की बात कर दी थी। नहीं तो गिनती की रोटियाँ जो जिसके हिस्से में पड़तीं, एक ही बार में मिल जाती थीं। दो लिट्टियों का पिसान होता तो चार में से हर को आधी ही खाकर पानी पी लेना, एक नियम-सा बन गया था।

सागर ने उलट कर माई की ओर देखा। उसे लगा, जैसे पेट में अन्न पड़ते ही उसकी आँखों की रोशनी बढ़ गयी है।

'रहने दे रे, छबिया और नन्हकी भी तो हैं,' सागर हँसते हुए बोला।

‘रोटी है, बचवा, ले एक और खा ले, गरम-गरम!’ छबिया ने दूसरी लिट्टी पर साग रख कर उसे थमाया।

सागर ने इसमें से पहला ही कौर तोड़ा होगा कि बैकुंठी ने बाहर से पुकारा, ‘के है, हो सागर!’

‘बैकुंठी भइया हैं, माई!’ सागर कौर निगलते हुए बोला और रोटी-साग वहीं चारपाई पर रख कर बाहर दौड़ गया।

बैकुंठी ने उसे एक फटा गमछा थमाते हुए कहा, ‘थोड़ा झिंगवा बच गया था। कलुआ का पौरा अइसा नसुड्ढा है कि दो दिन में मछरी ही नहीं पड़ी। आज मैंने उससे कहा, ससुर, तुम घर बइठो और मैं रात भर अकेले पहरे पर खड़ा रहा। तो सेर झिंगवा पड़ गया था। पानी का बहाव भी तो कम हो रहा है। लोग रोपाई के लिए जगह-जगह मेंड़ बाँधकर पानी रोक रहे हैं। हाँ, हाँ, यह बताओ कि अब जी कैसा है, तुम्हारा?’

‘ठीक है, भइया, कल से चलूँगा।’ सागर बेहद खुशी में बोला।

‘तो फिर अंखवना की टोह करूँ. क्यों? इसकुलवा से लौटकर तुम वहीं आना। कुछ माटी-कूटी थमा देना। अच्छा, गमछा खाली कर दो!’

सागर जल्दी से अन्दर गया। गमछे का झिंगवा एक बाँस की मड़नी में रखकर बैकुंठी का गमछा वापस कर दिया। फिर लौट कर माँ से बोला, ‘रोटी सवेरे के लिए धर दे। झिंगवा सड़ जाएगा, मैं धोकर लाता हूँ, इसी तवे पर भूज दे। आज मछरी पर बड़ा मन जा रहा था।’

माँ झिंगवा तलने लगी।

सागर ने छबिया से बताया, ‘बैकुंठी भइया ने कलुआ को भगा दिया। कह रहे थे, अइसा नुसड्ढा है कि मछरी ही नहीं पड़ती। मैं तो डर गया था, छबिया, कि वह अब मुझे कभी साथ ले ही नहीं जाएँगे। चलो, अच्छा हुआ।’

सागर इसी खुशी में माँ के पास जा बैठा और झिंगवा लेकर खाने लगा। फिर बोला, ‘आज यह मकई का पिसान कहाँ मिला, माई? रोज तो तू उसे कूट कर बस उबाल देती थी।’

माई ने बताया, ‘बाजार से लाते समय सरजू साव का कई बोरा पिसान कुछ भींग गया था। उसमें पइया पड़ने लगी थी। आज मैं सेर-दो-सेर अनाज के लिए गयी थी। सहुवा हँसी करने लगा। देवर लगता है न। कुछ देर इहाँ-उहाँ की बात करके बोला कि मेरा एक काम कर दो और घर में जाकर दो बोरे दिखाते हुए कहा कि, ‘चलनी लेकर इसे चाल दो, सब मिला-जुला कर किसी तरह निकाल दूँगा। ठाले का दिन है, सड़ा-गला कौन देखता है।’—सरबउला कहता था कि, ‘आदमी का पेट ऐसा भाड़ है, जिसमें भूख हो तो कंकड़-पत्थर भी पच जाय, यह तो पिसान है।’—मैंने एक

बोरा चाल दिया और बाकी कल जाकर चाल आऊँगी। काँख-कूँख कर पाँच सेर दिया है। कल फिर पाँच सेर देगा। जब-तब बड़ा दयालू बन जाता है, नहीं तो कितना ही कहो, बहिर बना रहता है।' कहते-कहते वह एकाएक रुककर बोली, 'तोहरे बाबू को आज बड़ी देर भयी, लौटे नहीं, अब तक!'

'कहीं बइठ गये होंगे, माई! साधो काका मिल जाए तब बाबू को टेम-कुटेम का धियान कहाँ रहता है?' छबिया बोली।

'भाईजी के यहाँ भी तो हो सकते हैं,' सागर ने कहा।

लेकिन छबिया ने बात काट दी, 'वहाँ सब काम का टैम बँधा है। साँझ को दुइ घड़ी में जो भी बात हो, कर लो, फिर तो भागो बहिनजी एक नहीं सुनतीं। हाथ जोड़ कर बिनती करने लगती हैं। बड़े-बड़े ठाकुर-बाभन को तो उठा ही देती हैं, हामा-सुमा को कौन पूछता है।'

सागर उदास हो गया। लोगों की तरह-तरह की बातें उसे याद आने लगीं,—मुसई ज्वाला सिंह को नहीं जानता। बड़ा नेता बना फिरता है। किसी दिन ज्वाला के आदमी उसे काट कर गोमती में फेंक देंगे।—कल ही पान की दुकान वाला किसी से कह रहा था।

वेग से बहती हुई गोमती का उफनता पानी सागर की आँखों के आगे नाचने लगा। उसने माँ की ओर देखा, 'बाबू को सचमुच बहुत देर हो रही है, माई। कभी इतनी रात नहीं करते थे।'

'बाढ़-बूड़ा का दिन है, कहीं बजरिया में ही न रह जाएँ। सहुआ बहुत मानता है। महतो के नीचे तो कभी जबान ही नहीं काढ़ता।'

सागर कोठरी में जलती मद्धिम रोशनी से बाहर निकला। सावन-भादों का अंधेरा ऐसा गुछा हुआ था कि कहीं कुछ नहीं सूझता था। उसने रात का अन्दाज़ लेने के लिए बड़े-बूढ़ों की तरह आसमान की तरफ देखा, लेकिन घने बादलों के कारण तारों का कहीं पता ही न था। इसलिए अन्दर आकर फिर उसी झिलंगी खटिया में धँस गया। छबिया और नन्हकी कथरी बिछा कर माई के साथ जमीन पर ही पड़ रहीं।

अभी सवेरा होने में करीब दो घण्टे बाकी थे लेकिन आसमान से उतरने वाले प्रकाश का आभास धरती पर लक्षित होने लगा था। कहीं-कहीं चिड़ियों की टूटी-फूटी अस्पष्ट चूँ-चूँ की आवाज़ उठती और घने पेड़ों की सुरसुराहट में खो जाती। भिनसार की अगवानी की इस सूचना को खूब परख कर ही चैतू और बिसराम चमरउटी से निकले थे। लेकिन आश्रम तक पहुँचते-पहुँचते उन्हें लगा कि अभी तो रात कुछ बाकी थी। सामने रास्ते के दूसरी ओर पानवाले की गुमटी के पास दो कुत्ते उन्हें देखते

ही भूँकने लगे। वे दोनों अपना आश्रम आना लोगों से छिपाना चाहते थे, इसलिए यह सोच कर कि पानवाला जाग न जाय, वे तेजी से आगे बढ़ गये लेकिन कुत्ते भी भूँकते हुए उनके पीछे-पीछे आगे बढ़ने लगे।

आश्रम की किवाड़ खोल कर भाईजी ने आवाज दी, 'कौन है, भाई?' फिर दोनों को पहचान कर उन्हें अचम्भा हुआ, 'इतने सवेरे? कहो, चैतू...बिसराम भाई बताइए, क्या बात है?'

'जरा अन्दर चलें, भाईजी!' चैतू ने धीरे से कहा।

भाईजी ने बात समझ ली और थोड़ा पीछे खिसक कर ओसारे में घुस गये।

'भाईजी,' बिसराम बोले, 'बुलाक का कुआँ तो बेचन के दुआर पर चला ही गया था। अब सुनते हैं कि कल दरोगा ने मुसई महतो को गिरफ्तार कर लिया।'

'मुसई को? दरोगा ने...? कैसे पागल हो, किसने बताया?' भाईजी को विश्वास नहीं हुआ।

'रामलाल पटवारी ने अपनी आँखों से देखा। कहता था कि, बेंत से सबके सामने पीटने लगा। मुसई कुछ कड़े पड़े तो सिपाहियों से थाने में ले जाकर मरम्मत करने की बात कहता हुआ उन्हें घसीट ले गया।'

बिसराम का स्वर लाचारी और अपमान से घायल था।

'मुसई ने रामलाल से कुछ कहा नहीं।' भाईजी ने पूछा।

'कैसे कहता? मौका ही नहीं दिया दरोगा ने।' चैतू बोला।

भाईजी की आवाज अब उथली होकर फैल रही थी। लगता था कि अपने भीतर वे आगे का रास्ता तय नहीं कर पा रहे थे। आश्रम के अन्दर से भागो बहिन के गुनगुनाने की आवाज,—'वैष्णव जन तो तेणे कहिए...' धीरे-धीरे ऊँची हो रही थी। क्षण भर को तीनों चुप खड़े रह गये।

'साधो काका से नहीं बताया?' भाई जी कुछ सोचते हुए बोले।

'का फायदा, भाईजी।' चैतू जैसे ऊब कर बोला हो, 'ऊ अब किसी काम के हैं? ज्वाला बाबू की किरपा पर अब परिवार चल रहा है। कपड़े फट कर तार-तार हो गये थे। चार कुर्त्ता, चार धोती ज्वाला बाबू ने मेरे ही हाथ से पहुँचवाया। घर में अनाज भरा है, मुदा जब लखनऊ से लौटेंगे, सरजू साव की बुलाहट होगी—साधो काका के घर पूछते रहना। कोई तकलीफ न होने पावे। अभी दो बिगहा तो सरजू को लिखवाया है।'

भाईजी का सिर चकराने लगा। वे समझ नहीं पा रहे थे कि मुसई को कैसे छुड़ाया जाए। बिसराम भाईजी का असमंजस कुछ-कुछ समझ रहा था। वह बोला, 'अब झलफलाह होने को आया। चैतू को अब यहाँ से चला जाना चाहिए, नहीं तो

अनरथ ही होगा। किसी ने मेरे साथ देख लिया तो बेचारा काम और जान दोनों से जाएगा। मैं रुकता हूँ।'

'नहीं-नहीं तुम भी जाओ, मुसई की बहू को खबर है कि नहीं?'

'रोना-धोना होगा, भाईजी! सोचा था कि कह दें, मुदा मन ने गवाही न दी।'

'ऐसे काम नहीं चलेगा। आखिर कब तक छिपाओगे? मुसई के घर बता कर, सागर को साथ लो और साधो काका के पास चले जाओ। बाकर मिलें तो उनके भी कान में डाल दो। मैं थोड़ी देर बाद थाने की ओर चल दूँगा। नदी बढ़ी हुई है। घाट पर जो भी आ सके आ जाय। जो भी हो, मुसई को तो छुड़ाना ही है। वे हमारे आश्रम के सदस्य हैं।'

बिसराम को कुछ सहारा बंधा। वह वहाँ से मुसई के घर की ओर चल पड़ा। आश्रम के पूरब मुसई का घर हरिजनों की बस्ती से थोड़ा बाहर था। कुछ ही दूर गया होगा कि सरजू साव ने उसे दूर से पुकारा। बिसराम वहीं खड़ा हो गया।

सरजू बोला, 'बिनेसरी पांडे का करिन्ना तुम्हें कब से खोज रहा था। कह रहा था,—सुनते ही चले आयें। पांडे जी सवेरे की गाड़ी से जौनपुर जाने वाले हैं।'

बिसराम के मन में पहले से ही पांडे जी से मिलने की बात थी। वह भाईजी से बात करते हुए लगातार यह सोच भी रहा था कि अगर आज भाईजी कुछ करने के लिए नहीं उठ खड़े होंगे, तब वह पांडे जी के शरण में चला जाएगा। अब बहुत हो चुका। उसको पूरा विश्वास था कि पांड़े उसकी मदद जरूर करेंगे।

संजोग से पांड़े ने उसे बुलाया भी है, क्या बात हो सकती है? कहीं उन्हें मुसई के पकड़े जाने की ख़बर तो नहीं लग गयी है। मुदा मुसई तो उन लोगों को पुरानपंथी कहता है। उस दिन पांड़े के दालान में सास्तरी के मुँह पर मुसई ने कह दिया था—हम गांधी महात्मा के सिपाही हैं। रोजी रोटी की बात न समझने वाले लोग हमसे क्यों बात करना चाहते हैं? हमें का समझ कर बुलाया पांड़े जी।—मुसई वहाँ से उठे तो सारे हरिजन उठ कर उसके पीछे-पीछे बाहर निकल गये।

—हो सकता है सास्तरी जी आने वाले हों। अब दूसरा चुनाव भी तो होने वाला है।—बिसराम ने मन-ही-मन तय कर लिया कि उसे इस समय पांड़े जी से नहीं मिलना है। जब भाई जी उठ खड़े हुए हैं तो उन्हीं के पीछे चलना है। कुछ भी हो, वे हैं तो अपने।

रात कई बार सागर की नींद टूटी। बापू को घर में न देख उसे न जाने क्यों बड़ी घबराहट हो रही थी। कई तरह की सुनी हुई बातें स्वप्न की तरह उसे इस तरह घेरे हुए थीं कि उसके सोने जागने में कोई अन्तर ही नहीं रह गया था। मुर्गे की पहली

बाँग पर वह उठ खड़ा हुआ।

डारे पर सूखने के लिए टंगी अपनी धोती पहन कर, तार-तार हुई बनियान गले में डाल ली और चुपके से घर के बाहर निकल गया।

रामपुर सागर के घर से एक मील से कुछ ही कम था। उसने सोचा था कि वहाँ पहुँचते-पहुँचते सवेरा हो जाएगा लेकिन गाँव में पहुँच कर उसने देखा कि अभी सोता ही पड़ा था। कहीं-कहीं एकाध लोग अपने बैलों को चरनी पर लगा रहे थे। उसे इतने सवेरे काका को जगाना ठीक नहीं लगा। वह ज्वालासिंह की बखरी के पीछे से हो कर मुराद के घर हो रहा। बाकर लोटे में पानी लिये बाहर निकल रहे थे। सागर को देखते ही लौट पड़े। मुसई के रात घर न लौटने की बात उन्हें ऐसी नहीं लगी, जिस पर पल भर भी रुक कर विचार किया जा सकता हो। 'का बेटवा, इसमें भी हड़बड़ाये की कोई बात है। मुसई के पच्चीसों पहचानी हैं, बाजार में।' वह मुराद को आवाज़ देते हुए टट्टर हटा कर ओसारे में घुस गये, 'वह सो रहा है, रात भर सपने में जाने क्या बक रहा था। तुम जगा कर बात करो। मैं अभी आता हूँ।'

मुराद उठ कर बैठ गया। उसने सागर का हाथ पकड़ कर उसे चारपाई पर खींच लिया। उस अंधेरे में भी दोनों के सफेद, दूध से दाँत चमक उठे।

'इतने सवेरे, सागर? कोई बात हुई का रे?'

'रात बाबू घर नहीं लौटा, मुराद। यह गाँव ससुरा ऐसा हो रहा है कि हर समय डर बना रहता है।'

'काहे का डर?'

'आपसी तनाव, उठा-पटक, रोज एक-न-एक बात खड़ी रहती है। बाकर चाचा तो दूसरे तरह के आदमी हैं। तुमसे कुछ बात ही नहीं करते और उनके पेट को भाँपना भी मुश्किल है। बाबू तो बड़बड़िया हैं। ऊपर से गाँधी, नेहरू का भूत उन पर चढ़ा रहता है। उठो, जरा साधो काका के पास चलें। उन्हें जरूर कुछ पता होगा। वहीं जाने के लिए आया था लेकिन जाग-जूग हुआ नहीं था इसलिए सोचा कि तुम्हारे पास ही चलूँ।'

दोनों साधो काका के घर जा पहुँचे। दालान में कोई नहीं था और आँगन का किवाड़ अभी खुला नहीं था। लगता था, काका दिशा-फरागत को गये थे। मुराद तख्त पर मजे में बैठ गया लेकिन सागर नीचे चौखट से सटा खड़ा रहा। क्यों? यह घर तो सुराजी साधो काका का है। लेकिन हैं तो वे ठाकुर, मुसई के पुश्तैनी ठाकुर।

गाँव में हर हरिजन का एक ठाकुर या ब्राह्मण होता है अथवा यह कहें कि हर ठाकुर या ब्राह्मण का अपना पौनी होता है। यह रिश्ता पारम्परिक रूप से चलता रहता है। वही हरिजन ठाकुर का हल चलाता है। कोई दूसरा आदमी उसे या उसके परिवार को अपने काम के लिए नहीं पकड़ता। कभी गलती से अगर किसी ने दूसरे

के हलवाहे के साथ जोर-जबरदस्ती की, तो अक्सर बात बढ़ जाती है। गम्भीर तकरार होती है, लाठी-डंडा चलता है और फौजदारियाँ हो जाती हैं।

मुसई के बाप-दादा भी साधो काका के घर से सम्बद्ध थे, इसलिए मुसई काका का हल जोतने लगा था। लेकिन जब मालिक का हल ही खूँटी पर टंग गया, तो मुसई क्या करता? उससे जितना बना, उसने किया। अगर मुसई न होता, तो साधो काका के जेलखाने के दिनों में उनका परिवार कब का भूखों मर गया होता। लेकिन इससे मुसई का भी इतना फ़ायदा जरूर था कि गाँव का कोई दूसरा भू-स्वामी उसे जोर-ज़बरदस्ती अपने काम पर नहीं लगा सका और वह साधो काका के पीछे तिरंगा लिये महात्मा गाँधी की जय बोलता घूमता रहा। बार-बार गेंदे की माला पहनाकर काका को जेल भेजता और जेल के फाटक से घर ले आता रहा।

मुसई भी सदा उसी चौखट पर बैठता था, जहाँ आज सागर खड़ा था। यह सब इतना सामान्य और सहज था कि इस पर न तो कोई सोचता था और न कुछ कहता। इसलिए मुराद अपने घर की तरह यहाँ सागर को तखत पर बैठाने की कल्पना भी नहीं कर सकता था।

'लगता है, श्यामा दीदी सो रही है।' सागर ने बाहर देखते हुए कहा। वह श्यामा को दीदी कहता था। श्यामा उससे दस दिन बड़ी थी। श्यामा उसे अपने मुसई चाचा के नाते भाई मानती थी। बचपन में कितनी ही बार मुसई महतो उसे कंधे पर बिठा कर सागर को उँगली पकड़ाये दशमी का मेला दिखाने ले गये थे।

श्यामा कजली के दिन जब अपनी जरई बहा कर लौटती है तो हर साल सागर जरई बँधाने जरूर आता है।

बनारस से पूरब और उत्तर में पटना के पास तक किसान-कन्याओं का रक्षा-बन्धन जरई से ही होता है। नागपंचमी के दिन वे गाती-बजाती तालाब के किनारे जाती हैं और वहाँ से मिट्टी लाकर पहले उसकी पिंडी बनाती हैं। फिर उसमें जौ के दाने गाड़ती हैं। उसे रोज़ सँभालती हैं और तरह-तरह के गीत गाकर उसके बढ़ने की कामना करती हैं। कजली के दिन वे फिर गाती-बजाती उसी तालाब के किनारे जाकर मिट्टी को पानी में बहा देती हैं और पूरे पखवारे के मन-प्राण के सिंचित, न जाने कितने गीतों और कथाओं से विभूषित जौ के हरे-हरे कोमल पत्तों का बन्धन लेकर घर लौटती हैं। वे इससे भाई को बाँधती हैं—कितना कोमल और भावभीना है यह बन्धन? वे भाई के दीर्घ जीवन की कामना करती हैं, जिससे उनका बीरन संकट में सदा उनकी रक्षा करे।

भाई बहिन को इस मौके पर कुछ देता है लेकिन सागर क्या देता? उसके पास देने के लिए था ही क्या!

श्यामा कहती, 'कोई बात नहीं सागर, कभी तुमसे एक साथ जोड़ कर ले लूँगी।'

सुनीत जरई बँधाते ही उसके हाथ पर रुपये का एक सिक्का रख कर शरमाने लगता था।

यह क्रम चलते दस से ज्यादा वर्ष बीत चुके थे लेकिन सागर को स्कूल की वह घटना कभी नहीं भूलती। उस दिन छुट्टी होते ही सारे लड़कों के सामने उसने श्यामा को नाम लेकर जोर से आवाज़ दे दी थी। श्यामा ने कोई उत्तर न देकर उसे पास बुलाकर डाँटा था, 'आज से मुझे श्यामा दीदी कहना, समझे? नहीं तो मुसई चाचा से कह कर खूब पिटवाऊँगी।' सागर डर गया था। श्यामा उसके ठाकुर की बेटी थी। क्या हुआ, जो उसके साथ एक ही टाट पर बैठकर पढ़ती थी। फिर धीरे-धीरे वह डर असीम प्यार में बदल गया था।

श्यामा देखने में ही बच्ची थी वर्ना सारे व्यवहार वह माँ की तरह करती थी। जब कभी मौका मिलता, उसके स्नेह से सागर वंचित नहीं रह पाता था। उसमें बालपन की उतावली और उन्माद का तो लेश भी नहीं था। बोलती इस तरह जैसे मुँह से फूल झड़ रहे हों। किसी का विरोध करती तो लगता, उसे सबसे ज्यादा जानती है। बहुत रुक कर, समझ कर बोलने की आदत उसने इतनी कम उम्र में कैसे सीख ली, यह सबके लिए आश्चर्य की बात थी।

श्यामा ने बड़े सहज ढंग से सागर को विश्वास में लिया था और सदा उसका मनोबल बढ़ाती रहती थी। अपने कच्चे दाने की पोटली वह दूसरे बच्चों की ही तरह, स्कूल पहुँचते ही भाड़वाले को दे देती थी। लेकिन दोपहर को छुट्टी होते ही उसे वहाँ से लाने का काम सागर का था। उस समय वह लड़कियों के बीच बैठी होती और सागर को भइया कहकर ही सम्बोधित करती थी। पोटली खोल कर वह एक मुट्ठी दाना ले लेती और शेष सागर झोली बनाकर चबाता हुआ लड़कों में जा मिलता।

सुनीत और मुराद को मिलाकर यह चौकड़ी किसी अनन्त ज्योतिदीप की चार बातियों की तरह थी।

सुनीत पढ़ने में कुछ कमजोर था, लेकिन मुराद और श्यामा के साथ उसकी भी हालत बहुत सुधर चली थी। अब कक्षा में होड़ इन्हीं चारों में थी। सागर के पास किताबें भी पूरी नहीं थीं। न वह मील भर चलकर रोज रात को श्यामा के दालान में पढ़ने ही जा सकता था। उसे तरह-तरह के ऐसे काम भी करने पड़ते थे, जिनसे परिवार का पेट जुड़ा था। लेकिन पढ़ाई में उसका कोई जवाब नहीं था, श्यामा खूब पढ़ायी करती थी, लेकिन वह बिना घर पर एक अक्षर पढ़े ही कभी-कभी श्यामा से कई-कई नम्बर ज्यादा पा जाता था। श्यामा इससे बहुत खुश होती और कहती, 'अच्छा, अबकी देखूँगी तुझे।'

सागर सदा हँस कर टाल देता था। उसे अपने घरेलू कामों के चक्कर में पड़ कर स्कूल का ध्यान ही नहीं रहता था। मछली मारना, बथुये का साग खोंटना, सिंघाड़े

की उजड़ी हुई फ़सल से छूटे हुए बीज निकालना आदि कितने ही ऐसे पेट के काम थे, जिसमें वह लगा रहता था।

'श्यामा दीदी इतनी देर तो नहीं सोती,' सागर ऊब कर मुराद से बोला, 'और साधो काका भी न जाने कहाँ चले गये!'

मुराद कुछ कहने ही जा रहा था कि काकी ने भीतरी दरवाज़ा खोला।

'कब से बैठा है, मुराद?'

'सागर भी है, काकी।'

'कहाँ?'

सागर ने हाथ जोड़ कर प्रणाम किया। उत्तर में काकी ने, अच्छा-अच्छा कहा और अन्दर लौट गयीं।

श्यामा आँख मलती दहलीज में आ खड़ी हुई और बोली, 'का हुआ, सागर, इतने सवेरे कैसे रे? घर में तो सब ठीक है? छबिया, नन्हकी, माई...।' श्यामा एक साँस में सब पूछ गयी।

सागर ने कहा, 'कल बाबू सवेरे ब्लाक पर गये थे, अभी तक लौटे नहीं।'

'इसमें घबराने की क्या बात है, सागर? चाचा कोई बच्चे हैं? काम नहीं हुआ होगा, रुक गये होंगे।' श्यामा ने कहते हुए मुराद की ओर देखा।

मुराद इस तरह तखत पर कभी नहीं बैठता था। पल भर भी स्थिर रहना उसके वश की बात न थी। हर क्षण कुछ करते रहना, उठना, फिर खड़े-खड़े बाहर देखना, बैठ जाना और कई-कई बातें एक साथ ही छेड़ देना मुराद का स्वभाव था। वह जिद्दी भी था और कभी-कभी मामूली बात पर चिढ़ जाता।

श्यामा मुराद को पहली बार महसूस कर रही थी। यह सच है कि किसी जल-प्लावन में वायु-वेग से विच्छिन्न लता की तरह अनायास मुराद से वह कुछ देर लिपटी रह गयी थी। उसके पीछे कोई भावना या आवेग न था। पर यह सब बाद में स्वत: आ गये और अपना प्रभाव छोड़ गये, मरे नहीं। इस वय में ऐसी घटनाएँ बहुत गहराई तक मन में हलचल पैदा कर देती हैं।

श्यामा सुनीत के बारे में सोचने लगी। आँसुओं में डूबा, सुनीत का लाल चेहरा श्यामा की आँखों में नाच उठा। उस दिन बाकर चाचा वहीं खड़े थे। उन्होंने मुराद को सब-कुछ बता दिया होगा। लेकिन मुराद ने कुछ पूछा नहीं। वह पल भर को सोचती रही। फिर मुराद से बोली, 'तुम लोग सुनीत की ओर नहीं गये क्या? कल रात पढ़ने भी नहीं आया। जरा देख लो, उसे।'

मुराद तखत से उठ रहा था, तभी सामने से बड़बड़ाती, लकुटिया ठेघती, लुढ़कती-पुढ़कती आती हुई गोपी दिखाई पड़ी—'सरबौला, नासमारा, उसे कोढ़

फूटेगा, कोढ़!' कहती हुई वह दहलीज़ में घुसी और ज़मीन पर हाथ टेक कर बैठ गयी।

बखरी के पीछे कुछ शोर उठता सुनाई पड़ने लगा। सुनीत दौड़ा हुआ आया। सागर और मुराद को वहाँ खड़े देख कर ठिठक गया और साँस रोक कर कहने लगा, 'मुसई चाचा को पुलिस ने कल से गिरफ्तार कर रखा है।'

'गिरफ्तार?' श्यामा अन्दर से भाग कर आती हुई बोली, 'आखिर क्यों, भाई? मुसई चाचा ने क्या किया था? अब अपने ही राज में मुसई चाचा—'

गोपी किसी की नहीं सुन रही थी। ज़मीन पर हाथ पटक-पटक कर सराप रही थी। शोर और तेज होने लगा था। लोग इधर-उधर दौड़ते-भागते दिखाई पड़ रहे थे। मुराद और सागर भी भागते हुए रामलाल पटवारी के दरवाजे की ओर गये। श्यामा, सुनीत को लेकर बाहर निकली। पचासों लोग 'महात्मा गांधी की जय' का नारा लगाते हुए, काका के पीछे-पीछे सिवान की ओर बढ़ते दिखाई पड़े। सोन्हू धरिकार अपना सिंहा बजाने लगा। जिससे पूछो, वह बस यही बताता कि, 'मुसई को पुलुस ने गिरफ्तार कर लिया है। थाने पर काका का आमरन अनसन होगा। अपने ही राज में ऐसा अन्याय? भइया, ई सुराज नहीं, कुराज है। हम पहले ही कहते थे कि बदअमली फैलेगी, अब देख लो यही—।'

श्यामा और सुनीत भी उसी ओर चल दिये। आगे-आगे साधो काका, उसके पीछे बाकर, बिसराम, चैतू, सेचनी; जो जहाँ था, जैसे था, वैसे ही भागा जा रहा था। किसी के हाथ में घासवाली खाँची और खुरपी थी, कोई कन्धे पर कुदाल रखे था। कोई हल हाँकने वाला पैना हाथ में लिये था। आश्चर्य की बात तो यह थी कि बेचन का सारा परिवार मुसई महतो को छुड़ाने के लिए दौड़ पड़ा था।

श्यामा बहुत तेज चलने पर भी लोगों के साथ नहीं हो पा रही थी और सुनीत हाँफने लगा था। पीछे से बेचन श्यामा को पुकारने लगा। श्यामा रुक गयी, तो बोला, 'चन्दा बहू ने सुनीत भइया को वापस बुलवाया है।'

'तुम लौट जाओ, सुनीत, ताई ठीक कहती हैं। वहाँ न जाने क्या हो!' श्यामा ने सुनीत का हाथ पकड़ कर कहा।

'मैं नहीं लौटूँगा!' सुनीत गुस्से में बोला।

'चल, मैं भी लौट चलती हूँ, भइया।' श्यामा ने अनुनय किया। लेकिन सुनीत ने एक न सुनी, 'तुम लौटती हो तो लौट जाओ। मैं तो जरूर जाऊँगा!' सुनीत जुलूस के पीछे भागने लगा। श्यामा लाचार होकर बेचन को वापस करने लगी। लेकिन बेचन भी वापस नहीं हुआ। सुनीत को अकेला छोड़कर वह जाता भी कैसे?

लोग तेजी से चल रहे थे। कहीं बाजरे और सनई की ऊँची-ऊँची फसलों के कारण, भीड़ कई-कई हिस्सों में बट जाती, फिर कहीं धान, कहीं साँवा-साठी के

खेतों के बीच लोगों की आधी आकृतियाँ हरियाली में तैरने लगतीं। छोटे-छोटे बच्चे और औरतें भी बिना कुछ सोचे जुलूस में चली जा रही थीं। गाँव के कई कुत्ते भी बाकर के कबरा के नेतृत्व में लोगों के बीच, कभी आगे, कभी पीछे दौड़ रहे थे। इसी बीच जाने किधर से एक लम्बी लाठी में तिरंगा झंडा टाँगे, बिगुल लटकाये बिसेसर दौड़ा हुआ आया और अपना बिगुल फूँकते हुए काका की बगल में चलने लगा।

पता नहीं कैसे इतनी जल्दी दो मील का ऊबड़-खाबड़ रास्ता पार कर, भीड़ सिवाले घाट पर जा पहुँची थी। देखते-देखते पहली खेप की चार नावें लोगों को लेकर पार उतर गयीं—'तिरंगा की—जय ऽऽ। गन्हीं महात्मा की—जय ऽऽ। जमाहिर लालो की—जय ऽऽ।'

बिसराम ने लोगों को रोक कर, सबको 'लैन' बनाने को कहा। फिर उस पार खड़े लोगों को देखकर उसका गला भर आया।—भला देखो, सारा जवार ही उलट पड़ा है। धन्न हो साधो काका! आज डिल्ली हिल जाएगी! गन्हीं के राच्चे चेला की पुकार गउरमिन्ट को हिला देगी!

बाकर चुप था। वह हर तरफ देख रहा था, लेकिन उसका मन साधो काका पर अटका था। सागर और मुराद नदी के उस पार से श्यामा और सुनीत को देख रहे थे।

'श्यामा दीदी भी चली आयी!' सागर भरे कंठ से बोला।

'अरे, वह सुनीत भी है और वह पीछे देखो, भाईजी और भागो बहिन! भागो बहिन श्यामा को गले से लगा रही है।' मुराद हँस-हँस कर सागर को बताता रहा।

मुनेसर मनिहार और बिरंजी लाल भी पीछे-पीछे दौड़े आ रहे थे। खुद्दी लोहार वहीं से चिल्लाया, 'बोला-बोला, भाईजी की।' जय, ऽऽ इधर से आवाज तैरती हुई वापस लौट गयी।

मल्लाहों ने नावों को थोड़ा पश्चिम की ओर खींच कर धारा में छोड़ दिया। सारा गाँव, ऐसा एक साथ, एक स्वर इससे पहले कभी नहीं हुआ था! काका कितनी बार जेल गये, जेल से छूटे, लेकिन यह इलाका कभी नहीं जागा। मुसई महतो अकेला अपवाद बना रहा।

बाकर काका के लिए जान तक दे सकता था, पर वह अपना घर नहीं छोड़ता—करघा और मुराद, कौन उसे एक रोटी देगा?

जुलूस बहुत लम्बा था। देखते-देखते लोगों ने थाने को चारों ओर से घेर लिया। थानेदार को इसकी कल्पना भी नहीं थी। उसने कभी सोचा भी नहीं था कि साधो काका का इतना प्रभाव है। भाईजी बाहर ही खड़े रहे। बिसेसर हाथ में तिरंगा लिए नारा लगाता रहा और काका आगे बढ़ कर थाने में घुस गये। श्यामा, मुराद, सागर और सुनीत भी उनके पीछे-पीछे अन्दर चले गये। बाकी लोगों को बिसराम ने छड़दार चहारदीवारी के पास रोक लिया।

सामने एक बड़ी मेज के पास थानेदार खड़ा था। काका का चेहरा उसे देखते ही लाल होने लगा। वे बोलने के लिए बढ़े, लेकिन लड़खड़ा कर बेचैन हो उठे। मुराद और सागर ने उन्हें संभाल लिया। श्यामा आगे बढ़ कर बोली,'कहाँ हैं मुसई चाचा? आपने उन्हें क्यों पकड़ा, यह बताइए और उन्हें तुरन्त जनता के सामने हाजिर कीजिए!'

थानेदार इस छोटी-सी लड़की को क्या जवाब देता? बगल खड़े सिपाही ने थानेदार से कहा, 'साहब, साधो काका की कन्या है और ये हैं ज्वाला बाबू के पुत्र।'

'ज्वाला बाबू के पुत्र—!' वह जैसे आसमान से गिर पड़ा हो। थर-थर काँपने लगा। वहाँ यह बताने का कोई मौका नहीं था कि यह सब तो उसने ज्वाला बाबू के कहने पर ही किया था। सामने उनका एकमात्र पुत्र खड़ा था और वह न भी होता, तो इस विशाल जन-समुद्र के आगे यह सब कह कर वह अपनी मिट्टी खराब न करता।

'मुसई को एक जुर्म में गिरफ्तार किया गया है। उन्हें जमानत पर ही छोड़ा जा सकता है।'

'मुसई चाचा और जुर्म...! भला बताइए कि वह कौन-सा जुर्म है!' श्यामा बोली।

थानेदार कुछ कहने जा रहा था, तब तक मुराद के मुँह से अनायास निकल गया, 'गरीबी।'

सगर को जैसे बिजली का झटका लगा हो। जैसे अंधेरे में छिपी किसी वस्तु पर एकाएक तेज़ रोशनी पड़ गयी हो। ...'बस-बस मुराद, बात समझ में आ गयी। पर तुमने इसे जाना कैसे? तुमने पहले क्यों नहीं बताया? तुम्हें यह किसने बताया, मुराद?'

मुराद कुछ नहीं बोला। बोलता तो बात और उलझ जाती। वह अक्सर कुछ ऐसा ही कहकर चुप रह जाता था। श्यामा भी कई बार ऐसे ही किसी बात पर प्रश्नों की झड़ी लगा देती थी और बहस पर उतर आती थी। लेकिन मुराद चिढ़ कर कहता, 'मेरी खोपड़ी मत चाटो! मुझे ऐसा ही लगता है।'

'क्यों ऐसा लगता है, आखिर कोई कारण?' श्यामा गले में अंगुली डाल कर उससे बात उगलवाती।

'कोई कारण नहीं, मुझे ऐसा ही दिखाई पड़ता है।'

'लेकिन जो दिखाई पड़ता है, क्या वह सब सच होता है?'

'क्यों नहीं, सच सिर्फ वही होता है। अब यह तुम्हारे ऊपर है कि तुम उसे समझ सको।'

श्यामा चुप हो जाती, सुनीत खो जाता और सागर बेहद उलझ जाता। फिलहाल अभी उनकी यात्रा यहीं तक थी। लेकिन यह भी क्या कम था? उन सबकी उम्र ही कितनी थी!

लेकिन सागर को आज जरा भी उलझन नहीं हुई। वह रात से ही परेशान था। सुबह से उसके सीने में एक हूँक-सी उठ रही थी और भीतरी उत्पीड़न से उसका कलेजा दरक रहा था। वह मशीन की तरह दौड़ रहा था, बोल रहा था और वह सब कर रहा था, जो दूसरे कह रहे थे। वह कहीं खो गया था। लेकिन मुराद की बात सुनते ही जैसे कोई मवाद से मथता फोड़ा फट गया था। सामने हवालात की छड़ों को पकड़े उसका दीन-हीन बाप खड़ा अपने गाँव वालों को देख रहा था। सागर की आँखों से आँसुओं की धारा बह चली। उसकी पीड़ा कम होने लगी। श्यामा ने सागर को समझाने की कोशिश की। लेकिन मुराद ने मना कर दिया, 'उसे रो लेने दो और वह कर ही क्या सकता है।'

'सच कहते हो, मुराद!' सागर बोला, 'रोने के अलावा हमारे पास और है ही क्या?'

'गुलामी, भूख, अपमान—।' मुराद ने साधो काका को सँभालते हुए वाक्य पूरा किया, 'लेकिन यह वरदान है, सागर! यही सब हमें आँख देंगे।' मुराद के भीतर एक तूफान उठ रहा था। उसके सामने साधो काका का खण्ड-खण्ड टूटा जीवन और सामने की हवालात से झाँकता मुसई महतो का चेहरा दिखाई पड़ रहे थे।

जनता उत्तेजित होने लगी,—हम थाने को फूँक देंगे!

—हम थानेदार की खोपड़ी चाहते हैं!

भाईजी कूद कर आगे आये। उन्होंने हाथ जोड़ कर बार-बार लोगों से प्रार्थना की और साधो काका की मर्यादा की याद दिलायी। बताया कि 'काका की तबीयत खराब हो रही है। वे मानसिक उत्तेजना सह नहीं पा रहे हैं। आप उनके लिए शान्त रहें। मैं जमानत के कागजों पर दस्तखत करके, मुसई महतो को आपके सामने लाता हूँ।'

वे अन्दर गये और दूसरे ही क्षण मुसई महतो को ले कर बाहर निकल आये। महतो के कपड़े फट गये थे। देखने से लगता, जैसे दो दिन से उन्हें खाने के लिए कुछ भी नहीं मिला था। लोग मुसई की जय का नारा लगाते-लगाते एकाएक रुक गये और आवाज़ देने लगे कि वे मुसई महतो का जुर्म जानना चाहते हैं।

भाईजी ने कहा, 'वह मैं बाद में बताऊँगा। आपसे प्रार्थना है कि आप वापस चलें।'

लोग नहीं माने। भाईजी ने एक छोटा-सा भाषण दिया और लोगों को समझाया, 'महात्मा ने सत्य और अहिंसा पर चलने का मार्ग दिखाया है। लेकिन इस राह पर

वही चल सकता है जिसमें सहनशक्ति हो!' भाईजी भीड़ को किसी तरह हटाना चाहते थे। उन्हें जुर्म और उसका कारण थानेदार ने बता दिया था लेकिन लोग भी वह जुर्म जानने पर तुले हुए थे और बराबर नारा लगा रहे थे। तभी साधो काका कुर्सी से उठे और थाने से बाहर आ गये। फिर तो सारी भीड़ उनके पीछे-पीछे बाहर चली आई।

सुनीत का जीवन अपने मित्रों से पूरी तरह भिन्न था। वैसे मुराद, श्यामा और सागर भी अब तक गाँव की सारी खींच-तान से अनजान थे। उनके बीच कभी भी ऐसी बातें नहीं होती थीं। लेकिन सुनीत का अलगाव संपूर्ण था। आज पहली बार वह पैदल चल कर गाँव से तीन-चार मील दूर थाने तक गया था। वह गाँव में भी किसी के घर नहीं जाता था। न उसे बहुत घूमने-फिरने की इजाजत थी। श्यामा उसकी बचपन की साथी थी। मुराद और सागर उनके बीच बाद में आये थे। ऐसा नहीं कि बचपन में वे एक-दूसरे को जानते नहीं थे, लेकिन सुनीत के कारण उनका गहरा संपर्क नहीं बन पाता था। ज्वाला सिंह श्यामा के साथ भी सुनीत का खेलना पसन्द नहीं करते थे। चन्दा बहू उन्हें समझाती थीं, 'बच्चा है, आखिर अकेले कैसे रह सकता है? बहुत रोक-टोक से बच्चों के मन में गाँठ बन जाती है।'

चारों ने एक साथ पढ़ाई शुरू की थी। सागर का घर स्कूल के पास ही, दूसरी दिशा में था। लेकिन शेष तीनों रोज़ साथ ही स्कूल आते-जाते थे। धीरे-धीरे ये आपस में बहुत अभिन्न हो गये थे।

सुनीत अभी श्यामा के प्रति माँ का व्यवहार भूल भी नहीं पाया था कि आज उसे दूसरा धक्का लगा। थाने से लौटते हुए लोगों को मुसई की गिरफ्तारी का कारण मालूम हो गया था। श्यामा की सारी सावधानी के बावजूद सुनीत के कानों में भी सारी बातें पहुँच गयी थीं। घुटन की गहरी पीड़ा सुनीत के चेहरे पर उतर आयी थी। उसका गला बार-बार सूख रहा था और होंठों पर पपड़ियाँ पड़ती जा रही थीं। सागर भीड़ में कहीं दूसरी जगह था। मुराद और श्यामा सुनीत को दूसरी बातों में उलझाये हुए थे। सुनीत दोनों के मनोभाव समझ रहा था इसलिए उनकी बातें फिलहाल उसे किसी कनस्तर में से निकलती बेमानी आवाज़ की तरह लग रही थी।

सावन का उतरता पखवारा था; लेकिन सुबह से ही आसमान साफ था। तेज़, टहकती धूप हरे-भरे पत्तों पर इस तरह चमक रही थी कि उन पर आँखें टिकाना मुश्किल था। लोगों की थाने से लौटती हुई टोली युद्ध में पराजित और निरस्त्र किये गये अपमानित सिपाहियों की मनोदशा में थी। मुसई की गिरफ्तारी के

पीछे ज्वाला सिंह का हाथ जान कर पूरा जनमत कई टुकड़ों में बँट गया था और कई लोग तो सुबह से काम-धन्धा छोड़ कर इधर दौड़ पड़ने के लिए पश्चाताप कर रहे थे।

—सब आपसी मामला है, भइया, कौन पड़े इस पचड़े में। बैठे-बैठाये ज्वाला सिंह से दुश्मनी मोल लेने से का लाभ?—भीड़ के ज्यादातर लोगों का विचार था। यही कारण था कि वापसी में पार उतरते ही लोग अलग-थलग फूट गये थे। भाईजी, मुसई और सागर का रास्ता घाट से अलग होता था, लेकिन मुसई उधर नहीं गया और गुमसुम साधो काका के पीछे-पीछे चलता रहा। बाकर ने मुसई से पहले ही कह दिया था कि उसे और सागर को काका के साथ ही रहना है।

मुराद और श्यामा खुद प्यास के बहाने सुनीत को पानी पिलाने के लिए गाँव के एक कुएँ पर रुक गये थे। इसलिए वे थोड़ा पीछे-पीछे चल रहे थे।

सुनीत श्यामा का मन समझता था। वह गोद के बच्चे की तरह उसे बहला रही थी । इसी संकोच में वह कुछ बोल भी नहीं पा रहा था। कहीं कुछ ऐसा न निकल जाय उसके मुँह से कि श्यामा को दुख पहुँचे। लेकिन अब बात हद से गुज़र रही थी।

'इस तरह तू मुझे कब तक बहलाएगी, श्यामा? इससे मेरा क्या लाभ होगा, बहिन? तू मुझे क्या बनाना चाहती है? क्या सारी ज़िन्दगी मैं ऐसा ही रहूँगा ?' सुनीत का गला भर आया था।

सच्चाइयों के इस सहज आवेग से श्यामा सहम गयी। मुराद भी क्षण-भर को हतप्रभ हो गया। वह भी सुनीत की ओर से सहसा इतने साफ और दो टूक कथन की आशा नहीं करता था। फलत: कुछ देर के लिए तीनों के सामने चुप रह जाने के अलावा कोई दूसरा चारा न था।

सुनीत ने ठीक ही कहा था। अब श्यामा क्या कहे? क्या वह अपने परिवार पर गुजरी व्यथा-कथा के अतल समुद्र में सुनीत को ढकेल दे? क्या उसे बता दे कि मेरी गर्भवती माँ तेरे बाप के चलते दर-दर की ठोकरें खाती रही? क्या वह कह दे कि जेल की पहली यात्रा के बाद घर लौटने पर काका को देखकर तेरा बाप दरवाजे से उठकर घर में चला गया था? क्या वह बता दे कि बयालीस में जब पुलिस मेरा घर फूँक रही थी और जानवर खोलकर ले जा रही थी तो तेरा बाप पुलिसवालों के लिए गोश्त और शराब का प्रबन्ध कर रहा था? क्या वह बता दे कि चारों ओर से अपमानित हो कर मुझे गोद में लिए रोती, कलपती माँ महीनों यहीं छप्पर में पड़ी रही थी और मुसई तथा बाकर चाचा जैसे दीन-हीन लोगों की पेट काट कर जुटाई गयी रोटियों पर जीती रही थी और तेरे पिता ने एक बार भी उधर रुख नहीं किया था? क्या वह कह दे कि अफसरों को खुश करने के लिए तेरा बाप सुराजियों को

पिटवाता था और विधायक बनने के लिए उसने काका को पागल करार दिया था और उनके नाम से जाली पत्र लिखा दिया था कि मेरे भाई ज्वाला सिंह को कांग्रेसी टिकट दिया जाय? लेकिन यह सब वह सुनीत से कैसे कहे? क्या वह नहीं जानती कि सुनीत कितना निरीह और कोमल है। जरा-सी बात में परजाते के फूल की तरह कुम्हला जाता है। श्यामा का पाँव एकाएक खेत की मेंड़ से फिसल गया और वह सचेत हो गयी। तीनों अब ईख के खेतों के बीच, एक-दूसरे के आगे-पीछे होकर चल रहे थे।

श्यामा का मन पवन-वेग से भाग रहा था।—सुनीत कुछ नहीं जानता। वह भी न जान पाती लेकिन विपत्तियों के बवंडर ने उसे वहाँ ला पटका था, जहाँ कोई आवरण ही शेष नहीं रह गया था। माना कि सुनीत आज यह जान गया है कि उसके पिता के कहने पर पुलिस ने चोरों को अपने घर में छिपाने का झूठा जुर्म गढ़ कर मुसई चाचा को पकड़ा था और अब उन पर मुकद्दमा चलेगा, लेकिन यह मैंने तो नहीं कहा। वह बोली, 'मैं कुछ नहीं कहूँगी, मैं कुछ नहीं कह सकती, सुनीत, कुछ नहीं। तुम्हें खुद समझना होगा। ठीक वैसे ही जैसे तुमने आज समझा है। तुम्हें यह रास्ता खुद तय करना होगा।'

'अकेले, श्यामा?'

'हाँ, एकदम अकेले। क्योंकि दूसरा कोई उपाय नहीं है, कोई चारा नहीं, सुनीत?'

'वे घर के पास पहुँच गये थे। बड़की बखरी की दहलीज में खड़ी चन्दा बहू दूर से ही दिख रही थीं। 'ताई तेरी राह देख रही हैं। तुम इधर से ही सीधे चले जाओ।' श्यामा ने मुड़कर मुराद की ओर देखा और दोनों अपने घर की ओर मुड़ गये।

—भाईजी ने आश्रम पर सभा बुलायी है।

—हरिजन कल्याण करेंगे भाईजी।

—सब का हर बन्न होगा।

—भाईजी कहते हैं, हरिजन से रोटी-बेटी करो। उन्हें खाट पर बैठाओ! हुक्का-पानी चलाओ!

—स्कूल-कालेज खुल ही गये हैं। अब देवथान भी खोल दो!

बिनेसरी पाड़े के आदमी हर जगह घूम-घूम कर यही कह रहे हैं। असगाँव-पसगाँव में यही चर्चा है।

समझदार लोग प्रतिवाद करते हैं।

—मामिला दब नहीं रहा है। पुलिस ने सच्ची बात जान ली है। बिन्दा भगत का बयान कलमबन्द है और अँगूठे की टीप भी ले ली है, पुलिस ने। हिरनी को डाक्टर से पेट गिरवाने के बहाने ट्रैक्टर में बैठा कर रात ले गये और ढाठी देकर मार दिया। फिर गाँव में लाकर लाश को कुएँ में डाल दिया।

—गउरमिन्ट ने लाश को चीरघर में फाड़ कर देख लिया। ढाठी का निशान है गर्दन पर। दो लाठियों के बीच दबाकर मारा है।

—बड़कू का था, बड़कू का था। बच्चू फरार हैं।

—सुना पांड़े अब की चुनाव लड़नेवाले थे। शास्त्री जी का भाखन करायेंगे।
—रामण को गिराना है, ज्वाला को हराना है।

भाईजी ने जब से आश्रम पर सभा बुलाई, चारों ओर यही चर्चा है। चर्चा गलत नहीं है।

बिन्दा भगत विन्देश्वरी पांड़े के सबसे पुराने हलवाहे हैं। पांड़े ने ट्रैक्टर खरीदने के बाद बैल बेच कर हलवाहों को छुट्टी कर दी थी और उनको हलवाही में दिये खेतों पर कब्जा कर उन पर भी ट्रैक्टर चलवा दिया था। लेकिन बिन्दा भगत और हरखू का परिवार पहले की ही तरह उनके यहाँ काम पर लगा रहा। खेतों की कोड़ाई-निराई से लेकर घर-द्वार के कामों पर इन दोनों हलवाहों का परिवार बारह महीने लगा रहता था। बिन्दा और हरखू सवा सेर के हकदार थे, साथ ही हलवाही में मिली ज़मीन भी जोत रहे थे।

पांड़े के दो लड़के शहर में पढ़ते थे। छोटा रतन वहीं ज्वाला बाबू के हाईस्कूल में पढ़ता था। सबसे बड़े लड़के ने पढ़ाई नहीं की थी, क्योंकि सभी लड़के कलक्टर-वकील हो जाते तो इतनी बड़ी रियासत कौन संभालता! वह ट्रैक्टर से खेती कराता था। तीनों ओर सिवानों पर एक-एक पंपिंग सेट लगा था। खूब खेती होती थी। गल्ला खलिहान में ही बिक जाता था और रुपया बैंक में जमा हो जाता था। बड़कू ने खेती का सारा कारोबार संभाल लिया था और पांड़े राजनीति में ताक-झांक करने लगे थे। तभी यह काण्ड हो गया।

बिन्दा भगत की मुँहलगी पोती हिरनी को ट्रैक्टर पर चढ़ने का शौक हो गया था। बड़कू घर से ट्राली में सामान लाद कर निकलता, तो भगत और हरखू के घर की मजदूरिनों को भी बैठा लेता और लौटते समय उन्हें उनके घर पर छोड़ देता। ट्रैक्टर की आवाज़ सुनते ही हिरनी का मन बांसो उछलने लगता। लेकिन उसका बाप उसे काम पर नहीं जाने देता था। उसकी शादी हो चुकी थी, अब गवना होने को था।

बड़कू उसे देखता, तो उसका दिल धक-धक करने लगता। यह सलोनी अगर एक बार ससुराल चली गयी, तब किस काम की रह जाएगी?—बड़कू उसे देखकर अक्सर सोचता। रोपनी के दिन आये, तो उसने बिन्दा भगत से कहकर रोपनी में काम

करने के लिए हिरनी को भी बुला लिया।

बड़कू बाभन होकर भी हिरनी से पानी मँगा कर पीता था। हिरनी हँसती तो जैसे बादलों में बिजली चमक उठती। रिमझिम बरसते पानी में बड़कू हिरनी को देखता, तो उसका मन बेकाबू हो उठता।

हिरनी की माँ को बड़कू की लड़की की ओर ताक-झाँक अच्छी नहीं लगती थी। लेकिन वह मालिक के लड़के को मना कैसे करती? बड़कू रोज शाम को हिरनी को ट्रैक्टर में घर छोड़ जाता। फिर कैसे क्या हुआ, कौन जाने। हिरनी का अमृत जैसा जीवन जहर हो गया। गाँव में काना-फूँसी होने लगी। माँ ने हिरनी से पूछा, तो हिरनी ने बड़कू का नाम बता दिया।

बेचारे माँ-बाप क्या करते? बड़कू का वे क्या बिगाड़ सकते थे! फिर एक दिन गाँव में हल्ला हुआ।

हिरनी की लाश बजमा के कुएँ में उतरायी मिली। उसका पेट फूल कर कुंडा हो गया था।

पांड़े के आदमी जबानी अखबार बाँटते घूम रहे थे,—हिरनी ने कुएँ में कूद कर जान दे दी। हिरनी को उसके बाप ने मारा था। भला ऐसा करना था उसको!

चौकीदार मोती अपनी लाल पगड़ी और पीतल की सामी जड़ी लाठी लेकर थाने की ओर भागा। दो रुपये माहवार का यह सब से छोटा सरकारी मुलाजिम अँगरेज बहादुर के जमाने से ही हर गाँव में होता है। गाँव में कोई वारदात होते ही वह थाने की ओर दौड़ पड़ता है।

पुलिस तहकीकात के दौरान बात बिगड़ गयी। बड़कू दरोगा पर ताव खा गया और लाश थाने पर चली गयी।

एक दिन बिन्दा भगत से बिरंजी लाल राह-चलते क्षण-भर को मिल गये थे। नतीजा यह हुआ कि भगत ने थाने में सही बयान दे दिया, 'डाक्टर के पास ले जाने के लिए बड़कू ट्राली लगा कर रात में ट्रैक्टर लाये थे और सुबह अन्हेरे में ही लौट आने की बात कह कर दो औरतों के साथ हिरनी को ले गये थे। गाँव के बाहर औरतों को ट्रैक्टर से नीचे उतार कर उन्होंने कहा कि—'इससे चारों ओर खबर फैल जाएगी। तुम लोग लौट जाओ!' सुबह पूछने पर पता चला कि हिरनी अस्पताल में भरती है। लेकिन यह बात किसी को मालूम न होने पाए।'

बिनेसरी पांड़े बिन्दा भगत को गाँव से निकाल रहे थे। उनके जवान लड़के को पेड़ से बाँधकर मारा गया।

मुसई महतो बिन्दा भगत को लेकर लोगों से अरदास करते घूमते रहे।

साधो काका मूँड़ पर हाथ धरे सारी बातें सुन चुके थे और अब भाईजी सभा कर रहे थे, 'आखिर यह अन्याय कब तक चलेगा? अब तो कानून ने हम-सब को

बराबर कर दिया है। सभी को वोट देकर सरकार को बदलने का अधिकार है। हम स्वतन्त्र हैं भाई, स्वतन्त्र।' भाई जी गले की नसें फुला-फुलाकर भाषण देते रहे। कभी-कभी उनके मुँह की हवा फस् से निकल जाती और शब्द घायल होकर लड़खड़ाने लगते, 'सरकार ने हमें कुछ ऐसे अधिकार दिये हैं, जिसे कोई भी हमसे नहीं छीन सकता। बोलने का अधिकार, बिना हथियार के एक जगह जमा होने का अधिकार, संघ बनाने का अधिकार, देश में कहीं भी आने-जाने का अधिकार, देश में कहीं भी बसने का अधिकार, संपत्ति अर्जित करने तथा पेशा या व्यवसाय करने का अधिकार। लेकिन हम जहाँ के तहाँ हैं। अगर आप कुछ कहेंगे नहीं, जानेंगे नहीं, लड़ेंगे नहीं, तो इतने अधिकार पाकर भी इसी तरह गुलाम बने रहेंगे।

लोग खुसुर-पुसुर करने लगे।

—'ई सब का अधिकार, अधिकार बोल रहे हैं, भाई जीव! कैसा अधिकार, माँगे भीख, पूछे गाँव की जमा। जिसके पास संपत हो, वह जाने, हम लोग का जानें?

'पेट का भी कोई जोगाड़ है, भाई जीव!'—बैकुंठी पीछे खड़ा होकर चिल्लाया, 'जिसका पेट ही जल रहा है, उसके लिए अधिकार कैसा, जिसके पास रोटी का एक टुकड़ा भी नहीं, वह सम्पत का अधिकार लेकर क्या करेगा।'

—'बइठ जाओ, बइठ जाओ, बैकुण्ठी, बीच में चिल्लपों मत करो!'

बिसेसर झंडा लिए खड़े थे। बीच-बीच में सान्ती-सान्ती कह कर हाथ हिलाने लगते थे।

सोन्हू धरिकार उठ खड़े हुए, 'भाई, सब कोई बोलने को अजाद हैं। बैकुंठी को दबाइए नहीं।'

बिन्दा भगत एक ओर सिर गाड़े बैठे थे। भाई जी प्रस्ताव बनाने लगे—बिन्दा भगत और मुसई महतो के साथ हो रहे जुल्म की यह सभा निन्दा करती है। अगर सरकार ने तुरन्त कोई कार्यवाही न की, तो साधो काका के नेतृत्व में तहसील पर एक विशाल प्रदर्शन किया जाएगा।

मुसई उठ-उठ कर इधर-उधर आ-जा रहे थे। लोगों से कुछ कह रहे थे। बाकर सभा-वभा में बहुत कम जाते थे, लेकिन आज वे भी आये थे। सागर का पूरा परिवार ही वहाँ जमा था, लेकिन वह दूर एक पेड़ की उठी हुई जड़ पर चुपचाप बैठा था। इसी बीच बिसराम उठकर खड़े हो गये, 'हमारी सभा में जसूसों का क्या काम है, भाई?'

—कौन है जसूस, कहाँ है जसूस? लोग इधर-उधर देखने लगे। और सभा स्थल के एक ओर ऊँचे खेत के डाँड़ पर बैठे पारस और हुड़दंगी पर लोगों की आँखें टिक गयीं।

'सभा सब की है, गांधी जी सब भाई-बहन को समान मानते थे।' बिसेसर अभी आगे कुछ और कहते, तब तक हुड़दंगी ने हाथ की सुर्ती होठों के नीचे दबा कर कहा, 'उस बिसरमवाँ चमार ने किसको जसूस कहा है?'

इस बीच कई लोग एक साथ बोल पड़े, 'जबान सँभाल कर बोलो। यह पांड़े का हाता नहीं है!'

'हाता नहीं है, तो का है रे, पाजी! अब चमार-सियार की जात बाभन-ठाकुर से जबान लड़ायेगी।' दोनों सभा में कूद पड़े। हाथा-पायी होने लगी। भागो बहिन उठ खड़ी हुईं। भाईजी तखत से दौड़ कर बीच में आ गये। किसी तरह उन दोनों को अलग किया और हाथ जोड़ कर बोले, 'आप सभा में विघ्न न डालें, सुनना चाहें तो बैठ कर सुनें।'

मुसई ने कहा, 'भाईजी, ऐसा नहीं हो सकता! जब तक ये लोग यहाँ रहेंगे, सभा की कारजवायी बन्न रहेगी, सत्ताग्रह होगा!'

सभी एक स्वर से बोले, 'मुसई महतो ठीक कहते हैं! मुसई महतो की बात सत्त है!'

लेकिन पारस और हुड़दंगी टस-से-मस नहीं हुए। 'देखें कौन हटाता है हम लोगों को!' हुड़दंगी सभा के बीच में टाँग रोप कर खड़ा हो गया।

भागो बहिन चिढ़ कर बोलीं, 'अगर आप लोग यही चाहते हैं तो मैं सभा भंग करती हूँ।'

लोग उठ खड़े हुए। बिसराम 'महात्मा गन्ही की जय, भारत माता की जय' का नारा लगाने लगे। सभा विसर्जित जरूर हो गयी पर खास-खास लोग वहीं रुक गये और आश्रम के अन्दर मंत्रणा करने लगे।

भाईजी आश्चर्य-चकित थे ओर बेहद अपमानित महसूस कर रहे थे। भागो बहिन बहुत उदास बैठी थीं। लेकिन मुसई, बाकर, बिसराम, बिसेसर और बिन्दा भगत पर कोई ऐसा प्रभाव नहीं पड़ा था। ऐसी अपमानजनक पराजय और पराश्रय की लाचार स्थिति से उनका साबिका रोज़ ही पड़ता था।

भाईजी के अहं को गहरी चोट पहुँची थी। वे कुछ भी नहीं समझ पा रहे थे। आज कितने दिन हो गये, जब वे भागो बहिन के साथ यहाँ आकर अकेले बैठ गये थे। साधनों की कितनी कमी थी। कोई घर भी नहीं था। पर किसी को कभी कुछ बोलने की हिम्मत नहीं पड़ी। बिन्देसरी को तो उन्होंने कभी आश्रम का निमंत्रण तक नहीं भेजा। लेकिन क्या मजाल है जो कभी किसी ने आश्रम के आस-पास कोई ऐसी-वैसी बात की हो। आज तक उनकी बात का जवाब किसी ने नहीं दिया था। उन्होंने एकाएक मुसई से पूछा, 'मेरी समझ में नहीं आता कि उन लोगों की यहाँ आने की

हिम्मत कैसे पड़ी?'

'मैं बताऊँ, भाईजी!' मुसई बोला।

'हाँ-हाँ, कहो मुसई भाई, मैं जानना चाहता हूँ।'

'यह सब बिन्दा भगत के कारण हुआ है।' मुसई ने बिन्दा भगत की ओर देखते हुए कहा।

'नहीं, नहीं...? मैं यही बताने आया हूँ, कान खोलकर सुन लीजिए!' कहता हुआ बिरंजी लाल दरवाजे में घुसा और अपना झोला जमीन पर रख कर बैठ गया। सब लोग एकटक उसकी ओर देखने लगे।

बिरंजी को गाँव में लोग नारद कह कर पुकारते हैं। उसे हर घर की पोल मालूम है और इस इलाके के सारे बड़े खेतिहर और अमीर लोगों की नस उसकी चुटकी में रहती है। मुंशी के बिना किसी का काम ही नहीं चलता। खसरा-खतौनी में क्या दर्ज है, कहाँ किसकी जमीन दबी पड़ी है, किससे किसको क्या लेना-देना है, यह सब मुंशी की जुबान पर रहता है। जरूरत पड़ने पर वह धूर में जेवर बरना भी जानता है। जरा-सा कोई मामला फँसा कि बिरंजी की बुलाहट होने लगती है। गाँव के सारे मुकद्मों में एक तरफ वह हमेशा रहता है। सुबह खाना-पीना करके हाथ में झोला और छाता लिये वह बारह महीने कचहरी जाता हुआ दिखाई पड़ता है। लिफाफा, पोस्टकार्ड से लेकर लड़कियों की आल्ता-बिन्दी तक उसे शहर से लानी पड़ती है। लोग उसका रास्ता देखते रहते हैं। बिरंजी घर से निकला नहीं कि उसे रोक कर उसके हाथ में पैसा देना और अपना काम बताना शुरू कर देते हैं। लड़कियाँ उसे बिरंजी बाबा कहती हैं। कैसा भी सामान हो, उससे मँगवाने में उन्हें कोई संकोच नहीं होता।

अभी बिरंजी कचहरी से ही लौट रहा था, रास्ते में बैकुंठी से भेंट हो गयी थी। सारा हाल जानकर वह इधर आने से अपने को रोक नहीं पाया।

'आप लोगों ने सुना होगा कि बिनेसरी पांड़े कल शाम लखनऊ से लौटे हैं। लेकिन यह नहीं जान सके होंगे कि वहाँ ज्वाला बाबू से उनकी क्या बातें हुईं।'

भाई जी ने पूछा, 'लेकिन उन बातों का पता तुम्हें कैसे लगा?'

'सुनिए तो!' बिरंजी पल भर को रुक कर बोला, 'मैं कल शाम नाव में बैठा था। उसी समय घाट के ऊपर, कगार से आवाज़ आई,—अरे मुंशी, मुझे भी लेते चलो। —मैंने उलट कर देखा, यह तो पांड़े जी हैं। जोर से पाँवलागी बोल कर मैंने अपनी बगल में उनके लिए जगह बना दी। मैं तो जानता था कि पांड़े जी गले तक डूब चुके हैं और पुलिस को पूरा सबूत मिल गया है। बड़कू पर वारंट भी कट गया है। पोस्टमार्टम की रिपोर्ट भी आ गयी है और थानेदार जिद पर अड़ गया है। अब दस-बीस हजार देने की बात करने से क्या फायदा, जब उसने एक रपट देकर अपना हाथ

ही कटा लिया है? जो करना था, वह तो उसने कर दिया है। पांड़े जी रो कर थाने से निकले थे और दूसरा कोई उपाय न देख कर सीधे शास्त्री जी के पास चले गये थे, आप जानते ही हैं कि वह खुर्राट राजनीतिक है। उसी ने सलाह दी कि अब ज्वाला सिंह की शरण गहे बिना उद्धार नहीं। लड़के की जान और अपनी आबरू प्यारी है, तो उन्हें ही ठीक करना होगा।'

'फिर?' भाई जी की समझ में बात आने लगी।

बिरंजी बोला, 'मुसई महतो का पूरा मामला लखनऊ पहुँच गया है। आपका तो नहीं, लेकिन साधो काका का थाने पर प्रदर्शन के लिए जाना ज्वाला बाबू को बहुत खला है। पिछली बार आश्रम की ओर से उनका विरोध खाली टिकट के मामले में हुआ था। लेकिन काँग्रेस के नाम पर चुनाव में सभी लोगों ने उन्हीं को ओट दिया। इस बार वे बहुत खतरा महसूस कर रहे हैं और खास कर मुसई के इस काण्ड से उनके कान खड़े हो गये हैं। इसलिए जब उनके परिवार के पुराने विरोधी परिवार के सरगना बिनेसरी पांड़े ने शरण में जाकर उनका पैर थाम लिया, तो ज्वाला सिंह को मन-चाहा वरदान मिल गया। क्षेत्र का सबसे बड़ा प्रतिद्वन्द्वी अनायास उनके झंडे के नीचे आ गया था। ज्वाला सिंह ने यह कह कर कि—आपने देर कर दी, इसलिए मुकद्दमा तो चलेगा। लेकिन मैं बड़कू को बचा लूँगा। पुलिस केस की पैरवी नहीं करेगी। बदले में पांड़े से यह बचन ले लिया कि चुनाव में ही नहीं, बल्कि क्षेत्र के हर काम में उन्हें ज्वाला सिंह की मदद करनी होगी।

'पांड़े मेरे पास बैठते ही बोले,—क्यों मुंशी जी, भला उस मुसई का आश्रम से क्या लेना-देना? वह चमार महतो बना फिरता है। ज्वाला बाबू के खेत पर कब्जा किये बैठा है और यह चरखा-संघ वाले क्यों अपना विनाश करने पर तुले हैं?

'मेरे सामने तो कल ही सब कुछ साफ हो गया था। यह आने वाले संकट की शुरुआत है।'

लेकिन भाई जी के चेहरे पर राहत की रेखाएँ दौड़ने लगीं। साहस और निर्भयता तो उनमें कूट-कूट कर भरी है। स्थिति के उलझाव और सच्चाई को न समझ पाने के कारण वे परेशान हो गये थे। बात अच्छी तरह उनकी समझ में आ गयी।—आखिर वे दोनों मिल ही गये।

बिरंजी लाल ने सारे पंचों को राम-राम कहा और झोला लेकर चलते-चलते बोला, 'यह ठीक नहीं हुआ। दोनों का मिलन इस क्षेत्र को तवाह कर देगा।'

बड़की बखरी का दरवाजा रात भर खुला था। आवा-जाही और बखरी के लोगों की दौड़-भाग देख कर लोग कारण पूछते और यह जानकर कि ज्वाला बाबू के लड़के

की तबियत बहुत खराब है, घर से निकल पड़ते। रास्ते में एक-दूसरे से बताते हुए वे बड़की बखरी पहुँच रहे थे। दालान में पच्चीसों लोग हरदम बैठे रहते। बेचन बार-बार घर से निकलकर बाहर जाता और किसी को साथ लेकर लौटता। बिन्दी और सुरजी को इसी तरह एक पांव पर खड़े दो दिन हो गये थे।

मूरत महाराज के पास अमोघ अस्त्र था। चन्दा बहू को उन्होंने पूरा भरोसा दिया था, 'रानी बहू, ग्रह बहुत प्रबल है, मुदा इसे शमित करते कितनी देर लगेगी!' वे दुर्गा सप्तशती के पाठ पर बैठ गये थे। उनकी सेवा के लिए दो लोग खड़े थे।

राजवैद्य मातादीन को लेने बलराम का हाथी भोर में ही गया था। वे कोई अचूक काढ़ा बनवा रहे थे। बेचन ने सारी सामग्री जुटा दी थी, बस गुरुच बाकी थी, जिसे लेने के लिए रघुवर और बिल्टू घण्टे भर से गये थे।

ज्वाला बाबू को तार देने बिरंजीलाल दिन लटकते ही जौनपुर भेज दिये गये थे।

दुलरा आजी हर घण्टे सिर ढाँके, तेजी से बखरी में घुसतीं, सुनीत के पास जातीं, थोड़ी देर खड़ी रहतीं, फिर लौट जाती थीं। उन्होंने ही चन्दा बहू से ज्वाला बाबू को खबर देने की बात कही थी।

सुनीत का बुखार जब से चढ़ा, उतरा ही नहीं। दस-बारह घण्टे से वह बेहोश था। बीच-बीच में बकता और उठने की कोशिश करता था। लेकिन श्यामा उसे सम्हाल कर लिटा देती थी। पाटी से सटी चन्दा बहू के आँसू रुकते ही नहीं थे। सावन-भादों की नदी की तरह उनकी आँखों में हरदम आँसू उमड़ रहे थे, 'बेटा सुनीत, भइया सुनीत।' वे बीच-बीच में अपने कलेजे का तूफान रोकने के लिए चारपाई पर झुकतीं, उसके माथे पर हाथ रखकर कोई मनौती मानतीं, फिर वहीं जमीन पर बैठ कर चारपाई की पाटी से सट जाती थीं। श्यामा बीच-बीच में कहती, 'तुम कुछ खा लो, ताई, पानी ही पी लो!'

'कैसे खा लें, श्यामा? मेरे गले के नीचे कुछ उतरेगा, बेटी! सीने में जैसे कुछ धधक रहा है। हे भगवान, तुझे क्या मंजूर है? क्यों कष्ट दे रहा है, मेरे सुनीत को?'

श्यामा ने धोती के खूँट से आँसू पोंछे। रात-रात भर जगने से उसकी सफेद, निर्मल आँखों में लाल रेशों का जाल बिछ गया था।

सुनरी लोहाइन कुछ और कहती थी, 'कहीं कोई कारन तो नहीं है? ओझा जी अगिवार करके देखें, सोन्हू अपने बाँस छीलनवाले बांके से फूँक दें!'

चन्दा बहू कुछ नहीं बोलीं। सुनरी आँधी की तरह दौड़ गयी थी। मिनटों में सोन्हू सुनीत को फूँक रहे थे, बीच-बीच में अपने बांके से उसका पाँव सहला देते थे।

ओझा के लिए गोहरी की निर्धूम आग आ गयी थी। उस पर गुग्गुर डाल कर वे कुछ बुदबुदा रहे थे। लवंग से लवंग मिला कर कहने लगे, 'भइया जी डर गये हैं।

फुटहवा बरम की हवा लग गयी है। मैं बाँध दूँगा। ऐसा जकड़ दूँगा कि उसको छठी का दूध याद आ जाएगा।'

सुनरी ओझा जी के पीछे-पीछे गयी। फुटहवा बरम को बँधवाकर ही मानेगी।

साधो काका बरसों बाद बड़की बखरी के दालान में आ-जा रहे थे। दालान के लम्बे ओसारे में एक तरफ पड़े तखत पर उनकी कमरी दोहरी बिछी थी। वे वहीं लेट जाते थे और एकटक ऊपर देखते रहते थे। मुसई कुछ दूर, पाये के सहारे जमीन पर चुपचाप बैठे रहते, फिर उठकर चले जाते थे। इतनी बड़ी घटना के बाद भी मुसई का वहाँ जाना कुछ अजीब लगता था लेकिन गाँव में ऐसी स्थितियाँ सारी दोस्ती-दुश्मनी से आज भी ऊपर मानी जाती हैं। किसी की लड़की की शादी हो, कोई बीमारी हो, किसी पर विपत्ति पड़ी हो तो लोग दुश्मनी भुलाकर शामिल होते हैं। ऐसे मौकों पर दुआर करने न आनेवालों को लोग नीच और कमीना मानते हैं।

अभी-अभी मुसई महतो बिन्दा भगत के साथ बखरी में गये थे। सुनीत की कलाई से कपड़े में बँधी जड़ी बाँधते हुए बिन्दा भगत कुछ देर बुदबुदाते रहे और सुनीत को फूँक कर सीधे बाहर आ गये। बाकर से दरवाजे पर ही भेंट हो गयी, फिर तीनों साधो काका के तखत के पास जा बैठे।

बिरंजीलाल दूर आते हुए दिखाई पड़े। उनकी ढीली-ढाली धोती हवा में उड़ रही थी। लोग उठ-उट कर उन्हें देखने लगे। बिरंजीलाल ओसारे में आ खड़े हुए और कन्धे का गमछा उतार कर मुँह का पसीना पोंछने लगे। सब टकटकी लगा कर उनके मुँह की ओर देख रहे थे। लेकिन वे कुछ नहीं बोले। तभी उनकी निगाह साधो काका पर गयी। लपक कर पैर छुआ और उन्हें बताने लगे, 'तार मैंने जाते ही दे दिया था। लेकिन जी नहीं माना, जाने कितनी देर में मिले, न मिले। सोचा फून से बता देना ठीक होगा। फिर कलक्टर के बँगले में घुस गया। चपरासी रोकने लगा, तो मैं बिगड़ गया। बताया कि ज्वाला बाबू एम० एल० ए० के यहाँ से आया हूँ। साहब से बात करनी है। मैं जोर-जोर से बोल रहा था। साहब पर्दा उठाकर खुद ही बाहर आ गया और बोला, 'कहो-कहो भाई, क्या बात है? ज्वाला बाबू कैसे हैं? आओ, अन्दर आ जाओ!'—फिर तो सबको साँप सूँघ गया। मैंने बताया कि उनका लड़का बहुत बीमार है, लखनऊ खबर करनी थी। मिनट भर में ज्वाला बाबू से बात हो गयी।'

सारे गाँव में यह खबर फैलते देर नहीं लगी कि ज्वाला बाबू लखनऊ से जीप से भागे आ रहे हैं। लखनऊ का डाक्टर भी साथ-साथ आ रहा है।

—समझो कोई भगवानै होगा।

—लखनऊ का बड़का डाक्टर तो आदमी को मउत के मुँह से खींच लेता है।

सुनीत की हालत और भी बिगड़ती जा रही थी। वह अब बहुत ज्यादा बकने-झकने लगा था और बार-बार चारपाई से उतरकर भागने की कोशिश कर रहा था। श्यामा अकेले उसे सम्हाल नहीं पा रही थी। दूसरी पाटी के सहारे मुराद भी बैठ गया।

सुनीत अब किसी को नहीं पहचान रहा था। अब तक वह श्यामा को देखकर चुपचाप आँखें मूँद ले रहा था, पर अब उसे भी हटाने लगा था। श्यामा के जिन हाथों को पकड़े-पकड़े वह सो जाता था, और जरा-सा हाथ खींचने पर जगकर उन्हें और जोर से पकड़ लेता था, उन्हीं को झटक दे रहा था और अपनी लाल आँखें नचाकर उसे घूरने लगता था।

श्यामा बार-बार बिलख पड़ती थी, 'भइया सुनीत! मैं श्यामा हूँ!'

'नहीं-नहीं, वह आ रहा है। मुसई चाचा को बचाओ—बचाओ—!' वह बोलता और बेहोश हो जाता था।

चन्दा बहू दीवार से अपना सिर टकरा देती थीं, 'भगवान! पहले मुझे ही उठा लो। कौन-सा पाप किया है मैंने, जो मेरा लड़का मुझसे छीन रहे हो?'

'ताई, धीरज रखो! सुनीत ठीक हो जाएगा।'

मुराद की हालत खराब थी। वह इन संवेगों की बाढ़ में डूबते-उतराते थोड़ी ही देर में अशक्त महसूस करने लगा था।

कमरे के बाहर से किसी ने सूचना दी,—'पर्दा हटाओ, भाई जी आ रहे हैं, भागो बहिन भी साथ हैं।'

मुराद ने पर्दा हटाकर उन्हें अन्दर कर लिया। कमरे में अंधेरा था। कम-से-कम बाहर से आया आदमी, कुछ देर, कुछ भी नहीं देख पाता था।

बत्तीस कमरे की इस कोठी में नीचे के सारे कमरे ऐसे ही हैं। बाहरी दीवार में कोई खिड़की नहीं है। अन्दर की ओर हर कमरे में एक दरवाजा, एक खिड़की और चारों ओर चौड़ा बरामदा है। सुरक्षा को ध्यान में रखकर पहले गाँव में बड़े लोग अपनी कोठियों की निचली मंजिल में बाहर खिड़कियाँ नहीं बनवाते थे। इस कमरे में और भी अंधेरे का कारण यह था कि वैद्य जी ने खिड़की और दरवाजे पर मोटा पर्दा यह कहकर डलवा दिया था कि जरा भी हवा लगी कि शीतांग होने का डर था।

भाई जी को बुरा लगा, लेकिन कुछ बोले नहीं। उन्होंने सुनीत के चेहरे पर खुश्की का अन्दाज लिया और बुखार के बारे में श्यामा से पूछा। बदन छुआ और टट्टी-पेशाब के बारे में जानकारी लेकर बोले, 'टाइफाइड है।'

उनके कहने पर मुराद ने कमरे के पर्दे उठा दिये और सुनीत पर पड़ी चादर भी एक ओर हटा दी। मुराद की मदद से सुनीत का पलंग दरवाजे के ठीक सामने करके,

उन्होंने श्यामा से मिट्टी के बर्तन में रखा एक बाल्टी ठंढा पानी मँगवाया। उसमें पूरी चादर भिंगो दी और चारपाई का बिस्तर हटा कर सुनीत को उसी में लपेट दिया। ऊपर से चार-चार लोग पंखों से हवा करते रहे। थोड़ी देर बाद उन्होंने सुनीत को चादर से बाहर कर लिया। भागो बहन की मदद से उसके पूरे कपड़े उतरवा दिये। बदन अच्छी तरह पोछ कर फिर दूसरे सूखे कपड़े पहना दिये। श्यामा को पास बुला कर उन्होंने जल-पट्टी रखने का सिद्धान्त समझाया। साफ कपड़े की पट्टी बना कर एक बार माथे पर रखकर दिखा दिया। श्यामा ठंढी पट्टियाँ बदलने लगी। भाई जी सुनीत की नब्ज़ हाथ में लिये रहे। थोड़ी ही देर में ताप कम होने लगा। सुनीत शिथिल और शांत होकर बिस्तर में निढाल सो गया।

'बुखार कम हो रहा है।' भाई जी ने कहा, फिर वे श्यामा को समझाने लगे, 'इसे उबाल कर ठंढा किया हुआ पानी थोड़ी-थोड़ी देर पर देते रहना। ले सके तो दूध में आधा पानी मिलाकर गर्म करके देना या मुसम्मी बाजार से मंगा कर उसका रस देना। टाइफाइड में आँतों में जख्म हो जाता है, इसलिए मरीज को ऐसा भोजन देना चाहिए जिसे पचाने में आँतों को मेहनत न करनी पड़े। मरीज का हिलना-डुलना भी मना है। हाँ, थर्मामीटर है क्या?'

श्यामा बोली, 'नहीं, भाई जी।'

'मैं आश्रम से भेजता हूँ। तुम्हें देखना आता है?

श्यामा ने मुस्करा कर सिर नीचे कर लिया, जैसे इस अज्ञता के लिए क्षमा माँग रही हो।

'देखो, मुराद को साथ ले चलो। वहीं इसे समझा देंगे। यह थर्मामीटर ले कर चला आएगा।' भागो बहिन ने कहा, 'फिर श्यामा मुराद से सीख लेगी, क्यों?' भागो बहिन ने श्यामा का संकोच दूर कर दिया। बोलीं, 'जब बुखार एक सौ दो पर आ जाय तब पट्टी रखना बन्द कर देना। लेकिन दिन में चार बार बुखार नाप कर लिखना न भूलना।'

भागो बहिन मुड़ कर चलने को हुईं लेकिन चन्दा बहू हाथ जोड़ कर सामने आ खड़ी हुईं।

'अरे-अरे, यह आप क्या करती हैं? नमस्ते तो मुझे करना चाहिए। मैं आपसे छोटी हूँ और आपकी बहू हूँ!'

भागो बहिन सुनीत की तरफ देखते हुए बोलीं, 'सुनीत ठीक हो जाएगा। घबराने की कोई बात नहीं।' फिर घर के बाहर निकलते-निकलते श्यामा को पास बुलाकर बोलीं, 'तू बड़ी परेशान लगती है, श्यामा! देख, उसे नींद आ गयी है। बुखार उतर रहा है। वह जागते ही तुमसे बोलेगा।'

श्यामा की आँखें डबडबा आयीं।

चन्दा बहू ने कहा, 'चार दिन से ऐसे ही बैठी है। पल-भर को भी कल नहीं किया बिटिया ने।'

भागो बहिन ने श्यामा को एक बार फिर उसी नेह भरी दृष्टि से देखा और भाई जी के पीछे-पीछे बाहर निकल गयीं।

भाई जी ने बाहर मुसई, बिन्दा और बाकर को काका के पास बैठे देखा, तो उधर मुड़ गये। उनके पास जाकर उन्हें बताया, 'मियादी बुखार है, ठीक हो जाएगा। शुद्ध हवा-पानी और देखभाल ही इसकी दवा है।' कहते हुए वे बाहर निकले। मुसई और बिन्दा भी उनके पीछे-पीछे बाहर चले गये। बाकर अपने घर की ओर मुड़ गया।

चार दिन, चार रात की दौड़-भाग और तनाव के कारण बखरी का हर आदमी नींद के सागर में डूबा हुआ था। किसी को भी अपने तन-बदन की सुध नहीं थी। सुनीत की बगल में एक और पलंग बिछा दिया गया था, जिस पर चन्दा बहू बैठे-बैठे लुढ़क कर सो गयी थीं।

श्यामा सुनीत के सिरहाने पलंग पर बैठी, बार-बार नींद में झूम रही थी और मुराद बिना हत्थे की कुर्सी पर चुपचाप बैठा था। कमरे में दूसरी ओर ऊँचे स्टूल पर रखी, लालटेन की मद्धिम रोशनी को इस खामोशी और थकान से अलग करना मुश्किल था।

सुनीत का बुखार सुबह से एक सौ दो पर रुका था। श्यामा हर घण्टे बुखार देखकर एक कागज पर लिख लेती थी। सुनीत ने शाम को थोड़ा दूध लिया था, तब से वह लगातार सो रहा था।

मुराद ने धीरे से कहा, 'तुम थोड़ी देर सो लो, श्यामा। सुनीत उठेगा तो मैं बुखार ले लूँगा।' लेकिन श्यामा ने शायद सुना नहीं। वह नींद के मारे सुनीत के सिर पर लुढ़कते-लुढ़कते बच रही थी। मुराद के होठों पर हर बार अनायास हँसी उतर आती थी। वह श्यामा को एकटक देख रहा था। नींद में डूबी, उसकी आँखों के पपोटों की हल्की सूजन और पलकों के नीचे की अधखिली रक्ताभा, कुई की अधखिली पंखुड़ियों के भीतर से झाँकती अरुणिमा से मेल खा रही थी। बीच-बीच में जब वह चौंक कर आँखें खोलती, तो मुराद को मुस्कराता देख कर संकोच में मुस्करा देती थी, जैसे हर बार किसी नन्हीं-सी कटोरी के मुख भाग के आधे से दूध छलक जाता हो।

मुराद को अनायास अभी यह सब कुछ सह पाना विचित्र लगने लगा। वह श्यामा को, उस घर को, सुनीत को और चन्दा बहू को एक-एक कर देखता, फिर

सोचता कि आखिर वह यहाँ क्यों है? उसे अपना घर याद आया, तिल-तिल कर जीने के संघर्ष में टूटता हुआ बाप, पसीने में लथपथ अर्द्धनग्न गाँव के दूसरे लोग, अस्थिपिंजर को ढोते हुए मुसई चाचा, जाड़े की ठंढी हवा में, एक फटी बनियान गले में डाले, थर-थर काँपता सागर और प्रवाह से अलग-थलग पड़े, किसी रेत के द्वीप की तरह विदेह साधो काका—मुराद का मन हिरन की तरह चौकड़ी भरने लगा था। लेकिन इसी बीच सुनीत जग गया और उलट कर उसे देखने लगा। श्यामा भी चौंक गयी। सुनीत ने अपना हाथ बढ़ा कर उसके हाथों को पकड़ कर कहा, 'पानी...।'

श्यामा उठने को हुई। लेकिन सुनीत ने उसका हाथ और कसकर दबा लिया, 'तुम दो, मुराद!'

मुराद को संकोच हुआ। लेकिन वह उठा और सुराही से पानी ले आया। श्यामा ने बुखार नाप कर सुनीत को पानी पिला दिया। मुराद थर्मामीटर लेकर देखने लगा, 'वही, जहाँ-का-तहाँ, एक सौ दो।'

'मैं देखूँ,' श्यामा थर्मामीटर देखने लगी। उसे पारे की लाइन नहीं दिखती। हाथ बार-बार हिल जाते हैं।

मुराद ने कहा, 'ऐसे नहीं, पहले उसे इधर-उधर कर पारे की लाइन आँखों से पकड़ो।'

'मिलती है, लेकिन आँखों से छूट-छूट जाती है।' श्यामा कोशिश करने लगी।

'अच्छा, इधर आओ!'

दोनों बत्ती के सामने जा खड़े हुए। मुराद अपने हाथ में थर्मामीटर लिये था। श्यामा उसकी बगल में उससे सटी खड़ी थी। दोनों को एक दूसरे की साँसें सुनायी पड़ रही थीं। शरीर ऊपर से नीचे तक रह-रह कर अपने आप छू-छू जाता था। माथे की बगल से ठुड्डी तक जैसे दोनों किसी तसवीर के फ्रेम में आ फँसे हों। श्यामा को थर्मामीटर का पारा नहीं, बजमा के पानी की चाँदनी में चमकती सतह दिखायी पड़ रही थी। वह बोली, 'यह तो सब एक रंग—सफेद।'

'सफेद कैसे?' मुराद की आवाज़ काँप गयी 'सफेद शीशे में चमकते हुए पारे की एक लकीर दिखती है, इतने पर भी नहीं?'

श्यामा को बजमा की सफेद-चाँदी-सी सतह पर दौड़ती हुई बिजली की धारा दिखने लगी थी। मुराद सिहर उठा। थर्मामीटर श्यामा के हाथ में थमा कर झटके से हटा और कुर्सी पर बैठ कर सुनीत को देखने लगा।

श्यामा वहीं से बोली, 'मैं पारे की रेखा को पकड़ तो लेती हूँ, लेकिन एक बार चमक कर वह फिर ओझल हो जाती है। समझ नहीं पा रही हूँ कि यह दोष पारे का है या मेरी आँखों का।'

मुराद ने कोई जवाब नहीं दिया। सुनीत एकटक श्यामा को देखता रहा। रोशनी के सामने तिरछे अड़े श्यामा के चेहरे की छायाकृति का एक विशालाकार सुनीत के बिस्तर से लेकर कमरे की छत तक छा गया था और मुराद तथा सुनीत उस छाया में इस तरह घुल-मिल गये थे कि उन्हें अलग से पहचानना भी मुश्किल था।

बड़की बखरी में बहुत चहल-पहल थी। चार दिन पहले की भीड़-भाड़ से बिलकुल विपरीत, आज ज्वाला बाबू की राजनीति की गर्मी थी। बिन्देसरी पांड़े का घोड़ा सुबह से ही नीम के पेड़ के नीचे बँधा रहता था और चाय-नाश्ते का दौर चलता रहता था। मूरत महराज की पूजा दालान से हटा कर बखरी में पहुँचा दी गयी थी। दालान की पूरी शक्ल ही बदल गयी थी।

विधान-सभा की बैठकों में लम्बे समय तक ज्वाला बाबू के लखनऊ प्रवास के दिनों में दालान का कीमती साजोसामान तथा फर्नीचर बखरी के अन्दर चला जाता था। हर बार आने की सूचना होते ही तैयारी होने लगती थी और चार दिन पहले से नौकर-चाकर अपने काम का पूर्वाभ्यास करने लगते थे। दो-तीन महरे, खिदमतगार और जगई कहार का पूरा घर उठ कर यहीं आ जाता था। जगई तथा उसका लड़का और दो बड़ी लड़कियाँ रात-दिन बखरी का काम सँभालती थीं।

इस बार सुनीत की बीमारी के कारण वे एकाएक आ गये थे लेकिन सुनीत की स्थिति देखने के बाद उनका मानसिक आतंक समाप्त हो गया था। साथ आये डाक्टर ने अपनी दवाइयाँ देकर कहा, 'टाइफाइड में यदि बुखार बिगड़ने न पाये, तो अच्छा होते देर नहीं लगती। लगता है, आपके लोग बड़े समझदार हैं। उन्होंने डाक्टर का काम कर दिया है। वह लड़की क्या आपकी...?'

'नहीं,' ज्वाला बाबू बीच ही में बोल पड़े, 'मेरे तो बस यही एक लड़का है।'

'ठीक ही है। आप-जैसे देश-सेवकों के लिए तो सारा देश ही अपना परिवार है।'

ज्वाला बाबू ने डाक्टर की बात नहीं सुनी। वे सोच में पड़ गये—यह जरूर साधो की लड़की है। थानेदार बता रहा था कि सुनीत के साथ एक लड़की थी, जो लोगों के सामने उसे डाँट रही थी। यही ले गयी होगी सुनीत को। भला यह अनर्थ देखिए साहब, कि अब हमारे खानदान की सयानी लड़की थाने पर पहुँच जा रही है और यह लड़का! बीमार न होता तो मैं हंटरों से इसकी खाल उधेड़ देता। उस लड़की का क्या है, जैसा साधो है, वैसी ही तो होगी। मेरी कितनी बेइज्जती करायी है इन लोगों ने। जिस सन्तान के कारण अनादर हो, उसे सन्तान क्यों माना जाए। सारा

भांडा ही फोड़ कर रख दिया।—ज्वाला बाबू के सीने में आग जलने लगी। सुनीत की बीमारी के आतंक ने जिस घाव पर पर्दा डाल दिया था, वह जैसे उधड़ कर एकाएक नंगा हो गया और वे मन-ही-मन उस समय का इंतजार करने लगे, जब उनकी चन्दा बहू से एकांत में भेंट हो।

उसी रात चन्दा बहू का ज्वाला बाबू से भयंकर झगड़ा हुआ। रात बारह बजे तक कोई खाने पर नहीं उठा। ज्वाला बाबू का कहना था कि जमाना कहाँ-से कहाँ पहुँच गया है और चन्दा बहू जहाँ-की-तहाँ पड़ी हैं। ऐसी पत्नी के रहते, जो राजनीति तो दूर, अपने बच्चे तक को नहीं सँभाल सकती, वे कभी मिनिस्टर नहीं बन सकते। उन्होंने साफ-साफ फैसला सुना दिया, 'सुनीत, इलाहाबाद में पढ़ेगा और साधो की लड़की की तुरंत शादी कर दी जाएगी। एक पागल के घर में सयानी लड़की के रहने का क्या मतलब है? आखिर एक दिन वह करना तो मुझे ही है।'

चन्दा बहू दोनों बातों का विरोध कर रही थीं। उनकी इच्छा थी कि अभी दोनों दो वर्ष यहीं पढ़ें फिर विश्वविद्यालय में पढ़ने सुनीत बाहर चला जाएगा और श्यामा की किसी पढ़े-लिखे लड़के से शादी कर दी जायेगी।—'कितनी अच्छी लड़की है, श्यामा! मेरे सुनीत को उसने नया जीवन दिया है।'

ज्वाला बाबू अब कुछ भी मानने के लिए तैयार नहीं थे। उनका कहना था कि अब इस तरह की बातों का फैसला चन्दा बहू पर नहीं छोड़ा जा सकता। मुसई के मामले ने उन्हें जड़ से हिला दिया था। उन्होंने लखनऊ में ही निर्णय कर लिया था कि बिन्देसरी पांड़े को वे अपने कांग्रेसी विरोधियों को ठीक करने का काम सौप देंगे। इसी का जरा-सा संकेत पाकर पांड़े ने उस दिन अपने दो छोकरों को आश्रम पर लगा दिया था, जिन्हें भाई जी की सभा भंग करते दो मिनट भी नहीं लगे थे। ज्वाला बाबू का ख्याल था कि इससे दो काम होंगे। एक यह कि साधो के चेले, टुकड़खोर, कांग्रेसी कार्यकर्त्ता रास्ते पर आ जाएँगे। फिर उन्हें लालच देकर काम लिया जाता रहेगा। दूसरे बिन्देसरी हरिजनों और छोटी जातियों में बदनाम हो जाएगा और कभी मेरे मुकाबले चुनाव में खड़ा ही नहीं हो पाएगा।

इसलिए आज जब बिन्देसरी पांड़े ने उनके पास से उठना चाहा, तो ज्वाला सिंह ने उसे हाथ पकड़ कर बैठा लिया और बड़ी होशियारी से समझाया, 'अब वह दिन दूर नहीं, पांड़े, जब तुम देखोगे कि मैं मिनिस्टर हूँ। फिर तो तुम्हें कुछ कहना ही नहीं होगा। लखनऊ में बसने का कार्यक्रम बनाओ। लेकिन, भाई, क्षेत्र सँभालो! जब राजनीति की ओर रुख किया है तो जम कर मैदान में आओ। चिन्ता रखो। हमेशा समाजवाद और हरिजन-उद्धार की बात करने की आदत डालो। लेकिन ऐसा नहीं कि यहाँ हरिजन ही रहें और हमें अपना बिस्तर गोल करना पड़े। हमारी-तुम्हारी यह जायदाद कहीं जाने वाली नहीं है, कम-से-कम कांग्रेसी शासन के रहते। नीति

से काम लो। ऐसी बातें न हों, जो थाने तक पहुँच जाएँ। अखबार में छप जाएँ। इस तरह लग जाओ कि साँप भी मर जाए और लाठी भी न टूटे। हाँ, सुना है कि तुम्हारा बिन्दा भगत मुसई के साथ बहुत घूम रहा है।'

पांड़े ने कहा, 'मैं समझ रहा हूँ, बाबू साहब। भगवान की कृपा से इतना सामरथ मुझमें है कि आपकी एक-एक बात पूरी होगी। अब मेरी आँख खुल गयी है। मैं कहाँ भटक रहा था।...बड़कऊ के बारे में कोई बात हुई?'

'बड़कऊ, समझो छूट गया, पांड़े।' मैंने त्रिपाठी दरोगा से कहा, 'बेटा, किसी ब्राह्मण के लड़के से हरिजन की लड़की को हमल रह ज़ाना कोई नयी बात नहीं है। ऐसा तो होता ही रहता है। तुम भी तो ब्राह्मण हो। एक ब्राह्मण की इज्जत चली गयी, तो तुम्हारे यहाँ रहने से क्या फायदा? थानेदार यादव ने ही सारी गड़बड़ी की थी। उसी ने मुसई के मामले में भी कच्चापन दिखाया। मैं लखनऊ से चलने के पहले ही उसे ट्रान्सफर कराकर त्रिपाठी को यहाँ आने का आदेश दिलवा दिया था और सारी बातें भी समझा दी थीं। त्रिपाठी समझदार है। कहने लगा,—इसमें क्या बात है, बाबू साहब, कोई साक्ष्य मैं प्रस्तुत ही नहीं करूँगा, तो केस कैसे चलेगा?'

'अच्छा अब आज्ञा दीजिए!' बिनेसरी पांड़े उठते-उठते बोले, 'आपने सुना ही होगा कि सोशलिस्ट पार्टी के धनिकलाल यहाँ से चुनाव लड़ने आ रहे हैं!'

'अच्छा? यह किसने बताया?' ज्वाला सिंह को भीतर कहीं तेज धक्का लगा।

'बताना क्या, वे एक चक्कर लगा गये हैं, लोगों के पास। चर्खा-संघ भी गये थे और आपकी बगल में भी चरन छूने आये थे।' पांडे ने दूसरा वाक्य थोड़ा धीरे से कह कर साधो काका की ओर संकेत किया।

'मुझे किसी ने बताया नहीं। ठीक है, देखा जाएगा।'

'वह क्या लड़ेगा चुनाव? बस अहीर-कुर्मियों के ओट पर खड़ा हो रहा है। आपके रहते कौन अहीर उसको ओट देगा? मेरे गाँव भी आया था लेकिन बड़कऊ ने लड़कों को उसके पीछे लगा दिया। उन्होंने उसकी लाल टोपी सिर से उतार ली थी।'

इस पर ज्वाला सिंह खूब जोर से हँसे। फिर पांड़े को हाथ जोड़ कर नमस्कार कर, वे कुछ देर चुपचाप बैठे रहे। उनके दिमाग में धनिकलाल छाया हुआ था।

धनिकलाल इस क्षेत्र का आदमी नहीं था। यह उन्हीं की गलती थी कि समाजवादी पार्टी वाले उसे यहाँ से चुनाव लड़ने के लिए भेज रहे थे।

विधान-सभा की एक झड़प में उन्होंने समाजवादियों के नेता मदन शर्मा को कुछ भला-बुरा कह दिया था। बाहर निकल कर मदन शर्मा ने बड़े आदर के साथ ज्वाला बाबू से कहा, 'बाबू साहब, अब यही होगा?'

ज्वाला बाबू को न जाने क्या हो गया था कि उन्होंने उसे बुरी तरह डाँट दिया, 'मदन, यह विधान-सभा है, वरना मैं तो तुम्हारे-जैसे लोगों की खाल खिंचवा लेता हूँ।'

इस पर शर्मा आग-बबूला हो गया था। उसने वहीं चुनौती दी थी कि इस बार मैं आपकी ताकत आपके घर ही में देखूँगा! धनिकलाल को वही टिकट दिलवा रहा है।—बड़ा लड़ाकू है धनिकलाल! ज्वाला सिंह को कुछ चिंता हो आयी। उन्होंने बेचन को बुलाया और बोले, 'जरा दौड़ कर बिरंजीलाल को बुला लाओ। यहाँ बैठ कर वह करता क्या है? इतनी बड़ी बात की खबर नहीं दी उसने?' फिर मन-ही-मन कहा, 'बेचारे को मौका ही कहाँ मिला। जब से आया हूँ, लोग चैन से बैठने कहाँ देते हैं।'

बिरंजीलाल को ऐसी आशा न थी कि वे कभी इस तरह फँस जाएँगे। पथरू धोबी ने उनकी बाँह ऐंठ कर पीठ पर चढ़ा दी और चिल्ला-चिल्लाकर उन्हें गालियाँ दे रहा था। गाँव की कई औरतें और बड़ी-छोटी लड़कियाँ मुंशी जी को बचाने की जी-तोड़ कोशिश कर रही थीं, लेकिन पथरू का हाथ वे टस-से-मस नहीं कर पा रही थीं।

इसी बीच गोपी लुढ़कती-पुढ़कती न जाने कहाँ से वहाँ पहुँच गयी और अपनी बकुली के सहारे खड़ी हो कर पथरू पर गालियों की वर्षा करने लगी, 'छोड़ सरबौला! छोड़ ललवा को! अरे लाज नहीं कोढ़िया के! बेजान के मनई पर हाथ उठाता है! कोई है नहीं जो इसका मुँह फूँक दे!'

संयोग से उस समय वहाँ कोई पुरुष न था और पथरू था कि मुंशी का हाथ ही नहीं छोड़ रहा था। ऊपर से गालियों की बौछार करता जा रहा था, 'आज मार ही डालूँगा साले को। उजाड़ दिया मुझको और ऊपर से कहता है कि मुकदिमा करके जेहल में बन्द करा दूँगा। अब कर मुकदिमा! मैं तुम्हारा मुकदिमा यहीं कर देता हूँ।'

मुंशीजी बेचारे बिना जान के आदमी, रास्ते चलते तो शरीर तीन जगह से टेढ़ा हो जाता; इस जट्ट धोबी पथरू से क्या लड़ते! इसी झगड़े-झंझट से बचने के लिए तो उन्होंने शादी नहीं की थी। लोग कहते हैं कि एक बार दुखी धोबी ने भी मुंशी जी को बहुत मारा था, तब से उन्होंने वह रास्ता ही छोड़ दिया था। उसकी बीबी सितबिया अपने दाँतों की काली मिस्सी के लिए मशहूर थी। एक दिन मुंशी जी बाजार से मिस्सी लाकर उसे देने के लिए उसके घर में घुस गये थे। उसी समय दुखी अपने गधे पर बैठा घाट पर से घर आ गया। उसने मुंशी को अपने घर से निकलते देखा, तो ताव में आकर गदहा हाँकने वाले छरके से मुंशी को पीट कर खराब कर दिया था। लोग बताते हैं कि उसके बाद ज्वाला सिंह ने दुखी को दरवाजे पर पकड़

मंगवाया था और अपने हाथ से उसे बहुत मारा और कह दिया था कि वह गाँव छोड़कर भाग जाए। लेकिन बाद में लोगों के बहुत कहने-सुनने पर उन्होंने दुखी को माफ कर दिया था।

मुंशी जी का यह भी एक दुर्भाग्य था कि उनका नन्हा-सा पक्का घर धोबियाने से बिलकुल घिरा था और धोबियों के खेतों के छोटे-छोटे टुकड़े उनके घर के अगल-बगल फैले थे।

मुंशी का प्राण गाय में बसता था। लोगों को जब से याद है, वे कभी बिना गाय के नहीं रहे। मजाक में लोग कहते कि, वे गाय के साथ ही पैदा हुए थे। वैसे उनकी वह लोही गाय भी कम नहीं थी पर इस कजली को तो दूसरों का खेत चरने में कमाल हासिल है। रात सोता पड़ने पर मुंशीजी गाय के गले का गराँव निबुका कर खुद चारपाई पर पड़ रहते और सवेरे गाय खूटें पर बैठी मिलती। आदमी की जरा-सी आहट पर गाय घोड़े को भी मात करने वाली दौड़ से, कावा काटती हुई दरवाजे पर पहुँच जाती थी। फिर तो आप लाख ओरहना दीजिए, मुंशी सीधे मुँह बात न करते। 'अरे चला, चला, आपन मुँह देखा, बड़ा चला है चोरी लगाने!'

कल रात सारे धोबियों ने मिलकर व्यूह-रचना की थी और किसी तरह कोली में फँसा कर गाय को पकड़ लिया था। उनका सारा धान और बजरी गाय ने बरबाद कर रखा था।

मुंशी जी यह मानने के लिए तैयार ही न थे कि उन्हीं की गाय ने खेत चरा था। यह तो सरासर जबरदस्ती है कि धोबियों ने गाय को गाँव की कोली में पकड़ लिया था।

मुंशी दूसरों का मुकदमा लड़ते थे। यह तो उनका अपना मामला था। वे मजा चखा कर रहेंगे धोबियों को!

इसी कारण पथरू धोबी आज उन पर चढ़ बैठा था। उसी समय बेचन वहाँ आ गया और मुंशीजी पर पथरू की बेरहमी देख कर वह सन्न रह गया। मुंशी के मुँह से फेचकुर निकल रहा था। वे कुछ कह रहे थे, लेकिन उनकी जबान लटपटा रही थी।

बेचन ने सोचा उसे तुरंत बोलना चाहिए। शायद पथरू डर कर मुंशी को छोड़ दे।

'मुंशीजी, मुंशीजी!' लेकिन मुंशीजी बोलें भी तो कैसे?

बेचन ने तब पथरू से कहा, 'मुंशीजी को ज्वाला बाबू तुरंत बुला रहे हैं!'

ज्वाला बाबू का नाम सुनते ही पथरू के प्राण काँप गये। हो सकता है, उसे दुखी की खाल खिची पीठ की याद हो आयी हो। वह मुंशीजी का हाथ छोड़ कर अलग ही नहीं हो गया वरन् जल्दी-जल्दी मुंशी को उठा कर खड़ा करने लगा। कई बार मुंशी लड़खड़ा-लड़खड़ा कर गिर पड़े, और पथरू ने उन्हें फिर-फिर उठा कर खड़ा किया।

मुंशीजी ने ताड़ लिया था कि पथरू ज्वाला बाबू के डर के मारे ऐसा कर रहा था इसलिए अब वे उठने का नाम ही नहीं ले रहे थे। जान-बूझकर गिर-गिर जाते थे। लाचार हो कर पथरू उन्हें गोद में उठा कर उनके घर ले गया और उन्हें चारपाई पर लिटा कर पंखी हाँकने लगा।

'मुंशीजी ठीक नहीं होंगे, पथरू! उन्हें उठ खड़े होने लायक खोराकी के लिए सौ रुपये तुरंत चाहिए।' मुंशीजी ने चारपाई पर कराहते हुए कहा।

पथरू ने हाथ जोड़ा 'बहुत ज्यादा है मुंशीजी, मर जाऊँगा!'

'अपनी खैर चाहते हो तो जल्दी करो, वरना खोराकी बढ़ जाएगी!' मुंशीजी हाथ-पांव कुछ और पसारते हुए बोले।

पथरू ने आगे आने वाली भयंकर विपत्ति को भाँप लिया था।—मुंशी आज जान बधवा देगा।

'तुरंत लाता हूँ, मुंशीजी! मुदा हाथ जोड़ता हूँ, बेचन को यहाँ से जाने मत दीजिएगा!'

'अरे गधे, बेचन चला जाएगा, तो मुझे गोद में उठा कर ज्वाला बाबू के सामने ले कौन जाएगा!' मुंशी ने उसे फिर एक खोभा मारा ताकि वह लौटने में देर न करे।

पथरू ने इधर एक खसी और एक गदहा बेचा था। पलक झँपते सौ रुपये लेकर लौटा और मुंशीजी को देकर उनके पाँव पकड़ कर गिड़गिड़ाने लगा, 'माफ करो, मुंशीजी।'

'जाओ, माफ किया, लेकिन मेरी गइया को थोड़ा सानी-पानी दे दो। मैं बाबू ज्वाला सिंह के यहाँ जा रहा हूँ।' मुंशीजी चारपाई से उठकर ऐसे चल पड़े, जैसे उन्हें कुछ हुआ ही न हो।

सुनीत पूरे एक महीने के बाद स्कूल गया। चन्दा बहू ने हर तरह समझा-बुझा कर श्यामा और बेचन को उसके साथ भेजा था। बेचन दूध का थर्मस श्यामा को सहेज कर वापस चला गया। घंटा बजने में अभी थोड़ी देर थी और श्यामा, सुनीत तथा मुराद बाहर खड़े बात कर रहे थे।

सुनीत इस बीच कई बार सागर को पूछ चुका था। तीनों बार-बार उलट कर चमरौटी से आने वाले रास्ते की ओर देख लेते थे। इसी बीच बिन्देसरी पांड़े का छोटा लड़का रतन अपने गाँव के लड़कों के साथ आया और उनका साथ छोड़कर बड़े उत्साह में सुनीत के पास पहुँच गया, 'तुम बहुत दुबले हो गये।' रतन ने बड़ी मित्रता के भाव से पूछा।

सहसा उसका यह व्यवहार आज मुराद और श्यामा को ही नहीं, खुद सुनीत को भी आश्चर्यचकित करने वाला लगा। जवाब मुराद ने दिया, 'पच्चीस दिन की बीमारी के बाद उठा है, भाई।'

रतन ने मुराद की बात की ओर बिल्कुल ध्यान न दिया और बिना किसी प्रसंग के बोलता चला गया, 'तुम्हें क्या करना है, सुनीत? अब हम लोग तो हई हैं। एक-एक को ठीक कर देंगे। किसी चमार के बच्चे को स्कूल में आने ही नहीं देंगे, तो साले पढ़ेंगे कहाँ? बाबू जी हुड़दंगी को समझा रहे थे कि सारे चमार ज्वाला बाबू का भीतर-भीतर विरोध कर रहे हैं। उन्हें ठिकाने लगाने का काम हम लोगों को करना है। मैंने सभी बातें सुन ली थीं। पारस और हुड़दंगी ने तो आज शुरू भी कर दिया। सागर और बैकुंठी रात बजमा में मछली मारते हुए पकड़े गये और उन्हें मार-पीट कर खेलावन चाचा के दरवाजे पर मुर्गा बना दिया गया है।'

'क्या कहा, सागर को मुर्गा बना दिया है?' श्यामा चौंक पड़ी।

लेकिन रतन रौ में बोलता गया, 'खेलावन चाचा ही तो गाँव-प्रमुख हैं। अब पहले वाली बात नहीं रही कि जो जहाँ चाहे, मछली मारे। बाबू कह रहे थे कि तालाब गाँव-सभा की सम्पत्ति है। मछली बेच कर गाँधी-चबूतरा बनेगा, पंचायत-घर बनेगा।' श्यामा ने यह-सब नहीं सुना। उसका सारा शरीर आवेश में थर-थर काँप रहा था।

सुनीत उद्वेग में असंतुलित हो गया। बिना कुछ बोले वहीं बगल में पड़ी बेंच पर बैठ कर उसने अपने को गिर पड़ने से किसी तरह बचा लिया।

मुराद अपने स्वभाव के विपरीत जोर-जोर से बोलने लगा, 'यह सरासर अत्याचार है। सागर हमारा साथी है, हमारा भाई है। सागर इस स्कूल का विद्यार्थी है। यह स्कूल का अपमान है, विद्यार्थियों की बेइज्जती है।'

स्कूल के सारे लड़के मुराद की बात सुनकर जुट आये और 'इन्कलाब!—जिन्दाबाद' का नारा लगाने लगे। जो जहाँ था, वहीं से दौड़ पड़ा।

बलराम अहीर का लड़का बैजू कूद कर बेंच पर चढ़ गया और गरज-गरज कर बोलने लगा, 'हम सारे गाँव को फूँक देंगे! देखते हैं, हमारे भाई को कौन सताता है!'

'जो हमसे टकरायेगा' उसने नारा दिया।

विद्यार्थियों ने दूने जोर से उत्तर दिया, 'चूर-चूर हो जायेगा!'

जिन लड़कों ने अपने बस्ते कक्षाओं में रख दिये थे, दौड़कर उठा लाये और यह तय होने लगा कि आज स्कूल में हड़ताल रहे और सारे लड़के बिन्देसरी पाड़े के गाँव मानिकपुर जाकर सागर को छुड़ा लायें। फिर स्कूल पर विद्यार्थियों की एक सभा हो लेकिन बैजू का एक कदम आगे बढ़कर यह कहना था, 'बदले में हम उस प्रमुख को मुर्गा बनायेंगे, जिसने हमारे भाई को मुर्गा बनाया है!'

इस बीच सुनीत के सिर का चक्कर कुछ कम हो गया था और वह उठकर दूसरे लड़कों के साथ खड़ा हो गया।

श्यामा के लिए सागर उसकी कक्षा का विद्यार्थी ही नहीं था। वह अपने को संतुलित नहीं कर पा रही थी। कुछ बोलने की कोशिश करते ही उसका गला इस तरह रुँध जाता था कि शब्द टूट-फूट जाते थे। अन्ततः श्यामा अपने को सँभालने में असमर्थ हो गयी और फूट-फूट कर रोने लगी।

'तुम सुनीत को लेकर यहीं रुको। हम जलूस लेकर जाते हैं और सागर को छुड़ा लाते हैं।' मुराद बोला।

बैजू कूदकर श्यामा के आगे आया और कहने लगा, 'तुम बस कह दो, श्यामा बहिन, फिर देखो हम क्या करते हैं!'

'नहीं-नहीं-नहीं!' श्यामा अपने आवेग को रोकती हुई बोली, 'तुम सब इन लोगों को नहीं जानते, तुम्हारे एक छोटे-से ढेले का जवाब ये गोलियों से देंगे और ऊपर से इनके आदमी घूमकर शोर मचायेंगे कि लड़कों ने उनका घर फूँक दिया। जरा सोचो, बेचारा सागर थोड़ी-सी मछली के लिए रात-रात भर पोखरी में खड़ा रहता है। लेकिन अब यह भी इन लोगों से नहीं देखा जा रहा है। तुम लोग न जाओ। झगड़ा बढ़ जाएगा और तुम्हारे घर वाले भी फँसा दिये जायेंगे। मैं अब सब समझ गयी हूँ। वह देखो, प्रिंसिपल साहब आ रहे हैं!'

'हम उनकी कोई सहायता नहीं चाहते।' एक लड़का बोला।

बाकी लड़कों ने दोहराया, 'नहीं चाहते, नहीं चाहते!'

बैजू के नेतृत्व में चार-पाँच सौ लड़के मानिकपुर की ओर दौड़ पड़े।

श्यामा सिर पर हाथ रखकर जहाँ खड़ी थी, वहीं बैठ गयी। उसे सहसा उस दिन थाने से लौटता सुनीत याद आया। उसने पलटकर देखा, ठीक वही भाव, वही घुटन। लेकिन श्यामा को जो-कुछ भी कहना था, कह चुकी थी। अब वह सुनीत को बहलाने की कोशिश नहीं करेगी। आखिर सुनीत कब तक शीशे की दीवार में बंद रहेगा।

सुनीत ने पूछा, 'श्यामा, तुमने अभी कहा कि तुम्हारी समझ में बात आ गयी है। तुम्हारे कहने का मतलब क्या था?'

'यह तुम्हें अकेले ही समझना है, सुनीत। मैं तुझे एक बार बता चुकी हूँ कि यह रास्ता तुझे अकेले ही चलना है।'

सुनीत चुप हो गया। फिर रुककर बोला, 'क्या मुराद भी चला गया।'

'हाँ, वह कैसे रुक सकता था।' सागर के बिना वह नहीं रह सकता। मैं लड़की हूँ और गाँव-गिराँव का मामला है, वरना मैं कैसे यहाँ बैठी हूँ, यह मेरा जी ही

जानता है! कलेजा मुँह को आ रहा है, सुनीत!' श्यामा की आँखों-से आँसुओं का भभका फूट रहा था।

'लेकिन मैं तो जा सकता हूँ,' सुनीत उठने को हुआ।

श्यामा ने उसे रोका, 'तुम अभी बीमारी से उठे हो। बुखार दोहरा देगा, सुनीत।'

श्यामा की आँखें लगातार मानिकपुर की ही ओर लगी थीं। शोर बढ़ता जा रहा था। कुछ-एक छोटे लड़के ईख के खेतों के बीच से दौड़कर आते दिखाई पड़े। फिर कुछ बड़े भी दिखाई पड़ने लगे। उन्होंने हाथों की पालकी बना कर सागर को उस पर बैठा रखा था, और 'इन्कलाब-जिन्दाबाद' के नारे लगाते चले आ रहे थे। स्कूल के बहुत-से अध्यापक और प्रिंसिपल उनके पीछे-पीछे आ रहे थे।

मुराद बगल से आगे बढ़ कर श्यामा और सुनीत के पास आ गया। वह सागर की हालत बताते हुए जोर-जोर से हाँफ रहा था, 'बड़ी बेरहमी से उन्होंने सागर के दोनों हाथ एक पगहे से बाँध कर जमीन पर लिटा रखा था। घुटनों को मोड़ कर उसके ऊपर से बँधे हाथ उनमें डाल दिये थे और घुटने और हाथ के बीच एक मोटा-सा डंडा ठूँस दिया था। चिलचिलाती धूप में बेचारे को बाहर छोड़ कर सब जाने कहाँ चले गये थे।'

'इसीलिए झगड़ा-झंझट नहीं हुआ। मैं तो डर के मारे मरी जा रही थी।' श्यामा की निगाह दूर लौटते लड़कों और सागर पर टिकी हुई थी।

मुराद बोला, 'लड़के ढेला फेंकने लगे थे। खेलावन पंडित के कई नाँद सबों ने तोड़ दिये। वह तो कहो प्रिंसिपल साहब पहुँच गये और मास्टरों ने बड़ी होशियारी से रोक-थाम की, नहीं तो आज अनर्थ ही हो जाता।'

सागर को लड़कों ने कंधे से उतार दिया। सारी भीड़ श्यामा और सुनीत के पास सागर को घेर कर खड़ी हो गयी। बलराम यादव का लड़का बैजू बेंच पर चढ़ कर बोलने लगा, 'हम अब किसी से दब कर नहीं रहेंगे ! जो हमें मारेगा, उसे हम भी मारेंगे! हम तो बस साधो काका को अपना नेता मानते हैं। उन्हीं की बात मानेंगे और किसी दूसरे की नहीं!'

सारे लड़के तालियाँ पीट-पीट कर उसकी बात का समर्थन कर रहे थे। उसने बड़े नाटकीय ढंग से चिल्ला कर कहा, 'अब हमारी बहिन श्यामा आप लोगों को कुछ बताएँगी।'

श्यामा उठ खड़ी होने के लिए लाचार हो गयी। लेकिन वह कहती क्या? उसका रोम-रोम जकड़ा हुआ था। बहुत कुछ लड़की होने के कारण, कुछ अपने सामाजिक बन्धनों के कारण; वह आगे दूर-दूर तक सोचने की आदी थी। वह जानती थी कि यह सब जो आज यहाँ हो रहा है, उसका परिणाम किसे भुगतना पड़ेगा! बैजू के बाप बलराम से कौन बोलेगा? हाथी पर चढ़ कर चलता है और मोटी लाठी कंधे

से उतारते हुए ठाकुरों को सलाम कर तख्त पर बैठ रहता है। इस जवार में कुछ करना हो, बलराम की सलाह लेना जरूरी है। कहीं ऐसा न हो कि वह विरोध में खड़ा हो जाए। वह इस स्कूल की प्रबन्ध-समिति का मेम्बर है। सागर के कारण मुसई महतो और बैकुंठी पर क्या बीतेगी!

श्यामा चुपचाप खड़ी रही। पीछे से एक लड़का चिल्लाया, 'श्यामा बहिन बेंच पर खड़ी होकर बोलें।'

'श्यामा वैसे ही खड़ी रही। लड़के सांस बाँधे कुछ सुनने को कान रोपे रहे। लेकिन यह क्या? श्यामा सहसा अपने आंचल में चेहरा छिपा कर फूट-फूट कर रोने लगी। तरुणों की इस पूरी सभा को श्यामा की आँखों का पानी अपनी धारा में बहा ले गया। कितने ही लड़के नाक सुड़कने लगे और कई के गालों पर आँसुओं की धारा बह चली। जैसे श्यामा ने वहाँ खड़े हर बच्चे के कान में यह कह दिया हो, 'मेरे पास इन आँसुओं के सिवा तुम्हारे लिए कुछ नहीं है।'

सागर की पलकें किसी सूखी नदी के रेतीले किनारों की तरह सूनी पड़ी थीं। होंठ सूख कर चिचुक गये थे लेकिन वह लड़खड़ाता हुआ किसी तरह उठ खड़ा हुआ और एक-एक शब्द करके बोला, 'भारत माँ अब भी बन्दिनी है।'

तभी एक लड़का पीछे से गुस्से में चिल्ला पड़ा, 'यह आजादी झूठी है।'

सच्चाई सतह पर तैर आयी थी। सागर कहाँ आजाद हुआ था? उसके दोनों हाथों पर कस कर बाँधी गयी रस्सी के कारण सूजन आ गयी थी।

मुराद बोल पड़ा, 'दिखाई तो ऐसा ही पड़ता है!'

सिर नीचे किये बैठा सुनीत उठ कर बोल पड़ा, 'आजादी झूठी नहीं, अधूरी है।'

श्यामा के चेहरे पर रोशनी उतर आयी। अभी-अभी की प्रतारणा और निराशा की छाया जैसे एक उजास में सहसा विलीन हो गयी हो।

सुनीत एक वाक्य और बोला, 'हम वहाँ से चलेंगे, जहाँ साधो काका ने छोड़ा है।'

लेकिन यह बात लड़कों की समझ में नहीं आयी। सिर्फ मुराद ने हामी भरी।

'लगता है, आजादी की लड़ाई किसी और बात के लिए लड़ी गयी थी और आजादी का उपयोग किसी दूसरी बात के लिए हो रहा है।' पीछे से फिर वही पहले वाला लड़का चिल्लाया, 'लड़ाई किसी और ने लड़ी और उसका भोग कोई और कर रहा है।'

चोट ज्वाला सिंह पर थी। लेकिन सुनीत के आगे साधो काका की तसवीर उभर आयी। उसने अपने ऊपर लगी चोट को सह लिया और बोला, 'इसीलिए मैंने कहा

कि लड़ाई जहाँ छोड़ दी गयी, हम उसे वहीं से शुरू करेंगे। अपने को काका से जोड़ेंगे।'

सागर ने भी स्वीकार में सिर हिलाया। श्यामा अपने पिता के उल्लेख से संकुचित हो गयी। सुनीत से इतनी लम्बी छलांग की उम्मीद उसने नहीं की थी। फिर भी उसे सुनीत पर भरोसा था। यह सब उसने किसी से सुन कर नहीं, सच्चाइयों के साथ जीकर कहा था। श्यामा को लगा, जैसे सुनीत की यात्रा शुरू हो गयी है।

बलराम यादव का लड़का फिर बेंच पर चढ़ गया और इस बार गम्भीर स्वर में बोलने लगा, 'मानिकपुर के ग्राम-प्रमुख के दुर्व्यवहार के विरोध में आज स्कूल में हड़ताल रहेगी। मैं प्रिंसिपल साहब से निवेदन करता हूँ कि वे पूरी परिस्थिति की सूचना लोगों को दे दें और बता दें कि भविष्य में ऐसी घटनाओं का परिणाम बुरा होगा। हम ईंट का जवाब पत्थर से देंगे।'

'विद्यार्थी भाइयों से हम निवेदन करते हैं कि वे अपने-अपने घर को जायँ। लेकिन इस बात को याद रखें कि हम आज हड़ताल पर हैं और अपने-अपने गाँव में इस घटना की निंदा करें। जय हिंद!'

बैजू देखते-देखते सारे लड़कों के साथ स्कूल के बाहर चला गया। प्रिंसिपल और अध्यापकों का साहस नहीं हुआ कि वे किसी लड़के को रोकने की कोशिश करते। असलियत यह थी कि स्कूल में जितने भी अहीर, कुर्मी लड़के पढ़ते थे, वे अकल के कुछ मोटे जरूर थे, लेकिन खेल-कूद में सदा आगे निकल जाते थे। इन सभी के घरों में भैंसे थीं और इनमें से ज्यादातर अखाड़ों में कुश्ती लड़ते थे। वह अहीर का बच्चा ही क्या जिसके कान कुश्ती लड़ने से टूट न गये हों। ये लोग गले में सोने की छोटी-सी जन्तर काले धागों में पिरो कर पहने रहते थे। कोई-कोई तो कानों में लोरिकी भी पहनता था लेकिन यह रिवाज धीरे-धीरे कम हो रहा था।

ब्राह्मणों से इनका परम्परागत बैर था इसलिए स्कूल में जब-जब रामपुर, मानिकपुर के लड़कों का झगड़ा होता, बैजू रामपुर के लड़कों के साथ मिलकर ब्राह्मण लड़कों को मानिकपुर तक खदेड़ ले जाता था और कभी भूल कर भी मानिकपुर के लोग बैजू के साथियों की ओर निगाह नहीं उठाते थे।

श्याम समझ रही थी कि सागर भूखा है,...सागर प्यासा है। लेकिन वह यहाँ उससे कुछ पूछती भी तो कैसे! यहाँ क्या मिल सकता था? स्कूल के लोटे से किसी हरिजन को पानी पीने की आज्ञा नहीं थी। उसने मुराद से कहा, 'चलो चरखा-संघ चलें। भागो बहिन से कहूँगी कि इसे कुछ खिला-पिला दें। इससे बैठा नहीं जा रहा है।'

'उस थर्मस में दूध है, श्यामा। देखो, अभी गर्म भी होगा।' सुनीत श्यामा की ओर मुड़ कर बोला।

श्यामा ने थर्मस खोला। फिर उसका ढक्कन एक हाथ में लिये सुनीत की ओर देखने लगी।

'क्या सोच रही हो?' सुनीत ने थोड़ा चिढ़ कर पूछा।

'यही कि इसे कैसे पिलाऊँ। कोई पानी है क्या, जो अँजुली से पी लेगा।'

'मुझे कैसे पिलाती?' सुनीत ने श्यामा की आँखों में आँख गड़ाकर पूछा।

'तुझे इसी ढक्कन में देती।'

'फिर सागर को क्यों नहीं दे सकती? उड़ेलो दूध उसमें!' सुनीत ने श्यामा के हाथ से थर्मस ले लिया और ग्लूकोज मिला गर्म दूध ढक्कन में उड़ेल कर सागर को पिलाने लगा।

'श्यामा, दूध पीते हुए हर घूँट पर तनिक और चैतन्य होते सागर को और क्षीणकाय सुनीत को बारी-बारी से देख रही थी। उसका मन अनायास आज किसी मुक्त पक्षी की तरह आकाश में उड़ चला था। उसे गाँव की रूढ़िवादी, रूखड़ी मिट्टी से फूटते हुए नये अंकुर दिखाई पड़ रहे थे। वह अपने बारे में नहीं सोचती, सोच कर करेगी भी क्या? यही क्या कम है जो वह स्कूल आ पाती है। वरना उसके साथ की सभी लड़कियाँ ससुराल चली गयीं।—मेहरारू हीन जात है।—गोपी बार-बार कहती है। वह पति की दासी है। इसी में उसका निस्तार है, मुक्ति है। घर से बाहर उसके लिए काँटे बिछे हैं। माँ-बाप उसका दान देकर सिर का भार टालते हैं। —उसका मन फिर निराशा से भर गया। अभी-अभी के मुक्त आकाश-चारी के पर झुलस गये और वह लड़खड़ाकर नीचे कड़ी जमीन पर आ गिरा।

श्यामा अनमनी हो गयी। सूरज सिर पर चढ़ आया था। नीम की छाया सिकुड़कर तने के पास दुबक गयी थी। सुनीत ने उसे थर्मस थमाया। मुराद सागर को हाथ पकड़ कर उठाने लगा। घुटनों के नीचे डंडे की रगड़ से चमड़ा छिल गयी था। सागर से चला नहीं जा रहा था। फिर भी वह आज अपने घर नहीं जायेगा। बाबू डाँटेंगे।

श्यामा और सुनीत दोनों एक साथ बोल पड़े, 'तुम हमारे साथ चलोगे।'

'चल तो रहा हूँ, मगर रहूँगा मुराद के घर।'

श्यामा एकाएक बीच में पूछ बैठी, 'अरे हाँ, बैकुंठी के बारे में तो तुमने कुछ बताया ही नहीं, मुराद!'

मुराद के पहले ही सागर बोल पड़ा, 'वह मेरे कारण बहुत परेशान था। पीठ खिसका-खिसका कर न जाने कैसे मेरे पास सरक आया था और मेरे हाथ पर बँधा पगहा खोलने की कोशिश करता रहा था। लेकिन हाथ तो उसके भी बँधे थे। इतनी मजबूत गाँठ कहीं दाँत से खुल सकती थी?'

मुराद ने श्यामा की बात का जवाब दिया, 'हाँ, मैं बताने को भूल ही गया था। लड़के सागर के साथ बँधे हुए बैकुंठी को देख कर गालियाँ बकने लगे।—हम इसे छुड़ाने थोड़े ही आये हैं। मरने दो साले को! लेकिन बैजू ने उन्हें डाँटा और खुद बैकुंठी का हाथ खोलने लगा। इसी बीच सागर को दूसरे लड़कों ने खोल लिया और खुशी में जोर-जोर से चिल्लाने लगे। उन्हें बैकुंठी का खयाल ही नहीं रहा। मैंने उलट कर चारों ओर देखा, लेकिन वह दिखायी नहीं पड़ा। इधर-उधर निगाह दौड़ाने पर देखा, वह गाँव के पूरब की ओर लुत्ती की तरह भागा जा रहा था।'

श्यामा फिर कुछ नहीं बोली। चारों धीरे-धीरे रामपुर के रास्ते पर आगे बढ़ गये।

साधो काका मचिया पर बैठ कर दातून कर रहे थे। मुसई कब से उकड़ूँ बैठा एक तिनका लेकर जमीन खुलिहार रहा था। बीच-बीच में पास बैठे बाकर से कुछ बोल देता था।

'सुना पंचाइत में मुकदिमा भी चढ़ गया है।'

'मुकदिमा की बात तो दूर है, मुसई भाई। जरा उस बेचारे को चल कर देखो। सारी रात हम लोग उसे गोद में लिये बैठे रहे। दोनों हाथ फूल गये हैं। घुटनों के बीच घाव हो गया है। सुनीत बच्चा रात दूध लेकर आये थे। उसे छोड़ कर किसी तरह घर लौटने को तैयार ही नहीं थे।

'सुना बड़की बखरी के मालिक-मालकिन में कल फिर झगड़ा हुआ। सुनीत बाबू घर छोड़ कर कहीं भाग जाने को कहते हैं। चन्दा बहू फूट-फूट कर रोती हैं।

'रात बेचन भी सुनीत के संग आया था। बाहर खड़े खड़े बता रहा था कि ज्वाला बाबू सुनीत बच्चा को लेकर चन्दा बहू से बहुत नाराज हैं। कह रहे थे, उसको बिलाइत भेज दूँगा। वे सारा दोष श्यामा बिट्टी पर मढ़ते हैं। छोटी जातियों की सोहबत उसी ने लगायी है। बिट्टी का इसी साल ब्याह करेंगे। मूरत महाराज साइत देख कर देखुहारी पर जाएँगे।'

बाकर इसी तरह बोलता था। एक साथ बहुत-सी बातें, एक के बाद एक कह कर अपने काम पर चले जाने की जल्दी उसे सदा घेरे रहती थी।

मुसई महतो ने उसे रोक कर पूछा, 'कल की स्कूल वाली घटना पर कोई बात नहीं हुई बेचन से।'

'कह रहा था, पांड़े के आदमी कई बार आये। खुद प्रमुख खेलावन मिसिर कल दोपहर ही को आये थे। लड़कों के उपद्रव की बात बहुत बढ़ा-चढ़ाकर कर रहे थे। बलराम यादव का नाम बार-बार ले रहे थे। थाने में रपट लिखाने की बात भी

ज्वाला बाबू से पूछी गयी। शायद बलराम यादव का नाम आ जाने के कारण उन्होंने कान में तेल डाल लेने को कहा। बड़ी चिन्ता में हैं मालिक। इसी बीच जौनपुर से बड़े-बड़े नेता लोग आ रहे हैं। कल ही से तैयारी हो रही है।'

मुसई महतो ने चैन की साँस ली। उसे डर लग रहा था कि कहीं सागर को भी थाने का मुँह न देखना पड़े।

बाकर अभी उठ कर खड़ा ही हुआ था कि पथरू चार-पाँच धोबी-धोबिनों को लिये पहुँचा और दूर से ही चिल्लाने लगा, 'अब गाँव ही छोड़ना पड़ेगा क्या, काका? खेलावन मिसिर के आदमी बजमा में कपड़ा धोने को मना करते हैं। पोखरी मानिकपुर ग्राम-सभा की है। जो पानी का टिक्कस दे, वह कपड़ा धोये। अब हम गरीब लोग टिक्कस कहाँ से लाएँ? एक तो गाँव भर की लादी धोएँ, ऊपर से टिक्कस दें।'

काका कुछ नहीं बोले। इधर लगातार एक के बाद एक घटने वाली दुखद घटनाएँ उनके सिर पर हथौड़े के समान चोट कर रही थीं। मुँह धोकर लोटा हाथ में लिये वे घर में घुसे और टूटे हुए, पुराने बक्स में तह करके रखा तिरंगा निकालने लगे।

श्यामा का माथा ठनका, जरूर कोई बात है। वह डर कर भागती हुई बाहर आयी और 'मुसई चाचा ऽ... मसई चाचा ऽ'...पुकारने लगी।

मुसई महतो ने एक साँस में उसे सारी बातें बता दीं। श्यामा समझ गयी कि अब कुछ हो कर ही रहेगा। काका जब कोई बात सह नहीं पाते, तो डंडे में झंडा टाँग कर बाहर निकल पड़ते हैं।

मुसई सुनते ही डर गया, 'कहीं काका मानिकपुर की ओर न चल पड़ें!'

'उन्हें कौन रोक सकता है? जब अंग्रेज बहादुर से नहीं डरे तब लेड़ी-बूची से डरेंगे?' बाकर ने कहा।

गाँव में आग की तरह खबर फैल गयी कि काका झंडा उठाएँगे।

—बजमा का पानी।...सबका पानी!

—बजमा की मछरी!...सबकी मछरी!

गाँव में न जाने कैसे चारों ओर यह नारा अपने आप गूँज उठा। जाने किसने सोन्हू धरिकार से कहा। धु तु तू ऽ...धु तु तू ऽऽ...डीह बाबा पर उसका सिंहा बजने लगा।

बिरंजी दौड़ा हुआ बड़की बखरी गया।

बिसेसर सिवान से ही अपना बिगुल फूँकता, महात्मा गन्ही की जय बोलता, छोटे-छोटे लड़कों से घिरा, गाँव की कोलियों में घूमने लगा।

बिसराम जलूस की तैयारी करने लगा।

—साधो काका बजमा में झंडा गाड़ेंगे!

—बजमा का पानी।...सबका पानी!

—बजमा की मछरी।...सबकी मछरी!

गाँव उलट पड़ा था। धोबी आगे-आगे कूद रहे थे। लड़के नारा लगा रहे थे।

ज्वाला बाबू पल भर को रुके, फिर बिरंजी को समझाने लगे, 'मानिकपुर जाकर खेलावन मिसिर से गाँव सभा की तुरन्त सभा करवाओ और एक लिखित प्रस्ताव पास कराओ,—बजमा सबकी है। गाँव सभा कोई रोक-टोक नहीं करेगी। जो भी चाहे सिंचाई करे, कपड़ा धोये, मछली मारे। पहले की तरह बजमा सारी जनता की है।'

बिरंजी अपनी धोती की लाँग सम्हालता उधर भागा और इधर बेचन को भेज कर उन्होंने सरजू साव को बुलाया। उसे भी रामपुर की ग्राम-सभा के लिए वही करने को कहा, जो बिरंजी से कहा था, 'रामफेर प्रधान जहाँ भी मिलें, उन्हें तुरंत पकड़ लो और अर्जन्ट सभा करके प्रस्ताव पास कराओ!'

ज्वाला सिंह अपनी बखरी के बारजे पर इधर-उधर चक्कर काटते हुए सिंहा, बिगुल और नारों की आवाजें सुनते रहे।

औरतें गुट-की-गुट, गीत गाती चल पड़ी थीं।

बजमा तोहरे चरन हम लागीं, ललन दुख काटा हो ना।
बजमा अँचरा पसार हम माँगी, ललन दख काटा हो ना॥

बीच-बीच में कोई बूढ़ी बोलती, 'आग लगे ऐसी आजादी को, बाबा। यही पोखरी-इनार तो सबका था। अब वह भी सरकारी हो गया।'

दूसरी जवाब देती, 'जब साधो काका उठ गये, तो सरकार कहाँ खड़ी रहेगी? बड़े-बड़े फिरंगियन का गला दबा कर मार दिये। कांग्रेस उनका सामना का कर सकेगी।'

जिसे देखो, वही बजमा की ओर भागा चला जा रहा था। दूसरे गाँव के लोग भी दौड़ते हुए चले आ रहे थे। भीड़ बढ़ती जा रही थी। बजमा के किनारे, चौतरफा जैसे कोई मेला लग रहा हो। चारों ओर आदमी-ही-आदमी। साधो काका ने अपना झंडा बिसेसर को थमा दिया।

बिसेसर ने बिगुल बजाया।

—बयालीस का बिगुल है! असली ताँबे का बना है!

—बलंटियर कम्प में बिसेसर का काम सबसे अच्छा था। जवाहिर लाल ने मंच पर चढ़ा लिया था बिसेसर को और गले में यह बिगुल पहना दिया था।

बिसेसर हाथ उठा कर बोला, 'भाइयो एक बार खोंख-खंखार कर बोल देइये तो, 'भारत माता की'...जय ऽ!

आवाज दूर-दूर तक गूँज गयी।

बिसेसर ने ललकारा, 'कहाँ है ग्राम-सभा, तनिक जनता उसका मुँह देखना चाहती है! हमारा काका यहाँ खड़ा है! हमारा ही नहीं, सारे देसवा का काका! हम निवेदिन करते हैं कि वह ग्राम-सभा काका के आगे आ जाय। सिआर की तरह वह मांद में क्यों छिप गयी। बैकुंठी और सागर का हाथ बाँध कर मुर्गा बनाने वाली ग्राम-सभा कहाँ है? हम उससे जवाबतलब करने आये हैं। इस क्षेत्र की जनता का बड़का जज खुद चला आया है।' बिसेसर चुप हो गया।

कोई पास ही से जोर से चिल्लाया, 'मुकदिमा खारिज करो, भोंपू!' कुछ लोग बिसेसर को मजाक में भोंपू भी कहते हैं।

बिसेसर ने बिगुल फूँका, 'मुकदिमा खारिज नहीं होगा!' उसने चिल्ला कर क्रोध में ललकारा, 'आज फैसला सुनाया जाएगा!'

दूसरी तरफ से नारा उठा, 'भारत माता की जय!'

बिसेसर ने फिर बिगुल फूँका, धु तु तू ऽ...धु तु तू ऽऽ! फिर तनिक रुक कर आगे बोला, 'काका का फैसला है कि, बजमा का पानी ऽ!'...सबका पानी।—चारों ओर से जनता ने एक कंठ से उत्तर दिया।

बिसेसर बिगुल बजा कर जय हिन्द कहने जा रहा था, तभी ज्वाला सिंह, दोनों गाँवों के प्रमुखों और बहुत सारे सदस्यों के साथ वहाँ पहुँच गये। उन्होंने बिसेसर से एक बार फिर बिगुल बजाने को कहा।

बिसेसर ने बिगुल बजाया और चिल्ला कर कहा, 'हमें खुशी है कि ज्वाला बाबू दोनों गाँव-सभाओं के साथ हाजिर हैं।'

लोग जोर-जोर से चिल्लाने लगे, 'फैसला हो चुका है! हम इसे हाजिरी नहीं मानते! अब हम दूसरी बात सुनने को तैयार नहीं हैं।'

ज्वाला सिंह ऊँचे स्वर में बोले, 'हम आपको कुछ इससे आगे की बात बताने आये हैं' और उन्होंने दोनों प्रस्ताव जनता को पढ़ सुनाये। फिर हाथ जोड़ कर बोले, 'बजमा न जाने कितने दिनों से आप लोगों की अपनी पोखरी है। हमारी माताएँ इसकी पूजा करती हैं। हमारे तीज-त्योहार और ब्याह-शादी में भी इसका पूज्य स्थान है। हमारी लड़कियाँ इसमें नहाती हैं और जरई की मिट्टी काढ़ती हैं। भला बजमा को जनता से कौन छीन सकता है। मैं आपको बचन देता हूँ, अगर हमारी सरकार भी कभी इसमें कोई बाधा डालेगी, तो बजमा आपको दिलाने के लिए मैं आमरण अनशन कर दूँगा! मैं विधान-सभा से इस्तीफा दे दूँगा।'

ज्वाला बाबू के आदमी इस बीच चारों तरफ लोगों के बीच-बीच में फैल गये थे। उन्होंने जगह-जगह से नारा लगाया, 'ज्वाला बाबू की, जय! ज...य।'

उन्होंने जनता का यह अभिवादन हाथ जोड़ कर स्वीकार किया और बिना किसी से बोले वापस मुड़ गये।

मुराद और श्यामा को लेकर सुनीत उसी समय वापस चला गया था, जब ज्वाला बाबू वहाँ प्रकट हुऐ थे। श्यामा रुकना चाहती थी, इस पर सुनीत ने कहा, 'मैं जानता हूँ, अब यहाँ क्या होगा।'

'क्या होगा?' मुराद ने उत्सुकता से पूछा था।

श्यामा सुनीत के व्यंग्य को समझ कर चकित थी। वह समझ नहीं पा रही थी कि बीमारी के बाद से सुनीत को यह हो क्या गया है। वह अपने में इतना अकेला हो जायेगा, इसकी कल्पना भी उसने कभी नहीं की थी। अपनी, मुराद की अथवा सागर की बात वह नहीं सोचती।—हमारी चेतना का स्रोत हमारी परिस्थितियों में है। सुनीत को तो निविड़ एकान्त में जूझना है। जिस जमीन और हवा-पानी में वह उगा है, उससे एकदम अलग। एक आसन्न संकट से भयभीत श्यामा सुनीत और मुराद के साथ, घर की ओर लौट गयी।

आश्रम में एक कस्तूरबा हरिजन बालिका पाठशाला खुलेगी। बा-स्मारक-निधि से कार्यक्रम आया था। भाई जी को जमीन चाहिए और जमीन देने के लिए कोई तैयार नहीं था।

आश्रम के उत्तर और पूरब की ओर चौड़े रास्ते हैं, जिन पर छोटे-छोटे घर और एक साइकिल मरम्मत करने वाले और पान वाले की गुमटियाँ हैं। दक्षिण में ज्वाला बाबू की कँकरीली, लाल छर्रियों वाली परती दूर तक फैली है। पश्चिम में खेलावन मिसिर का खेत है, जिसमें पेड़ों की छाँह होने के कारण कोई खास पैदावार नहीं होती।

हरिजन बालिका विद्यालय के खुलने की खबर सुनते ही खेलावन मिसिर ने दौड़-भाग शुरू कर दी। उन्हें लोगों ने समझा दिया था कि सरकार उनका खेत जबरदस्ती लेकर आश्रम को दे देगी। भाई जी पहुँच वाले आदमी हैं। फिर गांधी जी के नाम पर क्या नहीं हो सकता!

खेलावन मिसिर का भी रास्ता खुल गया था। यह सुनगुनी आग की तरह फैली थी कि आज कल मानिकपुर के ब्राह्मणों का ज्वाला बाबू से सहयोग चल रहा था।

—बिन्देसरी को जानते नहीं ज्वाला बाबू। वह साँप है, साँप। गोरों की खैरखाही में इसी के बाप ने ज्वाला बाबू के पिता हरिभजन सिंह के दरवाजे पुलिस

भेज दी थी। बताया था कि, वे सुराजियों के मददगार थे।

बलराम, ज्वाला बाबू की इस नयी गठ-जोड़ से उखड़ा हुआ था। उसका हाथी दो-एक बार उनके दरवाजे के आगे से बिना उधर मुड़े ही गुजर गया था। कहता था, 'मुझे क्या, मैं कुल-परिवार से, बाप-दादा के जमाने से बड़की बखरी का आदमी हूँ। लेकिन भोगेंगे बाबू ज्वाला सिंह। अब कितने दिन रह गये हैं चुनाव में। बिनेसरी उनकी लुटिया डुबो देगा। बड़कऊ को बचा कर ज्वाला सिंह ने घोर अधरम किया है। गाँव की किसी बहू-बेटी से जो ऐसा कुकर्म करे, उसके डांड़ नहीं जाना चाहिए!'

यह भी सुना गया है कि जब धनिकलाल आया था, वह बलराम ही के घर पर टिका था। बलराम ने खातिर बात तो कर दी थी, लेकिन चुनाव में सहयोग के लिए हामी नहीं भरी थी।

आश्रम की हरिजन पाठशाला की चर्चा से बिन्देसरी पांड़े कुछ कम परेशान नहीं थे। खेलावन मिसिर उन्हीं का आदमी था। उस दिन मिसिर भी बिन्देसरी पांड़े के साथ ज्वाला बाबू के पास गया था। पता नहीं, क्या बात हुई लेकिन दूसरे दिन दस मजदूरों के साथ खेलावन को आश्रम की पश्चिमी दीवार से सट कर दो गज चौड़ी खाई खोदवाते देखा गया। पूछने पर मिसिर कहता था, 'ग्राम-सेवक ने छाँह से खेत बचाने का यही तरीका बताया है।'

बिन्देसरी पांड़े के खास दूत पारस और हुड़दंगी भूत की तरह इधर-उधर दौड़ रहे थे।

पारस के पास सिवाय इसके कोई दूसरी बात नहीं थी कि, 'भाईजी चमार-भोज करेंगे। मुसई भात पकाएँगे। छबिया दो-दो कवर सब को परोसेगी। ठाकुर-बाम्हन सब को। जो नहीं खायेगा उसे कंगरेसी पुलिस वहीं धर लेगी। इसकुलवा के पंडित जी बता रहे थे कि, अस्पृसता-निवार कनून बना है। धरम के लिए नहीं, अधरम के लिए। सब को भंड किया जाएगा। गांधी खाय गये गोली, इसी में, अब इन कंगरेसियों को देखना है। आय रही है, भगवा पाल्टी।'

'रोटी के साथ तो बेटी भी चलनी चाहिए!' हुड़दंगी ने हँस कर पारस से कहा था।

'खान-पान का और का मतलब हुआ, भाई! तुम्हें एक चमाइन दिला देंगे भाई जी! लेकिन हमारे गाँव में तो आधे बाभन बिनबियाहे हैं। किसको-किसको चमाइन देंगे भाईजी?'

'भाड़ में जाँय सब लोग! बस हमें छबिया,...हाय रे छबिया ऽ...।' वह अपने सीने पर जोर का हाथ मार कर बोला था, 'जिनगी भर भाईजी की धोती पछारूँगा। गुलामी लिखा लूँगा। क्या कटीली आँखें हैं उसकी! घुटने-घुटने भर पानी में कल करेम का साग खोट रही थी। मुझे देख कर ऐसे डरी, जैसे कोई हिरनी सिंह को देख

कर डर जाय। मैंने कहा, खोटो-खोटो, तुम्हें कोई कुछ नहीं बोलेगा। कोई कुछ कहे तो बताना।' मैं वहीं बैठा उसे निहारता रहा। भगवान कसम, ठेहुने भर पानी में हर कदम पर वह ऐसी लोच खा रही थी कि अब क्या बताऊँ!'

'यह सब साधो काका का चमार बने रहने का नतीजा है। मुसया चला है नेता बनने। कर लिया होता ज्वाला सिंह की हरवाही, तब मैं देखता कि तुम छबिया को इस तरह बैठ कर घूरते। चमार की मेहरारू उसके ठाकुर की मेहरारू होती है, बच्चू!'

'इसीलिए तो बची है, छबिया,...चिरई तोहके लेइके ना, छइबै उँचवा पर मड़इया, चिरई तोहके लेइके ना...।'

हुड़दंगी सरे आम हम उमर साथियों से ऐसी बातें करता-फिरता था। जैसे किसी हरिजन लड़की की कोई इज्जत ही नहीं होती।

भाई जी हरिजनों की स्थिति से परिचित नहीं थे, यह कहना ठीक नहीं। सच्चाई तो यह है कि हरिजनों की इन्हीं दुखभरी गाथाओं के भीतर से उन्हें गाँधी जी तक पहुँचने की राह मिली थी। लेकिन आदमी के स्वभाव में कैसी विचित्रताएँ हैं! देखा यह जाता है कि वह जिन सीढ़ियों पर चढ़ कर किसी मंजिल तक पहुँचता है और जिन तरीकों का इस्तेमाल करता है, उसे कई बार उस मंजिल पर पहुँचते ही भूल जाता है। बिगत मार्ग के जीवन-संस्पर्श से वंचित हो जाता है। अक्सर ऐसा होने के अनेक कारणों में एक कारण ऊपर चढ़ने की प्रक्रिया का सिद्धांतीकरण कर लेना भी होता है। भाई जी ऐसे ही सिद्धान्तवादी हैं। बात-बात में वे 'हरिजन' से बापू के कथन का हवाला देते हैं, 'भाई, ऐसा बापू कहते हैं।' वे भाई शब्द पर हल्का-सा चिढ़ कर जोर देते हुए, हरिजन के सम्पादकीय की तारीख तक बता जाते हैं। 'उन्नीस दिसम्बर सन् उन्नीस सौ छत्तीस को रोटी कमाने की ईश्वरीय शक्ति की बापू ने हमें याद दिलायी थी।'

वे कुछ चिढ़ कर इसलिए बोलते हैं कि हर आदमी अभी तक यह बातें क्यों नहीं जान पाया, जो अब तक उसे जान लेनी चाहिए थीं। वे सम्पादकीय के कुछ वाक्य जैसे के तैसे बता जाते हैं, 'देश में भयानक गरीबी और बेरोजगारी देख कर मैं रो पड़ता हूँ। लेकिन मैं स्वीकार करता हूँ कि इसके लिए हमारी अज्ञता और उदासीनता कम जिम्मेदार नहीं है। हमने काम के सम्मान को भुला दिया है। जूता बनाने वाला जूते से अधिक कुछ और नहीं जानना चाहता। वह दूसरे काम को अपनी प्रतिष्ठा के नीचे मानता है। यह धारणा समाप्त होनी चाहिए। किसी भी प्रकार का श्रम ईमानदारी से रोटी कमाने का साधन बन सकता है, हमारे लिए वह तुच्छ नहीं है।

जरूरत है, ईश्वर द्वारा दिये गये हाथ-पाँव को इस्तेमाल करने के लिए तैयार रहने की।'

भागो बहिन ऐसे हवालों पर हँस पड़ती थीं। कहती थीं, 'कई बार महान लोग जीवन की सच्चाइयों को सिद्धान्तों में जकड़ देते हैं, जिससे यह जाहिर होने लगता है कि अब वे सच्चाइयों से दूर हो गये हैं। आदर्श बुरी चीज नहीं है लेकिन अपने समाज की वास्तविक समस्याओं से कटे हुए आदर्श हमें अभिप्राय से विमुख और नकली बना देते हैं। यह तो हम भी जानते हैं कि हाथ-पाँव चला कर रोटी कमायी जाती है। मैकू, मुसई, राघव, छबिया, बसावन क्या हाथ-पाँव का इस्तेमाल नहीं करते? फिर उनका पेट क्यों नहीं भरता? यह कहना कि जूता बनाने वाला या हल जोतने वाला सम्मान की हानि के विचार से दूसरे काम करके अपनी कमाई नहीं बढ़ाना चाहता, एकदम गलत है। सम्मान है ही कहाँ उनके पास? वे तो बेचारे खुद ही दूसरे के पाँव के जूते हैं—नीच और अन्त्यज। सच्चाई यह है कि किसी दूसरे काम का अवसर नहीं है, साधन ही नहीं हैं, उनके पास। रोटी और नमक जुटाने में ही जिसे सारा श्रम लगाना पड़ रहा हो, वह चरखा कब चलाएगा—उसे चरखा और रूई कहाँ मिलेगी! उसका सूत कौन लेगा और सबसे ऊपर उसके पास समय कहाँ है! उसका समय और श्रम इस समाज-व्यवस्था में शोषकों के यहाँ गिरवी है। वह जैसे ही इसे दूसरीओर लगाता है, वे उस पर हमला कर देते हैं।'

भागो बहिन चाहती हैं कि ज्वाला बाबू से बालिका-विद्यालय के लिए जमीन माँगी जाये। लेकिन भाई जी राजी नहीं थे। उनका कहना था कि, 'पिछले दिनों ज्वाला बाबू ने जो-कुछ किया है, उसे देखते हुए उनसे कुछ कहने का कोई सवाल ही नहीं उठता। वे लगातार क्षेत्र के बड़े लोगों से साठ-गाँठ कर गरीब जनता का गला घोंटते रहते हैं और चुनाव में साधो काका की तस्वीर लेकर घूमने लगते हैं। अब पहले वाली स्थिति भी नहीं रह गयी है। लोगों में उनकी पोल खुल चुकी है। अब वे जनसंघी बिन्देसरी पांड़े के सहयोग से चुनाव जीतना चाहते हैं। भला सोचो, यह सब क्या है? फिर यहाँ की जनता पांड़े को किस तरह याद करती है। हमारे लिए तो लोगों के बीच मुँह दिखाना दूभर हो जायेगा। संयोग अच्छा है, कृपलानी दादा कांग्रेस से अलग होकर किसान-मजदूर-प्रजा पार्टी बना चुके हैं, अब आचार्य नरेन्द्रदेव और दूसरे समाजवादी डा० लोहिया और जयप्रकाश वगैरह ने मिल कर प्रजा समाजवादी दल बना लिया है। आखिर कोई कब तक इस सरकार का साथ दे सकता है? कहने को योजना पर योजना चल रही है, लेकिन देश में गरीबी का हाहाकार बढ़ता जा रहा है। तुमने तो पढ़ा ही होगा वह पत्र। साफ संकेत है कि गाँधी-आश्रमों के लोग काँग्रेस की राजनीति से अपनी दूरी धीरे-धीरे बढ़ायें, नहीं तो सत्तावादी कांग्रेसी, गाँधी जी को कहीं का नहीं छोड़ेंगे। अब तो बापू का नाम सिर्फ जन्म-दिवस और मृत्यु-दिवस पर लिया जाता है और पूँजीपतियों के अखबार

नेहरू-विचारधारा को रेखांकित करने में जुट गये हैं। योजनाओं का सारा धन घूम-फिर कर इन्हीं पूँजीपतियों के पेट में समाया जा रहा है।' भाई जी अभी और बोलते लेकिन बिसेसर और मुसई को आया देख कर उन्हें काम की याद हो आयी।

भागो बहिन ने कहा, 'अब कुछ काम कर लो। पाठशाला खुलने का दिन पास आ रहा है और अभी तक कोई काम नहीं हो पाया। जब भीम भाई आ कर बैठ जाएँगे, तब शुरू करोगे क्या? कुछ खास लोगों को बुलाना होगा। निधि वाले एक छोटी-सी सभा भी तो चाहते हैं। उसकी भी खबर लोगों को होनी चाहिए। संयोग से बिसेसर भाई आ भी गये हैं।'

'हाँ, बिसेसर भाई। मैं आप को बुलवाने वाला था। बाकर से कहा भी था, लेकिन उन्होंने बताया कि आपका घर आजकल बन्द रहता है।'

'का बताऊँ, भाई जी, बुढ़िया गठिया से इतनी लहज गयी है कि अब उसने खटिया भर ली है। हाथ-पाँव हिलाती थी तो लेहना-पताई से कुछ मिल जाता था और रात को दो घरों से इतनी रोटियाँ मिल जाती थीं कि किसी तरह गुजर-बसर हो जाती थी। अब तो समझो, चला-चली की बेला है। जिनगी भर बिगुल बजाया, कांगरेस का काम किया, दो बार जेहल भी काटा। कभी घर-परिवार का धियान ही नहीं किया। अब घर में चूहे डंड पेलते हैं। यह उमिर उपवास करने की नहीं है न।'

बिसेसर बोलते-बोलते तनिक रुके ही थे कि भाई जी ने पूछा, 'मोहन कहाँ है, वह कुछ नहीं करता क्या?'

'मोहन लायक निकला होता, तो यह दशा क्यों होती? उसकी बहिन रधिया क्या गयी, मोहन का दिमाग ही पलट गया।...मैं जिला-सम्मेलन में गया था। सारे सेवादल वाले जुटे थे। कम्प लगा था। टिरेनी की बात थी। रोज झंडा मेरे ही बिगुल पर उठता और गिरता था। पन्थ जी भी आये थे। पीठ थपथपाने लगे। दस दिन वहीं रह गया। मंत्री जी, सदाशिव बाबू बहुत धियान देते थे। गैरिज में खटिया देते थे। दोनों जून खाना-नाश्ता भी मिलता था। कहते थे—बिसेसर तुम्हें देख कर जेहल के दिन याद आ जाते हैं।

'मैं क्या जानता था कि रधिया का बुखार इतना बिगड़ जाएगा। सरेसाम हो गया उसे और देखते-देखते चल बसी। माँ छाती पीट-पीट कर रोती रही, लेकिन मोहन गुमसुम बैठा रहा। उसका चेहरा फूल आया था और आँखें लाल हो गयी थीं, बाद में सुना कि मोहन उसे छोड़ कर पल भर को अलग नहीं हुआ। गोद में लिये बैठा रहा। सनेस मिलते ही भागा—पराया आया। मुदा उसे जो हो गया था, उसे कैसे मेटता? बेचारी के मुँह में दो पैसे की दवाई भी नहीं पड़ी। काका रोज खबर लेते। एक चक्कर दुआरे जा खड़े होते। मुदा भगवान ही को नहीं मंजूर था तो कोई क्या करता? मोहन का दिमाग मसान घाट पर ही खराब हुआ। वहीं वह चुपचाप, गुस्से में मुझे

बार-बार ताकने लगा था। घर पहुँच कर लगा बकने-झकने, 'क्यों, रधिया को देख कर तुम्हीं तो कहते थे कि हमारी भारथ माता यही है। अब क्या मन मार के बैइठे हो? जाओ, बिगुल बजाकर लोगों को बताओ कि भारथ माता मर गयी। सबसे कहो कि उसके मुँह में दवा की एक बूँद भी नहीं पड़ी। फेंक क्यों नहीं दिया, यह बिगुल उसी चिता में? अब तो फिरंगी का राज नहीं है। इसी सुराज के लिए जेहल काट रहे थे, जिसमें भारथ माता सरेसाम में, बिना दवा के मर गयी? छी है, तुम्हारे सुराज पर, तुम्हारे जवाहिर लाल पर।' मेरे सामने ही वह घर की ओर थूकता हुआ निकल कर चला गया। सुना, कुछ दिन ससुराल में रहा। अब राजघाट में दोनों एक गुमटी में दुकान लगाते हैं। मजूरों-धतूरों को रोटी-तरकारी बेचते हैं। मेरा तो, भाई जी, करेजा ही उसकी ओर से फट गया। समझ लिया, जैसे रधिया गयी, वैसे वह भी चला गया।'

बिसेसर बेहद दुखी हो गया था। वह आगे बोला, 'आपने आज छेड़ ही दिया। नहीं तो मैं भुलाय गया था कि मेरे भी कोई लड़का है। हाँ, मैंने यह बताया ही नहीं कि मैं कर क्या रहा हूँ। सिंघोरा बजार के सेठ मन्नी लाल से कभी-कभी कुछ उधार-बाढ़ी लेता था। इधर जब तकलीफ बहुत बढ़ गयी, तब उन्हें सब बताया। वे कहने लगे, 'तुम यहीं आ जाया करो। गोदाम के सामने स्टूल पर बैठे रहना। तुम्हें पचास रुपये मिलेंगे।' क्या बुरा है, भाई जी? बेचारे बुरे समय में काम आये हैं?'

बिसेसर चुप हो गया, लेकिन वहाँ बैठा हर आदमी कुछ गुनता रहा। खामोशी में यह कथा-विस्तार शायद समान बोध की सघनता के कारण ही पैदा हुआ हो! लेकिन उसका प्रभाव इतना गहरे उतर गया था कि कई मिनट तक कोई कुछ बोल ही नहीं पाया। पिछली बात का कोई तारतम्य ही शेष नहीं रह गया था।

भाई जी उठ कर अन्दर जाते हुए सबसे पहले बोले, 'कुछ जलपान की व्यवस्था करो!'

अब तक वहाँ दो-तीन लोग और आ बैठे थ। बिन्दा भगत को चटाई नहीं मिली थी। वे जमीन पर ही बैठ गये थे।

भागो बहिन ने भुने हुए चने और लाई के साथ थोड़ी मूँगफली और गुड़ लाकर एक अखबार पर लोगों के बीच रख दिया। लोग दो-दो दाने मुँह में डाल कर फिर बातचीत करने लगे।

इस बार बिसेसर ने ही बात शुरू की, 'सुना धनिक लाल आप के पास भी आया रहा।'

'हाँ, भाई, आया था। सिर पर लाल टोपी लगाकर अजीब बन्दर की तरह दिख रहा था।'

'झंडा भी लाल ही है, उसका।' बिसेसर बहुत खुश होकर बीच में बोल पड़ा, 'एक किसी मशीन के चक्के पर धरा हुआ हर का निशान है उस पर। कह रहा था,

सोसलिट पाल्टी में आ जाओ। फेंको इस तिरंगे को। जवाहिर लाल पूँजीपतियों का आदमी हो गया है। महत्मा का रास्ता छोड़ दिया है।'

'बात एक हद तक ठीक ही कहता है धनिकलाल। आखिर हैं तो ये अपने ही लोग। जयप्रकाश, लोहिया या आचार्य नरेन्द्रदेव गाँधी जी ही के शिष्य हैं, भाई!' भाई जी कुछ गम्भीर हो गये, 'सवाल पेंचीदे होते जा रहे हैं। जनसंघ पुराने जमींदारों को गोलबन्द करता जा रहा है और धर्म का नारा देकर देश के छोटे व्यापारियों और बनियों में अपनी जड़ जमा रहा है। उसकी मदद करने वाला राष्ट्रीय स्वयं सेवक संघ भी रात-दिन संगठन के काम में जुटा है। शास्त्री इस बीच बार-बार बिन्देसरी पांड़े के यहाँ आ-जा रहा है। लड़के के ऊपर मुकदमे के डर से वह ज्वाला सिंह से जरूर मिल-जुल रहा है लेकिन इसे पक्का सम्बन्ध मानना भूल होगी।'

मुसई महतो बीच ही में बोल उठे, 'जैसे ही उसकी पूँछ मुकदमे से छूटी, वह ठाकुर को ठेंगा दिखा देगा!'

बिसेसर ने कहा, 'मुदा एक बात कहूँ भाई जी, यह जो धनिक लाल है न, जाति का कुर्मी है। सुना, अहीर-कुर्मी अबकी कांग्रेस को ओट नहीं देंगे। बिरादरी बैठी थी। बलराम पर पूरा दबाव पड़ रहा है कि चाहे वे खुद टिक्कस लें, चाहे धनिक लाल की मदद करें।'

'यह तुम्हें कैसे मालूम हुआ, बिसेसर?' भाई जी ने उत्सुकता से पूछा, क्योंकि ऐसी हालत में ज्वाला सिंह का जीतना असंभव हो जाता।

'गोदमिया पर बैठे-बैठे सब सुनता रहता हूँ। हमार सेठवा जनसंघी है न। अब बात यह चल रही है कि धनिक लाल और जनसंघियों में समझौता कैसे हो?' बिसेसर ने भेद की बात कही।

'अच्छा, यह बात है। कांग्रेस के विरोधी ओट न बँटे, इसीलिए वे यह समझौता करना चाहते होंगे। लेकिन जानते हो, बिसेसर, गरीब जनता ऐसे गँठजोड़ को ठुकरा देगी। पुराने जमींदारों से उसे सबसे ज्यादा चिढ़ है। इस बीच रूस से सम्बन्ध बहुत बढ़े हैं। पूँजीपति वर्ग भी इसे बुरा नहीं मान रहा है और हमारे देश के कम्युनिस्ट भी सरकार से सहयोग की बात करने लगे हैं। असल में मुख्य लड़ाई इन्हीं पुराने जमींदारों से है और निश्चय ही इनका कोई भविष्य नहीं है। सरकार ने पूँजीपतियों की सरदारी मान ली है।'

भाई जी की बात अब लोगों की समझ से बाहर चली गयी थी। भागो बहिन बीच में रखा हुआ अखबार और पानी का बर्तन हटाने लगी थीं।

'मुला भाखन खूब देता है, धनिक लाल।' बिसेसर ललक कर बोला, 'महत्मा की जय से शुरू किया और महत्मा की ही जय से खतम किया। मुझसे कह रहा था कि, भयवा, अपना बिगुल एक बार फूँक दो, तो जानो कांग्रेस पर फतह है।—मुदा मैं बिगड़ गया, मैं कांगरेस के सेवा-दल का बिगुलची हूँ, धनिक लाल। तुम जेल में

जिन नेताओं के बदन में तेल घिसते थे, वे मुझसे हाथ मिलावते हैं।' बिसेसर के सूखे चेहरे की रेखाओं में उत्साह के भाव रेंगने लगे थे और आँखों में सहसा चमक उतर आयी थी।

'ठीक ही बोले, बिसेसर भाई।' बिन्दा भगत ने सिर हिलाया।

ठीक इसी समय बिरंजी लाल ने अपनी धोती की चुन्नट सम्हालते हुए आश्रम के दरवाजे में सिर डाल कर, पंचों को 'जय हिन्द' कहा।

लोगों पर मिली-जुली प्रतिक्रिया हुई। कुछ लोग बिरंजी को ज्वाला सिंह का चाटुकार और दलाल मानते थे। कुछ का कहना था कि वह चाहे जो हो, लेकिन है अपना आदमी और साधो काका के लोगों का कभी अहित नहीं चाहता। पथरू धोबी से उसे डर था। लेकिन इधर मुंशी ने उसे भेड़ा बना लिया है। अब वह मुंशी की गइया का सानी-पानी करता है। रात मुंशी कहीं रह जाते हैं, तो पथरू अगल-बगल झाँक कर, गइया का गरांव निबका कर अपना खेत डका देता है।

दुखी की बीबी सितबिया का मुंशी से घरवटन हो गया था। मूरत महराज का कहना था कि बिरंजी की पाँचों उँगलियाँ घी में थीं। सितबिया रोज टिकुली बदल कर दाँत की मिस्सी चमकाती फिरती थी।

मुसई महतो का बिरंजी पर घोर विश्वास था। इसलिए बिरंजी को देखते ही उन्होंने अपनी चटाई मुंशी के लिए छोड़ दी। वह भाई जी के सामने बैठ कर अपना झोला खोलने लगा, 'चलो अच्छा हुआ बिसेसर भाई, जो मिल गये तुम, वरना सिंधोरा तक जाने का विचार था। मालिक ने बुलाया है, तुम्हें। बनिया-बक्काल की आढ़त छोड़ कर बखरी पर बैठना है। मालिक उखड़ कर कह रहे थे,—एक स्वतंत्रता सेनानी होकर बिसेसर बुढ़ाई में भटक रहा है। बखरी पर जिनगी-भर के लिए तुम्हारा इन्तजाम कर दिया गया है। आज मुनीम को हुकुम भी हो गया।'

बिरंजी ने झोले से नोटिस का एक पुलिन्दा निकाल कर बिसेसर को थमाया, 'पाँच साल में कांग्रेस ने क्या किया? समझे? मालिक ने कहा है, हर गाँव में भोंपू बजा कर बताते हुए पर्चा बाँट देना है।'

भागो बहिन एक पर्चा ले कर पढ़ने लगीं। पंडित नेहरू की मुस्कराती, बटन में लाल गुलाब के फूल वाली फोटो ऊपर ही छपी थी और नीचे, मोटे-मोटे अक्षरों में एक के बाद एक सुर्खियाँ थीं, 'जमींदारी उन्मूलन, कृषि-सुधार और भूमि-सुधार द्वारा जोतदारों को मालिकाना, जनता के हाथ में बड़े-बड़े उद्योग, राज्यों का पुनर्गठन, समाजवादी देशों से मैत्री, गुट निरपेक्ष आन्दोलन में भारत का नेतृत्व।' भागो बहिन ने शेष पर्चा बिना पढ़े ही भाई जी के हाथ में थमा दिया।

बिसेसर कागज-पत्तर थाम कर असमंजस में पड़ गया। 'मन्त्री साव का कहेगा, बिरंजी? बेचारा बड़े आड़े समय में काम आया था।'

'कहेगा क्या?' बिरंजी बोला, 'वह जानता नहीं कि बिसेसर कोई ऐसा-वैसा आदमी है जो गोदाम की पहरेदारी करेगा? वह एक सिपाही है, भाई! फिर ज्वाला बाबू की परजा है। किसकी हिम्मत, जो मुँह खोले? चोरबाजारी करता है इसीलिए तो तुमको गोदाम पर बैठा रखा है। एक इशारे पर जेहल के भीतर हो जायेगा वह बनिया।'

बिसेसर कुछ और बोलने जा रहा था, लेकिन मुंशी ने उसे मना कर दिया, 'अब जरा मुझे काम की बात कर लेने दो। अभी थाने पर जाना है। मुसई महतो का सम्मन आया था।' मुंशी ने झोले में से कागज निकाल कर दिखाते हुए कहा, 'सिपाही को मालिक का हुकुम हुआ कि केस तुरन्त उठा लिया जाए। मुसई महतो, ज्वाला बाबू एम० एल० ए० का कांग्रेसी कार्यकर्त्ता है।'

आश्रम में बैठी पूरी मंडली यह सब सुन कर सन्न हो गयी थी। मुंशी ने जिस तरह सारी बातें सुनायीं, इसमें किसी को कुछ भी बोलने का मौका नहीं था। भाई जी जैसा आदमी मुंशी की चकाचौंध में खो गया था। बिरंजी ने एक पत्र निकाल कर भाई जी के हाथ में थमाया, 'श्यामा बिटिया से चन्दा बहू ने खुद बोल कर लिखाया है। बखरी में बड़ी चखचख मची है। सुनीत का मिजाज ही बिगड़ गया है। माँ से भी ठीक से बात नहीं करते। रोती-कलपती रहती हैं। मालिक से झगड़ा होता है। कल बाकर की दो बार बुलाहट हुई। बहू जानना चाहती थी कि कस्तूरबा हरिजन बालिका विद्यालय कब खुल रहा है। लेकिन वह एक ही पगलेट है, कहने लगा,—मुझे कोई लड़की पढ़ानी है जो मैं जानूँ। सूत ले आता हूँ, खद्दर बीन कर पहुँचा देता हूँ। नाप-तौल में इतना समय निकल जाता है कि कभी वहाँ बैठ कर बात करने का मौका ही नहीं मिलता। मुझे कुछ नहीं मालूम।

'यह सब तो श्यामा बिटिया ने बताया है। कहती थी,—खेलावन मिसिर आश्रम की दीवार से सट कर खाई मार रहे हैं। साधो काका बड़े भिनसारे इधर आये थे। देख कर लौट गये। सुनीत बाबू इसे मालिक के इशारे पर किया जाने वाला काम मानते हैं। आज बड़े सबेरे ही चन्दा बहू से बोले,—माँ, तुम्हारी भी परती है आश्रम के पीछे। आदमी लगा कर तुम भी खाई क्यों नहीं बनवा देती। खेलावन मिसिर अपनी जमीन घेरवा रहे हैं।'

'चन्दा बहू ने सोचा, बेटे की जगह-जमीन में दिलचस्पी हो रही है। —क्यों, जमीन का क्या करोगे बेटा!'

'आखिर मेरी चिता कहाँ लगेगी, माँ।'

'हरे राम! यह तो भारी अनर्थ है।' भाई जी के हाथ का पत्र छूट कर जमीन पर गिर पड़ा और पास बैठी भागो बहिन ने दोनों कानों पर अँगुलियाँ रख लीं, 'किसी माँ के साथ इससे बड़ा दूसरा अन्याय नहीं हो सकता।' उनकी आँखों से आँसू बहने लगे।

बिरंजी धोती की खूँट से अपनी आँखों का पानी सुखाते हुए बोला, 'आज तो जानो आग ही लग गयी थी बखरी में। चन्दा बहू सुनीत को सीने में दबाये रोती-रोती पागल हो रही थीं और ज्वाला बाबू इधर से उधर चक्कर काटते हुए कह रहे थे,— मेरी समझ में नहीं आता कि यह सब क्या हो रहा है मेरे घर में? मतलब क्या है इस बात का?'

'श्यामा बिटिया को तुरंत बुलाया गया। बेचना मुराद को भी बुला लाया। ज्वाला बाबू ने सबके सामने कहा,—भाई, मैं उस परती-परैल जमीन का क्या करूँगा? वैसी तो सैकड़ों बीघे जमीन इधर-उधर पड़ी है। वहाँ भाई जी हरिजन बालिकाओं के लिए स्कूल खोलें, इससे अच्छी और क्या बात होगी? लेकिन मैं कुछ जानूँ तब न! मैं कोई सपना देख रहा हूँ। मैंने तो अभी सुना है कि कोई ऐसी बात भी है।

'सुनीत पिता के आखिरी वाक्य पर चिड़चिड़ा उठा। उसने माँ के हाथ से अपना हाथ झिटक कर छुड़ा लिया और लोगों के बीच से उठ कर अपने कमरे में चला गया। जानते हैं क्यों? मुंशी पल भर रुक कर भाई जी के चेहरे की ओर देखने लगा, 'उसे बाप के झूठ से चिढ़ पैदा हो गयी है। सोलह-सत्रह का हो रहा है, लड़का। लोगों के बीच उठता-बैठता है। सारी बातें उसके कान तक पहुँचती हैं। उसे शर्म उठानी पड़ती है। मसलन, इसी बात को लीजिए। क्या आप समझते हैं कि मुराद और श्यामा सारी बातें नहीं जानते? भाई, लड़के सयाने हो रहे हैं। हमारे सास्तरों में कहा है कि, लड़के बड़े हो जाँए, तो उनसे मित्र की तरह व्यवहार करना चाहिए। फिर ये बच्चे? बाप रे बाप! श्यामा बिटिया को तो दिया की जलती बाती ही समझो। साधो काका की सारी तपस्या उसमें सीधे उतर आयी है! और अब मामला ऐसा बेतुका फँस गया है कि मालिक पिंजड़े में बन्द पांखी की तरह फड़फड़ा रहे हैं। उनकी समझ में कुछ आ ही नहीं आ रहा है कि क्या करें! वे यह बात फूटी आँख भी देखने को तैयार नहीं हैं कि उनका लड़का साधो काका की लड़की को सगी बहिन से ज्यादा प्यार करने लगे। उन्होंने जितनी होशियारी से साधो काका के किये-दिये का रस-भोग किया है, उसमें ऐसे दिली प्यार के लिए जगह कहाँ है? वे तो चाहते थे कि सुनीत अपने आपको एक ऊँचे परिवार का लड़का समझे और साधो काका के परिवार को नीची निगाह से देखे। लेकिन यहाँ तो पासा ही पलट गया।'

मुंशी बोलते-बोलते थक गया था। 'देर हो गयी, भाई जी! अभी कहाँ-कहाँ जाना है।'

मुसई ने कहा, 'अब मुंशी को चार महीने फुर्सत कहाँ? भंडारा खुल रहा है कि नहीं?'

'कल सारे काम शुरू हो जाएँगे। यह दूसरा चुनाव है, भाई! इस साल तो बखरी के हाते में चार बड़े-बड़े कैम्प भी लगाने पड़ेंगे। कुछ लोग ऊपर से भी चुनाव प्रचार

के लिए आएँगे।' मुंशी ने नीचे पड़े पत्र को दुबारा उठा कर भाई जी के हाथ में थमा दिया, 'अब हम चलें, भाई जी! जय हिन्द, पंचों को!' मुंशी हवा के एक झोंके की तरह आश्रम से निकल गया।

मुसई महतो ने भाई जी से पूछा, 'का लिखा है चिट्ठी में, भाई जी?'

लेकिन भाई जी ने कुछ सुना ही नहीं। वे दरवाजे की खुली जगह से आगे पूर्णतः अर्थहीन दृष्टि से देखे जा रहे थे। थोड़ी देर बाद उनके मुँह से एकाएक निकला, 'यह बिरंजी भी क्या आदमी है!'

'सच पूछें तो हमको विश्वास नहीं होता इस पर।' बिन्दा भगत बोले।

'हो सकता है। लेकिन वह हमारे साथ ऐसा कुछ कभी नहीं कर सकता।' भाई जी बोले और विषय को बदलते हुए चिट्ठी के बारे में बताने लगे, 'चन्दा बहू लिखती हैं कि,—आश्रम के पीछे की सारी परती जमीन हरिजन बालिका पाठशाला को दान दी जा रही है। पटवारी को कागज बना कर आपसे मिलने के लिए कहला रही हूँ। आप तो अपने हैं, ऐसी किसी भी जरूरत के लिए आप बिना संकोच कहला दिया करें। हम यहाँ की जनता की सेवा में आपको हर प्रकार का सहयोग देने के लिए सदा तैयार रहेंगे।

—हरिजन बालिका विद्यालय के लिए हम तत्काल छत की व्यवस्था भी करा देंगे। ईंट, लकड़ी और खपड़ा कल ही वहाँ गिर जायेगा। आप से अनुरोध है कि हरिजन भाइयों से उसके निर्माण के लिए श्रमदान करा सकें तो सहयोग की भावना और बढ़ेगी। और वे इसे सच्चे अर्थों में अपना समझेंगे। श्रमदान में लगे लोगों को खाने-नाश्ते का प्रबन्ध सरजू साव वहाँ जा कर देखेंगे और करते रहेंगे।

—चुनाव करीब है। अब थोड़े दिन की ही बात है। फिर सुनीत के पिता खाली हो जाएँगे और कोशिश की जाएगी कि वहाँ इस पवित्र कार्य के लिए एक पक्की इमारत बन जाए!

भाई जी पत्र पढ़ कर रुके ही थे कि बिसेसर एकाएक बोल पड़ा, 'ज्वाला बाबू मेहरारू के ही धरम पर टिके हैं।'

'सो तो ठीक है, बिसेसर भाई। लेकिन कुछ काम की बात तो हुई ही नहीं।' भाई जी इतनी सारी जीवन-कोशिकाओं के तन्तुजाल में उलझी-फैली घटनाओं को फलांगते हुए अपने मार्ग पर पहुँच गये। चलते रहने से ही दृष्टि मिलती है, वरना कोई कब सोच सकता है कि आगत की जड़ें कहाँ हैं, वह कहाँ से खाद-पानी ले रही है। वे सोचते-सोचते बोल पड़े, 'मुंशी में चाहे और कोई गुण न हो, लेकिन वह किस्सा-गो जबरदस्त है। एक बात को कहते हुए, वह उसके कारण और परिणाम को ठीक उसी तरह बयान कर जाता है, जैसे सब-कुछ उसके ऊपर ही घटा हो। ससुरा, कुछ भी सोचने को नहीं छोड़ता।'

'यह बस तुम्हारा ख्याल है। मुझे तो लगता है, वह ज्वाला बाबू का असली सलाहकार है।' भागो बहिन बोलीं।

बिन्दा भगत ने उनका समर्थन करते हुए कहा, 'एकदम ठीक बात। बहुत-सी गोटियाँ यही बैठाता है।'

'जो भी करे, लेकिन अगर उसकी गोटियों से ज्वाला बाबू में समझ बढ़ती है और कुछ अच्छा काम होता है, तब हम उसे बुरा कैसे कह सकते हैं?' भाई जी ने कहा।

मुसई महतो ने भाई जी का समर्थन किया, 'मैं चालीस बरस से उसे ताड़ रहा हूँ। वह दिन मुझे कभी भूल ही नहीं सकता, भाई जी। हवा सोहर-सोहर कर बह रही थी। बादल उमड़-घुमड़ कर छक-छक बरस रहे थे। मेरी मड़ई में सिर टिकाने की जगह नहीं थी। यही सागर हुआ था। उसकी माँ उसे गोद में लेकर एक तरफ सिकुड़ी बैठी थी। मुंशी उसी में भीगे कुत्ते की तरह गनगन काँपता आया था,—मुसई उठ जाओ! पुलिस आ गयी है! बाकर के साथ काकी को गांव से बाहर निकाल कर आया हूँ। सरजुआ को सिपाहियों ने मार-मार कर खराब कर दिया है। तुम्हारा नाम बार-बार लिया जा रहा है।—साधो सिंह का असली चेला मुसई है। उसे पकड़ लिया जाए तो साधो सिंह को पकड़ने में देर नहीं लगेगी!—बस तुरंत भग जाओ यहाँ से।—मुंशी उसी बरसते पानी में उलटे पाँव लौट गया था।'

भाई जी ने मुसई की हामी भरी और बिसेसर से बोले, 'भाई बिसेसर, पन्द्रह नवम्बर को बालिका विद्यालय का उद्घाटन है। इसलिए तुम्हें बुलवाया था। उसी दिन एक छोटी-सी सभा भी होगी, जिसमें प्रान्तीय शाखा के भीम भाई बोलेंगे। मैं चाहता हूँ कि उस दिन असगाँव-पसगाँव के सभी हरिजन सपरिवार रहें। यह उन्हीं का काम है। उन्हीं को बताना है। साथ ही कुछ पढ़े-लिखे लोग भी इस सभा में आएँ। पढ़ने वाले लड़के-लड़कियाँ जो हमारे कार्यक्रम में रुचि रखते हैं, वे भी रहें, तो अच्छा है। मैंने शामियाने का इन्तजाम कर दिया है। बस, तुम ऐलान कर दो और लोगों को बता दो। मैं कुछ चिट्ठियाँ भी लोगों को भेज रहा हूँ।' भाई जी ने रुक कर भागो बहिन की ओर देखा, 'लड़कियों की कताई का प्रदर्शन रख रही हो?'

'लीजिए! भाई, असली काम तो वही है। मैंने श्यामा से बात कर ली है। छबिया रहेगी, फिर आसपास की सारी कातने वाली लड़कियाँ और औरतें आएँगी। उसी से कार्यक्रम की शुरूआत होगी।' भागो बहिन बोलीं।

'ठीक है, इसे तुम जानो!' भाई जी ने मुसई महतो और बिन्दा भगत पर गाँव-गाँव घूम-घूमकर, खास कर हरिजनों को समझाने का भार डाला और उन्हें छोड़ने के लिए बाहर निकले। सामने बेचन दो और आदमियों के साथ चला आ रहा था।

'भाई जी, ईंट कहाँ गिरेगी? दो बैलगाड़ियाँ मिल गयी हैं, दो अपनी हैं। कल तक सारा सामान आ जाएगा। चन्दा बहू ने भट्ठे वाले लालता पाठक को बुलवाया था। लेकिन उनके पास ढुलाई के लिए कोई साधन नहीं था। इसलिए यह इन्तजाम करना पड़ रहा है।'

भाई जी असमंजस में पड़ गये थे। एकाएक घटनाओं का ऐसा अनबूझा विकास उन्हें बार-बार अपने भंवर में लेकर तोड़ने की कोशिश कर रहा था। लेकिन वे अगल-बगल से कन्नी काट कर निकल जा रहे थे।

'आश्रम के पीछे ही रखवाते हैं। नहीं तो फिर से ढोना पड़ेगा।' बिसेसर बेचन को लेकर पीछे की ओर चला गया। मुसई और बिन्दा बाहर खड़े ईंटों से लदी बैलगाड़ियों को आते देख रहे थे।

सोन्हू घरिकार को नुनही पट्टी वाले ठाकुर पकड़ ले गये थे।

सोभू सिंह का कहना था कि जैसे तुम ज्वाला सिंह के परजा वैसे सारे गाँव के। घर-घर से लेहना पाते हो। किसी भी ठाकुर पुतले के कहने पर डीह बाबा के थान पर तुम्हें सिंहा फूँकना पड़ेगा।

सोन्हू सामने उकड़ूँ बैठा था और अपनी बात से जरा भी हटने को तैयार नहीं था। 'सिंहा डीह बाबा का है। डीह गाँव के हैं। गाँव के लिए ही सिंहा बजता है। हम धनिक लाल को का जानें।'

भीड़ बढ़ रही थी। जो जहाँ सुनता, वहीं से चल पड़ता।

—लाल झंडा पाल्टी आयी है गाँव में। लाल-लाल टोपी बाँट रही है।

—गरीबों की पाल्टी है। खून से रंगा है धनिक लाल का झंडा।

—किसी को हाथ नहीं लगाने देता झंडे के डंडे में। हरदम हाथ में पकड़े रहता है। बोलता है तो मुँह से आग निकलती है।

द्वारिका सिंह सिर से सनई का बोझ उतार कर अपनी पगड़ी के सिरे से मुँह पोछते हुए भीड़ में घुसे। लड़के छिटपुट 'इनकिलाब जिन्दाबाद' बोलते हुए इधर-उधर दौड़ रहे थे। औरतें कुछ दूर खड़ी, आँचल से मुँह ढाँके, धनिक लाल को देख रही थीं।

'भाई, सोन्हू न्याव पर है। धनिक लाल मीटिन करें, चाहे जल्लूस करें, उनके लिए गाँव के डीह का सिंहा कैसे फूँकेगा, सोन्हू। सिंहा तो डीह के हुकुम पर गाँव के लिए बजता है। सिंहा कोई बाजा थोड़े ही है। वह तो डीह का हुकुम है।' द्वारिका

सिंह नुनही पट्टी के प्रतिष्ठित आदमी थे। उनकी बात से एक बार सन्नाटा छा गया। लेकिन कुछ देर बाद सोभू बोल पड़े, 'सोन्हू का लेहना—पताई बन्न होगा।'

'अब यह तो अपनी सरधा की बात है। जो डीह को नहीं देगा, उससे सोन्हू लड़ाई तो करेगा नहीं।' द्वारिका सिंह ने सोन्हू को गमछे के खूट से तम्बाकू खोल कर थमाया, 'चढ़ा ले, बेटा! देख, बोरसी में आग है कि नहीं ?' और वे पाटी से लगा हुक्का उठा कर उसकी निगाली ठीक करने लगे।

धनिक लाल तखत पर बैठा चने की घुघरी खा रहा था। वहीं से बोला, 'बाबू साहब, हाथ पर हाथ रख कर बैठने से लोकशाही नहीं चलेगी। बिना कट्टर विरोध के कांग्रेस की छत टूटने वाली नहीं। दिन-पर-दिन इसमें मजबूती बढ़ती जा रही है। गरीब लोगों की उदासीनता इसे और ताकत पहुँचा रही है।' धनिक लाल खाँड़ के रस का गिलास मुँह को लगाते हुए रुक गये।

द्वारिका सिंह सोन्हू को तम्बाकू जगाने के लिए कह कर धनिक लाल से बोले, 'तुम्हारे पास कितनी ताकत है, जो तुम कांग्रेस की छत तोड़ने चले हो? इस लाल झंडी के बूते छत टूटेगी?'

'लाल झंडी ने रूस में जार को मार भगाया। चीन में च्यांग काई शेख को चित्त कर दिया। यह जवाहिर लाल किस खेत की मूली है?' धनिक लाल चिढ़ कर बोला।

'तुम कमुनिस्ट की बात करते हो?' द्वारिका सिंह ने सिर हिलाते हुए कहा, 'बच्चा, मैं उनका झंडा पहचानता हूँ। बम्बई में उनकी सभा में भी गया हूँ। गिरिन के सारे मजूर उनकी एक आवाज पर कारखाना ठप कर देते थे।'

'अरे उनका का मुकबिला, भइया!' गजाधर हाथ की खइनी दो बार ठोक कर मुँह में डालते हुए, गलगला कर बोले, 'सब बाघ की तरह दहाड़ते हैं। सेठ-साहूकार गन-गन काँपते हैं, उनसे।'

'मुदा सुनते हैं कि उनका कौनो दीन-धरम नहीं है। सब जात-पाँत मिटाकर चमार-सियार से रोटी-बेटी करते हैं, लड़का-मेहरारू भी अपनी नहीं है, रूस में—सब सरकारी।' सोभू सिंह ने सोन्हू से सिंहा बजवाने में पराजित होने के कारण कुछ उदास मन से कहा। धनिक लाल को उनकी बात पसंद आई। वह बोले, 'इसी कारण हमारी पाल्टी उनका विरोध करती है। हम गाँधी जी के समाजवाद को सच्चा समाजवाद मानते हैं और अहिंसा के रास्ते क्रांती करना चाहते हैं। हम किसी बाहरी देश से विचार उधार क्यों लें, जब हमारे देश में उससे अच्छे विचारों की कमी नहीं है? लोहिया हैं, जयप्रकाश हैं। क्या इनको मामूली नेता समझते हैं, आप लोग?'

'हो चुकी क्रांती, धनिक लाल! हम समझ गये तुम्हारी पाल्टी को! इसे दूसरी कांग्रेस ही समझो। जब गन्ही महात्मा ही का रास्ता अपनाये हो, तो बस लीपा-पोती

ही जानो। कभी इस कोठिली का धान उस कोठिली में, कभी उसका इसमें। मुदा, मेरी एक बात सुन लो! हम सब तुम्हार मदद जरूर करेंगे। सुना शास्त्री लटक गया है इस बार। बिनेसरी के बड़कऊ ने सब गुड़गोबर कर दिया। ज्वाला बाबू ने ससुर की चोंटइया मुट्ठी में ले ली है। लड़के की जान बचाएँ कि समधी का चुनाव लड़ें। उनका दीपक नहीं जलेगा इस चुनाव में। मुदा, अभी यह सुनगुनी ही है। अगर वे लोग मैदान में नहीं उतरते तो हम तुम्हीं को लड़ाएँगे। ज्वाला बाबू का क्या, हम तो उनके पिता हरिभजन सिंह जैसे आदमी का विरोध करते आ रहे हैं। हमारी पट्टी तुम्हीं को ओट देगी।' द्वारिका सिंह कंधे पर गमछा रखते हुए, सोन्हू से बोले, 'जाओ तुम, अपना काम देखो!'

सोन्हू उठ कर अपने घर की ओर चला गया। द्वारिका सिंह भी रस-दाना के लिए उठ गये।

उनके जाते ही सोभू ने नुनही पट्टी के जवान हुरहुण्डों का कान फूँकना शुरू किया, 'द्वारिका बाबा का यही हाल है। हमेशा लिपिड़-चिपिड़ में रहते हैं। असल बात यह है कि भित्तर-भित्तर ज्वाला से डरते हैं। कहीं सामना पड़ते ही हाथ जोड़ देता है तो फूल कर गरगज हो जाते हैं। कहने लगते हैं,—खानदानी आदमी है ज्वाला। चाहे जितना भी विरोध करो, लेकिन मर्जाद कभी नहीं तोड़ता।'

धनिक लाल बोले, 'इसी से देश एक जगह थम गया है। कांग्रेसी तो यही चाहते हैं कि सब जैसा-का-तैसा बना रहे और वे राज करते रहें।'

'अब तुम लोग एक काम करो!' सोभू सिंह ने सोचते हुए कहा, धनिक लाल को लेकर गाँव में एक जलूस निकालो। साथ में शाम की सभा का ऐलान भी करो!'

जुलूस चल पड़ा। आगे-आगे धनिक लाल। पीछे-पीछे गाँव के छोटे-छोटे नंग-धड़ंग बच्चे और भूँकते हुए कुत्ते। उसी में धनिक लाल का साथी बीच-बीच में ऐलान करता—आज शाम को एक सभा होगी। जिसमें कांग्रेसी सरकार का भंडाफोड़ किया जायेगा। आइए, और हमारे नेता धनिक लाल का भाखन सुनिए!

—अगले चुनाव में आप के क्षेत्र के सोसलिस्ट उम्मेदवार साथी धनिक लाल का भाखन, आज शाम को स्कूल पर होगा।

एक लड़का कहीं से कनस्तर का टुकड़ा पा गया था और उसे मन-माना पीट रहा था। बीच-बीच में कई लड़के धनिक लाल को घेर लेते और उसका झंडा लेने की कोशिश करते, लेकिन वह उन्हें हटा देता। औरतें घरों के बाहर झाँक कर झंडे की ओर देखतीं और एक-दूसरे से कहतीं, 'यह तो बिसेसर का झंडा नहीं है, न वह भोंपू ही है इसके पास। कस लाल-लाल कपड़ा है, बहिनी ! वह अदमियाँ तो जस बानर।'

सयाने कन्नी काट कर दूसरी ओर से जुलूस को कोली से आगे खुले मैदान में निकलने की प्रतीक्षा करते और सुरती मलते हुए, किसी मकान के कोने पर तालियाँ

बजा कर उसकी गर्द उड़ाते, सोचते खड़े थे कि देखें धनिक लाल जुलूस लेकर ज्वाला बाबू के घर की ओर जाता है या नहीं।

दूसरे कहते, 'धनिक लाल साधो काका का पैर छूने जरूर जाएगा।'

असल में एक आशंका सबके मन में उछल रही थी कि बड़की बखरी वाले कुछ करेंगे जरूर। आज तक इस गाँव में किसी-दूसरी पार्टी का जुलूस कभी नहीं निकला। शास्त्री ने पिछली बार ज्वाला सिंह का विरोध जरूर किया था, लेकिन किसी की ऐसी हिम्मत नहीं थी कि रामपुर में जुलूस निकाल ले।

जुलूस धीरे-धीरे आगे बढ़ता गया। बड़की बखरी के बगल से बनी ठाकुर की वर्दवान की लम्बी कोली से ही बखरी के सामने पहुँचने का रास्ता था। जुलूस कोली के पास पहुँचा था कि जोर का शोर उठा, भागो ऽ...भागोऽऽ...मरकहवा साँड़ पगहा तोड़ा लिया है!

—घर में घुस जाओ, भागो ऽऽ...।

एक विशाल साँड़ नथुने फुलाये, हुँकड़ता—बिफरता, कोली में से दौड़ता हुआ आगे बढ़ा आ रहा था। सारे गाँव में भगदड़ मच गयी। हर आदमी अपने घर में घुस गया और किवाड़ बन्द हो गये। धनिक लाल और उसके साथी झंडा लिए सिवान की ओर बेतहाशा भाग रहे थे और साँड़ उन्हें चहेटे जा रहा था। धनिक लाल की टोपी कहीं उड़ गयी थी, और अब झंडा भी उड़ने वाला था। बेचन के साथ ठाकुर के चार हलवाहे लम्बी-लम्बी रस्सियाँ और लाठियाँ लिए साँड़ को पकड़ने के बहाने उसे धनिक लाल के पीछे दौड़ा रहे थे।

साँड़ के गाँव के बाहर होते ही सारा गाँव सिवान की ओर उमड़ आया था और धनिक लाल को जान छोड़ कर भागते देख रहा था। बिरंजी लाल घूम-घूम कर लोगों को बता रहा था कि, 'दो-दो रस्सियों में बँधा था, जलूस का शोर-गुल सुनते ही आपे से बाहर हो गया, जोर से हकड़ा और एक ही झटके में दोनों खूँटे एक साथ उखाड़ कर दौड़ पड़ा। धनिक लाल के हाथ के लाल झंडे और सिर की लाल टोपी ने आग में घी का काम किया! साँड़ बिफर कर और भड़क गया। जाने का होगा बेचारे धनिक लाल का?'

बिरंजी ने बेचन को पहले ही समझा दिया था कि पूरे एक मील तक ऐसा चहेटना कि जिनगी में फिर इधर मुँह न करे धनिक लाल। साँड़ दौड़ना बन्द करे तो पीछे से लाठी का खोभा मारना। चारों लोग उसे इस तरह घेरे रहना कि साँड़ उधर ही दौड़े जिधर धनिक लाल भाग रहा हो।

भाई जी को इधर के घटना-चक्र ने गूँगा बना दिया था। कुछ बोलते-बोलते रुक जाते थे और सोचने पर उन्हें लगता, जैसे सब हाच-पाच हो गया है। संदर्भों में इतना सारा

धुआँ भर गया है कि कुछ साफ दिखायी ही नहीं पड़ता।

भागो बहिन कहती हैं कि हम भीतर-सीतर कुछ नहीं जानते, न हमारे पास इन टेढ़ी-मेढ़ी राहों में भटकने का समय है। सेवा हमारा धर्म है और वही हमारा जीवन और हमारी शांति है। राजनीति की उठापटक में हम अपने को डालेंगे, तब फिर रचनात्मक काम हो चुका। मैं तो पहले ही कह रही थी कि ज्वाला बाबू से जमीन के लिए कहो, लेकिन आप माने ही नहीं। क्या महात्मा गाँधी बिड़ला से मदद नहीं लेते थे? भगवान बुद्ध के मठ कैसे बने? मृगार सेठ क्या उस जमाने का पूँजीपति नहीं था? भिक्षुओं के इतने विशाल बिहारों के निर्माण के लिए पैसा कहाँ से आया था? यह सब बेकार की माथा-पच्ची है! जिस समाज में जनता हिम्मत हारकर भाग्यवादी हो चुकी हो, वहाँ किसी चेतना को जन्म देना एक भारी समस्या है। मेरा तो ख्याल है, महात्मा ने देश को पहचानकर, चरखे के रूप में धरती से धूल उठा ली थी। जिस जनता को देखकर वे द्रवीभूत हुए थे, वह जीवन का सम्मान भी भूल चुकी थी। लगातार गुलामी, अशिक्षा और अपमान ने उसे पशु से भी गया-बीता बना दिया था।'

'क्या तुम समझती हो कि स्वदेशी को बापू ने नीति के तौर पर स्वीकार किया था? यह उनके आदर्शों का अंग नहीं थी?'

'मुझे ऐसा ही लगता है। 'कुछ नहीं' से, 'कुछ' की हालत में उन्होंने चरखे को अपनाया होगा और देश की तत्कालीन तथा वर्तमान दोनों परिस्थितियों में इससे बढ़कर सहज उपलब्ध और अभय हथियार दूसरा नहीं हो सकता।'

'तुम्हारा मतलब यह है कि अगर देश की जनता जाग्रत होती और वह हथियार लेकर अंग्रेजों से लड़ सकती, तो वे हथियार उठा लेते!'

'मैं ऐसा ही समझती हूँ। गुलामी से मुक्ति पाने के संघर्ष में बीतने वाला एक-एक क्षण पहाड़ के समान होता है। वैसी हालत में बापू चरखा लेकर नहीं बैठते।'

भाई जी हो-हो करके हँसने लगे, 'अद्‌भुत विचार हैं तुम्हारे, और उन्हें कहने का तरीका तो उससे भी बढ़कर है। अब जरा बाहर ध्यान दो। भीम भाई के आने का समय हो रहा है और सारी तैयारियाँ अभी बाकी हैं।'

भाई जी दरवाजे से निकलकर बाहर आ गये। नवम्बर की सुबह के धुँधले आसमान में अभी पूरब की ओर सूरज की लाली उतरनी भी शुरू नहीं हुई थी। ठंढ कुछ बढ़ी-बढ़ी-सी थी। भाई जी टहलते हुए आश्रम के पीछे चले गये। हरिजन बालिका विद्यालय की दीवारें सिर के ऊपर आ गयी थीं। बाँस-बल्लियाँ और खपरैल पहले से लाकर रख दिये गये थे। भाई जी के दिमाग में इस समय न जाने क्यों पहले सुनीत का ध्यान आया फिर श्यामा, मुराद और सागर एक-एक कर याद आते गये। उन्हें लगा, जैसे कहीं कुछ बदल रहा है, लेकिन वह इतना धीमा और आन्तरिक है कि उसे लक्षित करना सबके लिए सम्भव नहीं। इस साधारण से आभास

ने उनके ऊपर छायी कई हफ्तों की उदासी को अनायास दूर कर दिया। उनकी दृष्टि दूर-दूर तक जाने लगी। अब तक छाया हुआ नवम्बर की सुबह का धुँधलका छट चुका था और किरणों की बारीक, सुनहरी परत पेड़ों पर छा गयी थी। स्टेशन के रास्ते पर दूर दो-तीन लोग आते हुए दिखाई पड़े।--जरूर भीम भाई ही होंगे। आश्रम में जाकर उन्होंने भागो बहिन को सूचना दी।

भीम भाई ने साथ के नौजवान का परिचय देते हुए बताया, 'यह है सुदेश भाई, भूदान-यज्ञ-कार्यवाहक।'

परस्पर नमस्कार के दौरान ही भागो बहिन ने सुदेश जी के अलीगढ़ी पायजामे, लम्बे कुर्ते और चश्मा-जडित चेहरे से अंदाज लगा लिया था कि सुदेश जी नये प्रशिक्षित बिनोवावादी थे।

भीम भाई बोले, 'ये यहाँ भूदान आन्दोलन का प्रचार-प्रसार करेंगे। जिलाधीश ने डाक बँगले में इनके ठहरने की व्यवस्था कर दी है और अगले सप्ताह पटवारियों से लेकर, परगना हाकिमों तक की एक मीटिंग बुला ली है। जिले के कई विधायकों से ये मिल चुके हैं। यहाँ के ज्वाला सिंह से मिलने आये हैं। अधिकारियों को सम्बोधित कर, भूदान आन्दोलन के उद्देश्यों पर प्रकाश डालेंगे। वैसे जिलाधीश ने सन्त बिनोवा से सम्बन्धित विचारों का पत्रक अधिकारियों के पास भेजकर पहले से उनका कोटा बाँध दिया है।'

भीम भाई कुछ और बोलने वाले थे लेकिन बीच ही में भाई जी हो-हो करके हँसने लगे। और भागो बहिन अपनी आँखें फैलाकर बोल पड़ीं, 'बाप रे बाप! बिनोवा जी तो पूरे सरकारी संत हो गये हैं।'

'तब तो यह कमाल का यज्ञ है, भाई! बापू की कार्य-पद्धति में एक नयी चीज जोड़ दी बिनोवा जी ने। लगता है, बिनोवा जी को सार्वजनिक क्षेत्र में लेकर जवाहर लाल ने ऊपर-ही-ऊपर उनका सरकारीकरण कर लिया है!' भाई कटु सत्य बोलने के आदी हैं।

सुदेश जी का चेहरा फक हो गया। लेकिन कुछ कहना था, इसलिए बोले, 'भाई, जवाहरलाल कोई गैर थोड़े ही हैं। इसी राजशक्ति के लिए ही तो स्वतंत्रता संग्राम लड़ा गया। उसे अब नाचीज़ और उपेक्षा-योग्य मानने की भूल करने पर हम जहाँ-के-तहाँ पड़े रह जाएँगे और दूसरे लोग गरीब जनता के हितों का आन्दोलन चलाकर उन्हें अपने साथ कर लेंगे। जिलाधीश अब अंग्रेजों का तानाशाह अधिकारी नहीं रहा। उसे हमें जनता का सच्चा सेवक बनना होगा। सहज ही उपलब्ध राज-शक्ति का प्रयोग इस तरह करना होगा कि वह देश को गाँधी जी के रास्ते पर ले चलने में हमारी सहायक हो। वरना तो आप जानते ही हैं कि कम्युनिस्टों ने तेलंगाना में क्या किया?'

'अच्छा तो यह बात है, सुदेश जी!' भाई जी कुछ बोलने जा रहे थे, लेकिन तब तक भागो बहिन ने चाय के प्याले तखत पर रखते हुए कहा, 'तेलंगाना ही ने संत को सरकारी संत बनाया है और साम्यवादियों द्वारा जबरदस्ती भूमि छीनकर भूमिहीनों में बाँटने वाले आन्दोलन के विरुद्ध खड़ा कर दिया है! क्यों? लीजिए सुदेश जी, भीम भाई, लीजिए, पहले चाय पीजिए!'

सुदेश जैसा नया लड़का इन सिद्ध लोगों के निर्भय आचरण का आदी न था, न उसने ऐसी दो टूक बातों की कभी कल्पना ही की थी। वह हतप्रभ-सा चाय का घूँट गले से उतारते हुए बोला, 'आप जानती नहीं, बहिन जी। कम्युनिस्टों ने वहाँ कितनी भयानक हिंसा की है। नालगोडा, वारंगल और खम्माम जैसे बड़े-बड़े तीन पूरे जिलों के जमींदारों को उन्होंने उनके किलानुमा घरों में या तो घेरकर मार डाला या वहाँ से खदेड़ दिया। यह इलाका करीब सोलह हजार वर्गमील का है और इसके तीन हजार गाँवों में लगभग तीस हजार की आबादी है। इस पूरे क्षेत्र में उन्होंने पंचायत समितियों द्वारा ग्राम-राज्य स्थापित कर लिया था और लगभग दस लाख एकड़ जमीन किसानों में बाँट दी थी। बँधुआ मजदूरी और बेगार समाप्त कर दी और अपने से ही सारे करों में छूट दे दी। मजदूरों के लिए ऐसी मजदूरी निर्धारित कर दी, जो सारे देश में कहीं नहीं दी जाती। जंगल के सारे अधिकारियों को खदेड़ दिया और हद तो यह कि इनका यह राज इस इलाके में अठारह महीने चलता रहा। इनके पास दस हजार नियमित सशस्त्र सैनिक और दो हजार नियमित गुरिल्ला जत्थे थे जो सदा लूट-मार का काम करते थे। थोड़े ही दिनों में इन्होंने आशफजाही वंश की जड़ें हिला दी थीं और उसका नादिरशाही शासन इनसे थरथरा रहा था। क्या आप समझते हैं भाई जी कि भारतीय फौज खाली निजाम को अपदस्थ करने के लिए हैदराबाद भेजी गयी थी?' सुदेश जी के गले की नसें जोश में बोलते-बोलते फूल गयीं।

'और दूसरी बात क्या हो सकती थी?' भाई जी ने सहज भाव से कहा।

'दूसरी बात यह थी कि भारत सरकार तेलंगाना के किसानों के इस गोलबन्द संघर्ष से बेहद चिंतित हो उठी थी। हैदराबाद में पुलिस कार्यवायी को अगर उसी समय कम्युनिस्टों के दमन के लिए न लगा दिया गया होता, तो बाद में देश को भयानक स्थितियों का सामना करना पड़ता। निजाम कम्युनिस्टों के खिलाफ हर कार्यवायी करके हार चुका था। उसने रजाकारों को उन लोगों के दमन के लिए भेजा था, जो अपनी सारी क्रूरता, बलात्कार, आगजनी के बावजूद वहाँ नहीं टिक पाये थे। कम्युनिस्ट गुरिल्लों ने उन्हें मार भगाया था। शहीद कोमारिया और एलम्मा का नाम लेकर 'संघम' के सिपाही उन पर टूट पड़ते और इनका सिर काटकर भाग जाते। भारतीय सेना ने किसी तरह उन्हें कब्जे में कर लिया। दस हजार लोगों को लम्बे समय तक के लिए जेल में बन्दकर दिया गया और करीब पचास हजार लोगों को पुलिस और सैनिक-शिविरों में घेरकर उनका प्रभाव रोका गया।' सुदेश जी क्षण भर

को साँस लेकर तुरंत बोले, 'अगर राज-शक्ति के बारे में हम अपना दृष्टिकोण नहीं बदलते और उसे अपने रचनात्मक कार्यक्रमों से अलग रखते हैं, तो वह दिन दूर नहीं, जब जनता हमसे दूर हो जायेगी। तेलंगना मरेगा नहीं। वह एक लाल निशान है, जिसे समझने में भूल करना आत्मघात होगा।' सुदेश ने बगल बैठी भागो बहिन की ओर अपने भाषण की प्रतिक्रिया जानने के लिए देखा।

भागो बहिन बोलीं, 'सचमुच आपने आँख खोल दी। हमें कभी-कभी भ्रम होता था, लेकिन आपकी बातों से काफी निराकरण हो गया।'

'किस बात का निराकरण?' सुदेश जी ने बौद्धिक गरिमा का परिचय देते हुए इस विश्वास से पूछा, जैसे उन्होंने इन अर्ध शिक्षित पुराने गाँधीवादियों पर अपने नये विचारों का पूरा प्रभाव डाल दिया हो।

'यही कि कांग्रेस सरकार ने गाँधी को सुविधा का हथियार बना लिया है।' भाई जी बोले, 'गोडसे ने गोली चलायी थी, कांग्रेस सरकार मीठा जहर पिला रही है और मजेदार बात यह है कि संत बिनोवा जैसे लोग गाँधीवाद के यथार्थ को मात्र कर्मकाण्डी चोंगा पहनाकर उसे राजशक्ति के दामन से बाँध देना चाहते हैं। आपकी बातें सुनकर मुझे आश्चर्य हुआ, क्योंकि आप द्वारा दिये गये सारे विवरण यह स्वत : सिद्ध कर देते हैं कि तेलंगाना के अत्याचारी, शोषक, सवर्ण देशमुखों के खिलाफ, वहाँ के दलित-शोषित वर्ग के बहादुराना आन्दोलन को, उनकी हक और रोटी की लड़ाई को भारत सरकार ने इसलिए कुचल दिया है कि देश में फिर ऐसा संघर्ष कहीं सिर न उठा सके और उस पर बापू के नाम का आवरण डालने के लिए भूदान के नुस्खे के साथ एक सरकारी बाबा का निर्माण किया गया है। आखिर वे गरीब किसान रोटी की ही लड़ाई तो लड़ रहे थे। हक छीनने वालों से लड़ने के लिए गाँधी जी ने कब मना किया है?'

भीम भाई अब तक चुप थे, एकाएक बोले, 'भाई, क्या कहें, बड़े लोगों के बड़े चोचले होते हैं। आश्रम की जिन्दगी में बहस-मुबाहसे की गुंजाइश भी कम ही होती है। लेकिन तुम लोग तो सबसे दो टूक सच बोलकर अपनी हालत यहाँ तक लाये हो। वरना आज कहीं और ही होते। मैंने चुप रहने की आदत डाल रखी है। बोलता हूँ, तो कई बार अनायास मतभेद पैदा होते हैं और संदेह का वातावरण बनता है। आश्रम की जिन्दगी में भी राजनीति की एक गुप्त धारा सदा बहती रहती है। अब जरा सुदेशजी की बातों से तत्व की बात निकालें, तो जो निकलेगा, वह यह कि निजाम तथा उसके रजाकारों के लिए और पुराने सामंती देशमुखों के लिए, जिनके अत्याचारों की अकथ कहानियों से कौन परिचित नहीं है, इनके मन में भारी सहानुभूति है। यहाँ 'इनके' से मतलब सुदेश जी से ही नहीं, बल्कि उस पूरी विचार-धारा से है जिसके वे समर्थक हैं। सदियों से दुख और दरिद्रता में डूबे हुए, शोषित किसानों का मुक्ति-संग्राम इन्हें हिंसक और खतरनाक लगता है।'

सुदेश झुँझला कर बोला, 'इसका मतलब है, आप लोग बदली हुई परिस्थितियों में बापू की शिक्षाओं को कारगर होते नहीं देखना चाहते। भाई, हम शोषण और गरीबी के खिलाफ उन शक्तियों से जो देश में आज भी इन्हें कायम किये हुए हैं, अपने ढंग से लड़ना चाहते हैं। लेकिन हमारे विचार और हमारी लड़ाई आज तभी सार्थक हो सकती है, जब वह हमारी उपलब्ध व्यवस्था को कायम रखे और हमारे बीच ताल-मेल बना रहे। यदि देश की गरीब जनता का संघर्ष साम्यवादियों के हाथ में चला जाता है और वे राजशक्ति पर अधिकार कर लेते हैं, तो यह गाँधीवादी चिंतन-धारा के लिए मौत के समान होगा। जरा इस बात को सोचिए कि भला कोई साम्यवादी सरकार गाँधी-विचारधारा को प्रश्रय क्यों देने लगी। उसके तो अपने मसीहा मार्क्स, लेनिन, स्तालिन और माओ हैं।

'अब वह समय नहीं रहा जब आप सत्य और अहिंसा के मार्ग पर चल कर, सिर्फ चरखे के सहारे गाँधीवाद को बना लेंगे। परिस्थितियाँ बदल गयी हैं। देश पर हमारी विचारधारा के लोगों का शासन है और देश में पनपने वाले अनेक विचार हमारे हाथ से राजशक्ति छीन लेना चाहते हैं। लड़ाई का मुद्दा बदल गया है। आज के संसार में राजशक्ति की रीढ़ कोई-न-कोई विचारधारा ही है। बिनोवा एक सम्यक विचारक हैं। भविष्य को मोड़ देने की उनमें अद्भुत क्षमता है। वे जानते हैं कि आज की परिस्थिति में विचारों की रक्षा निर्जन में नहीं हो सकती। वे जानते हैं कि एक विचार की राजशक्ति दूसरे विचारों को कुचल देती है। वे गाँधीवाद की रक्षा के लिए पद-यात्रा पर निकल पड़े हैं। चाहे आप सरकारी संत कह कर उनका मजाक बना लें, पर साथ ही यह समझना न भूलें कि मार्क्स क्या सरकारी विचारक नहीं हैं?' सुदेश जी बोलते-बोलते अचानक थक गये।

'अब और सब आप जाने दीजिए। मैं एक बात आप से पूछती हूँ।' भागो बहिन प्याले संभालते हुए बोलीं, 'जब राजशक्ति गाँधीवादी विचार के लोगों के हाथ में है, तो इस भूदान-आन्दोलन की जरूरत क्या है! एक अधिनियम बनाकर सरकार अतिरिक्त भूमि लोगों के कब्जे से क्यों नहीं निकाल लेती और उसे गरीब किसानों में बाँट देती?'

भीम भाई बोले, 'इसलिए कि सरकार इतने व्यापक स्तर पर भूपतियों को नाराज नहीं करना चाहती। जमींदारी-उन्मूलन के कारण बड़े-छोटे जमींदारों का एक कांग्रेस-विरोधी मोर्चा संगठित हो गया है। अतिरिक्त भूमि ले लेने पर उसके ठीक नीचे का दूसरा बड़े जोतदारों का वर्ग जो जनसंख्या में काफी बड़ा है, क्षुब्ध हो जायेगा। लेकिन भूमिहीनों के बढ़ते हुए असंतोष को भी किसी तरह शमित करना ही है।'

भागो बहिन ने बीच ही में बोल कर वाक्य पूरा किया, ' इसलिए यह भूदान-आन्दोलन चलाया गया है। गरीब जनता के सामने आशा और गाँधीवादी आदर्शों की

एक मृग-मरीचिका उपस्थित करके उसे बहलाया जाएगा। 'भागो बहिन उठते-उठते यह सभा भंग करने की चेतावनी भी देती गयीं, 'आप लोग नहा-धो कर नाश्ते के लिए तैयार हो जाएँ। अभी सारे काम जहाँ-के-तहाँ पड़े हैं।'

भीम भाई मुँह धोने अन्दर आँगन में चले गये। भाई जी ने सुदेश से स्नानादि से निवृत्त हो कर तैयार होने के लिए कहा, ताकि वे दोपहर से पहले ज्वाला सिंह से मिलने जा सकें और खुद शाम के जलसे के इन्तजाम के लिए लोगों से बात करने बाहर निकल गये।

श्यामा ने रात ही को काली मिट्टी भिंगो दी थी। सुबह बाल धो कर धूप में सिर झुकाये, उसे एक लकड़ी से फटक कर फोड़ रही थी। तभी सुनीत आया और यह कह कर कि, 'मैं और मुराद तुम्हारे साथ आश्रम चलेंगे।' तुरन्त वापस होने लगा। श्यामा ने आगे लटके बालों को ऊपर फेंक कर उसे बुलाया और पूछा, 'सागर दुबारा आया था क्या?'

'नहीं तो,' सुनीत को श्यामा के इस तरह पूछने पर थोड़ा संदेह हुआ, 'क्यों, क्या दुबारा आने को कह गया था?'

'न...हीं...। कहा नहीं था।' श्यामा के धुले हुए, छोटे-से चेहरे का रंग उड़ा-उड़ा-सा था। थोड़ा रुक कर उसने सुनीत को बताया, 'छबिया आज सुबह ही से घर में नहीं है।'

'घर में नहीं है? अरे, कहीं गयी रही होगी। अब तक आ गयी होगी। इसी कारण दुबारा नहीं आया।' सुनीत भी कुछ सोचता हुआ वापस चला गया।

—मुझसे पाँच-छे महीने ही बड़ी है! कहाँ जाएगी वह?—श्यामा ने अपने ही से कहा और अपने बालों को सुखाने और फोड़ने में लग गयी।

उसने नहा कर माँ की एक पुरानी, जगह-जगह से फटी धोती ऐसे ही लपेट रखी थी। झुक कर बाल फटकते हुए, सामने का आँचल ढीला हो कर लटकने से गीला हो गया था। वह अपने ही शरीर को देख कर शरमा गयी। सीधी खड़ी होकर, उसने धोती का आँचल पीछे खींचा और उसका एक कोना कमर में कस कर लपेट लिया। नंगी पीठ पीछे धूप में जलने लगी थी, इसलिए कंघी ले कर वह दहलीज में आ बैठी और थोड़े-थोड़े बालों को हाथ में ले क़र सुलझाने लगी।

काका कहीं बाहर से आये थे। कंधे से गमछा उतार कर उन्होंने अपना मुँह पोंछा और उसी तखत पर बैठ गये। श्यामा ने एक बार काका को देखा, फिर बाल सुलझाने में लग गयी।

गोपी अपनी बकुली के सहारे लटपटाती आयी और ठीक साधो काका के सामने ही जमीन पर बैठ गयी। पल भर रुक कर उसने श्यामा की ओर देखा और लगी बड़बड़ाने, 'झोटा फेकारे बाप के सामने खटिया चढ़ कर बइठी है। न लाज, न हया। चल नीचे, उतर, नहीं तो फोड़ती हूँ तेरी खोपड़ी।' गोपी ने अपनी बकुली उस पर तान ली। पर श्यामा उसी तरह बैठी, मुस्कराती, उसे देखती रही।

'साधो, यह बोझ अपने माथ से उतारो। का ठिकाना, कब का हो। फिर लड़की परायी जात है, उससे जितनी जल्दी छुट्टी मिले, उतना ही भला है। मरी रेंड़ ऐसी फूटती जा रही है।'

काका ने तनिक मुड़ कर, समान-भाव से श्यामा को देखा, फिर पलट कर गोपी की ओर देखने लगे।

'कभी-कभी सोचती हूँ कि सामा की डोली उठ जायेगी, तो कैसे जीऊँगी। कौन मेरी खोज-खबर लेगा।' गोपी उदास हो गयी और माथे पर हाथ रख कर कुछ सोचने लगी।

साधो काका उसके झुके सिर को देखते हुए उठे और अन्दर चले गये। गोपी भी अपने दोनों हाथों को जमीन पर टेक कर उठने की कोशिश करने लगी। तभी मुराद अन्दर आया। उसने गोपी को सहारा दे कर उठा दिया। उसकी बकुली उसके हाथ में थमा दी। बुढ़िया दुगुर कर अन्दर आँगन में चली गयी।

मुराद ने श्यामा से कहा, 'छबिया का कुछ पता नहीं चला।'

'सुनीत कह रहा था, कहीं होगी, अब तक घर आ गयी होगी, नहीं तो सागर जरूर आता।' श्यामा बोली।

'नहीं श्यामा, छबिया नहीं मिली। अब्बा अभी आश्रम से लौटे हैं। कह रहे थे, सागर और मुसई चाचा इनार-कुआँ देख रहे हैं। कहीं बिन्दा भगत की लड़की की तरह...!' मुराद बेहद उदास हो गया।

श्यामा ने कहा, 'ऐसा नहीं हो सकता, मुराद! छबिया समझदार लड़की है।'

'फिर वह गयी कहाँ?' मुराद ने आश्चर्य व्यक्त किया।

'यही मैं भी सोच रही हूँ,' श्यामा कुछ सोचती हुई चुप रह गयी।

मुराद ने कहा, 'अब आश्रम चलने का समय हो रहा है। तुम कताई प्रतियोगिता में भाग लोगी?'

'भागो बहिन ने तो बहुत जोर दे कर कहा है,' श्यामा ने उत्तर दिया।

'तब तैयार हो जाओ! मैं सुनीत को कहता हुआ आता हूँ।'

मुराद बाहर निकलने लगा, तो श्यामा ने उसे रोक कर कहा, 'अभी किसी से छबिया की बात न करना।'

मुराद हँसते हुए बोला, 'तुम मुझे मूर्ख समझती हो क्या?' और वह तेजी से सुनीत के घर की ओर चला गया।

साधो काका रस-दाना करके बाहर आये और तखत पर लेट कर छत की ओर देखने लगे। वे घंटों ऐसे ही लेटे रहते थे। हो सकता है, आश्रम के जलसे में समय पर न पहुँचें।

—मुसई चाचा जाने कहाँ होंगे! होते तब कोई चिंता की बात न थी। बाकर चाचा को कहला देना चाहिए कि वह उन्हें आश्रम लेते आएँ।—श्यामा मन-ही-मन सोच रही थी।

बाहर बिसेसर के बिगुल की आवाज सुनाई पड़ी। साथ में आश्रम के जलसे का ऐलान भी जारी था—'हरिजन पाठशाला खुलेगी...। भीम भाई का भाखन होगा...चरखा-दंगल होगा...अछूत का उद्धार होगा। महात्मा जी का सन्नेस है, चलो, सब लोग, चलो, आश्रम पर चलो।'

साधो काका उसी तरह लेटे रहे। बिसेसर अन्दर आया और उनके सामने जमीन पर बैठ कर बोला, 'भाई जीव ने कहा है कि साधो काका ही आज की सभा में सभापती रहेंगे। मैं आपको लिवाने आया हूँ।'

श्यामा बिसेसर की बात सुनते ही दौड़ कर अपनी कोठरी में गयी। सफेद जमीन पर नन्हीं-नन्हीं हरी बूटियों वाली खद्दर की धोती और एक सफेद कुर्ता ले कर बाहर आयी, 'मेरे हाथ के कते सूत के बदले मिला है—काका, देखो इसे! मैंने अपने लिए एक धोती और तुम्हारे लिए यह कुर्ता लिया है। इसे पहन कर आश्रम पर आना।'

साधो काका दोनों कपड़े हाथ में ले कर देखते रहे। उनके चेहरे पर खुशी छा गयी। आँखें अनायास भर आयीं। कुर्ता अपने पास रख कर, धोती उन्होंने श्यामा को थमा दी।

श्यामा जीवन में पहली बार इस तरह तैयार हो रही थी। घर की दीवार के गउखे में उसने एक नन्हा-सा पुराना शीशा रखा था, जिस पर चारों ओर तेल की काली गंदगी बैठी थी और बीच की दो अंगुल खाली जगह में कभी उसकी सुन्दर, नुकीली नाक दिखायी पड़ती, कभी बायीं कनपटी, कभी बालों का अगला हिस्सा। वह सिर इधर-उधर कर एक-एक को अलग-अलग देखती। फिर मन में सबको एक साथ मिला कर, अपनी शकल की एक मनोरम कल्पना कर रही थी। छः महीने पहले उसके हाथ की सिली, छोटी-सी लाल रंग की चोली, आज उसके शरीर पर अट नहीं रही थी। उसने किसी-किसी तरह कस कर उसके बटन लगाये, फिर

धोती सँभाल कर इस तरह पहनी कि वह उसकी कांचनवर्ण, क्षीण काया पर भारी न पड़े। घने, काले बालों को काठ की कंघी से सहेज कर, बालों से ही बनी गछनी से कस कर बाँध लिया। कुछ छोटे बाल छिटक कर अगल-बगल छूट गये थे, उन्हें वैसे ही छोड़ दिया। किसी निबिड़ अन्धकार में जलते हुए एकान्त दीप की तरह श्यामा के इस रूप-लावण्य का वर्णन कर कोई कवि वाणी के मन्दिर में अमरत्व पद का सहज अधिकारी हो सकता था।

मन में इच्छा होते हुए भी श्यामा ने अपने माथे पर रोली की नन्हीं-सी बिन्दी लगा कर, उसे पोंछ दिया, क्योंकि चुपके से आकर, पीछे खड़ा सुनीत धीरे से बोल पड़ा था, 'कुआरी लड़कियाँ गाँव में माथे पर बिन्दी नहीं लगातीं।'

सुनीत के चेहरे पर चाँदनी जैसी शीतल मुस्कान देख कर श्यामा भी वैसे ही हँसने लगी।

सुनीत ने साफ, धुला हुआ, बारीक खादी का कुर्ता-पायजामा पहिन रखा था। बटन खुले छोड़ देने के कारण उसके दुबले सीने की हड्डियाँ बाहर झाँक रही थीं। एक मोहक स्वच्छता उसके पूरे व्यक्तित्व पर छायी हुई थी। श्यामा उसके नीचे के दो बटन बन्द कर, गले के पास तनिक सिकुड़े कोने को ठीक कर रही थी, तभी दहलीज में मुराद की आवाज सुनायी पड़ी। वह बिसेसर से कुछ कह रहा था।

श्यामा ने कहा, 'मुराद भी आ गया। अब चलना चाहिए, नहीं तो देर हो जाएगी।'

मुराद जल्दी में अन्दर घुसा। श्यामा सामने ही खड़ी थी। उसे देखते ही मुराद के सफेद दाँतों की बत्तीसी क्षण भर को अपनी जगह पर ठिठकी रह गयी। उसने आधी बाँह का गज्जी का छोटा कुर्ता और दोकछी ऊँची धोती पहिन रखी थी। उसका यह कपड़ा बुनाई से ले कर सिलाई तक, खुद बाकर के अपने हाथ का किया हुआ था।

मुराद सदा बड़े करीने से यही कपड़ा पहनता था। चाहे वह रेह में धोने के कारण पीला क्यों न पड़ गया हो, पर किसी ने आज तक मुराद को गंदे कपड़े पहने नहीं देखा।

तीनों घर से निकलने के पहले बगल के कमरे में लेटी श्यामा की बीमार माँ के पास जा कर पल भर को खड़े हो गये। श्यामा की माँ तीनों को एक साथ साफ-सुथरे कपड़े पहने देख कर उठ बैठी और कहने लगी, 'कहीं तुम सबों को किसी की नजर न लग जाए!'

मुराद ने कहा, 'काकी, बिसेसर के साथ काका को जरूर भेज देना। कहीं भूल न जाएँ।'

तीनों आगे-पीछे दहलीज से बाहर निकले। श्यामा अपना चरखा ही भूली जा रही थी। 'यह लो, मैं असली चीज भूली ही जा रही हूँ।' वह तेजी से दौड़ कर घर में गयी और अपना पेटी चरखा ला कर, उसे मुराद के हाथ में थमा दिया।

आश्रम पर इतनी बड़ी सभा पहले कभी नहीं हुई थी। सबसे खास बात यह थी कि आज यहाँ उपस्थित लोगों में ऐसे भी लोग थे, जिन्होंने एक अरसा हुआ, एक-दूसरे का मुँह भी नहीं देखा था। गाँव तथा समाज के परस्पर-विरोधी दल यहाँ एक साथ आ जुटे थे। बिन्देसरी पांड़े और खेलावन मिसिर अपने दल-बल के साथ सबसे पहले ही आकर शामियाने के बीचो-बीच बैठ गये थे। पारस उनके लिए दुकान से बार-बार पान-सुपारी ला रहा था। दूर-दूर के गाँवों से हरिजन स्त्रियाँ और बच्चे गाते-बजाते चले आ रहे थे। कुल मिला कर एक मेले का-सा वातावरण बनता जा रहा था।

भागो बहिन बाहर आतीं और बढ़ती हुई भीड़ को देखकर आश्चर्य-चकित हो, फिर अन्दर चली जातीं। भाई जी की समझ में कुछ भी नहीं आ रहा था कि आखिर यह माजरा क्या है। बिसेसर ने कितनी-कितनी दूर तक प्रचार कर दिया है। दो-दो मील के लोग पहचान में आ रहे हैं। इतनी भीड़ को बैठाया कहाँ जाएगा। भाई जी अपने ही से बोलते हुए अन्दर चले गये।

'मुसई भाई नहीं लौटे?' भागो बहिन एकाएक पूछ बैठीं।

'सागर भी दिखायी नहीं दे रहा है। मैंने उससे कहा था कि मेरा नाम लेकर थाने में रपट लिखा कर वह वापस आ जाए!' भाई जी के माथे पर चिन्ता की रेखाएँ उभरी हुई थीं।

बिरंजी लाल को भीड़ का पता था। वह जानता था कि यहाँ कौन-कौन आएगा और आने वालों के मन में क्या-क्या होगा। वह लगातार चलता हुआ दिखायी पड़ रहा था। बीच-बीच में अनायास वह बेचन और सरजू साव को जोर-जोर से पुकारता और हाथ हिला-हिला कर बात करते हुए आश्रम के पीछे चला जाता, जहाँ चार राजगीर उसने आज और बढ़ा दिये थे। मिट्टी-गारे पर पन्द्रह-बीस लोग लगे थे। ऐसा लगता था, जैसे अभी ही इस पाठशाला में पढ़ाई शुरू होनी है। सरजू साव ने अभी-अभी सारे कामगारों को बुला कर सभा-स्थल के ठीक सामने वाले कुएँ पर लाई, चना और रस दिया था।

अब बिरंजी लाल को प्रतीक्षा थी बलराम यादव की। ज्वाला बाबू को मुंशी ने पहले ही बता दिया था कि वहाँ उनका कोई काम नहीं है। कोई पूछे तो सिर-दर्द का बहाना कर देंगे, लखनऊ से आये भूदानी भाई से आश्रम पर क्षमा-याचना कहला

देंगे। आज वहाँ वे न रह कर ही सबके ऊपर छाये रहेंगे। चुनाव-तम्बू के सारे खूँटे आज गड़ जाएँगे।

बिरंजी लाल बार-बार उत्तर की ओर देख रहा था। सहसा सामने से आती बैलगाड़ियों को देख कर, चुटकी बजाता हुआ वह फिर आश्रम के पीछे लौट गया।

गाड़ियाँ पास आ गयीं। वह जानता था कि मोटे-मोटे बाँसों से लदी बैलगाड़ियाँ शामियाने के कारण आगे नहीं जा सकेंगी और एक-एक बाँस उठा कर पीछे पहुँचाना होगा। इसलिए वह सारे मजदूरों को बुला कर गाड़ियों से बाँस उतरवाने लगा।

लोगों का ध्यान बाँसों पर लगा था।

—यादव जी के बैल हैं।

—डील ऐसे लटक रहे हैं, जैसे ऊँट की कोहान।

—दाना पर लोटते हैं, भइया, सेत में डील थोड़े ही लटकता है।

—बाँस भी उन्हीं के कोट के हैं। इतने मोटे बाँस यहाँ और किसके पास हैं?

सारी सभा में चर्चा चल ही रही थी, तभी बलराम का हाथी झूमता हुआ आ खड़ा हुआ। बिरंजी लपक कर उसके पास गया, तो बड़ी-बड़ी पाँच-छः दरियाँ पीलवान ने हाथी की पीठ पर से नीचे गिरा दीं। मुंशी के लोगों ने दरियाँ खींच कर बिछा दीं और बलराम यादव को लेकर मुंशी आश्रम के पीछे चला गया। बिरंजी बात कर रहा था बलराम यादव से, लेकिन उसके सामने जिन लोगों का चेहरा नाच रहा था, वे थे नदी पार के नगेसर यादव और बिन्देसरी पांड़े।

तीन-चार दिन पहले बिरंजी को सिंधोरा के मन्त्री सेठ की गद्दी पर कुछ ऐसे ही भनक लगी थी। उसने अपने आदमी छोड़े थे और सारी बातें राई-रत्ती उसके पास आ गयी थीं। बिन्देसरी पांड़े को ज्वाला सिंह का आश्रम को जमीन देना कुछ विचित्र लगा था। लखनऊ में और फिर बड़की बखरी में जो बातें हुई थीं; उनसे उन्होंने यही नतीजा निकाला था कि टाँग-घसीटू, झोरहे कांग्रेसियों को ठीक करके रखना है। आश्रम चूँकि इनको प्रश्रय देता है, इसलिए उसको भी ऐसा दबा देना है कि लोग चुप-चाप चरखा कातते बैठे रहें। लेकिन एकाएक जमीन दे कर, फिर बिरंजी, सरजू साव और बेचन की दौड़-भाग और ईंट-पत्थर का इन्तजाम देखकर उन्हें ज्वाला सिंह पर संदेह हो गया था। लड़के पर पुलिस-केस के कारण बिन्देसरी कुछ खुल कर बोलने की स्थिति में नहीं थे। लेकिन ज्वाला बाबू से पुश्तैनी दुश्मनी का घाव फिर रिस आया था। वे न चुनाव लड़ेंगे और न किसी जनसंघी उम्मीदवार की मदद करेंगे। लेकिन अगर कोई मजबूत विरोधी मैदान में आ जाए, तो उन्हें बेहद खुशी होगी।

नदी पार के नगेसर यादव के घर रात दस बजे जो गुप्त मीटिंग हुई थी उसमें बिन्देसरी पांड़े मौजूद थे। लखनऊ से मदन शर्मा आये थे। धनिक लाल ने तो कान

पकड़ लिये थे। उसका कहना था कि ऐसे आदमी से चुनाव लड़ना आत्म-हत्या करना है। उसे अक्सर सपने दिखाई पड़ते थे कि ज्वाला बाबू का साँड़ नथुने फुलाये, अपनी पूँछ उठाये उसके पीछे दौड़ा आ रहा है। वह अक्सर सोते-सोते बिस्तर में उठ बैठता था। सांड़-द्वारा इस तरह चहेटा जाना वह जिन्दगी में कभी भी नहीं भूल सकता।

अब मदन शर्मा अपनी पार्टी के पुराने सदस्य नदी-पार के नगेसर यादव को टिकट देना चाहते थे, जो यादवों में बिन्देसरी पांड़े ही की तरह बदनाम था। उसके पूर्वज स्वतंत्रता-संग्राम के जमाने से ही कांग्रेस-विरोधी थे। नगेसर इस इलाके का बहुत बड़ा खेतिहर था। बिन्देसरी पांड़े तो अब एक ट्रैक्टर लाये थे, नगेसर के यहाँ वर्षों से दो-दो ट्रैक्टर चल रहे थे।

पिछले दिनों बिरंजी ने दो काम किये थे। एक यह कि ज्वाला बाबू की थानेदार के नाम लिखी चिट्ठी फाड़ कर फेंकते हुए पहली बार उनसे बिगड़ कर बोला था 'आपको मैं माई-बाप मानता हूँ, मालिक! पुश्त-दर-पुश्त से हम बखरी की सेवा करते रहे हैं। मेरे आगे-पीछे रोने वाला कोई नहीं है। इसलिए कहता हूँ कि अगर आप मेरी इतनी-सी बात नहीं मानेंगे, तो मैं गाँव छोड़ कर चला जाऊँगा।'

ज्वाला सिंह ने कहा था, 'मैं बिन्देसरी को बचन दे चुका हूँ, बिरंजी!'

ठीक है, आप बचन मत तोड़िए, लेकिन मुझे चुनाव लड़ लेने दीजिए। फिर आप केस उठवा लीजिएगा। अभी उस फाइल को दबाये रखने की बात मैं थानेदार से अपनी ओर से कर लूँगा, कम-से-कम चुनाव तक। उसके बाद आप राजा हैं, जो जी में आये, कीजिएगा।'

दूसरा काम यह कि बिरंजी ने बड़ी होशियारी और ईमानदारी से बलराम यादव के मन की इस शंका को जड़-समेत उखाड़ फेंका था कि ज्वाला सिंह ने बिन्देसरी पांड़े से रस-जस कर ली थी। चन्दा बहू के हवाले से बलराम को बता आया था कि अगर तराजू के दो पलड़ों में से एक पर बलराम बबुआ की दोस्ती रखी जाए और दूसरे पर विधायकी तो हम लोग बलराम बबुआ को ही चुनेंगे। भाड़ में जाए ऐसी राजनीति जो परिवार का इतना पुराना सम्बन्ध तोड़ दे!

मुंशी ने बलराम के पिता के देश-प्रेम और हरिभजन सिंह की दोस्ती की पुरानी कहानियाँ सुना कर उसे आश्रम और हरिजन बालिका विद्यालय के लिए सब कुछ करने के लिए तैयार कर लिया था।

इधर नदी पार के नगेसर यादव को मदन शर्मा ने समझाया था कि देश भर में गाँधी आश्रमों के लोग उनकी पार्टी की मदद कर रहे हैं। नगेसर को घर से निकलकर सामाजिक कामों में हिस्सा लेना चाहिए। इसे जान कर ही बिरंजी के दूतों ने उसे भी

आश्रम के जलसे में हिस्सा लेने का निमंत्रण दिया था, वरना नगेसर इधर आता ही क्यों?

बलराम यादव को सभा मंडप में बैठा कर, बिरंजी लाल सभा का इंतजाम देखने लगा। वह बिन्देसरी पांड़े और नगेसर यादव को जो दिखाना चाहता था, वह काम पूरा हो चुका था।

लोग अपनी-अपनी जगह बैठ गये, तो भागो बहिन एक तरफ बने मंच के ऊपर थोड़ी-थोड़ी दूरी छोड़ कर लड़कियों और स्त्रियों को कताई प्रदर्शन के लिए बैठाने लगीं। श्यामा पीछे से अपना पेटी चरखा हाथ में लिए मंच पर आ खड़ी हुई। सारी सभा की निगाह उसी पर टिक गयी। शांत, सौम्य रूप की प्रतिमूर्ति हो रही थी श्यामा।

--साधो काका की कन्या है। अब तो बिआह-दान जोग हो गयी।—बूढ़े एक-दूसरे से कह रहे थे।

—का जमाना है भइया! कोई लम्बी साँस ले कर किसी बगल वाले से बोला,—मजा मारें गाजी मियाँ लात खाए मुजावर! बोया किसने और कौन काट रहा है।

नौजवान ठगे से देखते रहे लेकिन स्कूल में साथ पढ़ने वाले किशोरों के लिए वह निर्मल, पारदर्शी जल के समान हो उठी थी। उन्हें श्यामा में अपनी ही तसवीर दिखाई पड़ रही थी। वे पुलक उठे थे, खुशी से विभोर थे। वे श्यामा के पास तक पहुँच जाना चाहते थे। उसे छू कर देखना चाहते थे। कितनों ने अपनी जगह बदली। जहाँ थे, वहाँ से दो ही कदम आगे सही, लेकिन खिसके जरूर, और इस तरह पूरी सभा में एक कसमसाहट की लहर दौड़ गयी।

लेकिन श्यामा का चेहरा उदास था। छबिया का ध्यान उसके अन्तर को मथ रहा था। अमंगल का भाव धीरे-धीरे स्थिर हो रहा था।

सुनीत और मुराद को कई बार भागो बहिन ने आगे बुलाया। लेकिन ये सबसे पीछे एक ऊँचे स्थान पर चुपचाप बैठे रहे। उन्हें भी सागर के बिना सब कुछ इस कदर खाली-खाली लग रहा था जिसे संसार की दूसरी कोई भी चीज नहीं भर सकती थी।

हर चरखे के पास पिउनी और अटेरन रख दिये गये थे और अब भागो बहिन मेज पर सजी बापू की तसवीर को माला पहना कर तीन बार तालियाँ बजाएँगी और चरखे चल पड़ेंगे। तीस मिनट बाद सूत के वजन, लम्बाई और गुण की जाँच कर तीन इनाम दिये जाएँगे। प्रतिद्वन्द्वी अपने टेकुओं से सूत निकाल कर ताली बजने का

इन्तजार कर रहे थे। कुछ अगरबत्तियाँ जला कर भागो बहिन ने इधर-उधर खोंस दीं और ताली बजा कर प्रतियोगिता शुरू कर दी।

श्यामा की कमान-सी भौंहों का तिरछापन और एकाग्रता देखने लायक थी। दोनों हाथों के तेज और संतुलित संचालन ने उसकी शोभा को अपरिमित बना दिया था।

लड़के शोर मचाने लगे। वे अपनी श्यामा बहिन को आगे बढ़ाना चाहते थे, उसका नाम लेकर नारा लगाना चाहते थे। भाई जी नाराज हो कर, हाथ से उन्हें शांत रहने के लिए संकेत करने लगे। भीम भाई भी प्रतियोगियों के पास आ खड़े हुए और सुदेश जी वक्ताओं के लिए बिछे तख्त पर बैठ गये।

प्रतियोगिता समाप्त होते ही सभा की कार्यवाही शुरू होने वाली थी। लेकिन साधो काका और बिसेसर अभी तक नहीं आये थे। भाई जी को चिंता हो रही थी। बार-बार मुसई महतो पर ध्यान चला जाता था और छबिया के बारे में कुछ सुनने की इच्छा बलवती हो उठती थी। अपने ही अनुभव के आधार पर भाई जी बहुत-सी बातों के बारे में भाग्यवादी होते जा रहे थे। यहाँ कब क्या घट जाए, यह कहना मुश्किल है। आज जब सारी बाधाओं को पार कर हरिजन बालिका विद्यालय का स्वप्न साकार होने जा रहा था तभी सहसा यह बज्रपात हो गया। शायद यह बात भाई जी और भागो बहिन के अलावा किसी भी अन्य व्यक्ति को मालूम नहीं थी कि छबिया ही इस विद्यालय के खोले जाने की मूल प्रेरणा थी।

हाथ-पाँव सँभालने के बाद से ही इन गरीब लोगों के बच्चे किसी-न-किसी ऐसे काम में लग जाते थे, जिससे परिवार की उदर-पूर्ति में कुछ सहायता मिले। और नहीं तो कम-से-कम अपने ही लिए दो रोटी पा जाना, उनके लिए अच्छी शुरूआत मानी जाती थी। वे किसी जमींदार के घर गोबर उठाने, जानवर चराने अथवा घर के छोटे-मोटे कामों के लिए सिर्फ दो रोटियों पर रख लिये जाते, और बारह महीने नंगे बदन, जाड़ा, गर्मी और बरसात झेलते, सहते किसी तरह समय काट देते। उन्हें जवानी और बुढ़ापे का कुछ पता ही नहीं चलता। लड़के कुछ एक स्कूल जाने भी लगे थे पर हरिजन लड़कियों का स्कूल जाना हिमालय लाँघने के समान था। छबिया हमेशा कहती थी, 'बहिन जी, जिस दिन हम लोग पढ़ने लगेंगे, उस दिन जानो गंगा में जौ बो दिया गया।'

भागो बहिन ने छबिया को पढ़ाने-लिखाने के साथ ही यह सपना भी देखना शुरू कर रखा था कि हरिजन लड़कियों के लिए एक ऐसा स्कूल खोला जाए, जिसमें पढ़ाई के साथ कुछ ऐसा काम भी हो, जिससे उन्हें अपना और अपने परिवार का जीवन चलाने के लिए कुछ आर्थिक सहायता हो सके। सूत कात कर, बाँस की डोलची और चटाई बनाकर या कपड़े की सिलाई कर वे पढ़ने के साथ ही रोज कुछ-

न-कुछ कमा लेंगी। आज यह कैसी विडंबना थी कि स्कूल तो खुल रहा था, लेकिन छबिया ही नहीं थी!

भागो बहिन का ध्यान घड़ी पर गया। अब सिर्फ दो मिनट बाकी थे। वे सामने जा कर कताई बन्द कराने के लिए ताली बजाने ही जा रही थीं कि बिसेसर का बिगुल सुनाई पड़ा। भागो बहिन ने ताली बजायी, तो चरखों की भन्नाहट एकाएक रुक गयी और प्रतियोगियों ने अटेरन पर सूत उतारकर उसमें अपने नामों की चिटें खोंस दीं।

उधर बिसेसर अकेले ही महात्मा गाँधी की जय बोलता हुआ सभा-मंडप में आ गया। भाई जी साधो काका को मंडप के बाहर गड़े लम्बे बाँस के पास ले गये। बाँस के सिरे पर रस्सी में बँधा तिरंगा अभी लिपटा पड़ा था। बिसेसर ने दोनों पैर मिला कर काका को सलामी दी और बिगुल बजा कर सिपाहियों की तरह चल कर उसने झंडे की रस्सी काका के हाथ में थमा दी। काका ने रस्सी खींच दी। झंडा खुल कर, लहराने लगा और ढेर-से गेंदे के फूल काका के ऊपर बरस पड़े। जनता ने तालियाँ बजायीं और बिसेसर ने पूरे कंठ से नारा लगाया, 'तिरंगे झंडे की!...जय...जय...।' जनता ने जवाब दिया।

बलराम यादव ने भीड़ से बाहर निकल कर काका के पाँव छुए। बिरंजी वहाँ तक नहीं पहुँच पाया, उसने झुक कर चुटकी से धूल ही उठा कर माथे पर लगा लिया।

भाई जी साधो काका को लेकर मंच पर चले गये। काका हमेशा की तरह सिर्फ कमर में एक धोती बाँधे हुए थे। सिर और दाढ़ी के एक समान सफेद, नन्हें-नन्हें बालों में उनका छोटा-सा गोल चेहरा बयालीस की जेल के बाद की तरह जैसा-का-तैसा ब... हुआ था। वे सबकी बातें ध्यान से सुनते थे, जो ठीक समझते थे, करते थे। लेकिन बोलते कुछ नहीं थे। जब कभी कुछ बोलने की कोशिश करते, तो उन्हें भयानक तकलीफ होने लगती।

मंच के ऊपर तखत पर साधो काका के बैठते ही भागो बहिन ने उन्हें माला पहनायी। जनता देर तक तालियाँ बजा कर उनके स्वागत में उनकी जय बोलती रही। सभा शुरू करने के पहले भाई जी ने साधो काका के प्रति अपना आभार प्रकट करते हुए कहा, 'आज इस मंच पर काका को इस तरह बैठे देख कर मैं कृतार्थ हो रहा हूँ!' भाई जी का कंठ अत्यधिक भावावेग के कारण अवरुद्ध होने लगा था। उन्होंने किसी तरह बात आगे बढ़ायी, 'मुझे आप लोगों के सामने यह कहने में गर्व का अनुभव हो रहा है कि उन्हीं को देख कर मैंने यह जाना कि देश क्या होता है, मातृभूमि किसे कहते हैं, और व्यक्ति का देश से क्या रिश्ता होता है। मेरे जीवन की चेतना का अंकुर जिस भूमि में उगा, वह भूमि काका ही हैं। मैं आप से यह कहना चाहता हूँ कि तब से मैं देश के कोने-कोने में घूमा, आश्रमों में रहा और बापू के

चरणों में नियमित रूप से महीनों बैठने का सौभाग्य भी मुझे मिला, लेकिन काका मेरी आँखों से कभी ओझल नहीं हुए। वह मेरे लिए ही नहीं, इस पूरे क्षेत्र के लिए एक तीर्थ के समान हैं।' भाई जी की आँखों से आँसुओं की धारा बह चली और कंठ पूरी तरह अवरुद्ध हो गया। वे काका को प्रणाम कर धीरे-धीरे मंच के पीछे चले गये। फिर सुदेश जी ने काका की ओर से सभा का संचालन शुरू किया।

सबसे पहले आश्रम वासियों ने बापू का प्रिय भजन, 'वैष्णव जन तो तेणे कहिए...' गाया।

भागो बहिन कताई प्रतियोगिता के नतीजों के साथ पुरस्कार के पैकेट लिए मंच पर आयीं, लड़कों ने शोर मचाना और तालियाँ पीटना शुरू कर दिया। नतीजा वही था, जो वे चाहते थे। श्यामा को प्रथम पुरस्कार मिला, उसके सूत की श्रेष्ठता की भागो बहिन ने भूरि-भूरि प्रशंसा की। छोटकी चमरौटी की नन्हकी और पथरू धोबी की मैना को दूसरा और तीसरा पुरस्कार घोषित करने के बाद तीनों लड़कियों को बुला कर मंच पर खड़ा किया गया। भीम भाई ने श्यामा को एक धोती और खादी छींट का एक टुकड़ा दिया। श्यामा के हाथ जोड़ कर पुरस्कार ग्रहण करते समय फिर जोर से तालियाँ बजीं। भाई जी ने मंच पर आकर बच्चों को शान्त कराया और वहीं खड़े हो गये। नन्हकी को भी एक साड़ी मिली और मैना को रंगीन खादी का एक टुकड़ा मिला।

फिर भाई जी ने भीम भाई का संक्षिप्त परिचय दिया और उनसे हरिजन बालिका विद्यालय के समारम्भ को विधिवत उद्घाटित करने की प्रार्थना की।

भीम भाई बोलने लगे। उन्होंने प्राचीन काल की कई भारतीय महिलाओं का नाम लेकर उनके महान चरित्र और गुणों का विवरण दिया। द्रौपदी, सीता, मन्दोदरी से चलकर भीम भाई ने विशाखा और यशोधरा से होते हुए कस्तूरबा का अनेक बार नाम लिया और यह सिद्ध करने की कोशिश करते रहे कि हमारे देश में स्त्रियाँ पुरुषों से किसी तरह भी घट कर नहीं मानी गयी हैं। उन्होंने समाज का मार्ग-दर्शन कराया है, और पुरुषों से भी आगे बढ़ कर स्वाधीनता-संग्राम में हिस्सा लिया है। झाँसी की रानी, कमला नेहरू, सरोजिनी नायडू के नाम भीम भाई ने कई बार गिनाये।

श्यामा भागो बहिन के बगल में बैठी थी। उसका मन बार-बार छबिया की ओर भाग रहा था। मुँह से अनायास धीरे-धीरे कुछ अस्फुट शब्द निकले, लेकिन सामने बैठे लड़कों की बातचीत और भीम भाई की भारी-भरकम आवाज में खो गये। लोग भीम भाई के भाषण से ऊब रहे थे और लड़कों के लिए तो सचमुच वहाँ अब कुछ भी शेष नहीं था।

श्यामा की बुदबुदाहट सुनकर भागो बहिन उसकी ओर मुड़ कर बोलीं, 'कुछ पूछना चाहती हो क्या श्यामा?'

भीम भाई भी मुड़ कर उधर देखने लगे। श्यामा के बार-बार मना करने पर भी भागो बहिन ने भीम भाई से कह दिया कि श्यामा कुछ पूछना चाहती है।

भीम भाई ने श्यामा से अपना सवाल पूछने के लिए कहा, तो लड़के फिर तालियाँ पीटने और शोर मचाने लगे।

श्यामा वहीं खड़ी हो गयी। वह बेहद दुखी थी। बिन्दा भगत की लड़की हिरनी की दर्दनाक हत्या अभी भूली भी नहीं थी कि आज रात ही से मुसई चाचा की लड़की छबिया लापता थी। श्यामा का गला सूखने लगा। शब्द निर्जीव हो कर बाहर निकलने लगे। छोटे-छोटे वाक्यों से कोई प्रश्न बन नहीं रहा था। लेकिन एक-दूसरी ही बात बनने लगी। श्यामा के भीतर के दुख ने सारे आवरण हटा दिये। हर क्षण मर्यादा का ध्यान रखने वाली श्यामा न जाने कैसे यह भूल गयी कि वह सभा के मंच पर खड़ी है। यहाँ बाप, चाचा, दादा, भाई सब-के-सब बैठे हैं और यहाँ वही कहना उचित है, जो सर्वमान्य हो। वह सिर नीचे किये बोलने लगी, 'हम सीता-सावित्री को लेकर क्या करेंगे? राम-कृष्ण अथवा अर्जुन-भीम का समाज तो अब रहा नहीं, यह घुरहू-कतवारू का समाज है। दो जून की रोटी और नमक जुटाने के लिए अस्सी सैकड़ा लोग अपने आदमी होने की बात ही भूल चुके हैं। उनके पास सोचने का भी समय नहीं है।' इतना कहकर श्यामा क्षण भर को रुक गयी।

मुराद और सुनीत उसकी बात सुनने के लिए पीछे से उठ कर मंच के पास आ खड़े हुए। सामने बैठे लड़कों ने तो जैसे साँस ही बाँध ली थी।

'मैं यह सब कहीं पढ़ कर नहीं, अपने चारों ओर की देखी कह रही हूँ। किताब में द्रौपदी की कहानी है, आँखों के सामने हिरनी की हत्या है। मुझे लगता है, हम द्रौपदी-सीता नहीं बन सकतीं। आप सह नहीं सकेंगे सीता को। आप चाहते भी नहीं कि कोई वैसी बने, जैसा समाज का आदर्श है। आप चाहते हैं, हम उसे सोच कर, अपने को अयोग्य समझ कर, उदासीन हो जाएँ—लाचार हो कर, तिनके की तरह धारा में अज्ञात की ओर बह जाएँ।

'हिरनी, छबिया, नन्हकी और मैना आज के सत्य हैं। कन्या के घर में जनमते ही कुल में खोट आती है। खुशी की जगह रंज मनाया जाता है। मैंने खुद देखा है कि गाती ब्राह्मणियाँ सिर झुका कर उठ जाती हैं। बूढ़ी दादियों के मुँह से कवर नीचे गिर जाता है। स्त्री हीन जात है,उसे परदे में रखना ही ठीक है। पढ़ कर करेगी क्या? घरों में दो तरह का खाना होता है। रूखा-सूखा खा कर ही पत्नी पतिव्रता बनी रह सकती है। जिभचटोरी तो कुलकलंकिनी होती है। होश सँभालते ही वह घर-आँगन ताकने लगती है। चूल्हे-चौके से आगे दुनिया में उसके लिए कहीं कुछ नहीं। लड़की को दूध कौन देता है? दूध से वह जल्दी बढ़ कर मोटी हो जायेगी। रेड़ की जात है लड़की। रोग-दोख होने से वह मरती भी नहीं।--सब ठीक हो

जायेगा। लड़की राकस की जात है और बारह बरस बीता नहीं कि परिवार के सीने पर पत्थर की तरह वह भार बन जाती है। माँ की आँखों में आँसुओं से माड़ा पड़ने लगता है। बाप दर-दर की ठोकर खाता है। दहेज के लिए कर्ज लेता है। जमीन बेचता है। कोई खाली हाथ लड़की को घर में लेगा भी क्यों? क्या होती है लड़की? एक नहीं तो दूसरी मिलेगी। जिसके पास धन-दौलत है, उसके लड़के के लिए लड़की की कहाँ कमी है! लेकिन यह तो मैं अपने वर्ग की बात कहने लगी। छबिया और हिरनी जैसियों को महीने-भर बाद ही मायें खेत की मेड़ पर सुला कर रोपनी करने लगती हैं। धूप-वर्षा के कुछ महीनों बाद परिवार यह भूल ही जाता है कि बच्चे हैं कहाँ? एक मुट्ठी अनाज के लिए, दो कौर भोजन के लिए वे ठोकरें खाने लगते हैं। कभी तालाब के किनारे मछली मारते हैं, कभी सिहाड़ा बीनते हैं, कभी करेम और बथुआ का साग खोटते हैं। मार खाते हैं, लेकिन रोते नहीं। मान-अपमान वे जानते ही कहाँ हैं? नन्हें-नन्हें बच्चे-बच्चियों की शादी कर देते हैं। छबिया को मैंने अनाज दाँते बैलों का गोबर जुटा कर उसे धोते और अनाज निकालते कितनी ही बार देखा है।' श्यामा रुक गयी।

सारी सभा में सन्नाटा छा गया। भाई जी सामने हाथ बाँधे मूर्तिवत खड़े थे, जैसे प्रार्थना में खड़े हों। सुदेश को दिन ही में आकाश के तारे दिखाई पड़ रहे थे। उनका सारा किताबी ज्ञान बिखर गया था।—यह कैसी बच्ची है! ऐसी निर्धूम अग्नि इसे मिली कहाँ?

बिन्देसरी पांड़े ने सिर गाड़ लिया था। लेकिन बलराम का कलेजा हुलस रहा था और जैसे बार-बार कुछ गले में अटक रहा हो। उनका लड़का बैजू भी आगे बढ़ कर सुनीत के पास पहुँच गया था। भागो बहिन की आँखें करुणार्द्र हो आयी थीं।

श्यामा चुपचाप खड़ी थी। लोग उसे देख रहे थे। चारों ओर सन्नाटा छाया था। भागो बहिन की भींगी हुई पलकें श्यामा को दिखाई पड़ रही थीं। वह फिर बोलने लगी, 'मैं कोई भाषण नहीं दे रही हूँ।' वह भीम भाई से क्षमा माँगकर आगे बोली, 'मेरा तो बस इतना ही कहना है कि हम सामने के सत्य को देखें। मैं जानती हूँ कि वह इतना भयावह है कि उसे देखते ही आँखें बन्द हो जाती हैं। हम भाग कर पीछे, बहुत पीछे, जहाँ कर्म की पहुँच ही न हो, वहाँ पहुँच जाते हैं। हम भागें नहीं, इस भयावहता को हिम्मत करके कम-से-कम देखें, और समझें। तब निश्चय ही बात कुछ साफ होगी।

'स्वतंत्रता के आने की बात कब से सुनाई पड़ती है। लोग कहते हैं कि वह आ गयी है लेकिन यहाँ तो कहीं दिखाई नहीं पड़ी। आखिर वह गयी कहाँ? हो सकता है, कहीं बीच में ही अटक गयी हो, क्योंकि यहाँ तो सब कुछ वैसा ही है—गुलामी से भी बदतर। मुसई चाचा, बिन्दा भगत, छबिया, हिरनी, नन्हकी और ये सामने बैठे लोग, और भी न जाने कितने असंख्य ऐसे लोग जानते ही नहीं आजादी को। उन्हें

उसकी कोई पहचान ही नहीं बनी। उन्हें बोलने, काम करने की आजादी की तो बात ही दूर रही, जीने की भी आजादी नहीं है।' श्यामा पल भर को फिर थम गयी। लोग एकटक उसके धीरे-धीरे उठने-गिरने वाले होठों को और भी ध्यान से देखने लगे। जाने कब कोई मोती उसके होठों से टपक जाए और वे वंचित रह जाएँ।

'कोई सवाल नहीं बन पाया मुझसे। भाई जी क्षमा करें, मुझे। लेकिन एक पढ़ी हुई बात भी याद आ रही है। आप सब तो बहुत-सी बातें जानते हैं इसलिए उसमें वह खो गयी होगी। लेकिन मुझे वह इतनी अकेली लगी कि कभी भूलती नहीं। बापू आजादी की पहली पन्द्रह अगस्त को दिल्ली के उत्सव में शामिल नहीं थे। वे कलकत्ते के बालीगंज में टिके हुए थे। एक विदेशी पत्रकार ने लच्छेदार अंग्रेजी में आजादी के महत्व का विशद वर्णन करते हुए उनसे पूछा कि आप आजादी के उत्सव में क्यों शरीक नहीं हुए?

'बापू ने कहा, 'मैं अंग्रेजी नहीं जानता।'

'लेकिन वह मानने वाला नहीं था। टूटी-फूटी हिन्दी में अपना सवाल किसी तरह खड़ा किया। इस पर बापू ने उत्तर दिया, 'मैंने इस आजादी के लिए लड़ाई नहीं लड़ी थी।'

'गाँधी जी कैसी आजादी चाहते थे?—यह पूरी तरह समझने का अवसर नहीं मिला। यह सब जो कुछ भी मैंने कहा है, वह यहाँ बैठे सभी लोगों की बात है। सब जानते हैं इसे।' श्यामा समाप्त करने जा रही थी, तभी किसी ने कहा, 'वह सागर आ गया।'

'कहाँ है सागर?' श्यामा वैसे ही खड़े-खड़े चौंककर बोल पड़ी। सारी सभा में हड़बड़ी मच गयी। सुनीत और मुराद सागर को लेकर सभा से कुछ दूर चले गये। बैजू ने भी पीछा किया और श्यामा भी मंच से उतरकर उधर ही चली गयी। सभा अपने आप भंग होने लगी। भाई जी ने लोगों को धन्यवाद देकर उसे कायदे से समाप्त कर दिया और साधो काका को लेकर आश्रम के अन्दर चले गये।

सागर के आस-पास भीड़ का घेरा बढ़ने लगा। कुछ सयाने लोग भी वहाँ पहुँच गये और स्थिति की जानकारी करने लगे। सुलगती सुई आग ऊपर आ गयी और चारों ओर धू-धू करके जलने लगी। कब गयी, कहाँ गयी, कहाँ-कहाँ खोज हो चुकी, आस-पास के गाँव का और कोई आज गायब तो नहीं है? आदि कितने ही प्रश्न होने लगे।

बिरंजी धीरे से भीड़ में घुसा। बलराम यादव के लड़के बैजू के कान में कुछ कहकर तेजी से इस तरह दूसरी ओर निकल गया कि उसे किसी ने भी लड़कों के बीच आते-जाते नहीं देखा।

बैजू ने अपने साथियों को ललकारा, 'पकड़ लो साले को। मैं अभी छबिया का पता बताता हूँ।' और पलक मारते पचासों लड़के बिन्देसरी पांड़े से सटकर खड़े पारस को जबरदस्ती दूर घसीट ले गये और देखते-देखते उन्होंने लात-घूसों की अन्धाधुन्ध बौछार से उसे अधमरा कर दिया।

बिन्देसरी पांड़े तड़कने लगे, 'भला किसी की यह मजाल कि मेरे ही सामने मेरे आदमी को खींचकर ले जाए? यह किसके तालू में दाँत जमा है, भाई?' पंडित ने हाथ में लाठी सँभाली ही थी कि दूर खड़े बलराम ने वहीं से आवाज दी, 'खबरदार, जो उधर किसी ने पैर बढ़ाया। एक-एक के पाँव कटवा लूँगा!'

बिरंजी उस समय वहीं खड़ा था, जब लड़के पारस को पांड़े के पास से झटका देकर खींच ले गये थे। बात बिगड़ती देख उसने पांड़े को अलग बुलाकर समझाया, 'भेद खुल गया है, पांड़े। चोर का साथ देकर चोर बन जाओगे। पारस को रात बैकुंठी ने मुसई महतो के घर के पास देख लिया था। आप कान में तेल डाल लो, अभी बड़कऊ पर कतल का मामला दर्ज है। इसमें भी आप बुरी तरह फँसे बैठे हो। जहाँ-तहाँ लोग आपका नाम भी जोड़ रहे हैं।'

पांड़े के पैरों के नीचे से जमीन खिसक गयी।

बैजू ने पारस को रस्सियों से बाँधकर मारना शुरू किया। थोड़ी ही देर में उसने सारी बातें उगल दीं।

हुड़दंगी और पारस रात बारह बजे मुसई महतो के घर के पिछवाड़े छिपे बैठे थे। जब रात लटकने लगी और छबिया अपने वादे के अनुसार नहीं आयी तब पारस ने कोठरी का टट्टर हटाकर भीतर झाँका। बड़ी देर बाद पारस अँधेरे में छबिया को तलाश पाया। सावधानी से जगाकर उसे बाहर ले आया। दोनों दो साइकिलों पर रात-ही-रात छबिया को लेकर बनारस पहुँच गये और कलकत्ता वाली गाड़ी पर हुड़दंगी के साथ छबिया को बैठाकर पारस दोपहर को गाँव वापस आ गया था।

सुनीत ने बैजू से कहा, 'इसे थाने ले जाकर पुलिस को दे देना चाहिए और पूरी रपट भी लिखा देनी चाहिए, जिससे हुड़दंगी भी पकड़ा जाए!'

हिरनी का घाव इन लड़कों की नसों में आज भी रिस रहा था। उन्होंने बड़ी मुश्तैदी से काम लिया और गाँव के चौकीदार के साथ दस लड़के रस्सी में जकड़बन्द पारस को लेकर थाने की ओर चल पड़े। बैजू ने अपने दो सयाने आदमी भी साथ लगा दिये और ताकीद कर दी कि पूरी रपट लिखाकर इसे हवालात में बन्द करा दें।

यह सब होते-हवाते अँधेरा घना हो गया। सब लोग अपने घर चले गये। मुसई महतो अपने सीने पर दुख का भार लादे, चुपचाप साधो काका के साथ पहले ही जा चुके थे। आश्रम के आँगन में एक तखत पर सागर घुटनों में सिर गाड़े फूट-फूट कर रो रहा था और भागो बहिन उसके सामने थोड़ा खाना लेकर बैठी, उसे कुछ खा लेने के

लिए समझा रही थीं। बगल में कुछ हटकर अलग, अकेली बैठी श्यामा को उसकी आन्तरिक प्रतारणा ने अशक्त और पंगु बना दिया था। उसकी जबान तालू से सटी हुई थी। कहने के लिए शेष था भी क्या? वह शब्द शायद मनुष्यता के पास है ही नहीं, जिसे कहकर सागर को इस समय बोध दिया जा सकता और वह भी सागर की श्यामा दीदी के द्वारा, जो उसकी धमनियों में प्रवाहित रक्त के समान बन चुकी थी। अपने भीतर के इस निबिड़, बिलबिलाते हुए अन्धकार को श्यामा टटोल रही थी। वह एक लाचार और अपंग मनुष्य की तरह अपनी ही हिकारत और वितृष्णा में डूब-उतरा रही थी। घोर हताशा उसके मन में यह तीव्र इच्छा जगा रही थी कि, इस समय कहीं से एक विष में डुबाया हुआ, तेज खंजर मिलता तो वह पहले सागर के सीने में चुभो देती, फिर उसी से अपना गला उतार फेंकती।

अब तक सुनीत और मुराद भी वहीं आकर, चुपचाप किंकर्तव्यविमूढ़-से खड़े हो गये थे और रास्ता नहीं पा रहे थे कि कोई बात कैसे शुरू की जाए। भागो बहिन ने मौन तोड़ा। बोलीं, 'अब देर हो जाएगी, श्यामा भी साथ है, तुम लोग सागर को अपने साथ ही ले जाओ। उसे अकेले मत छोड़ना।'

श्यामा उठ खड़ी हुई। उसने बिना कुछ कहे सागर का हाथ पकड़कर उसे उठाया। वह चुपचाप उठ खड़ा हुआ और चारों रामपुर की ओर चले गये।

—सोसलिट आया, सोसलिट आया...।—लड़के लाल झंडा देखते ही चिल्लाने लगते हैं।

—अगिया बैताल भाखन ही नहीं देते, कविताई भी करते हैं। गीत-गवनई से लोगों का मन हर लेते हैं।

'गाँव-गाँव में नीम की पुनुई में लाल झंडा फहर गया है। रामपुर में भी फहरेगा, लाल झंडा। कोटा-परमिट राज खतम होगा।' सोभूसिंह कह रहे थे।

द्वारिका सिंह ने टाला, 'झंडा ओट नहीं देगा, आदमी ठीक करो, आदमी।' वे ज्वाला सिंह से सीधा संघर्ष बचाते थे। छोटका बी० टी० सी० कर रहा था। स्कूल में मास्टर होना था उसे।

अगिया बैताल सारी बातें जान चुका था। अकेले होने पर ज्वाला सिंह के नाम से उसकी बोटी काँपती थी। लेकिन सभाओं में खूब दहाड़ता था, 'इस बार चुनाव की विजय की खुशी रामपुर में ही मनायी जाएगी। मैं ज्वाला सिंह को धूल चटाकर ही रामपुर में प्रवेश करूँगा। इसके पहले उधर मुँह करना पाप है!'

समझदार लोग मन-ही-मन हँसते थे।

—बाजार में नगेसर यादव की सवारी निकली थी। कितनी तो बैलगाड़ियाँ थीं। टक्टर की टाली में खचाखच मेहरारू भरी थीं। डफला और करताल बज रहे थे। अहीर लोग बीच-बीच में नाच रहे थे...'नगेसर यादव जीतेंगे!...जीतेंगे भाई, जीतेंगे!'

अगिया बैताल नगेसर के साथ खुली जीप पर आगे-आगे चल रहा था। उसी के हाथ में लाऊड-स्पीकर था।

—कोटा-परमिट की सरकार..., नहीं चलेगी, नहीं चलेगी!

—लाठी-डंडा की सरकार..., नहीं चलेगी, नहीं चलेगी।

इसी बीच कोई चीखकर नारा लगाता, इस सड़ी-गली सरकार को...। लोग जोर से चिल्ला पड़ते,...एक ठोकर और दो!

पूरे क्षेत्र के जनमत में हिलोर उठ रही थी। एक बेचैनी और कसमसाहट की हवा बन गयी थी। जनता के एक हिस्से का यह विरोध सबको अपना-सा लगने लगा था। भगवा झंडे वाली दूरी इसमें नहीं थी। लेकिन इस ऊपरी शोर-शराबे के नीचे मतदाताओं का विशाल जनमत और भी निस्पन्द हो गया था। ज्यादा हलचल उसे पसन्द नहीं थी। सोकर उसने सदियाँ काट दी हैं। कितने ही बवंडर ऊपर से गुजर चुके हैं। फिर यह चुनाव क्या चीज है?

—अब जिसे देखो मेटी लेकर दौड़ा है। जैसे गाय पेन्हा गयी हो।

—नहीं तो किसी का कहीं पता नहीं था। अँगरेज का नाम सुनकर कँपकपी छूटती थी और लाल पगड़ी देखकर लोग कोठिला में लुक जाते थे।

—भइया, जो कँगरेस ने किया, का कोई दूसरा करेगा? अब भला देखो नगेसर को। जिनगी भर अफसरों की चापलूसी करते रहे, अब चले हैं चुनाव लड़ने!

—अरे पुलुस का दलाल है, ससुरा। रोज दरोगा टिका रहता है उसकी कोठिया में। जब सोसलिट की यही खान है, तब फिर ज्वाला बाबू में का खोट है।

जनसंघ साथ दे रहा है नगेसर का, लेकिन खुलकर नहीं। इस क्षेत्र के सबसे बड़े जनसंघी बिन्देसरी पांड़े को ज्वाला बाबू अपने चुनाव दौरे के पहले ही चक्कर में साथ-साथ क्षेत्र में घुमा चुके हैं। जहाँ-जहाँ बिन्देसरी गये, वहाँ के कार्यकर्ताओं को बिरंजी ने पहले ही समझा दिया था कि उस गाँव के हर आदमी को वे यह बताना न भूलें कि बिन्देसरी के बड़े लड़के पर कतल का केस है। बिन्दा भगत की लड़की को उससे हमल रह गया था। उसने लड़की को मारकर कुएँ में फेंक दिया था।

मुंशी खास-खास लोगों से बताता था कि पांड़े काला नाग है लेकिन बच्चा की विसही थैली मैंने पहले ही निकाल ली है। अब चुनाव मेरी मुट्ठी में है। असली खतरा उसी में था।

कई जगह भरी सभा में मुंशी के आदमियों ने पांड़े से सवाल किया, 'महराज, आप कैसे ज्वाला बाबू के साथ? कांग्रेसी हो गये का पंडितजी?'

दूसरी ओर से कोई झट खड़ा होकर जवाब देता, 'स्वारथ का महातम तुलसी बाबा भी गाय चुके हैं। स्वारथ लाइ करें सब प्रीती। लड़के पर कतल का मुकदमा है। का करें बेचारे पांड़े?'

पांड़े का पूरा चरित्र-हनन कर दिया है बिरंजी ने। पाँव छूकर कहता है, 'पांड़े महराज, बस हाथ लगाये रहो, चुनाव तो ऐसा निकलेगा, जैसे अरबी घोड़ा। जब तुम्हीं साथ हो तो इस क्षेत्र में कोई दूसरा क्या मोहड़ा लेगा? नगेसर की तो जमानत जब्त हो जायेगी। अब तो आपके लिए अलग जीप रहेगी। समय कम है। दूसरा चक्कर अलग-अलग होना चाहिए।' उसने बिन्देसरी को ज्वाला बाबू से अलग कर दिया और जौनपुर से आये कार्यकर्ता देवीलाल को उसी दिन से ज्वाला बाबू की जीप में बैठा दिया। मतदाताओं से व्यक्तिगत रूप से मिलने-जुलने का दौर समाप्त हो चुका था। अब ज्वाला बाबू के कीर्ति-गायन का दौर शुरू हुआ। देवी लाल इसमें माहिर था।

मुंशी रात-दिन चुनाव आफिस में बैठा रहता। उसे यहाँ तक पता होता कि दिन के किस खास समय पर कौन कहाँ होगा। हर पोलिंग के एक-एक कार्यकर्ता की नस वह पहचानता था। किसे पैसा चाहिए, किसके लड़के को नौकरी चाहिए, कौन परमिट के चक्कर में है—मतलब यह कि हर एक कार्यकर्ता का मन्तव्य वह समझता था। उसका कहना था कि सही कार्यकर्ता यही लोग होते हैं। इनसे धोखा बहुत कम होता है।

इस बीच कितने ही मास्टरों का तबादला हो चुका था। एक डिप्टी-कलेक्टर ने बलराम यादव के यहाँ हाजिरी देने से इनकार कर दिया। इस पर मुंशी ने उससे कहा, 'हमें तो इस समय हाजिरी देने वाला डिप्टी चाहिए, साहब। आप लगता है, परगना छोड़ना चाहते हैं।'

दूसरे ही दिन कलक्टर ने जिले के दूसरी ओर, एक किनारे के परगने में उसे फेंक दिया।

कांग्रेस का चुनाव आफिस चौबीस घंटे चल रहा था।

बखरी के हाते में तीन ओर छप्पर का ओसार लटका दिया गया था। उसमें पचासों लोगों के सोने-रहने की व्यवस्था थी। बाजार के दो हलवाई और दो पंडित मूरत महराज की निगरानी में कार्यकर्ताओं के खाने-पीने का इन्तजाम करते थे। सरजू साव सुबह-शाम जरूरी चीजों की पूर्ति के लिए बखरी आता और मूरत महराज से पर्ची लेकर वापस चला जाता। करीब एक दर्जन महरे पानी भरने और दूसरी सेवाओं के लिए लगा दिये गये थे। बिसेसर को सेवादल का नया ड्रेस मिल गया था और वह

कंधे में बिगुल टाँगे गाँव-गाँव चुनाव सभाओं का ऐलान करता रहता था। हाईस्कूल के मास्टर चुनाव-लिस्ट से पर्चियाँ बनाने में व्यस्त हो गये थे। क्षेत्र के थानेदार, तहसीलदार, क्षेत्र-विकास-अधिकारी, डिप्टी-कलेक्टर और दूसरे अधिकारी बलराम यादव के निरन्तर सम्पर्क में थे।

काँग्रेस का दूसरा चुनाव-आफिस बलराम के घर पर था। वहाँ चुनाव जीतने के अंतिम दाँव का पूर्वाभ्यास चल रहा था। नीति और सूचनाएँ बिरंजी देता था। आदमी समझकर अधिकारियों से तुरंत काम कराना बलराम के हाथ में था। किसे क्या चाहिए और उसे कौन अधिकारी देगा, इसका बलराम यादव को पूरा अनुभव था और अब उनकी एक मशीनरी बन चुकी थी। चुनाव के दिन किसको पोलिंग में घुसने ही नहीं देना है तथा कहाँ कितने जाली ओट डलवाने है; इसका प्रबन्ध भी उन्हीं के हाथ में था।

ज्वाला बाबू ने चुनाव अभियान के दौरान जगह-जगह लोगों में बाँटने के लिए सैकड़ों खद्दर के कुर्ते, जनानी धोतियाँ और कम्बल मँगवाये थे। हर दिन घर से निकलने के पहले जीप में कुछ कपड़े और नोटों की गड्डियाँ रख दी जाती थीं। विभिन्न नेताओं की चुनाव-सभाओं के अलावा, वे इस बार हर गाँव की पद-यात्रा कर रहे थे। जीप गाँव के बाहर रुक जाती और वे कुछ कार्यकर्ताओं के साथ अपने पैरों की मुलायम जयपुरी कार ही में उतारकर नंगे पाँव गाँव में घुसते थे। हर गाँव में जय-जयकार करने वालों की पहले ही से तैनाती रहती थी। उन्हें माला-फूल के लिए पैसे दिये जा चुके होते थे। ज्वाला बाबू बस हाथ जोड़कर मुस्कराते थे और जिले से आया देवी लाल हर जगह उनकी कीर्ति में तैयार किया गया एक भाषण देता जाता था। कुछ चुने हुए लोगों से ज्वाला बाबू एकान्त में मिलते और कुछ कम्बल और कपड़े जीप से उतारकर उनके पास रख दिये जाते और साथ में पानदान और थर्मस आदि लेकर चलने वाला अंग-रक्षक उनका हैण्ड-बैग ले जाता। पोलिंग के इन्तजाम के लिए उन लोगों के हाथों में नोट रख दिये जाते।

कई बार ज्वाला बाबू बूढ़े ब्राह्मणों का पैर भी छूते और लोगों के सामने देर तक हाथ जोड़े खड़े रहते।

—देखिए, भगवान की मर्जी कि आज हमारे राजा ठाकुर नंगे पाँव जनता की सेवा के लिए घूम रहे हैं।

—क्या कोई नेता होगा, ज्वाला बाबू जैसा? जनता के लिए हरदम जान देने के लिए तैयार रहते हैं!

—सच्चे समाजवादी हैं, ज्वाला बाबू। देखो, आश्रम पर हरिजन बालिका विद्यालय खोलवा दिया है!

कोई नहले पर अपना दहला रखता, इस बार मिनिस्टर हो रहे हैं, अपने ज्वाला बाबू!

बाकर का करघा बन्द हो गया था। वह मुसलमानों के बीच काम कर रहा था। मुसई महतो और बिन्दा भगत के साथ एक भाषण देने वाला लगाकर बिरंजी कभी-कभी दिन-दिन भर के लिए उन्हें जीप दे देता और उनसे कहता, 'बस तुम्हारे ही ओट से जीत होनी है, मुसई। इस बार तो बाभन, ठाकुर, अहीर, सब का ओट बट गया है। बाकर भाई और तुम डटे रहो, तो चुनाव निकल जायेगा।' फिर धीरे से समझाता, 'चौधरियों से कान में कहना, हम पोलिंग के पहले वाले दिन पूरी सेवा करेंगे।'

मुसई यह सब कहने के लिए मना करते।

मुंशी उन्हें समझाता, 'भाई तुम चरखा वाले कांग्रेसी हो। लेकिन हो तो कांग्रेसी। कांग्रेस रहेगी, तभी चरखा भी रहेगा। कांग्रेस गयी तो समझो विनाश ही है, देश का। कोई दूसरी पार्टी देश को चला ही नहीं सकती।'

अगिया बैताल की सभाओं ने विरोधियों का पता लगाने में बिरंजी की बड़ी मदद की थी। उसके दो-तीन आदमी अगिया बैताल की हर सभा में सदा उपस्थित रहते थे।

इधर दो-तीन दिनों से मुंशी का नशा उखड़ा-उखड़ा-सा था। उसे लगातार बेचैन करने वाले समाचार मिल रहे थे। जैसे-जैसे चुनाव पास आ रहा था, हरिजनों और यादव-कुर्मियों का आपसी तनाव कम हो रहा था और वे ब्राह्मणों के साथ लाल झंडे के नीचे बड़ी संख्या में जुटने लगे थे। दूसरे यह कि अगिया बैताल अपनी सभाओं में ज्वाला बाबू के लिए गन्दे शब्दों का बहुत प्रयोग करने लगा था। इसी का नतीजा था कि नदी पार वाले हिस्से में एक दिन लोगों ने धोखे से ज्वाला बाबू को जूतों की माला पहना दी। लोगों को इस सीमा तक ले जाने में अगिया बैताल का बहुत बड़ा हाथ था।

मुंशी चिंता में था। तभी परचे और पोस्टर लेने आये मकनपुर के एक कार्य-कर्त्ता ने समाचार दिया कि उसके गाँव में एक नया झंडा लगा है। लाल खून जैसा रंग है उसका और उस पर हंसिया-हथौड़े का निशान बना है। हरगोन सिंह आजकल छुट्टी पर आये हैं। उन्हीं का यह झंडा है। उस गाँव में कई लोग उनके विचारों को मानने वाले हैं। कल गाँव की एक बैठक में उन्होंने बताया कि सारा राज-काज मजूर की मुट्ठी में होना चाहिए, तभी सच्चा सुसलिट राज आएगा। आज अगिया बैताल की सभा में बहस लड़ेगी दोनों में। गाँव भर तमाशा देखने जुटेगा। हरगोन सिंह का कहना है कि अगिया बैताल नकली सोसलिस्ट है।—अमरीका का चेलाचाटी है।

मुंशी प्रसन्न हो गया, 'कब है अगिया बैताल की सभा?'

'आज ही शाम को,' उसने लाल रंग की एक परची जेब से निकालकर मुंशी को थमायी।

'तुम यहीं रुको, मैं आता हूँ।'

मुंशी जीप से तुरंत बलराम के पास गया।

मकनपुर बलराम का मजबूत गढ़ इसलिए था कि वहाँ अहीरों की संख्या आधे के करीब थी। वे लोग ज्यादातर खोया भूनने की भट्ठी जलाते थे। कुश्ती, फरी, गदका और जोड़ी के लिए वहाँ के जवान सारे क्षेत्र में सबसे ऊपर थे। बलराम उनका दादा था। मुंशी ने बलराम से बात की और वापस आ गया।

—शाम मकनपुर की सभा में इतनी भीड़ देखकर अगिया बैताल का सीना फूल गया। लगा दहाड़ने। हरगोन सिंह ने कुछ सवाल किया, लेकिन जवाब माँगने वाले दूसरे लोग बड़ी संख्या में उपस्थित थे। लाठियाँ चलने लगीं और देखते-देखते अगिया बैताल का सारा शरीर भुरकुस हो गया। जीप से धू-धू करके लपटें उठने लगीं और लाउड-स्पीकर के पुरजे-पुरजे उड़ गये।

थानेदार को पहले ही से हिदायत हो चुकी थी। वह इन्तजार में था। उसने तुरंत कार्यवाही की। अगिया बैताल को उनके कई साथियों के साथ अस्पताल पहुँचाया गया और हरगोन सिंह तथा गाँव के दूसरे तीन-चार लोगों को पकड़कर हवालात में बन्द कर दिया गया।

थानेदार ने कलेक्टर को खबर भेजी,—समाजवादियों और साम्यवादियों में चुनाव-सभा के दौरान पहले बहस, फिर मारपीट हुई, जिसमें चार समाजवादी कार्यकर्ता घायल हो गये। समाजवादी नेता अगिया बैताल के पाँव और हाथ में गम्भीर चोट लगी है। साम्यवादी नेता हरगोन सिंह और उनके हमलावर साथियों को गिरफ्तार कर लिया गया है।

यही समाचार दूसरे दिन अखबारों में प्रकाशित हो गया। साथ में यह भी छपा,—कांग्रेसी नेता ज्वाला सिंह समाचार पाते ही समाजवादी कार्यकर्ताओं को देखने अस्पताल गये और उनकी देख-रेख के लिए उचित व्यवस्था करने और घायलों को जिला अस्पताल भेजने की माँग की।

चुनाव प्रचार बन्द होने का दिन पास आ गया था। ज्वाला बाबू का सारा प्रबन्ध भी पूरा हो चुका था लेकिन चुनाव-कार्यालय में बड़ी बेचैनी थी। बिरंजी हर समय परेशान नजर आता था। जिस काम के लिए एक बार कहता, उसी को मना करने के लिए तुरंत दौड़ पड़ता। अन्ततः वह तखत पर लेट गया और कमरे के बाहर बैकुंठी को पहरे पर बैठा दिया। रात को आठ बजे कार्यकर्ताओं की बैठक होने वाली थी, जिसके लिए आज बलराम यादव भी वहाँ उपस्थित थे। ज्वाला बाबू का रात्रि-पड़ाव आज क्षेत्र के दूसरे सिरे पर था। वे वहीं से रास्ते में लगी कई सभाओं में बोलकर प्रचार समाप्त करते हुए, कल घर पहुँचने वाले थे।

मुंशी को जगाया गया। लेकिन वह कार्यकर्ताओं के सामने नहीं गया। उसने बलराम यादव को कमरे में अन्दर बुलाया और उनके सामने रो पड़ा, 'बलराम बाबू, हम चुनाव हार रहे हैं।'

'पागल तो नहीं हो गये, मुंशी?' बलराम ने आश्चर्य प्रकट किया।

'जो मैं कहता हूँ, मान लीजिए। यह है, मेरी गणना।' उसने रजिस्टर का एक पन्ना खोलकर बलराम के सामने रख दिया।

'अच्छा, तुम्हारा मतलब है कि ब्राह्मणों के साथ हरिजन ओट हमें बिल्कुल नहीं मिल रहे हैं। मैं तुम्हारी बात नहीं मानता।' बलराम ने आधे मन से कहा।

'पछताइएगा और हम लोग इस क्षेत्र में मुँह दिखाने लायक नहीं रह जाएँगे।' मुंशी ने कहा।

'पछताने की बात करते हो, लाला! मेरी तो जिनगी ही खराब हो जाएगी। जानते हो, नगेसर से तीन पुश्त की बैर है। इसी कारण सारी बिरादरी दो हिस्सों में बँट गयी है।' बलराम माथा पकड़कर बैठ गये।

'यह भी एक वजह है, यादव और कुर्मी ओटों में भी बँटवारा हो गया है।' मुंशी ने कहा।

'फिर कोई उपाय है!' बलराम ने पूछा।

'अन्तिम अस्त्र!' मुंशी ने नोटिसों के बड़े-बड़े बंडल निकलवाये। साधो काका की हरिजनों से अंतिम अपील थी, यह। ऊपर उनकी तसवीर का एक छोटा-सा ब्लाक लगा था।

'तुमने पहले ही इसे छपवा लिया था क्या?' बलराम ने मुंशी की पीठ थपथपायी।

'बहुत दुख के साथ, बलराम! यही एक काम है, जिसे करते समय मेरी आत्मा मर रही है। मैं चोर की तरह, लोगों की आँखों से नहीं, अपनी आँखों से छिपने लगता हूँ। लेकिन कोई दूसरा रास्ता नहीं है, और चुनाव हर हालत में जीतना है।

'दूसरी बात यह कि नदी पार के हरिजनों पर इसका पूरा प्रभाव नहीं होगा। इसलिए उन्हें मतदान केन्द्र तक पहुँचने के लिए गाँव से बाहर निकलने ही नहीं देना चाहिए।'

'वह तैयारी तो पूरी है। सुबह पाँच बजे ही हर चमरौटी के इर्द-गिर्द बन्दूक के फायर हो जाएँगे। लोग मुश्तैदी से तैनात हैं। साथ ही हमारे कार्यकर्त्ता अन्दर जाकर उन्हें निकलने के लिए कहते हुए भी नगेसर के बदमाशों से गम्भीर खतरे की बात बताकर उन्हें जहाँ-का-तहाँ रोक देंगे। उनके नाम पर जाली ओट भी सुबह के पहले ही दौर में पड़ जाएँगे। सारे चुनाव अधिकारी हमारी सहायता करेंगे। इससे तुम निश्चिन्त रहो। मैंने अफसरों से बात कर ली है और एक-एक चीज कई-कई बार समझा कर पक्की की जा चुकी है। दूसरे मैं रात ही से उधर ही रहूँगा।'

'फिर तो अब इन पर्चियों के तुरंत बँटने की व्यवस्था होनी चाहिए!' मुंशी ने कहा।

दोनों उठकर बाहर गये और पर्चियों को रातों-रात क्षेत्र के सारे गाँवों में पहुँचाने की व्यवस्था करने में जुट गये। भिन्न-भिन्न रास्तों पर पड़ने वाले केन्द्रों को निगाह में रखकर लोगों को जीपों और साइकिलों से रवाना किया गया। इस पूरे अभियान को इस तरह संयोजित किया गया। जिससे कोई जान न पाये कि पर्चियाँ कहाँ से आयीं।

सुबह होते-होते सारे क्षेत्र में पर्चियाँ बाँट दी गयीं। यह सिर्फ एक पंक्ति का कहनाम था—हरिजन भाइयों से मेरा निवेदन है कि वे अपना ओट कांग्रेस को ही दें। कांग्रेस का चुनाव चिह्न दो बैलों की जोड़ी है।—आपका, साधो काका।

'राह तुम्हें अकेले ही खोजना है।' कभी श्यामा ने सुनीत से कहा था। तब सुनीत की आँखों के आगे आँसुओं की दीवार खड़ी हो गयी थी। लेकिन अब सुनीत उसके पार तक देख सकता था। वह श्यामा के आचरण में मर्यादा और परम्परा की लक्ष्मण रेखा के उन सीमांतों को पहचानने लगा था, जहाँ से आगे श्यामा की गति हो ही नहीं सकती थी। होगी तो उसके विनाशकारी परिणाम सुनिश्चित थे। श्यामा अपनी असमर्थताओं को अच्छी तरह समझती थी और नहीं चाहती कि वह अपने सीमित संसार का सहज जीवन ऐसा बना दे, जो दूसरों के लिए थोड़ा उपयोगी होने की जगह, स्वयं उसके लिए अभिशाप बन जाये। लेकिन विश्वास से परे जीवन अभिशाप के अतिरिक्त और है ही क्या? सागर भी इधर बात-बात में कहता था कि जिसे घिसट-घिसट कर ढोना पड़े, वह भी कोई जिन्दगी है।

सुनीत सबके बारे में सोचता था। सोते-जागते उसके मन में सदा हलचल मची रहती थी। वह बहुत-सी कल्पनाएँ भी करता था। फिर एक बात से दूसरी, फिर तीसरी पर भागता रहता था। कभी सोचने पर उसे अपने ही मन की यह विचित्र गति समझ में नहीं आती थी और वह थककर चूर हो जाता था।

श्यामा कभी भी परिवार के बारे में बात नहीं करती थी, न यह जानना ही चाहती थी कि माँ-बाप के बारे में सुनीत क्या सोचता है। कई बार बेहद चिंतित और थके हुए सुनीत को देखकर वह मन-ही-मन परेशान होती थी और उसके गले के नीचे पसली की हड्डियाँ छूकर बोल पड़ती थी, 'तुम कितने दुबले हो गये हो, सुनीत।' वह उसकी आँखों में कुछ पढ़ना चाहती थी, लेकिन सुनीत कुछ बोलता ही नहीं था। आत्मीयता की इस अनुरक्ति के उत्तर के लिए उसके पास गहरी उदासी के अलावा कुछ और था भी नहीं, क्योंकि यह कहने पर कि, तुमसे क्या मतलब? एक तूफान आ सकता था, जिसकी अन्धाधुन्ध उफनती लहरों में

सब कुछ डूब जाने का खतरा था।

सुनीत पिछले थोड़े समय में ही वह-सब पीछे छोड़कर आगे बढ़ आया था, जो उसके जीवन का आधार था। कहने को सब कुछ वैसा ही था और उसकी अपनी इच्छाओं के अनुकूल रहने को बाध्य था, लेकिन अब उसके लिए वह सब पूरी तरह अर्थहीन हो चुका था। उसके लिए श्यामा के अलावा अब शेष क्या था?

मुराद और सागर के साथ ऐसी बात नहीं थी। भयावह शोषण, उपेक्षा और अपमान के बावजूद उनकी अपनी निजी जीवन-भूमियाँ थीं, जिनकी जड़ें कठोर शीत और आतप के कारण ही धरती में गहरे उतर चुकी थीं। जन्मजात परिस्थितियों से उनका इस तरह एकाकार था कि वे कभी इस बात की कल्पना भी नहीं कर सकते थे कि वे श्यामा के घर के बर्तन में कभी पानी भी पी सकते थे।

सागर के मन पर पिछले दिनों की भयावह दुर्घटनाओं ने कुछ ऐसा असर डाला था कि वह हर समय निराशा और मृत्यु की बातें करता था। उसके पास किताबें भी नहीं थीं। श्यामा ने इम्तहान के पहले की छुट्टियों में उसे अपने ही घर में रोक लिया था। मुसई महतो उसके लिए अलमोनियम की एक टेढ़ी-मेढ़ी थाली रख गये थे। श्यामा को यह तनिक भी असंगत नहीं जान पड़ा था क्योंकि श्यामा के साथ ही मुराद और सागर समाज की बनावट समझते थे और यह जानते थे कि श्यामा उनमें शरीक नहीं थी।

सुनीत की स्थिति दूसरी है। उसे एक सन्दर्भ के टूटकर दूसरे से जुड़ना था। एक का परित्याग और दूसरे से निकटता प्राप्त करना एक सोलह-सत्तरह वर्ष के लड़के के लिए कठिन काम है, वह भी उस समय, जब यह काम आदर्शवादी आवेग के वशीभूत होकर किया जा रहा हो। गनीमत यह थी कि वह जो कुछ भी कर रहा था, उसमें किसी व्यक्ति विशेष की प्रेरणा न होकर, सच्चाइयों के साक्ष्य का सुदृढ़ आधार था। इसलिए जब चन्दा बहू ने कहा कि बैलों वाले घर का नया कमरा महीने भर के लिए सागर को दे देंगे और खाने-पीने की व्यवस्था भी यहीं रहेगी तो सुनीत ने साफ मना कर दिया, 'सागर बैल नहीं है, माँ!'

'तो क्या उसे बखरी में सुला लें? यह साधो काका का घर नहीं है, बेटा! हमारी एक मर्यादा है।' माँ ने पहली बार उसे हल्की झिड़की दी थी।

सुनीत को किसी ने जैसे अचानक चाँटा मार दिया हो, 'जैसी मर्यादा है, वह मैं जानता हूँ, माँ! तुमसे यह कौन कह रहा है कि तुम सागर को जगह दो। सुलाने वाले सुला ही रहे हैं।' सुनीत ने अपनी माँ को जवाब दिया था।

चन्दा बहू पहले से भरी बैठी थीं। सुनीत के जवाब ने आग में घी का काम किया। बोलीं, 'मैं तेरी बात समझती हूँ, सुनीत! इस सबका नतीजा सामने है।'

'तुम बड़े धोखे में हो, माँ। यह संसार हमेशा एक समान नहीं रहेगा। अगर तुम अपनी जमीन-जायदाद को निगाह में रखकर ऐसा कह रही हो और समझ रही हो कि इससे समाज में तुम्हारा सम्मान काका से ज्यादा है, तब यह बहुत बड़ी भूल कर रही हो। सत्ता का भाव आदमी को अंधा कर देता है, माँ! प्यार सत्ता के भाग्य में नहीं होता। भय और स्वार्थ के कारण चापलूस लोग सत्ता वाले को भ्रम के कुहासे में कैद रखते हैं, जिसे वह समझता रहे कि सारे लोग उसे प्यार करते हैं।'

'सारे लोग उन्हें प्यार नहीं करते, तो ओट कैसे देते हैं? इतनी जय-जयकार कैसे करते हैं?'

'जिस मतदान और जय-जयकार की बात तुम कर रही हो, वह पैसे और शक्ति का चमत्कार है माँ, प्यार का प्रदर्शन नहीं।'

'तुम्हारा मतलब यह है कि तुम्हारे पिता दबाव और पैसे से चुनाव जीतते हैं?'

'हमारे पिता ही नहीं, माँ, सारे देश में जनता को झूठे वादों पर छला जा रहा है। जहाँ लोगों के जीवन में ऐसी भयानक असमानता हो कि अस्सी प्रतिशत लोगों के सामने रोटियों की समस्या हो—दूर नहीं, तुम इसी गाँव पर नजर डालकर ज्यादातर परिवारों के बारे में सोचो! दो जून चूल्हा कितने लोगों के घर में जलता है? सड़ा हुआ चोटा और मक्के का आटा बेचकर सरजू लोगों पर कर्ज बढ़ाता जाता है। बच्चे बारह महीने एक फटी बण्डी पहनकर काट देते हैं। सागर ही क्यों, गाँव के उन तमाम बच्चों को देखो! उन्हें तुमने कभी फटे-पुराने कपड़ों के अलावा कुछ और पहने देखा है? और-तो-और श्यामा पर तुमने कभी ध्यान दिया है। जब तक धोती इतनी नहीं फट जाती कि उसे सिलना असंभव हो जाये, वह उसे लटकाये रहती है। मैं खुद अपनी आँखों से देखता हूँ कि उसके घर साल के पाँच-छै महीने दोपहर को खाना नहीं बनता। बस रस-दाने पर परिवार रह जाता है। सारा समाज भयानक कुरीतियों, अंधविश्वासों और जात-पात के बंधन में बँधकर सड़ चुका है। ऐसी परिस्थितियों में व्यक्तिगत और स्वतंत्र मतदान का सवाल ही कहाँ उठता है!' कहकर सुनीत चुप हो गया।

'इसी कारण तुम लोगों ने इस बार चुनाव दफ्तर में कदम नहीं रखा, क्यों? मैं जानती हूँ, बेटा, यह सब बुद्धि तुम्हें कहाँ से मिल रही है। आश्रमवालों ने भी इसी तरह कान में तेल डाल रखा था। मुसई और बिन्दा उल्टे प्रचार में लगे थे, फिर भी तुम्हारे पिता चुनाव जीत गये और उनका कहना है कि, वे इसी तरह चुनाव जीतते रहेंगे। लेकिन वे इस बार बहुत दुखी हुए हैं। उन्होंने इस बात को साफ-साफ देखा कि तुम्हें उनकी जीत से कोई प्रसन्नता नहीं हुई। तुम इस बीच उनके पास एक बार जाकर खड़े तक नहीं हुए, जिस दिन उन्हें लखनऊ जाना था, तुम साधो बबुआ के घर ही में बैठे रह गये।' चन्दा बहू की आँखें भर आयी थीं, 'तुम्हारे पास अब मेरे

साथ बैठने के लिए समय नहीं है। बस काम-काम की बातें करके तुम घर से बाहर निकल जाते हो। मेरे कोई दो-चार बच्चे तो हैं नहीं। हमारी सारी आशाएँ तुम्हीं पर टिकी हैं और तुम हो कि तुम्हें श्यामा, मुराद और सागर से छुट्टी ही नहीं मिलती।' चन्दा बहू सिसक-सिसक कर रोने लगीं।

सुनीत निरुत्तर हो गया था। अन्ततः माँ ने उसे कठघरे में खड़ा ही कर दिया। माँ को इस तरह रोते देख सुनीत के मन में दुख जरूर हुआ, लेकिन पहले की तरह न वह माँ से लिपटा, न उनकी आँखों के आँसू ही पोंछे। उसे लगा, समय के इस नन्हें से अन्तराल ने उनके बीच एक अभेद्य खाँई खोद दी है, जिसे पारकर दूसरी ओर जाने का मतलब है, मृत्यु—वह भी ऐसी जो सदा के लिए एक अभिशप्त जीवन ढोने के लिए बाध्य कर देगी।

चन्दा बहू के मन का बाँध टूट गया था। रह-रह कर आँचल से आँसू पोंछते हुए वे लगातार कुछ कहती जा रही थीं।

इसी बीच सुनरी लोहाइन वहीं आकर बैठ गयी थी। दुलरा आजी भी आधा मुँह ढके आ खड़ी हुई थीं और एकटक सुनीत को देख रही थीं।

'कहो, बचवा, तू केकर बेटवा-नाती हो? हरिभजन सिंह को इस लोक में कौन नहीं जानता था। सूरज के समान मर्जाद थी उनकी। बड़े-बड़े लाठ-गवंडर उन्हें देखते ही माथे से टोपी उतार लेते थे। ज्वाला उनसे बीस ही निकले। बड़े-बड़े साहब-सूबा आगे-पीछे भेड़ी की तरह घूमते हैं। एक तुम हो कि चमार-सियार के फेर में पड़कर अपनी जसोदा जैसी माँ को कल्पाय रहे हो। चरखा वालों का कोई बिस्सास है! जूठ-मीठ, छूआ-छिरका का कोई भेद है उनमें! चमार मुसुरमान सब एक ही हैं उनके लिए। देखते नहीं कि सधुआ की इसी सब में मति ही मारी गयी। क्या था और क्या हो गया। मुसया किसी का हर जोतता, तो भला उसका यह हाल होता? ठाकुर-बाभन की छांह में न रहने का नतीजा है कि बिटिया जाने कहाँ उढ़र गयी। सगरा का संग छोड़ दो। भले आदमी कै लड़िका का लच्छन नहीं है, यह सब। जाओ-जाओ, माई की गोद में बइठ जाओ!'

चन्दा बहू अब तक अपनी धोती का आँचल मुँह से लगाकर फफक-फफक कर रोने लगी थीं।

सुनरी को बुखार था। जमीन पर हाथ टेककर बैठी वह कब से कुछ बुदबुदा रही थी। दुलरा की बात सुनकर कहरते हुए बोलने लगी, 'बहिनी, का-का नहीं किया बहू ने। जोगी-जती से लेकर जड़ी-बूटी तक, एक भी उठा नहीं रखा। देवतादानी के थान पर माथा ठोकते-पीटते किसी तरह भगवान ने सुना। नहीं तो जानती हो दुलरा बहिन, ई चुरइन गोपिया ज्वाला बाबू से कहती थी कि, कहाँ से ठाँठ बियाह लाये हो! साल-साल बीत गये, न लड़िका, न बच्चा। पढ़ाई-लिखाई

लेकर कोई चाटना है। साल-दूसाल देखकर दूसर बियाह करो। वह तो कहो मालिक ने कभी उसकी बात नहीं सुनी, नहीं तो अनरथ ही होता।'

सुनीत बीच-बीच में कभी माँ को, कभी इन दोनों बूढ़ियों को देखता, फिर आँख नीची कर लेता।

दुलरा ने कहा, 'जाकर खेलो-कूदो, भइया! मुदा सदा याद रखो कि किसके लड़िका-बच्चा हो। छोटी जात की सोहबत ठीक नहीं। साधो का घर भंडासराध हो ही गया है। मैं तो उसके घर में पानी भी नहीं पीती। वह जैसा हो गया है, भगवान न करें, कोई चढ़ी उमर में वैसा हो। मुदा मैं समवा को का कहूँ। बियाह-दान की उमिर हुई। लड़की की जात लाज-हया सीखती है। सीना-पुरना करती है। लेकिन वह तो जब देखो बस कापी-किताब लिये, तखत पर बइठी, बाकर वाले से बतियाती रहती है। साधो उसका हाथ पियर कराय चुके, बहू रानी। कुछ सोचो तुम लोग। आखिर में पड़ेगा तुम्हारे ही सिर।'

'मूरत महराज शादी खोजने जा चुके हैं, दुलरा आजी।' चन्दा बहू ने आँचल से आँख पोछते हुए कहा, 'सुनीत के बाबू को तो जानती हैं। उन्हें अपने चुनाव से ज्यादा श्यामा की शादी की चिंता थी। उनकी समझ से सारी गड़बड़ी की जड़ यही लड़की है। नहीं तो कितने कायदे से रहने वाला लड़का था। बड़ी-बड़ी बातें सोचता था। वे इसे पढ़ाई के लिए बिलायत भेज रहे थे। सारी तैयारियाँ पूरी हो चुकी थीं, लेकिन मेरे आँसू ही नहीं थम रहे थे। जिद करके मैंने इसे रोक लिया। सोचती थी, मैं कैसे जी सकूँगी इसके बिना? इस बार उन्हें इसके व्यवहार से बड़ी तकलीफ पहुँची है। वह तो बहुत दूर तक सोचने वाले आदमी हैं। इस बार कहकर गये हैं कि अब सुनीत यहाँ नहीं रहेगा। मैं अगर इसके बिना नहीं रह सकती, तो इलाहाबाद में मकान ले लूँ और वहीं जाकर रहूँ। वहीं पढ़ेगा। कम-से-कम कुछ सीखेगा। भाड़ में जाये घर-गृहस्थी, लड़का तो बिगड़ने से बच जाएगा। इसे अब बाहर पढ़ने जाना ही पड़ेगा। फिर मुझ पर जो भी बीतेगी सहूँगी। जब घर में रहकर इसने पराया समझ रखा है और मेरा कलेजा भी ऐसा पत्थर है कि अब तक नहीं फटा तो जो भी पड़ेगा उसे सहूँगी...।'

चन्दा बहू अभी अपनी बात पूरी नहीं कर पायी थीं कि बिसेसर दरवाजे में आकर खड़ा हो गया।

'क्या बात है, बिसेसर?' चन्दा बहू ने उसकी तरफ देखते हुए पूछा।

'बिनेसरी पांड़े आये हैं, बहू रानी! कहते हैं, थानेदार ने बड़कऊ और पारस को पकड़कर बाँध लिया है। एक लारी सिपाही साथ हैं। पाँच मिनट की मोहलत माँगकर घोड़े से भागते हुए आये हैं। कहते हैं, बहू जी के कह देने से कम-से-कम बड़कऊ को छोड़ देंगे। नहीं तो गाँव-गिराँव में बड़ी नमूसी होगी। बहुत सारे लोग

जुटे जुए हैं। पांड़े का कहना है कि यह सब भाई जी करवा रहे हैं। मुसई और बिन्दा को लेकर कलक्टर के पास गये थे।'

चन्दा बहू कुछ कहने जा रही थीं कि उनकी निगाह सुनीत के चेहरे पर पड़ी। वह कुछ अजीब ढंग से मुस्करा रहा था। चन्दा बहू का पारा आसमान पर चढ़ गया। उन्हें लगा, सुनीत उन्हीं पर हँस रहा है।

'तुम क्यों हँस रहे हो? इसमें हँसी की क्या बात है? लोगों पर संकट पड़ेगा, तो आएँगे ही हमारे पास।' चन्दा बहू गुस्से में बोलीं।

'संकट?' सुनीत ने ऐसे कहा कि उसका व्यंग्य मुखरित हो उठा।

चन्दा बहू आपे से बाहर हो गयीं, 'तुम हट जाओ यहाँ से! भाग जाओ बाहर, सुनीत! मैं कह रही हूँ, बाहर जाओ!'

'मैं यहीं खड़ा रहूँगा। मैं देखना चाहता हूँ कि तुम हिरनी जैसी बेगुनाह और गरीब लड़की के हत्यारे और मुसई चाचा की छबिया को भगाने में सहयोग देने वाले पारस को छोड़ने के लिए थानेदार से कैसे कहती हो? आखिर माँ-बाप के इन महान गुणों को मैं कैसे सीखूँगा, माँ?'

चन्दा बहू की आँखों में जलने वाली क्रोध की अग्नि में जाने कहाँ से धुआँ-ही-धुआँ भर गया।

बिसेसर बोला, 'हाँ, बहू जी, पांड़े जी ने यह भी कहा कि बहू जी हुकुम करें तो चार-छै हजार थानेदार को दे दिये जाएँ!'

सुनीत हा...हा करके जोर से हँसने लगा। चन्दा बहू क्रोध से पागल हो गयीं। दोनों मुट्ठियों में अपने बाल पकड़कर नोचने और चीखने लगीं, 'भाग जाओ, बिसेसर, चले जाओ यहाँ से! पांड़े से कह दो कि मैं कुछ नहीं जानती। थानेदार से मेरा क्या मतलब।' वे दोनों हाथों में अपना चेहरा छिपाकर फूट-फूट कर, चीख-चीख कर और अपने बालों को नोंच-नोंच कर रोती रहीं और रोते-रोते बेहोश होकर वहीं लुढ़क पड़ीं।

दुलरा आजी और सुनरी ने उन्हें उठाने की कोशिश की। उनका हाथ चेहरे से अलग कर, उनके आँसू पोछना चाहा। लेकिन चन्दा बहू में कोई हरकत न हुई।

सुनीत जहाँ-का-तहाँ खड़ा कुछ देर उन्हें एकटक देखता रहा। फिर वह घबरा गया। साहस बटोरकर भरे कंठ से बोला, 'माँ, मुझे क्षमा कर दो। मैंने तुम्हारी आज्ञा पर बाहर न जाकर गलती की है, नाहक तुम्हें दुख पहुँचाने वाली बात कही है। फिर ऐसी गलती नहीं होगी, माँ! यही मानकर मैं अलग-अलग चलने की कोशिश कर रहा था, लेकिन न जाने कैसे यह सब घट गया कि मुझे अनायास बोलना पड़ा। क्षमा कर दो, माँ, मुझे क्षमा कर दो! फिर ऐसा नहीं होगा। मैं तुम लोगों की राह में नहीं

आऊँगा।' सुनीत माँ से लिपट गया और उनके आँसू पोंछने के लिए, दोनों हाथों को चेहरे से अलग करने लगा।

दो दिन से तमाशबीन बच्चों का हुजूम बाकर के घर पर सुबह से शाम तक लगा रहता था।

नया करघा लग रहा था, बाकर के घर। भाई जी न जाने कब से लगे थे इसके पीछे, लेकिन बाकर को विश्वास नहीं था। वह उसी पर विश्वास करता है, जो हो जाए। कभी सोचा हुआ हो गया होता, तब शायद आशा-निराशा की बात उठती।

चुनाव के दिन ही भाई जी ने उसे रोककर बताया था कि दिल्ली से चिट्ठी आ गयी है। अब करघा उसे मिल जाएगा। बाकर आश्रम के सूत बुनकर अपने मेहनताने में का थोड़ा-थोड़ा पैसा कटाता जायेगा।

नये करघे के लिए बाकर की ओसारी नीची पड़ रही थी। थपुआ-नरिया उतारकर दीवार पर मिट्टी रखी जा रही थी। मुराद का इम्तिहान हो रहा था। बाकर अकेले ही काम में जुटा था। लेकिन मिट्टी का काम अकेले नहीं होता। कम-से-कम झउआ उठाने वाला तो चाहिए ही। मुसई ने बैकुंठी को उसके साथ लगा दिया था।

टट्टर की जगह टिन का दरवाजा लगाना होगा। बाकर कुछ परेशान था कि क्या करे, कैसे करे? बकरियों को बाँधने की दूसरी जगह भी नानी पड़ेगी। ओसारे में अब जगह ही नहीं बचेगी।

बिरंजी लाल के कान में कहीं से बात पड़ गयी। कचहरी जाते हुए वह उधर ही से निकला। बाकर ने सलाम किया। बिरंजी ने जमीन पर छाता टिकाते हुए पूछा, 'सब ठीक है न, बाकर?'

'का ठीक है, मुंशी जी!' मैंने बैठे-बिठाये सिर पर एक बिपत मोल ले ली है।'

'ऐसा क्यों सोचते हो, भाई? एक अच्छा काम हो जा रहा है।' मुंशी ने प्रसन्नता व्यक्त की।

'का काम हो रहा है? अब देखो न, यह दीवार नीची पड़ गयी, इसे किसी तरह मर-मर कर ऊँची किया है। देखता हूँ कि थपुआ-नरिया कम पड़ जाएगा। ठाठ के लिए बाँस कहाँ से लाऊँ? टिन का दरवाजा कैसे बनाऊँ? वहाँ से यह सब लिखकर आया है। एक खिड़की भी लगानी पड़ेगी। अपने पास न बाँस, न बबुर।' बाकर बेहद परेशान-सा बोल रहा था।

'घबराने से काम बिगड़ जाता है, बाकर! तुम तो बड़े-बड़े संकटों में भी अडिग रहने वाले आदमी हो।' मुंशी ने आश्वासन दिया।

'मुझे अपने रोयें-रोयें पर भरोसा है, भइया। जरा सोचो, इसी चुनाव के बारे में, क्या-क्या नहीं किया लोगों ने? लेकिन मेरे मन में पल भर को भी नहीं आया कि कांग्रेस के अलावा कोई दूसरा जीत सकता है। फिर तुमने देखा ही कि मैंने कुछ उठा नहीं रखा। मुदा यह तो ससुरा ऐसा काम आ पड़ा है सिर पर, जिसके बारे में मैंने कभी सोचा ही नहीं था कि यह हो भी सकता है।' बाकर ने सिर खुजलाते हुए कहा।

'यही तो बात है, बाकर। जहाँ मन में आगा-पीछा हुआ, काम का नाश ही जानो। एक बार चल पड़ने पर फिर लौटने की बात सोचना ही अधरम है। फिर तो चाहे जान की बाजी ही लगानी पड़े, आदमी को बढ़ते ही जाना चाहिए। मैं तो ऐसी हालत में भला-बुरा सोचना भी कुछ देर के लिए टाल देता हूँ। देखो, अब मुझे देर हो रही है, चलूँगा। तुम ऐसा करना कि कुछ देर बाद, जरा बड़की बखरी चले जाना, भला!' मुंशी छाता हिलाता हुआ आगे बढ़ गया।

बाकर ने उसे रोका, 'मैंने किसी से कभी कुछ कहा नहीं, मुंशी। अब इस उमिर में आकर...।'

'नहीं-नहीं भाई, तुम्हें कहना कुछ नहीं है। बस जरा उधर चले जाना।'

मुंशी अपनी धोती खोंसता हुआ, आगे बढ़ गया, तो बैकुंठी को लेकर बाकर फिर दीवार सँभालने के काम में लग गया। अभी घण्टे भर भी नहीं बीते होंगे कि बेचन ने बाकर को अवाज दी। बाकर ओसारे में भीतर से टूटी-फूटी लकड़ी और कूड़ा करकट झउवे में भरकर बैकुंठी के सिर पर उठा रहा था। बाहर निकलकर देखा, बेचन ऊँची की हुई दीवार को चारों ओर घूम-घूम कर देख रहा था।

बाकर को सामने देखते ही बेचन बोला, 'चन्दा बहू बुला रही हैं, तुम्हें। बैकुंठी को भी साथ लेते चलो।'

बेचन के पीछे-पीछे बाकर तुरंत बखरी के लिए चल पड़ा।

कैसा भी काम हो, कोई भी समय हो, बखरी से बुलावा आने पर बाकर एक मिनट भी नहीं रुक सकता। साधो काका और आश्रम वालों से इतना उठना-बैठना, प्रेम परस्पर होने पर भी बाकर कोई ऐसा काम करने की सोच भी नहीं सकता, जिससे बखरी वालों को कोई हानि हो। इस मामले में वह अपनी तरह का निराला आदमी है। अपने इस विचार को वह किसी से छिपाता भी नहीं। उसे जवानी के दिनों की वह घटना अक्सर याद आती है, जब पचइयाँ के दंगल में बिनेसरी पांड़े से उसकी कुश्ती हुई थी और हाथ मिलाते ही उसने धोबीपाट मारकर पांड़े को चारों खाने चित्त कर दिया था। तब ब्राह्मण लाठियाँ लेकर दौड़ पड़े थे। लेकिन तब हरिभजन सिंह जिंदा थे। उठकर बोले, 'बाकर मेरा लड़का है, महराजो, जरा होश में रहो! दूसरा कोई लड़ने वाला हो तो आगे लाओ। आज यहाँ दंगल हो जाने दो, ऐसा ही लाठी

चलाने का मन है, तो कल सबेरे यहीं जुटना, लाठी भी चल जायेगी।'

फिर तो जो जहाँ था, वहीं से वापस चला गया। किसी की हिम्मत ही नहीं हुई कि मुँह खोले।

चन्दा बहू सिर पर धोती टीक करती हुई जल्दी में बाहर निकल कर बोलीं, 'बाकर भाई, सुना है कि नया करघा लगा रहे हैं।' वह बिना किसी उत्तर की प्रतीक्षा किये बोलती गयीं, 'पीछे के आँगन में बहुत सारा लकड़ी का फाटा और मकान बनाने का सामान पड़ा है। जो भी काम के लायक हो, उठा ले जाओ। वहाँ टीन-ईंट सब है। मैंने मटरू लोहार को भी कहला दिया है, ठाट सिउरने के लिए। सोन्हू को बुला लेना। मेरा नाम लेकर कह देना, अच्छा!' फिर वे बेचन की ओर मुड़कर बोलीं, 'बेचन, देखो, मजूर बाहर आ गये होंगे। बाकर का काम पहले करा दो, अच्छा?' कहकर वे बिना रुके तुरन्त वापस चली गयीं।

शाम होते-होते बाकर का ओसार छा-छोप कर तैयार हो गया।

सवेरे मुंशी बाकर से बात करके कचहरी की ओर जाते समय रास्ते में कई लोगों को सहेजता गया था। भट्ठे वाले लालता पाठक भी संयोग से उसे रास्ते में ही मिल गये थे। बिरंजी के तनिक से संकेत पर उन्होंने अपनी गाड़ी से ईंटों के अद्धे भेज दिये थे। फर्श की मिट्टी समतल करके इन अद्धों को उन पर अच्छी तरह जमा दिया गया था। मटरू ने दरवाजे और खिड़की के साह-चौखट खड़े कर दिये थे। बस, टिन को लकड़ी के फ्रेम में कसकर किवाड़ लगाना बाकी रह गया था। बाकर चाहता था कि टिन को वैसे ही कब्जे में फंसा कर खड़ा कर दिया जाये। पर मटरू माना नहीं, कहने लगा, 'जब बन रहा है तो ऐसा बने कि दस-बीस साल चले। कौन जाने, तुम्हारे बाद मुराद का भी मन हो करघा चलाने का। बाप-दादा का रोजगार है।'

'चाहता मैं भी यही हूँ, मटरू भइया। मुदा समय ऐसा आय गया है कि कौन क्या करेगा, यही नहीं कहा जा सकता और सब यहीं धरा का धरा रह जायेगा।' बाकर ने कमर सीधी करते हुए कहा।

सोन्हू वहीं बैठा दोनों की बातें सुन रहा था। बोला, 'बाकर चाचा, अब चलता हूँ। बहू रानी का हुकुम है कि सब लोग काम करके मजूरी बखरी से ले लेंगे। आजकल कुछ काम-धन्धा ठीक नहीं है। बाँस दिन-पर-दिन मँहगा होता जा रहा है। लोग दौरी खरीदते नहीं। पंखी-पंखा का समय नहीं है। लगन-पताई शुरू हो, तब कुछ काम मिले। बड़े ठाले के दिन हैं।

'थोड़ी बजड़ी मेरे पास है, सोन्हू।' बाकर जल्दी में बोला। मटरू ने कहा, 'नहीं भइया, तुम काहे संकोच में फँसते हो? रानी बहू का हुकुम हुआ है कि सब लोग आज की मजूरी लेते हुए घर जायेंगे। तुम बड़े भागमान हो। जिस पर मालिक की

दया हो, समझो, भगवान भी उसका कुछ नहीं बिगाड़ सकता।'

मटरू ने औजार इकट्ठे करके ओसारे में एक जगह रख दिये और बसुला कंधे पर टांगकर चल पड़ा।

बाकर उठा और ओसारे में घुसकर पल भर को खड़ा हो गया।—यह जैसे शहर-बनारस का कोई हवादार कमरा बन गया। कितना काम हो गया एक दिन में। कल लगता था, जैसे पहाड़ के नीचे दब गया हूँ, लेकिन सांई जिसकी मदद करता है, ऐसे ही करता है। वह अन्दर आँगन में मुराद को लकड़ी बटोरते हुए देखता और सोचता रहा—कल शाम तक करघा गाड़ देना है। भाई जी दलबल से आएँगे। साधो काका, मुसई और बिन्दा भगत को भी बुलाया है। बिसेसर अपना बिगुल जरूर बजा देगा। लेकिन बिरंजी को उसने न्योता नहीं दिया। अभी तो कचहरी से लौटे भी नहीं होंगे।

'महीनों के लिए रोटी पकाने की चैली हो गयी, अब्बा!' मुराद अन्दर से ही बोला, 'कल करघा खड़ा हो जायेगा न, अब्बा? मैंने श्यामा को बुलाया है। सुनीत और सागर भी आयेंगे। वे लोग तो आज ही आ रहे थे, लेकिन मैंने मना कर दिया।'

'मैंने बिरंजी लाल से नहीं कहा, मुराद। कहीं ऐसा न हो कि वह मुँह अंधेरे ही कचहरी चले जाएं। तुम बेटा, चूल्हा जलाओ। मैं अभी आता हूँ। आटा सानकर रोटी सेक लूँगा। देखूँ, आ गये हों तो कह दूँ। सरजू से न कहूँगा तो सालों बोली बोलता रहेगा।' बाकर घर से बाहर निकला, तो कबरा पीछे-पीछे लग गया। उसने वहीं से आवाज दी। मुराद बाहर निकला और कबरा को डाँट-डपट कर आँगन में ले गया। बाकर बिरंजी के घर की ओर बढ़ गया।

कल रात मूरत महराज देखुहारी करके वापस आ गये। सोन गाँव के ठाकुर गजेन्द्र सिंह ने श्यामा बिटिया का रिश्ता मंजूर कर लिया, लेकिन चाहते थे कि बात पक्की होने के पहले एक बार ज्वाला बाबू से मुलाकात हो जाये। मूरत महराज ने उन्हें हर तरह समझा दिया था कि लड़की जानो ज्वाला बाबू की ही है। साधो काका जीवन-भर देश के काम में लगे रहे और दुर्भाग्य से वह इस लायक भी नहीं रह गये हैं कि शादी-ब्याह की बात पक्की करने कहीं जा सकें। बोलने की कोशिश करते ही उनके सिर में भयानक दर्द होने लगता है और कई बार बेहोश हो जाते हैं।

'लड़का इन्टर पास है। बम्बई में दो साल नौकरी करके वापस घर लौटा है। अब ठाकुर का इरादा है कि वह गाँव पर रहकर खेती-बारी संभाले। कोई दूसरा लड़का उनके नहीं है। दो बड़ी लड़कियों की शादी हो चुकी है, जिनमें से बड़ी विधवा हो गयी है और ठाकुर साहब उसे अपने ही साथ रखते हैं। वही उनका कारबार

संभालती है। बड़ी सम्पदा है ठाकुर के पास।' मूरत महराज ने अपने दोनों हाथ ऊपर उठाते हुए कहा, 'दस-पाँच हजार का आलू ही बेच लेते हैं। लड़का भी दुबला-पतला, छरहरे बदन का है। रंग जरा साँवला जरूर है लेकिन स्वभाव का सुशील है।'

चन्दा बहू ने पंडित को दूध मिला शर्बत पिलवाया और दस रुपये दक्षिणा देकर विदा किया। मूरत महराज जाते-जाते बोले, 'बहूरानी, श्यामा बिटिया राज करेंगी उस घर में, बस यही समझो! मैं बहुत घूमा। एक-से-एक ठाकुरों के दरवाजे गया, पर ऐसा घर-बर दूसरा नहीं दिखा। सबसे खास बात इसमें यह है कि परिवार बड़ा सूक्ष्म है।'

'ठीक है, महराज, ठीक है।' कहकर चन्दा बहू ने हाथ जोड़ा।

यह खबर पूरे गाँव में रात ही को फैल गयी। श्यामा की बीमार माँ ने सुना तो बोलीं, 'कल मूरत महराज को सवेरे ही बुलवाना होगा। क्या कहूँ, आज कोई अपना होता, तो देखभाल करता।' उनका मन यह सब सुनकर खुशी की जगह आशंका और भय से भर गया था। किसी के लिए भार होती होगी लड़की, लेकिन उनके लिए तो प्राण-संजीवनी के समान थी श्यामा। पूरी स्थिति को जानने वाले किसी व्यक्ति को यह समझने में देर नहीं लगेगी कि श्यामा के न होने पर इस घर में ऐसा अँधेरा छा जाएगा, जिसे कोई भी सूरज उजाले में नहीं बदल सकेगा। लेकिन लड़की अन्ततः लड़की है। उसका हाथ पीला न हो तो लोक में हँसी ही नहीं होगी, माँ-बाप नरक में भी पड़ेंगे। लड़की परायी थाती है। माँ-बाप उसे पाल-पोस कर बड़ा करते हैं। आँगन के पुष्प-बिरवे की तरह शोभाशील होने पर भी, पुष्पित होते ही वह उस सुगन्ध की भाँति हो जाती है, जो एक-न-एक दिन पवन वेग से उड़कर कहाँ-की-कहाँ जा पड़ती है।

श्यामा पर इस खबर का कोई खास असर नहीं हुआ। वह अपनी परीक्षा में डूबी थी। सुनीत और मुराद भी इन दिनों हर समय उसी के दालान में पढ़ते रहते थे। सागर भी पिछले महीने भर से उसी के साथ रह रहा था।

लेकिन आज सुबह से मुराद एक बार भी श्यामा के घर नहीं आया था। शाम को उसके यहाँ नया करघा चलेगा। वह अपने अब्बा के साथ करघा बैठाने में जुटा हुआ था। इधर श्यामा भी सुबह से किताब नहीं छू सकी थी। शाम को भाई जी और भागो बहन आएँगी। उनके साथ जितने भी दूसरे लोग होंगे, उन्हें श्यामा को जलपान देना था। सागर भी श्यामा और श्यामा की माँ के साथ काम में लगा था। सुनीत आकर बैठता, कुछ पढ़ने की कोशिश करता, फिर लौटकर घर चला जाता।

बिसेसर को पलाश की पत्तियों से दोनी बनाने का काम दिया गया था और सोन्हू कोहराने से करई लाकर रख गया था।

काका दोपहर से ही कभी बाहर जाकर बैठते, कभी अन्दर आकर श्यामा के पास खड़े हो जाते! बहुत दिनों पर घर में चार आदमी आ रहे थे। उन्हें बेचैनी थी कि स्वागत-सत्कार कैसे होगा। श्यामा कई बार उनसे कह चुकी थी, 'काका, थोड़ी देर आराम कर लो। अभी देर है। सब काम समय पर हो जायेगा, चिन्ता न करो।'

श्यामा उनके चेहरे की एक-एक रेखा को पढ़ लेती। उनके उठने-बैठने और चलने के ढंग से उनके मन की बातें जान लेती। वह उठकर दालान में गयी, एक मचिया लाकर ओरी की छाँव में रखते हुए बोली, 'बैठ जाओ काका।'

काका कंधे का गमछा उतारकर अपना मुँह पोछते हुए बैठ गये। गोपी अपनी लकुटिया के सहारे लुढ़कती-पुढ़कती दालान से आती दिखाई पड़ी। श्यामा ने माँ से कहा, 'वहीं अपने पास बैठा लो, जाने क्या-क्या बोलेंगी। काका का जी अच्छा नहीं है।

गोपी कमर पर हाथ रखकर बैठते हुए, सागर की ओर देखकर बोली, 'ई मुसईवाला सब भंडासराध किये रहता है। सब कुछ छूता-छिरिकता है। बस, अब थोड़े दिन की मेहमान है समवां। जहाँ इसे बिदा किया तब देखती हूँ, कैसे चौखट लाँघते हो। इसी बकुली से तेरा पैर तोड़ूँगी!'

सागर हँसता रहा, 'कहाँ विदा कर रही हो काकी?'

गोपी को सागर के शब्द सुनाई नहीं पड़े, बोली, 'एक तुरुकताई मुरदवा है। घर में ऐसा घुसता है, जैसे उसी के बाप का घर हो।' वह दोनों हाथों में अपना माथा थामकर जोर-जोर से हाँफने लगी।

सागर ने गोपी को अच्छी तरह बैठकर बोलने का हाथ से इशारा किया और आँगन के दूसरे कोने में पड़ा एक पीढ़ा लाकर उसे बैठने के लिए दिया।

गोपी अपनी आदत के अनुसार हाँफ-हाँफ कर बोलने लगी, 'बड़ा अच्छा घर है, श्यामा की माँ, तुम तो अभी कल की आयी हो, का जानोगी देवराज सिंह को। सोन गाँव के हाथीनशीन ठाकुर थे। हरिभजन बबुआ के दरवाजे कौन नहीं आता था। तैसे ही वे खातिर करते थे। दूध-दही की खाभियों का ढेर लग जाता था। देवराज सिंह के साथ दस-दस जवान आते थे और सात-सात दिन टिके रह जाते थे। उन्हीं के खानदान का लड़का है। बाप अच्छे सरदार हैं। घर-दुआर ठीक-ठाक है। खेती-बारी, बांस-बबुर की कमी नहीं है। लड़का बस यही एक है।' गोपी थोड़ा रुककर अपने ही से बोली, 'एक लोटी, एक धोती, एक पुत्र, एक नैन...मुदा सब भगवान पर छोड़., श्यामा की माँ। बियाह मान लेना। ज्वाला कह गया है, मूरत महराज से कि [illegible]ली लगन में ही बिआह करेगा। तुम लोग कोई बाधा न डालना। मूरत से कहती आ रही हूँ कि घर से निकलते ही साधो से मिलता जाए।' गोपी थककर चुप हो गयी।

आँगन में गौरइयों की चूँ-चूँ और मटर के फलियों के पिट्ट-पिट्ट छिलने तक की आवाज सुनाई पड़ने लगी थी। इस असह्य खामोशी के पीछे अनन्त असहायता के समुद्र की उत्ताल तरंगें वहाँ बैठे हर व्यक्ति के अन्तरमन को पछाड़-पछाड़ कर तोड़ रही थीं। मात्र श्यामा ही उसके बाहर थी। वह साधो काका के बारे में सोच रही थी—माँ तपेदिक की रोगी है। मैं नहीं रहूँगी तो काका का क्या होगा! कौन उनके दुखते हुए सिर को सहलायेगा, कौन उन्हें खाना-पानी देगा, कौन उनके दिल में रह-रह कर उठने वाली वेदना को समझेगा, कौन उनका कपड़ा-लत्ता साफ करेगा?—अनायास ही उसकी आँखें छलछला आयीं और हाथ की मटर की फलियाँ दृष्टि से ओझल होने लगीं।—कहीं ऐसा न हो कि वह लोगों के सामने रो पड़े और लोगों के दुख का सागर और भी उमड़ आये। वह उठकर रसोई-घर में चली गयी। एकान्त पाते ही उसकी आँखों में बाढ़ आ गयी। अपने चेहरे को धोती के आँचल से दबाकर वह हिचक-हिचक कर रो पड़ी। क्षण-दो-क्षण में ही उसके कलेजे का भार कम हो जाता लेकिन तभी उसे भाई जी की एक बात याद आ गयी,—श्यामा साधो काका की वाणी है।—क्या उसके न होने पर काका दूसरी बार फिर अपनी आवाज खो देंगे? उसके सारे मानसिक बन्धन टूटकर अलग हो गये। वह विक्षिप्त-सी, दीवार से चिपककर, फूट-फूट कर रोती रही, देर तक।

सागर सब कुछ समझते हुए मटर की फलियों में आँख गड़ाये रहा। साधो काका उठकर दालान में चले गये और गोपी जाने क्या-क्या बोलती रही।

सारी तैयारी पूरी हो चुकी थी। श्यामा ने नहा-धो कर कपड़े भी बदल लिये थे। मुराद का अभी कहीं पता नहीं था। सुनीत ने बताया, 'करघा बैठाने में कुछ टेढ़ा हो गया था, उसी को ठीक करने में बाप-बेटे लगे थे?'

श्यामा ने सागर को दौड़कर देख आने के लिए कहा। लेकिन सागर बाहर निकलकर तुरंत लौट आया और बोला, 'मकनपुर के हरगोन सिंह बाहर कई लोगों के साथ खड़े हैं। काका को पूछ रहे हैं।'

श्यामा और सुनीत ने बाहर निकलकर उन्हें नमस्कार किया और दालान में ले जाकर बैठाया। फिर श्यामा ने एक छोटी-सी थाली में गुड़ के टुकड़े और लोटे में पानी लाकर रख दिया और वहीं अन्दर के दरवाजे के फाटक से लगकर खड़ी हो गयी।

हरगोन सिंह ने श्यामा की ओर देखते हुए पूछा, 'तुम्हारा ही नाम श्यामा होना चाहिए, क्यों बेटा?' उत्तर के लिए वे सुनीत की ओर देखने लगे।

'जी।' सुनीत संक्षिप्त-सा उत्तर देकर चुप हो गया।

तब तक बिसेसर आ पहुँचा। हरगोन सिंह को देखते ही उसकी बतीसी खिल गयी। बयालीस में दोनों साथ-साथ जेल में रहे थे। बिसेसर को हरगोन सिंह की बातें

अच्छी लगती थीं। लेकिन चूँकि उनके नेता महात्मा गाँधी और जवाहरलाल नहीं थे, इसलिए बिसेसर उनके दल से सदा दूर रहता था। वह कहता था कि, 'जवाहिर लाल और महात्मा जी दुइ आँखी हैं, देसवा की। जिस पाल्टी के साथ वही नहीं, तो वह अन्ही ही समझो।'

हरगोन सिंह इस पर बहुत हँसते थे और बिसेसर को समझाते थे, 'किसी पार्टी की नीति क्या है, वह देश की भूखी-नंगी जनता की समस्याएँ कैसे हल करना चाहती है, शोषण और अन्याय खतम करने के बारे में उसके क्या कार्यक्रम हैं, यह देखना चाहिए। अभी-तो स्वतन्त्रता के लिए लड़ाई चल रही है, लेकिन जब सत्ता हाथ में आ जायेगी, तो एक आदमी पर टिकी राजनीति फाँसीवाद की ओर जा सकती है।'

लेकिन उस समय बिसेसर गाँधी-नेहरू के अलावा कुछ भी सुनने को तैयार नहीं होता था।

आज बिसेसर ने हरगोन सिंह को बहुत दिन के बाद देखा था, लेकिन उनके लम्बे, छरहरे शरीर में उसे कोई खास बदलाव नजर नहीं आया।

'कौन-सी दवाई खाते हो, भइया, जस-के-तस बने हो?' बिसेसर ने अपने जेल के साथी को एक टाँग-खींचू सवाल द्वारा कांग्रेसी सलामी दी।'सुना रूस में ऐसी दवाई बन गयी है कि आदमी बूढ़ा ही नहीं होता।'

हरगोन सिंह हँसे, 'कांग्रेसियों का अमरीका-प्रेम कम हो तो दवा उनको भी खिलायी जाये, बिसेसर! वरना दुश्मनों को अमर करने से क्या फायदा?'

बात ज्यादा ऊपर चली गयी। इसमें राजनीति का एकदम ताजा संदर्भ था जो बिसेसर से बहुत दूर पड़ चुका है। वह हरगोन सिंह का मुँह ताकता रह गया।

हरगोन सिंह को आश्चर्य हुआ कि बिसेसर को जेल की याद अब भी ताजी है। उन्हें भी वह सब याद है। उन दिनों इस बात पर कितनी बहस होती थी कि भारत को मित्र राष्ट्रों का साथ देना चाहिए या संकट में पड़ी बरतानिया-हुकूमत को धक्का देकर देश से निकाल देना चाहिए। कम्युनिस्ट कहते थे कि अगर हिटलर ने समाजवादी देश रूस को पराजित कर दिया, तो दुनिया के श्रमिक वर्ग का भविष्य अन्धकारमय हो जाएगा। लेकिन कांग्रेसियों का कहना था कि हमें रूस को नहीं, अपने देश को देखना चाहिए। इस समय अंग्रेज धुरी राष्ट्रों से युद्ध करने में फँसा है, इसलिए उसे भारत से निकालने का यही सुनहरी अवसर है।

हरगोन सिंह की थोड़ी देर की चुप्पी से वातावरण बोझिल हो गया। लेकिन सहसा उन्हें परिस्थितियों का ध्यान हो आया। उन्होंने बिसेसर के मौजूदा संघर्षों से सटकर बात शुरू की, 'इस चुनाव में कांग्रेस को और भी कम ओट मिले हैं। बड़े पूँजीपति और जमींदारों का दबाव तेजी से बढ़ गया है। बारह-तेरह बरस बीत रहे हैं

आजादी के बिसेसर, कैसा लगता है तुम्हें! जेल में कही मेरी बातें कुछ याद आती हैं?'

'आती हैं, भइया' बिसेसर के चेहरे पर उदासी धप् से कूद पड़ी। जीवन की वर्तमान गतिविधि का स्मरण मन पर बोझ की तरह सवार हो गया। वह बोला, 'कुछ नहीं बदला भइया, का-का सपना रहा, का बात रही, मुदा जो हुआ, वह ऐसा हुआ, जिसे सपने में भी नहीं सोचा था।' बिसेसर उदास मन से बोला, 'हमार-सबकी तो किसी तरह कट गयी, आगे जाने क्या होगा।'

थोड़ा रुककर बिसेसर फिर बोल पड़ा, 'तुम्हारे पल्टिया तो दिखाई ही नहीं पड़ी, यहाँ। बेमतलब बनारस में पड़े हो। अब आ जाओ। एक बार जमकर चुनाव लड़ो। मजूर-वजूर के अकेले किये कुछ नहीं होगा, देसवा में। इहाँ तो गाँव-गाँव में तीन हिस्सा मजूर से भी गये बीते लोग हैं। उनको जगाये बिना क्रान्ती नहीं होगी।'

सुनीत और श्यामा बड़े ध्यान से सारी बातचीत सुन रहे थे और सागर को पहली बार लग रहा था कि बिगुलची बिसेसर वही नहीं है, जो दिखाई पड़ता है। अनुभव और सम्पर्क से प्राप्त ज्ञान आदमी की चेतना का सहज अंश बन जाता है। अत्यन्त तीक्ष्ण बुद्धि होने पर भी अभी सागर बच्चा है अथवा सुनीत या श्यामा अभी इतना भी नहीं समझते कि देश में काम करने वाले विभिन्न राजनीतिक दलों का स्वभाव क्या है और वे एक-दूसरे से किन बातों में भिन्न हैं। गाँव में आज भी जन-जागरण के नारे के नीचे अज्ञान और निरक्षरता की वही पुरानी, काली छाया मँडरा रही है। शासकों ने इस भेड़ियाधसान का खून चख लिया है। भला वे क्यों चाहने लगे कि जनता नये विचारों के सम्पर्क में आये? नयी पाठ-सामग्री का सर्वथा दारिद्र्य है। अखबार वैसे भी गाँव में बहुत कम पहुँच पाते हैं, जो पहुँचते हैं, वे सब-कुछ वही छापते हैं, जो उनके मालिकों के हित के अनुकूल पड़े। विकास योजनाओं की झूठी चर्चा और बहस के आड़ में लखनऊ और दिल्ली से चला हुआ धन गाँव के किसानों तक पहुँचते-पहुँचते रास्ते में ही काफूर हो जाता है। शिक्षा को तो शासकों ने अपनी चेरी ही बना लिया है। पाठ्य-पुस्तकों में वही परम्परावादी विचार और रूढ़ियाँ अटी पड़ी हैं, जिससे छात्र कुछ भी नया न सोच सकें। पन्ना धाय की कहानी का कलंक आज भी उसके माथे में भरना जरूरी है, जबकि न बच्चा उस समाज में रह रहा है और न उसे इसकी जरूरत है। कांग्रेस ने देश को आजाद किया है, इसलिए इसे ही देश पर शासन करने की बपौती मिली है। कहने को लोकतंत्र है, लेकिन शासक दल में भी विरोधी विचारों को कुचल दिया जाता है।

सागर और सुनीत में स्थितियों के प्रति तीव्र प्रतिरोध की भावना है। लेकिन श्यामा और मुराद सामाजिक ढाँचे को समझना चाहते हैं। आदमी के स्वभाव और संदर्भ से सच्चाइयों का मिलान करते हैं। कोई विचार व्यक्त करने के पहले सब कुछ

जान लेना चाहते हैं। यही कारण है कि वे आपस में बात करते-करते निर्णयों को टालते जाते हैं। जीवन में पहली बार परीक्षा के दबाव के दौर में चारों ने एकमत होकर यह निर्णय लिया था कि इस बार वे चुनाव की बात ही नहीं करेंगे, न वहाँ बैठेंगे, जहाँ यह बातें होती हों। कारण सिर्फ इतना था कि वे परिस्थितियोंवश कांग्रेसी खेमे से सम्बद्ध थे और उनका एक मित्र सुनीत कांग्रेसी प्रत्याशी का एकमात्र पुत्र था। इसलिए कांग्रेस के अलावा किसी दूसरे दल के कार्यों में दिलचस्पी लेना सुनीत के लिए संकट मोल लेना होता। लेकिन यही क्या कम था कि उन्होंने अपने विरोध की पहली शुरूआत पूर्ण असहयोग से की थी?

बिसेसर और हरगोन सिंह में बातें चल रही थीं। साधो काका बाहर से आये, तो बिसेसर वहाँ से थोड़ा हटकर दालान के खम्भे के पास पड़ी मचिया पर बैठ गया। हरगोन सिंह ने साधो काका का पैर छुआ। काका ने बड़े प्यार से उन्हें कंधा पकड़कर चारपाई पर बैठा दिया।

श्यामा ने सुना था कि साम्यवादी सामान्य शिष्टाचार में विश्वास नहीं करते और कांग्रेसियों की 'जय हिन्द' की तरह 'लाल सलाम' बोलते हैं। इसलिए उसे थोड़ा आश्चर्य हुआ। उसने हरगोन सिंह से कहा, 'हम लोग आपसे बहुत-सी बातें जानना चाहते हैं।'

सागर बोला, 'लेकिन अभी नहीं। परसों तक हमारा बोर्ड का इम्तहान है।'

'अभी मैं यहीं रहूँगा और यहाँ न भी रहूँ, तो तुम लोग जब चाहोगे, मैं तुम्हारे पास आने में खुशी का अनुभव करूँगा।' उन्होंने सागर की ओर देखते हुए कहा, फिर साधो काका से बोले, 'काका, मैं बहुत दिनों से आपके पास आना चाहता था, लेकिन मौका ही नहीं मिलता। बनारस के जिन मजदूर-संघों का काम मेरे ऊपर है, वे हमेशा उलझाये रहने वाली यूनियनें हैं। किसी तरह थोड़ा समय निकालकर चुनाव के मौके पर गाँव की स्थितियों को समझना चाहता था और एक काम यह भी था कि बेटी की शादी की बात कहीं बैठ सके, तो इस बीच उस पर कुछ करना चाहता था। सलोनी की उम्र बस श्यामा की ही जानिए, लेकिन अपना समाज ऐसा है कि औरतें रोज सिर खाती रहती हैं। वह इंटर में ही है। मेरी समझ में दो-चार बरस कोई चिन्ता की बात नहीं है, लेकिन घर में बैठना मुश्किल कर रखा है उसकी माँ ने—ठाकुरों में बड़े लड़के कहाँ मिलेंगे। और मिलेंगे भी तो दहेज के लिए इतने रुपये कहाँ से आएँगे!

'आप लोग तो जात-पात कुछ मानते ही नहीं, हरगोन भइया!' बिसेसर ने फिर व्यंग्य किया, 'दहेज भी देंगे, ठाकुर के घर में शादी भी करेंगे...ई सब का सुन रहा हूँ? कमनिस्ट लोग तो बिआह-शादी कुछ नहीं मानते न! जिसका जिससे मन हो, बिआह, कर ले। यह-सब कहने ही को है का, भइया?'

हरगोन सिंह लड़खड़ा गये। दो मान्यताओं के बीच के जीवन की ऊहापोह में उन्हें बड़ी घुटन महसूस होती है। वे जिस समाज में जीवित हैं, उसे अपने लिए लाँघ जाएँ तो हानि-लाभ की चिंता नहीं, लेकिन लड़की और पत्नी का क्या करें? विश्वास बदलने पर भी इस परिवेश से कैसे निपटें, जो निपट जड़ हो रहा है और उसे जड़ बनाये रहने में ही देश के शासक वर्गों की सारी शक्ति लगी हुई है? शासक अच्छी तरह जानते हैं कि देश की जनता में जागरण का अर्थ उनका विनाश है।

हरगोन सिंह ने बिसेसर की बात टाल दी। असली बात पर आते हुए बोले, 'लेकिन मेरी हालत ऐसी हुई, काका, कि आये थे हरिभजन को, ओटन लगे कपास। बैठे-बैठाये चुनाव-सभा में अगियाबैताल से कुछ बात हो रही थी। तभी एकदम अनजाने लोग बीच में कूद पड़े और उन्होंने बहस जबरदस्ती मुझसे छीन ली। फिर दो ही मिनट में वे लाठियों पर उतर आये। देखते-देखते बेचारे के हाथ-पाँव टूट गये।

'मैं मजदूर संघ में काम करता हूँ। वहाँ रोज ही झगड़े लगे रहते हैं, लेकिन ऐसा सटीक और सधा हुआ झगड़ा मैंने जीवन में पहली बार देखा। मुझे पता ही नहीं चला कि वे कौन लोग थे, कहाँ से आये थे और इतना बड़ा कांड करके कहाँ और किधर चले गये।'

हरगोन सिंह जानते थे कि काका को कुछ बोलना नहीं है। इसलिए वे बिना रुके अपनी बातें कह जाना चाहते थे।

'बीच में फँस गया मैं, क्योंकि बात मुझसे ही हो रही थी और पुलिस को हर तरह से मुझे बाँध लेने का मौका मिल गया। कई-कई धाराएँ लगाकर मेरे ऊपर मुकदमा शुरू कर दिया गया। मैं यहाँ रहता होता और किसी तरह उस झगड़े में मेरी दिलचस्पी होती, तब कोई ऐसी बात नहीं थी। समझ नहीं पा रहा हूँ कि इससे छुटकारा कैसे मिले? मेरा तो सारा काम ही नष्ट हो रहा है।'

हरगोन सिंह ने सामने नाश्ता लिये खड़ी श्यामा को देखकर अपनी बात रोक दी। उनके साथ के लोग भी पलाश की दोनियों में मटर खाने लगे। श्यामा अवसर जानकर बोल पड़ी, 'इसमें आपकी मदद बिरंजी लाल अथवा बलराम चाचा ही कर सकते हैं। अगर पुलिस ने मुकदमे बना ही दिये हैं, तब आप लखनऊ, ताऊ जी के पास क्यों नहीं चले जाते? इतना खतरनाक मामला है! कहीं कोई परेशानी फँसी तब बाद में पछताना पड़ेगा। काका को आप जानते हैं, वे किसी से कभी कुछ नहीं कहते। बिरंजी लाल को बुलवा सकती हूँ।'

'वे अभी कचहरी ही से नहीं लौटे होंगे,' सुनीत धीरे से बोला।

'हरगोन सिंह एक अजीब से अनिश्चय और परेशानी की स्थिति का अनुभव कर, मन-ही-मन कुछ सोचने लगे थे कि भाई जी अपने आश्रम-जनों के साथ आ गये।

हरगोन को देखकर वे दूर ही से हो-हो करके हँसने लगे, 'खूब मिले, भाई, तुम! अक्सर मैं तुम्हारे बारे में सोचता हूँ, लेकिन कभी समय ही नहीं मिलता कि मुलाकात हो!'

हरगोन सिंह दौड़कर भाई जी से लिपट गये।

अलग होते ही भाई जी ने हरगोन सिंह पर चोट की, 'सुना, तुम्हारी पार्टी ने जवाहर लाल की पूँछ पकड़ ली है। रूस की शायद यही मंशा है, क्यों? भारत अमरीका की गोद में पूरी तरह चला न जाए, इसलिए देश की अर्थव्यवस्था सुधारने के लिए रूस बड़े-बड़े कारखाने सार्वजनिक क्षेत्र में लगा रहा है और इसी नीति के समर्थन में तुम लोग जवाहर लाल की सरकार को प्रगतिशील सरकार मान रहे हो। शायद तुम्हें यह बताना नहीं होगा कि सार्वजनिक क्षेत्र में उद्योगों की स्थापना का प्रस्ताव 'बाम्बे प्लान' के द्वारा जे० आर० डी० टाटा और अन्य पूँजीपतियों ने आजादी मिलने के दस वर्ष पहले ही किया था। इसी प्लान को नेहरू ने थोड़े बहुत परिवर्तन के साथ योजना का आधार बनाया है। आधारभूत बड़े उद्योगों के सार्वजनिक क्षेत्र में विकास द्वारा निजी उद्योग के तेजी से विकास की उनकी कल्पना सच साबित हुई। समझ का यह दिवालियापन दो कारणों से है, हरगोन! मैं तुमसे जेल ही में कहा करता था कि हर देश की अपनी परिस्थितियाँ और राष्ट्रीय स्वार्थ होते हैं। उसे दूसरा देश अपनी नजर से देखता है और अपनी राष्ट्रीय परिस्थितियों तथा स्वार्थों के अनुकूल बनाना चाहता है। कोई पार्टी तब तक जनता का विश्वास नहीं प्राप्त कर सकती, जब तक उसमें स्वतंत्र निर्णय लेने और उस पर दृढ़तापूर्वक कार्य करने की क्षमता न हो।

'दूसरी बात यह कि समकालीन स्थितियों का विवेचन करते हुए देश की गरीब जनता के जीवन का निकटतम अध्ययन जरूरी है, जो निरंतर संपर्क, सहयोग और उनके संघर्षों में भागेदारी से ही संभव हो सकता है। तुम्हारी पार्टी इन दोनों सहज रास्तों से कोसों दूर हो गयी है। भला स्वतंत्रता-संग्राम में इतनी दूर तक कंधे से कंधा मिलाकर लड़ने के बाद जब स्थितियाँ चरम अवस्था में पहुँच गयीं, तब तुम्हारी पार्टी सहसा कुत्सित ब्रिटिश शासकों का साथ इसलिए देने लगी कि हिटलर ने रूस पर हमला कर दिया था और रूस, ब्रिटेन और अमरीका में धुरी राष्ट्रों के विरुद्ध संधि हो गयी थी। पाकिस्तान बनने का समर्थन और फिर जैसे-तैसे प्राप्त स्वाधीनता की सच्चाई को अस्वीकार करना भी साम्यवादी दल की असाधारण भूलें हैं।' भाई जी खड़े-खड़े बोलते रहे। उनकी आदत भी यही है कि वे दूसरे के उत्तर की प्रतीक्षा किये बिना बोलते चले जाते हैं।

'बैठ भी जाओ और उनकी भी कुछ सुन लो, कि बस बोलते ही जाओगे?' भागो बहिन ने टोका।

'बस मुझे एक बात और कहनी है, फिर तो इसी की सुनूँगा। जेल में मुझसे बहुत लड़ता था। तुम नहीं जानती, यह मेरा सतीर्थ है। हमने बहुत सारी पढ़ाई साथ-साथ की है।' भाई जी हरगोन सिंह के कंधे पर दोनों हाथ रखकर उन्हें चारपाई पर बैठाते हुए बोले, 'तुम्हारे नेता जनता से दूर होते जा रहे हैं। मैं तो यहाँ तक कह सकता हूँ कि जो जनता से जितनी दूर रहे, वह उतना ही अच्छा और बड़ा कम्युनिस्ट हो सकता है। बड़े-बड़े शहरों में बैठकर, सिद्धान्तों का चटखारा और बोदका की चुस्कियों में जो मजा है, वह किसान की लिट्टी में कहाँ मिलेगा? इसके लिए तो बने थे, अभागे लेनिन, जिन्होंने इस महान सिद्धान्त को अपने खून से सींच कर व्यवहार में परिणत किया।

'क्या तुम समझते हो कि नारा छीनने से नेहरू की सरकार समाजवादी सरकार हो जाएगी? आकर जरा देखो गाँव को, सत्तर प्रतिशत लोग निरन्तर भूख और नंगेपन में आज भी जीवन बिता रहे हैं। बच्चों को रात-दिन में आधी-रोटी भी मयस्सर नहीं है और वहीं बगल में बैठा मामूली-सा जमींदार तथा बड़ा किसान योजना का सारा रस सोखकर मस्त हो गया है। जो वह स्वयं ले सकता है, लेता है, बाकी के लिए अपने दलाल खड़े करता है और उसके नाम पर सब कुछ लेकर हर दिन मोटा होता जा रहा है। वही सरपंच है, वही मुखिया है, वही विकास समिति का अध्यक्ष है, वही जिलाबोर्ड का भी अध्यक्ष है और अब तो उसने ऐसी हालत पैदा कर ली है कि विधान-सभा और लोक-सभा में उसके अलावा बिरला ही कोई पहुँच पाएगा।'

भाई जी एक सुर से बोलते-बोलते थक चले थे। भागो बहिन के इशारे पर श्यामा उनके सामने हाथ जोड़कर खड़ी हो गयी। मुराद भी आ गया और सुनीत तथा सागर भी उठकर उनके आसपास खड़े हो गये। इसी समय साधो काका भी घर से बाहर निकले। भाई जी ने उन्हें प्रणाम किया और पूछा, 'वह मटर की घुघरी और रस कहाँ है?'

साधो काका ने श्यामा की ओर देखा और लड़के थालियों में दोने रखकर लाने लगे। श्यामा एक बड़े से थाल में अलग से मटर और एक बड़ा-सा चम्मच लेकर आयी और सुनीत के जिम्मे कर, गन्ने का रस तैयार करने वापस चली गयी। सुनीत लोगों से पूछ-पूछ कर दुबारा मटर देने लगा।

भाई जी ने हरगोन को फिर दबोचा, 'सुना, तुम चुनाव में कांग्रेस की मदद करने के लिए छुट्टी लेकर आये थे और सोशलिस्टों की सभा तुड़वा रहे थे। बेचारे अगियाबैताल को तुम लोगों ने पीट-पीट कर खराब कर दिया?'

'मैं इसी उलझन में साधो काका के पास आया था। तुमसे भी मिलना चाहता था लेकिन क्या तुम सचमुच यह मानते हो कि मैं ऐसा कर सकता हूँ?' हरगोन सिंह ने प्रश्न किया।

'नहीं, भाई, मैं तुम्हें आज से जानता हूँ? लेकिन लोग तो यही कहते हैं, जो मैंने अभी कहा है। अखबारों में भी यही छपा है। साम्यवादी लोकतंत्र में विश्वास ही कहाँ करते हैं? यह तो अपनी सुरक्षा के लिए कांग्रेस में घुस-पैठ कर उसे भीतर से तोड़ने की साजिश है।'

'मैं बैठे-बिठाये अनायास फँस गया,' हरगोन सिंह बोले।

'अभी क्या, देखना एक-न-एक दिन तुम्हारी पूरी पार्टी इसी नीति के चलते, इतने भयानक अंधकूप में गिरेगी कि उसे उबारना मुश्किल हो जायेगा। रणनीति सिद्धान्तों की बलि चढ़ाकर नहीं बनायी जाती। बहरहाल, सुना तुम्हें पुलिस ने फौजदारी के मुकदमे में फँसा दिया है।'

'हाँ, भाई, ऐसा फँसा दिया है कि मेरी समझ में नहीं आता कि मैं क्या करूँ! ऊपर से पार्टी मेरा मामला सुनने तक को तैयार नहीं है।' हरगोन सिंह ने चिन्ता दर्शाते हुए कहा।

'एक ही उपाय है, हरगोन! तुम लखनऊ जाकर, ज्वाला बाबू से मिलो। वही चाहेंगे तो तुम्हारे ऊपर से मुकदमा उठ सकता है।' भाई जी गन्ने का रस पीकर उठते-उठते श्यामा को पास बुलाकर बोले, 'बेटी, भीम भाई का एक लम्बा पत्र आया है। वे तुमसे बहुत प्रभावित हुए उस दिन। लिखा है कि श्यामा सच्चे अर्थों में एक तपस्वी की कन्या है। ऐसी ही पुत्रियों को जन्म देकर माँ की कोख धन्य होती है।'

भागो बहिन भी पास आ कर खड़ी हो गयी थीं। वे कहने लगीं, 'भीम भाई संस्कृत के पंडित हैं। लिखा है, श्यामा-सी ही मौलिक और तेजवान लड़कियों को 'देव यजनन संभवा' कहा गया है। वे चाहते हैं कि तुम जहाँ तक संभव हो, उनके कार्यक्रमों से जुड़ी रहो।'

इसी तरह की आपसी बातों में काफी समय निकल गया। बाकर बीच में दो बार वहाँ आ कर लौट चुका था। उसके दरवाजे पर भी कुछ लोग जमा हो गये थे। डीह बाबा पर सोन्हू का सिंहा कब का बज चुका था और अब बिसेसर ने भी बाकर के दरवाजे पर बिगुल बजाना शुरू कर दिया था। सारे गाँव के लड़के देखते-देखते वहाँ जुट गये और महात्मा गाँधी तथा जवाहर लाल नेहरू की जय बोलने लगे।

साधो काका ने बाकर के नये करघे का हत्था हल्के से खींच दिया। ढरकी एक तरफ से भाग कर, दूसरी तरफ चली गयी। फिर बाकर ने दस-बीस बार सूत दौड़ा कर भीतर का कार्यक्रम समाप्त कर दिया।

लोग बाहर निकले। बाकर ने सबसे दो मिनट बैठने का आग्रह किया। भाई जी ने तुरंत खड़े हो कर, उपस्थित लोगों से बैठने का निवेदन किया और बताया कि यह हमारा सौभाग्य है कि आज हमारे बीच साथी हरगोन सिंह उपस्थित हैं। इसके पहले कि वे आज आप लोगों के सामने कुछ कहें, मैं उनसे निवेदन करना चाहता हूँ कि

हमारा क्षेत्र उनके जैसे कर्मठ और सुलझे हुए नेता को अक्सर अपने बीच देखना चाहता है। वैचारिक संघर्ष से ही दिमाग की सफाई होती है। इस क्षेत्र की मिट्टी जिसने उन्हें जन्म दिया है, उनसे अपना दाय माँगती है। आशा है, इस क्षेत्र की जनता की ओर से किये गये मेरे इस निवेदन पर वे विचार करेंगे।' भाई जी हाथ जोड़ कर बैठ गये।

हरगोन सिंह बोलने लगे, 'अपने को आपके बीच पा कर मुझे जो खुशी हो रही है,उसका बयान मैं शब्दों में नहीं कर सकता। सच बात यह है कि मेरे लिए यह एक नया अनुभव है। लोगों में, खास कर नयी पीढ़ी में सोच-विचार का जो बीज भाई जी के कारण इस क्षेत्र में बोया गया है, वह निश्चय ही एक दिन सघन छायादार वृक्ष बन कर रहेगा।

'मूल समस्या जीवन तथा समाज की वास्तविकताओं के सम्बन्ध में सोच-विचार की शुरुआत की है, देश की आर्थिक, राजनैतिक गतिविधि की सही दिशा पहचानने की है। महात्मा जी ने अहिंसा और स्वदेशी की बात तब उठायी थी, जब हमारे दीन-हीन-उदासीन देश-वासियों के पास ऐसा कुछ भी शेष नहीं रह गया था, जिसके सहारे उनसे संवाद किया जा सके। नीति में सत्य का बोध न हो, तो वह हास्यास्पद हो उठती है। महात्मा ने स्वतंत्रता के पहले तक स्वदेशी को हास्यजनक बनने से बचाया। यद्यपि उन्हें इसका ज्ञान हो गया था कि भारत की प्राचीन, स्वावलम्बी ग्राम-समाज की परंपरा को वापस नहीं लाया जा सकता। अंग्रेजों ने उसे तोड़ा ही नहीं, उसकी जगह ऐसी स्थितियों का निर्माण भी कर दिया, जिससे वह पुरानी समाज-संरचना पूर्णतः विस्मृत हो गयी। मशीनों के सस्ते, विदेशी उत्पादन भारत में नये पूँजी-निवेश को जन्म देने का कारण बने। आजादी के गरीब चालीस वर्ष पहले जमशेद जी टाटा ने अपने लोहे के कारखाने के लिए सरकारी सहायता अस्वीकार कर दी थी, लेकिन यह पूँजी कुल तीन महीनों में भारतीय लोगों के बीच से जमा हो गयी थी।

'भारतीय पूँजीपतियों ने स्वतंत्रता-संग्राम के दिनों में कांग्रेस की मदद करनी शुरू की। वे जानते थे कि महात्मा के कार्यक्रम का अभीष्ट उनके विरुद्ध नहीं था, उससे विदेशी शासन और विदेशी पूँजी को ही हानि होनी थी। यह स्थिति देश के पूँजीपतियों के विकास के लिए मन चाही थी।

'बहरहाल मैं विस्तार में न जा कर इतना ही कहना चाहता हूँ कि अब तक यह सत्य किसी भी विचारवान व्यक्ति से छिपा नहीं रह गया है कि खादी अब गांधी जी के विचारों का केवल एक प्रतीक बन कर रह गयी है। अब इस आन्दोलन का कोई सम्बन्ध भी जनता की समस्याओं से नहीं रह गया है। खादी महँगी और रईसी की चीज बन गयी है और इसकी सफाई तथा रख-रखाव गरीब लोगों के लिए संभव नहीं है। यह तो समस्या का एक पहलू है। दूसरा पहलू थोड़ा अप्रत्यक्ष है। पूँजीवादी

विकास ने स्वदेशी की पूरी भावना को ही मटियामेट कर दिया है। बाकर के करघे की बात दूसरी है, क्योंकि उसको भाई जी के आश्रम का सूत बिनना है। नहीं तो देश में करघा उद्योग पूँजीपतियों पर निर्भर है। उसके लिए सूत उन्हीं की मिलें तैयार करती हैं। बाजार पर भी उनका ही प्रभुत्व है। वितरण और विक्रय के लिए भी उनकी कृपा पर ही निर्भर रहना पड़ता है। यही हाल रुई का है। पूँजीपतियों के हाथ से रुई का व्यवसाय छीन लेना सरकार के बूते से बाहर है। वे सारी रुई थोक में बेचने और खरीदने के लिए पूर्ण रूप से सक्षम हैं और उन्हीं का उस पर प्रभुत्व भी है। मेरे कहने का कुल मतलब यह है कि चरखे और करघे को केन्द्र में रख कर किसी बड़ी सामाजिक क्रांति की आशा करना अपने को धोखे में रखना है। ग्राम-समाज की स्वायत्तता और स्वावलंबन को वापस करने के लिए पूँजीवादी अर्थव्यवस्था का परित्याग आवश्यक है, जो वर्तमान शासकों की शक्ति और सामर्थ्य से बाहर जा चुका है। अब यह कार्य सर्वहारा के व्यापक और क्रांतिकारी संगठन द्वारा ही संभव है।' हरगोन सिंह ने हाथ जोड़ कर लोगों को नमस्कार किया और बैठ गये।

अब तक अँधेरा खपरैल की छतों से नीचे उतरने लगा था और चारों ओर कोहरे का धुँधलापन छा गया था। बाहर जाड़ा भी बढ़ता जा रहा था। इसलिए भाई जी ने साधो काका को जनता की ओर से प्रणाम कर हरगोन सिंह को हृदय से धन्यवाद दिया और उनसे फिर निवेदन किया कि वे इस ग्रामीण क्षेत्र को अपना कार्य-क्षेत्र बनायें।

बिसेसर ने बिगुल बजाया और यह छोटी-सी ही सही, किन्तु नितान्त सार्थक सभा समाप्त हो गयी। भाई जी ने हरगोन सिंह का मुसई महतो तथा बिन्दा भगत से परिचय कराया। फिर उन्हें गले से लगा कर बिदा किया। सुनीत, मुराद और श्यामा उन्हें गाँव के बाहर तक छोड़ कर लौटे। उनमें से हर एक के मन उद्वेगों से भरे थे। सागर की खुशी का हाल यह था कि वह पूरी तरह विचार-शून्य हो गया था। वह अपने साथियों से बार-बार कहता कि 'आज, भई कुछ काम की बात।' उसे लग रहा था, जैसे हरगोन सिंह ने उसके मन की सारी बातें एक साथ कह दी हों।

भाई जी ने चलते-चलते सुनीत को बुला कर पूछा, 'अब क्या इरादा है, बेटा?'

'बाहर जाना होगा, भाई जी।' सुनीत ने सिर नीचे किये कहा, 'कहीं देश ही न छोड़ना पड़े।'

'क्या मतलब?' भागो बहिन ने आश्चर्य से पूछा।

'ताऊ जी अब इसे विलायत भेजना चाहते हैं। लेकिन सुनीत और ताई जी तैयार नहीं थे। अब शायद ताई जी भी मान जाएँगी।' श्यामा ने बहुत सँभाल कर उत्तर दिया।

'सागर का मैंने तय कर दिया है। उसे फिलहाल आश्रम की किसी योजना में काम दिया जायेगा। मुसई भाई को बड़ी परेशानी है। मुराद ने तो खुद ही करघे के

कारोबार को चुना है। क्यों मुराद?'

'जी, हाँ, भाई जी, मैं यही करूँगा !' मुराद साफ-साफ बोला!

'श्यामा बिटिया?' भागो बहिन ने श्यामा की पीठ पर बड़े प्यार से हाथ रखते हुए पूछा।

सागर बोल पड़ा, 'दिदिया की शादी तय हो रही है। ज्वाला बाबू ने मूरत महराज को कहीं भेजा था।'

'मूरत महराज को?' भाई जी ने चौंक कर पूछा।

'दूसरा है ही कौन, जाने वाला। ठाकुरों में बाभन-नाई ही शादी खोजते हैं, भाई जी।'

भाई जी जैसे कुछ बोलते-बोलते अपने को दबा गये। श्यामा सिर नीचे किये, धरती पर कुछ देखने की कोशिश कर रही थी। लेकिन अब तक अँधेरा इतना गाढ़ा हो गया था कि उसे कुछ भी दिखाई नहीं पड़ा। भाई जी ने श्यामा के सिर पर हाथ रखा और आगे बढ़ गये।

सागर बालिका विद्यालय में पढ़ाने के अलावा आश्रम में पिउनी-वितरण का हिसाब भी देखने लगा था।

भाई जी ने उसे विद्यालय के एकदम पीछे एक छोटा कमरा रहने के लिए दे दिया था। इस तरह अब वह एक नियमित आश्रमवासी की जिन्दगी में ढाला जाने लगा था। प्रार्थना, चाय और दलिया, फिर कुछ देर की कताई, उसके बाद दोपहर तक स्कूल, दिन में भोजन, आराम, फिर चाय और आपसी चर्चा के बाद जन-सम्पर्क। शाम को प्रार्थना, भोजन, टहलना और सो जाना।

एक ही हफ्ते में सागर एकदम नाक सीधी किये, अपने मार्ग पर निगाह रखने वाला, खद्दरधारी, आश्रमवासी दिखाई पड़ने लगा था। लेकिन उसके मन की उदासीनता गझिन हो गयी थी। रह-रह कर श्यामा की स्नेहमयी पुकार उसे सुनाई पड़ती और जह चौंक कर इधर-उधर देखने लगता। फिर श्याम-पट पर अनायास ही लिखता, 'श' और लड़कियों को मिलावट सिखाते हुए उसे आधा करके आगे की पाई मिटा देता, फिर 'य' लिख कर उसके आगे 'आ' की मात्रा लगाकर जोर से बोलता, 'श्याऽ'। लड़कियाँ दोहराती, 'स्याऽ।'

सागर नाराज हो जाता, सरपत वाला 'स' नहीं, शरीफा वाला 'श।' लेकिन लड़कियाँ बार-बार सरपत वाला 'स' ही बोलतीं । तब सागर नाराज होकर चिल्लाने लगता, 'जब तुम्हें नाम ही लेने नहीं आता तब श्यामा कैसे बनोगी।'

सागर सोचने लगता, यह क्या बोल गया मैं? संसार मैंने देखा नहीं, लेकिन एक संसार मेरे भीतर जरूर है। उसका कोना-कोना मैंने छान डाला है, वहाँ श्यामा के समान दूसरा कुछ भी नहीं है। आग-सी तपन में किसी छतनार पेड़ की छाया है, श्यामा दीदी। सागर की आँखों पर जल का एक परदा उतर आता और उसमें श्यामा की नन्हीं-सी मुखाकृति तैरने लगती। फिर आवेग, स्नेह, वात्सल्य की वे सभी भंगिमाएँ जो सागर की जानी-पहचानी थीं, एक-एक कर बदलती जातीं और अन्ततः वह नन्हा चेहरा स्थिर होकर गहरी उदासी में डूब जाता—सागर, एक लड़की का जीवन इस समाज में कोई जीवन है? जिसकी इच्छा-आकांक्षा का कोई अर्थ समाज में न हो, उसे जीवन कैसे कहा जा सकता है?—सागर झुँझलाहट और दुख से भर जाता। कुछ नहीं, इस समाज को बिना आमूल परिवर्तित किये कुछ भी संभव नहीं। मैं हरगोन सिंह से मिलूँगा और अपना समय वहीं लगाऊँगा। वह झटके से उठ खड़ा हुआ। खड़िया मिट्टी लेकर उसने श्याम-पट पर बड़ा-बड़ा लिखा,—श्यामा। फिर लड़कियों को डाट कर बोला, 'लिखो दस बार और मन में बोलती जाओ, श्या...मा ऽ...।'

लड़कियों ने लिखना शुरू कर दिया था। पीछे से भाई जी बिनेसरी पाँड़े के पट्टीदार गोबिन महराज को लिए कक्षा में घुस आये। सागर अपनी कुर्सी से उठ खड़ा हुआ और लड़कियाँ भी उठ कर खड़ी हो गयीं।

भाई जी ने बच्चियों को बैठने के लिए कहा, फिर सागर से बोले, 'भाई कोई लछमिनिया नाम की लड़की है तुम्हारे दर्जे में?'

'हाँ, है तो', सागर ने उत्तर दिया, 'बात क्या है?'

भाई जी सागर के बोलने के ढंग से विस्मय में पड़ गये। फिर भी उसे अपने मन का भ्रम मान कर बोलते रहे, 'पंडित जी बभन-पट्टी में अपने अकेले साथी हैं, वह लड़की उनकी गाय-भैंस चराती थी। दो दिन से सारे जानवर खूँटे ही पर बँधे हैं।'

'पंडित जी क्यों नहीं चराते अपने जानवर!' सागर ने उसी स्वर में भाई जी से पूछा।

बगल ही में खड़े पंडित जी बोले, 'बेटा, सस्ती में पचास रुपये विक्टोरिया वाले लिये थे इसके बाबा ने। बाप बेचारा तो ईमानदार आदमी है। बराबर हरवाही करता आ रहा है। इधर मैंने हिसाब-किताब किया, तो सूद-मूर मिला कर बहुत हो गया है।'

'आप उससे इस लड़की को भी खरीद चुके हैं क्या?' सागर ने उनको बीच ही में रोक कर कहा, 'आप कृपया यहाँ से चले जाइए! यह बच्चों की कक्षा है, बनिया की दूकान नहीं। कर्जा चुकाने की बात इसके बाप से कीजिए। लक्षमिनियाँ अगर पढ़ने आयेगी, तो मैं इसे पढ़ाऊँगा और स्कूल में ही नहीं, हर जगह उसकी रक्षा

करूँगा।' सागर एक ही स्वर में बोलता चला गया।

'यह क्या बोल रहा है रे, तू मुसईवाले! करे, जब चमारों के सब लड़के पढ़ने जाएँगे, तब ठाकुर-बाभन का काम कौन करेगा? तेरे तोड़ने से वर्नासरम टूट जायेगा? पागल तो नहीं हो गया है?'

सागर का चेहरा लाल हो गया। भाई जी ने कभी सपने में भी सागर से ऐसी उम्मीद नहीं की थी। पंडित जी से बोले, 'इस समय चलें, पंडित जी, मैं सारी बात समझ कर आपको बताऊँगा।' कहते हुए वे गोबिन पंडित को लेकर बाहर चले गये।

सागर कुर्सी पर बैठ कर अपना माथा हाथ से रगड़ने लगा। लेकिन चैन उसे नहीं मिला।—कुछ नहीं हो सकता, और यहाँ तो और भी संभव नहीं। सिर्फ एक धोखा है। वह उठ खड़ा हुआ और कक्षा को छोड़ कर सीधे भाई जी के कमरे में घुस गया, 'मै यहाँ काम नहीं करूँगा, भाई जी! मैं नकली जीवन नहीं जी सकता। बाहर कम से कम जीवन जैसा है, उसे तो नहीं भूलूँगा। उसका विष पचाने की आदत तो बनी रहेगी। मैं जा रहा हूँ।' वह मुड़ कर बाहर निकलने को था कि दूसरे कमरे से तेजी से दौड़ कर आयी भागो बहिन ने उसे पीछे से आवाज दी, 'सागर, बात सुनो, इधर आओ!'

सागर लौट पड़ा।

'तुम्हारी भावना का हम आदर करते हैं। इन्होंने अपनी गलती महसूस कर ली थी। इन्हें पंडित को लेकर तुम्हारी कक्षा में जाना ही नहीं चाहिए था। तुम उस समय शिक्षक थे, सागर।' भागो बहिन एक साँस में बोल गयीं।

'यह सब कुछ नहीं, बहिन जी। आखिर तो मैं हूँ एक चमार ही। वर्णाश्रम धर्म के अनुसार आपने मुझे शिक्षक बना कर ग़लती की है। चमार को पढ़ने-पढ़ाने का अधिकार कहाँ है इस समाज में? मैं चीजों को ठीक-ठीक समझना चाहता हूँ। वह राह खोजना चाहता हूँ, बहिन जी, जिस पर चल कर मर भी जाऊँ तो कम-से-कम वर्तमान समाज की दीवार पर हल्की-सी खरोंच तो आये। आप कुछ और न सोचें। मैं न नाराज हूँ और न आप लोगों से कभी नाराज हो ही सकता हूँ।'

तब तक भाई जी बाहर निकल आये और सागर को लौटा कर आश्रम में लिवा ले गये।

मुराद आठ बजे अपना काम शुरू कर देता है। बीच में एक घंटे की खाने की छुट्टी के बाद चार बजे तक काम में लगा रहता। पिता ही की तरह वह एकनिष्ठ व्यक्ति है और अपनी सीमाओं का उसे सदा ध्यान बना रहता है। दोपहर में कभी-कभी उसका मन एक चक्कर श्यामा के पास हो आने को हो उठता, लेकिन वह उसे दबा देता, पर दूसरे पहर बार-बार उससे सूत टूटने लगता। डिजाइनों में गणना गलत बैठ जाती।

बाकर बड़े धैर्य के साथ उसकी गलतियों को सुधार कर इतना ही कहता है, 'ढरकी के तागों का मन के तागों से ताल-मेल न होने से ऐसा ही होता है, मुराद! लगता है, काम में तुम्हारा मन नहीं रमता।'

'इस वक्त ऊब होने लगती है,अब्बा,' मुराद अपनी दूधिया हँसी बिखेरते हुए कहता।

'ऊब बड़े लोगों को होती है, बेटा। मजूर की तो जिनगी सिर्फ काम करने में है। काम न हो तो उसका मन ही मर जाएगा। फिर वह करेगा क्या?' बाकर बातों में उसे करघे के पास उलझाये रहता।

चार बजे रोटी का एक टुकड़ा और गुड़ खा कर मुराद सुनीत को साथ लेकर श्यामा के पास पहुँच जाता। लेकिन यह कुछ अजीब बात थी कि श्यामा के पास पहुँचते ही मुराद उदास हो जाता। उसमें न जाने कहाँ की नि:संगता भर जाती और सारे दिन की भीतरी अकुलाहट, बेचैनी और खालीपन गायब हो जाते।

श्यामा को लगता, मुराद अपने जीवन से संतुष्ट है।—शांत, धीर-गंभीर मुराद के लिए उसके पास शुभकामनाओं के अतिरिक्त और क्या हो सकता था?—श्यामा देर-देर तक सोचती रहती और कई बार तो ऐसा होता कि वह दो-दो घंटे में एक भी बात मुराद से इसलिए नहीं करती कि मुराद के मन पर छत्ते की तरह बढ़ते समान भाव को वह तोड़ना चाहती थी। कुछ देर के लिए उसे बेचैन कर देना चाहती थी, क्योंकि मुराद का यह विकास उसे सहज नहीं लगता था।—यह पेट-भरुआ भाव कहाँ से सीख रहा है, मुराद? यही तो जीवित रहते हुए मरना है। ठीक बाकर चाचा की तरह, दो रोटी कमायी, एक खुद खायी, दूसरी बेटे को खिलायी और चैन की नींद सो रहे।

मुराद कुछ और ही सोचता है।—श्यामा गरीब ही सही, इस पूरे खित्ते के सबसे सम्मानित ठाकुर परिवार की लड़की है। जिले में कौन नहीं जानता साधो काका को? फिर अब श्यामा की शादी होने जा रही है। श्यामा वह रह ही कैसे सकती है, जो कुछ दिन पहले तक थी। शायद वह मान्यताओं के भीतर रहने की कोशिश कर रही है। मैं ही क्यों, यह पूरा घर-दुआर, माँ-बाप, गाँव-गिराँव; सब कुछ छोड़ कर उसे जाना है। कितना दर्दनाक है जीवन का यह रूप—मुराद सोचता है—खास कर श्यामा जैसी लड़की के लिए जिसके पास अपनी दृष्टि, अपनी रुचियाँ और विश्वास हैं। वह दूसरी हजारों लड़कियों की तरह सुन्दर गुड़िया तो नहीं ही है कि जहाँ भी चाहो सजा कर रख दो और न सुख-सुविधा की ऐसी भूखी है कि ससुराल की धन-सम्पत्ति के मोह में दिमाग पर ताला लगा लेगी। क्या होगा, श्यामा का, कैसे रहेगी वह?

लेकिन इस प्रसंग में श्यामा से उसकी बात होना संभव नहीं। वही क्यों, किसी के लिए भी गाँव में लड़की की शादी होना चिंता और चर्चा का विषय नहीं हो सकता। चर्चा तो तब होती, जब शादी की बात न हो रही हो। सूर्य के उदय होने के

समान इस अवश्यम्भावी घटना पर सोचना और बात करना अपने को अस्वाभाविक बनाना था। इसलिए मुराद भीतर-ही-भीतर घुट कर रह जाता। खाट पर बैठी श्यामा जब आँखें उठा कर कभी-कभी एक टक उसे देखते हुए बात करती तब उसकी ऊपर चढ़ी हुई पुतलियों के नीचे का विस्तृत, सफेद भाग मुराद को अनन्त आकाश की तरह दिखता, जिसमें कहाँ क्या था; यह जानना उसके लिए संभव नहीं था।

इधर श्यामा की शादी की बात बहुत आगे बढ़ गयी थी। शाम को सुनीत और मुराद श्यामा के साथ दालान में बैठे चना-लाई खा रहे थे, तभी बिरंजी लाल अपनी धोती संभालते हुए दालान में घुस आये। श्यामा उन्हें देखते ही हड़बड़ा कर उठ खड़ी हुई। सुनीत ठीक से बैठ गया और मुराद ने झट हाथ जोड़ कर नमस्कार करके पूछा, 'मुंशी चाचा, आज कचहरी नहीं गये?'

मुंशी गाँव के लड़कों को बहुत मुँह नहीं लगाता। मुराद से कभी-कभार बात जरूर कर लेता है, लेकिन वह भी ऊपरी मन से। सुनीत दूर से ही हाथ जोड़ कर तुरन्त लड़कों के दल से बाहर हो जाता था, क्योंकि कोई-न-कोई लड़का उन्हें देखते ही, 'मुंशी जी गइया ऽ..!' कहना नहीं भूलता था। फिर उस मंडली के सारे बच्चों को मुंशी जी का कोप भाजन बनना पड़ता था।

गाँव में यह बात अक्सर सुनने में आती थी कि लोगों की गायें दाना-भूसा खा कर भी ठीक से दूध नहीं देतीं, लेकिन मुंशी की गाय सिर्फ पानी पी कर दूध देती है। लड़कों ने इसी चर्चा में से यह चिढ़ौनी निकाली थी और जहाँ भी मुंशी दिखाई पड़ते, वे 'मुंशी जी, गइया ऽ ?' कहना नहीं भूलते थे। जब कि मुंशी जी का इरादा हमेशा यह रहता कि लोग यह जान ही न पाएँ कि उनके पास कोई गाय भी है। इसलिए वे उसे आँगन में ही बाँधते थे। घूमने-टहलने का काम गाय रात के अंधेरे ही में पूरा कर लेती थी। वे अच्छी तरह जानते थे कि गाय की चर्चा से गाँव वाले अनेक बातें बना लेने में समर्थ थे और उसे चारे तक ला कर उनकी हालत खराब कर सकते थे। इसलिए लड़कों के चिढ़ाने पर कई बार मुंशी अपना छाता लेकर उन्हें खदेड़ लेते थे।

लड़कियाँ यह सब नहीं करतीं और उन्हीं से उनकी संतति-भूख क़ी तृप्ति भी होती थी। वे उन्हें चाचा, बाबा और भइया कह कर ही बुलाती थीं।

श्यामा ने बिना उनके कुछ पूछे ही कहा, 'काका बगइचा की ओर गये हैं, मुंशी चाचा!'

'भौजी से कुछ बतिआना है, अन्दर जाकर कहो, बेटी।' बिरंजी ने श्यामा को समझाया।

काकी अन्दर के दरवाजे की किवाड़ का एक पल्ला मोड़ कर आड़ में बैठ गयीं। मुंशी ने मुड़ कर सुनीत की ओर देखा। सुनीत ने बात समझ ली और वह श्यामा और मुराद को लेकर दालान की बगल वाली मड़ई में जा बैठा।

मुराद ने वहाँ बैठते ही सुनीत से पूछा, 'आज मुंशी चाचा कचहरी नहीं गये।'

'मैं खुद यही सोच रहा था। सवेरे ही माँ ने बेचन को भेजकर उन्हें बुलवाया था। कल लखनऊ से बिसेसर कोई चिट्ठी लाया था। मूरत महराज लखनऊ से ही सोन गाँव चले गये। मैं समझता हूँ...।' सुनीत वाक्य अधूरा ही छोड़कर रुक गया, जैसे अनजाने में भटक कर किसी की राह सहसा विशाल जल-तरंगों वाली नदी के तट पर पहुँच गयी हो।

सुनीत जब भी श्यामा की शादी के बारे में सोचता, उसका मन घबराने लगता था। नींद के कुछ अंधकारमय घंटों को छोड़ कर बचपन से लेकर आज तक वह श्यामा की ओर ही उन्मुख रहा है। जैसे श्यामा ही उसकी रोशनी हो। इसलिए श्यामा के न होने पर निरंतर घुटन-भरे अंधकार की कल्पना मात्र से वह डर जाता था।

श्यामा सुनीत को समझती थी। वह जानती थी कि सुनीत शादी के प्रसंग में किसी भी चर्चा से कतरा कर अपना मनोबल बनाये रखना चाहता है। फिर वह मेरे भीतर की कराह को कैसे सहेगा, कैसे खड़ा होगा वह मेरे साथ? दूसरा है कौन मेरा अपना, मेरा बीर? उसने पल भर की इस असह्य खामोशी की चट्टान को हुलसा दिया, 'मुझे यह जान कर उस दिन बड़ा आश्चर्य हुआ कि भाई जी और हरगोन सिंह एक दूसरे के इतने निकट हैं।' श्यामा ने मुराद की ओर देखते हुए कहा।

मुराद पहले कुछ समझ ही नहीं सका कि श्यामा यह क्या कह रही है लेकिन तुरंत उसे लगा, जैसे किसी ने चारों ओर से बंद कमरे की खिड़की खोल दी हो।

सुनीत ने धीरे-धीरे सिर ऊपर किया, श्यामा की ओर देखा और बोला, 'मुझे भी पहले कुछ मालूम नहीं था।' उसकी आवाज बेहद धीमी और थकी हुई थी।

मुराद बोला, 'लेकिन दोनों की आपसी मैत्री उनके निजी विचारों को कहीं से प्रभावित नहीं करती।'

श्यामा हँस पड़ी, 'प्रबुद्ध लोग सच्चाइयों से आँख नहीं चुराते। उनका व्यक्तिगत जीवन विचारों के आड़े नहीं आता। लाभ-हानि की चिंता रख कर कदम उठाने वाले लोगों की कभी कोई पहचान नहीं बनती। वे सदा भयग्रस्त बने रहते हैं।'

'लेकिन सब लोग ऐसे कैसे हो सकते हैं?' सुनीत बोला।

'होना चाहते हैं, सुनीत। परिस्थितियाँ उन्हें न होने दें, यह दूसरी बात है।' मुराद बोला।

श्यामा दोनों की बातें सुन कर विह्वल हो उठी। उसे लगा, दोनों अपनी भीतरी स्थितियों के समानान्तर चलते हुए बोल रहे हैं। वह कुछ कहने ही जा रही थी कि

सुनीत की आँखों में हल्की ललाई उतर आयी और फिर पूरा चेहरा भभर गया, 'इस समय हमारी बातों पर इस तरह खुश होकर तुम हमारे साथ अन्याय कर रही हो, श्यामा।' सुनीत अपने भीतर के प्रतिरोध से पूरी तरह पराजित होकर बोलते हुए, उठ खड़ा हुआ, 'मुसई चाचा की गिरफ़्तारी के दिन थाने से लौटते हुए तुमने कहा था कि राह मुझे अकेले ही खोजनी है। उस समय बात पूरी तरह मेरी समझ में आ गयी थी। मैं जानता था कि तुम्हारे सामने कोई चारा नहीं है। तुम अपने ताऊ के अन्यायों की कहानी उनके पुत्र से कहती, तो उसका एक मतलब यह भी निकलता कि तुम मुझे फोड़कर मेरे घर में झगड़ा पैदा कराना चाहती हो। लेकिन आज के प्रसंग में वह स्थिति नहीं है। मैं जानता हूँ कि तुम्हारी शादी और तुम्हारा हमसे बिलगाव अवश्यम्भावी हैं....।' सुनीत क्रोध और प्रतारणा में फूट पड़ा, 'लेकिन मैं उन्हीं सामान्य आदमियों में हूँ श्यामा, जो सदा भयग्रस्त रहते हैं। क्या तुम इतना भी नहीं समझती कि तुम क्या हो मेरे लिए...? तुम्हारे बिना,...तुम्हारे बिना ...।' सुनीत की हिचकियाँ बंध गयीं और वह बिना रुके, अपने आँसू पोंछता हुआ, एकाएक घर की ओर तेजी से चल पड़ा।

श्यामा ने उसे पुकारा, मुराद ने उसे दौड़कर पकड़ लिया लेकिन वह नहीं माना।

'इस समय मुझे मत रोको मुराद, जाने दो! मेरा जी एकदम ठीक नहीं है।'

मुराद उसे छोड़कर लौट आया।

श्यामा उसे जाते हुए एक टक देखती खड़ी रह गयी। पता नहीं, उसके मन में क्या-क्या था। लेकिन मुराद को साफ लग रहा था कि उसे गहरा धक्का लगा है। श्यामा ने कभी सोचा ही नहीं कि सुनीत बातों को इतनी गहराई से पकड़ लेगा और दुखी हो जायेगा।

साँझ कुछ और गहरी हो गयी थी। छप्पर के उदास कोनों में अँधेरा छिपने लगा था। श्यामा वहीं पड़ी एक बंसखट पर बैठ गयी।

'तुम भी चले जाओ, मुराद!...सब चले जाएँ। मैं अकेली हूँ। अकेली ही रहूँगी।' श्यामा का कंठ भर आया था।

'श्यामा ऽ...।' मुराद का सारा शरीर पहली बार थरथरा कर काँप उठा। उसके जी में आया, वह आगे बढ़ कर श्यामा की आँखों से आँसू पोंछ दे, लेकिन उसके पाँव जमीन में जहाँ-के-तहाँ गड़े रह गये। वह जहाँ था, वहीं अडिग खड़ा रहा और श्यामा रोती रही।

अब तक अँधेरा छप्पर में ठस गया था और श्यामा पूरी तरह अदृश्य हो उठी थी। कुछ देर दोनों उसी तरह अपनी-अपनी जगह से एक-दूसरे की साँसें सुनते रहे। फिर एकाएक श्यामा बोल पड़ी, 'मुराद, मेरा हाथ पकड़ो, मुझे सहारा दो, मुराद!'

मुराद ने वहीं से खड़े-खड़े अपने हाथ बढ़ा दिये। श्यामा उन्हें पकड़ कर उठ खड़ी हुई और बिना एक शब्द बोले, छप्पर से बाहर निकल कर अपने घर की ओर चली गयी।

बिरंजी लाल कचहरी से लौट रहे थे। पोस्टमैन ने उन्हें रोक कर एक लिफाफा थमाते हुए कहा, 'यह एक पत्र श्यामा देवी के नाम से है, मुंशी जी! किसकी चिट्ठी हो सकती है? किसके घर की बहू हो सकती है? कुछ समझ में नहीं आता।'

'अरे यार, पागल हो क्या, यह श्यामा बिटिया की चिट्ठी है।' मुंशी ने चिट्ठी जेब में रखते हुए कहा।

'देखो भला, मुंशी, गोद में लड़िका, सारे जग ढिंढोरा। मुझे श्यामा बिटिया का ध्यान ही नहीं आ रहा था।' कह कर बूढ़ा पोस्टमैन दूसरी ओर चल पड़ा। लेकिन कुछ दूर जा कर वह रुक गया और मुंशी को आवाज देने लगा।

बिरंजी लाल जानता था कि अभी वह कम-से-कम दो बार ऐसे ही लौट-लौट कर आवाज देगा। इसलिए पहले वह जहाँ-का-तहाँ खड़ा रहा।

पोस्टमैन पास आ कर धीरे से बोला, 'बड़ी अच्छी लड़की है श्यामा बिटिया! जब भी उधर से निकलता हूँ, पानी-दाना को जरूर पूछती है, अच्छा...।' वह मुंशी से किसी उत्तर की प्रतीक्षा किये बिना लौट पड़ा।

दस-बीस डग आगे जा कर वह फिर रुक गया और 'मुंशी-मुंशी' पुकारते हुए लौट पड़ा, 'तुमसे मैं एक बात कहना चाहता हूँ। उस मूरत के बच्चे से कह देना, जो बड़ा महराज बना फिरता है, मैं एक ही दिन में उसकी महराजी निकाल दूँगा! सुना चमरौटी में कह रहा था कि मनिआर्डर आने पर कोई पोस्टमैन को पैसा न दे! ज्वाला बाबू के जोर पर ससुर नेता बन रहे हैं। काल की बाड़िन, आज की सेठ! मैं भी यहीं का बाभन हूँ, कोई परदेश से आया चाकर नहीं। देख लूँगा उसको, अच्छा...।' वह फिर मुड़ कर जाने लगा। मुंशी ने उसे रोका, 'मुझे देर हो रही है पांड़े, जो कहना हो, इस बार पूरा कह लो!'

पोस्टमैन चौंक कर बोला, 'बड़ी देर हो रही है, भइया, मैं भी चलता हूँ।' वह चुटकी बजाता हुआ चला गया।

मुंशी ने श्यामा को पुकारा और जेब से चिट्ठी निकाल कर उसे थमा दी। वह कुछ देर के लिए हक्का-बक्का हो गयी। लिफाफा जैसे उसके हाथ में संभल ही न रहा हो।

'किसकी चिट्ठी है, मुंशी चाचा?' श्यामा ने बिरंजी लाल से पूछा।

'खोल कर देखो, तुम्हारे ही नाम है, बेटी!' बिरंजी लाल ने बड़े प्यार से कहा।

'नहीं, चाचा, मैं नहीं खोलूँगी। मेरे पास चिट्ठी कौन लिखेगा? तुम खोल कर देखो न!' श्यामा ने बड़े आदर से निवेदन किया।

'तुम्हारी चिट्ठी मैं कैसे खोलूँ बेटी!'

'मै कह रही हूँ, चाचा, देखिये तो!' श्याम ने लिफाफा बिरंजी लाल के हाथ में थमा दिया।

उन्होंने लिफाफा खोल कर चिट्ठी बाहर निकाली और पढ़ते हुए बोले, 'ऊपर, कलकत्ता लिखा है, बेटी। फिर 'मेरी प्यारी बहिन' लिख कर चिट्ठी शुरू की गयी है।'

नीचे आँख दौड़ाने पर लिखने वाले का नाम नहीं मिला, तो मुंशी ने कागज उलटा। दूसरी ओर भी भरा हुआ था। भेजने वाले का नाम नीचे खोज कर मुंशी ने पढ़ा, 'छबिया।'

'छबियाऽ...।' श्यामा जोर से चिल्ला पड़ी और मुंशी के हाथ से पत्र लेकर घर में ऐसे भाग गयी, जैसे छबिया को ही वह अपनी बाँहों में भरे हुए हो।

मुंशी कुछ देर वहीं खड़ा सोचता रहा,—चलो बेचारी जीवित तो है, फिर श्यामा की प्रसन्नता का स्मरण कर मन-ही-मन मुस्कुराता हुआ अपने घर की ओर चला गया।

श्यामा आँगन में जाकर पत्र पढ़ने लगी—

'मेरी प्यारी बहिन, मुझे चिट्ठी लिखने नहीं आती। गाँव छोड़ कर आने के पहले ही मैं तुमको अपने मन की बात बताना चाहती थी, लेकिन हिम्मत नहीं पड़ी। कई दिन सोच-सोचकर घर से तुम्हारे पास आने को निकली, लेकिन आधे रास्ते से लौट गयी।

आश्रम पर पाठशाला खुलने के दिन से चार-पाँच दिन पहले तुम्हारे घर खूब मन बनाकर गयी थी। उर्दी की छिम्मी तोड़नी थी। मैं आँगन में बैठकर काम कर रही थी। गोपी आजी कहीं से आ कर मेरे पास बैठ गयीं। मेरा झुल्ला फट कर चिथड़ा हो गया था। धोती भी तार-तार हो रही थी। बिना किसी बात के गोपी आजी गाली देने लगीं, 'छाती उतान करके गाँव घूमती है, कुलबोरनी। मुसया के करेजे पर बज्जर की तरह पलथी मारकर बैठ गयी है।'

यह कोई नयी बात नहीं थी। मैंने कितनी ही बार ऐसी बातें उनके मुँह से सुनी थीं। तुम्हें भी वह जाने क्या-क्या कहती रहती थीं। लेकिन उस समय सचमुच मेरे शरीर की हालत बहुत बुरी थी। एक तरफ शरीर ढकती तो दूसरी तरफ कुछ खुल

जाता। सच मानो, श्यामा बहिन, मैं अपना मुँह छिपा कर वहाँ से रोते हुए भाग खड़ी हुई। मुझे तुमसे बात करने का होश ही नहीं रहा।

हुड़दंगी पिछले साल भर से मेरे पीछे पड़ा था। शुरू में उसकी नीयत वही थी, जो गाँव के ठाकुर-बाभन लड़कों के मन में चमार लड़कियों के लिए होती है। मैं उससे बचती रही और डरती रही। मैंने शुरू में ही उसे बता दिया था कि तुम भूलकर भी गलतफहमी में न रहना। मैं अकेली नहीं हूँ। चमार की लड़की हूँ, तो क्या हुआ, मेरे कहने पर सारा लोक एक हो जाएगा। बलराम चाचा और भाई जी मुझे अपनी बेटी समझते हैं। श्यामा मेरी बहिन है। साधो काका मेरे लिए झंडा उठा लेंगे।

—मैं सब जानता हूँ—कहकर उस जैसा मुँहफट और उदंड आदमी उस दिन फूट-फूट कर रोने लगा। कहने लगा,—मैं अपने को जला लूँगा छबिया, फाँसी लगा लूँगा। मैं कहने ही को बाभन हूँ। बिनेसरी पांड़े के घर की जूठन पर जीता हूँ। मेरे पास एक धूर भी जमीन नहीं छोड़ी पांड़े ने। बाप के बेचने से जो डेढ़ बीघे बचे थे, उसे भी उनकी तपेदिक की लम्बी बीमारी और किरिया-करम में रेहन लिखा कर, बोया-बोआया खेत उलटकर फिर से बो लिया पांड़े ने। यह बाभन-ठाकुर बस कहने की बात है, छबिया। ऊपर का दिखावा है। मेरा है ही कौन इस दुनिया में? मैं तुम्हारी मर्जी के खिलाफ, तुम्हारे पाँव के अँगूठे का नाखून भी नहीं छूऊँगा। बस, तुम मुझे अपने प्यार का वचन दो! नहीं दोगी तो मुझे जीता नहीं पाओगी।

फिर मैं खुद उससे लगी रही, श्यामा बहिन! इसे कोई चाहे जो समझे, लेकिन उसे देख कर मेरे मन में न जाने क्यों दया और प्रेम पैदा होने लगा।

किसी दिन वह न मिलता, तो मेरा मन आशंकाओं से भर उठता और दूसरे दिन मैं किसी-न-किसी बहाने बजमा पर जरूर पहुँच जाती। वहाँ हुड़दंगी पांड़े की भैसों को पोखरी में घुसा कर किनारे बैठा मुझे जोहता मिलता, या कंधे पर गमछा लटकाये उसमें से दाना खाता रहता।

एक दिन कहने लगा, जानती हो, दिन भर के लिए बस यही दो मुट्ठी भूना अनाज मिलता है। शाम को दो लिट्टी और सब्जी का पानी या दाल का पानी दे कर महरी कभी यह नहीं पूछती कि तुम कुछ और लोगे।'

इन बातों ने मुझे न जाने क्या-से-क्या बना दिया। विश्वास इस कारण और भी गाढ़ा हो गया कि वह रात के अँधेरे में भी दो-दो घण्टे मेरे पास रह कर सदा दूरी बनाये रहता और कभी भूलकर भी मुझे छूने की कोशिश नहीं करता था।

उस दिन जब मैं गोपी आजी की बातें सुनकर, तुमसे बिना मिले, तुम्हारे घर से भागी, तब घर जाने की जगह मैं सीधे बजमा पहुँची। हुड़दंगी बड़ी देर से मेरे इंतजार में था। मेरी आँखें और चेहरा देख कर वह सब कुछ ताड़ गया और बेचैन हो कर तड़फड़ाने लगा। मैं अपने को किसी तरह रोक नहीं पायी। मेरी आँखों में

अनायास आँसुओं की झड़ी लग गयी। मैं उससे आज कुछ कहने की बात सोचकर आयी थी, लेकिन उसकी दीन-हीन दशा देख कर मैंने मन की बात मन ही में दबा ली। वह जिद करने लगा। कहने लगा, 'तुम्हें आज मुझसे अपने मन की बात कहनी ही होगी।' उसने तरह-तरह की कसमें दिलानी शुरू कर दीं।

मैंने उससे कहा, 'मेरे लिए एक पुरानी ही सही, पर बिना फटी धोती और कलकत्ता के लिए रेल का भाड़ा जुटा सकते हो?' लेकिन तुरंत मुझे आश्रम के सूतों का ध्यान हो आया। मैंने उसे धोती के लिए मना कर दिया।

वह मेरी बात सुनकर डर गया। उसके चेहरे पर हवाइयाँ उड़ने लगीं। बोला, 'कलकत्ता जा कर करूँगा क्या? तुम्हें लेकर वहाँ कहाँ रहूँगा।'

मैंने कहा, 'मैं करूँगी, तुम बैठ कर खाना। मैं जहाँ कहूँगी, वहाँ रहना।'

'सच?' वह बोला, 'तुम्हारा कोई ठिकाना वहाँ है क्या?'

'यह अभी नहीं बताऊँगी।'

मैं वहाँ से जल्दी से चल देना चाहती थी। कोई हमें इस तरह बात करते देख लेता, तो बात बिगड़ जाती। मैंने कहा, 'भाड़ा जुट जाये, तब कल मुझे देखते ही इस पेड़ का तना पकड़कर खड़े हो जाना। हम लोग कल रात को ही यहाँ से बनारस चलकर, कलकत्ता की गाड़ी पकड़ लेंगे।'

दूसरे दिन मैंने सूत बदल कर एक धोती और पाँच रुपये भागो बहिन से पा लिये और बजमा के किनारे से हुड़दंगी को देखते हुए निकली। वह मुझे देखते ही पेड़ के तने को पकड़ कर खड़ा हो गया।

हम लोग उसी रात गाँव छोड़ कर कलकत्ता चले आये। मुझे माधो भइया का पता जबानी याद था। उनकी माँ उन्हें सारी चिट्ठियाँ मुझी से लिखाया करती थीं। किसी तरह हम खोजते-खोजते टीटागढ़, उनके घर पहुँच गये। पहले तो भइया बहुत बिगड़े और मुझे वापस घर पहुँचाने के लिये तैयार हो गये। लेकिन हुड़दंगी के बहुत कहने-सुनने पर और मेरे समझाने पर कि मैं इसे लायी हूँ, किसी तरह माने। कहने लगे,—'एक बाभन के लड़के को घर में खिला कर गाँव में कैसे मुँह दिखाऊँगा?' लेकिन हुड़दंगी अलग खाना बनाने के लिए किसी तरह राजी नहीं हुआ। घर के बर्तनों में ही खाने-पीने लगा। फिर माधो भइया के साथ दूसरे ही दिन वह चटकल जा कर रोजही की भर्ती के लिए मजदूरों की लाइन में बैठ गया और संयोग देखो कि पहले ही दिन उसे काम भी मिल गया। फिर उसने इतनी लगन से काम किया कि दस दिन में ही ठेकेदार ने उसका नाम रजिस्टर पर चढ़ा लिया। पहले ही महीने में उसे अच्छा पैसा मिल गया।

माधो भइया की यहाँ बड़ी इज्जत है। वे लाल झंडा लेकर जलूस में आगे-आगे चलते हैं। रोज बहुत से मजदूर नेता उनके घर आते हैं। उन्हीं सब लोगों ने हमारी

शादी तुरन्त करा देने का फैसला किया। फिर उन्हीं लोगों की मदद से मुझे भी चटकल में नौकरी मिल गयी।

मैं जानती हूँ, श्यामा बहिन, कि वहाँ लोग तरह-तरह की बातें कह रहे होंगे। बाबू की नाम हँसायी भी हुई होगी। लेकिन मेरे सामने इसके सिवा कोई चारा ही नहीं रह गया था। मैं मरना नहीं चाहती थी।

मेरी चिट्ठी लम्बी हो रही है। मैं जो-कुछ तुम्हें लिखना चाहती हूँ, वह तो सैकड़ों पेज ले लेगा, श्यामा। और मैं अपने मन की बात किससे कह ही सकती हूँ? तुम खुद ही मेरे घर वालों का ध्यान रखती हो। लेकिन, बहिन, यह सदा याद रखना कि अब मैं नहीं हूँ। सागर के साथ बाबू और माँ की सुधि लेते रहना। नन्हकी को लोग पाठशाला भेजते रहें तो अच्छा है। भागो बहिन से मौका निकाल कर मिल लेना। कहना, छबिया उन्हें सदा याद करती है। सागर को समझा देना। उसे मेरे इस तरह चले आने से जो दुख हुआ होगा, वह मैं ही समझ सकती हूँ। उसने अपने को अपमानित महसूस कर कई दिन उपवास भी किया होगा।

मैं एक-एक का चेहरा यहाँ बैठ कर देखती रहती हूँ। दरवाजे पर उकुड़ूँ बैठे बाबू दोनों हाथों में अपना माथा थामे होंगे। सोते-जागते रो-रो कर माई ने आँखों में माड़ा चढ़ा लिया होगा। उन सबको तुम समझाना। मैंने जो भी किया है,सोच-विचार कर किया है, बहिन, और तुम्हें विश्वास दिलाना चाहती हूँ कि मेरे साथ कभी कुछ भी ऐसा नहीं होगा, जो मेरे विचार से ठीक न हो, चाहे मुझे प्राण ही गँवाना क्यों न पड़े, जिसकी कोई नौबत यहाँ नहीं आ सकती। धीरे-धीरे मेरे हजारों-लाखों हाथ उग रहे हैं, वह भी ऐसे जो संघर्ष के लिये सदा तैयार रहते हैं। मैं जीवन के समुद्र में आ गयी हूँ, बहिन!

गाँव का हाल देना। हिरनी के हत्यारों का क्या हुआ, बताना! काका के बारे में लिखना। सुनीत भइया और मुराद का समाचार देना। बाकर चाचा कैसे हैं? एक दिन सपना दिखाई पड़ा कि गोपी आजी मर गयीं। लोग कहते हैं कि मरने का सपना अच्छा होता है। मैं जगने पर उनके बारे में सोच-सोच कर रोने लगी थी।

मैं जिस दिन आने वाली थी, उस दिन बैकुंठी भइया की बकरी बहुत बीमार थी। बची या नहीं? मैं क्या-क्या पूँछूँ? इस तरह तो पूरी रामायण ही लिख जाऊँगी। अब खतम करती हूँ। मुझे चिट्ठी जरूर देना। सबको मेरा यथाजोग कहना।

तुम्हारी बहिन, छबिया

पत्र पढ़ कर श्यामा थोड़ी देर चुप खड़ी रह गयी। उसके मन का आवेग अनायास कुंठित हो गया। वह छबिया की सहजता से परिचित थी, लेकिन सपने में भी उससे ऐसी कुशलता की कल्पना उसने नहीं की थी। सिर्फ अपने आत्मविश्वास के बल पर ही छबिया ने अपने को पारस पत्थर बना लिया था, जिसके संस्पर्श से

हुड़दंगी जैसा जट मूर्ख एक कथा-नायक बन गया था। पूरे पत्र में कहीं एक कोण भी ऐसा नहीं था, जो किसी को चुभ सके। छबिया बड़ी आसानी के साथ एक साफ-सुथरे रास्ते से, सबको निश्चिंत छोड़कर आगे चली गयी थी।

श्यामा ने मुराद और सुनीत को बुला कर पत्र उनके हाथ में थमा दिया और बोली, 'तुम दोनों आश्रम जाकर सागर को इसे आज ही पढ़ा देना। मेरा जी कुछ ठीक नहीं है। मैं सोने जा रही हूँ।' वह दालान से उठ कर घर में चली गयी। दरवाजा भेड़ देने से बिना खिड़की के कमरे में अँधेरा छा गया। वह चारपाई पर आँख बन्द कर लेट गयी।

दस दिन हुए मूरत महराज लगन-पत्री साधो काका के हाथ में थमा कर सोनपुर के ठाकुरों की बड़ारगी कर गये थे। बड़ी-बड़ी मुश्किल से शादी तय हो पायी थी। ज्वाला बाबू ने ठाकुर को कई चिट्ठियाँ लिखी थीं। कुछ दिन पहले मूरत महराज बिरंजी लाल और बिसेसर तिलक आदि की रसम पूरी कर आये थे। बड़की बखरी में शादी की तैयारियाँ शुरू हो गयी थीं। मुंशी ने कचहरी जाना छोड़ दिया था और सुबह से शाम तक बाजा, गैस, तम्बू-कनात और दूसरे प्रबन्ध के लिए दौड़ धूप कर रहा था।

शादी साधो काका के आँगन से होगी, लेकिन सत्कार का सारा प्रबन्ध बड़की बखरी के दालान में करने का निश्चय किया गया था। लड़की की शादी वैसे ही एक पुण्य कार्य है, वह भी साधो काका की लड़की। दूर-दूर तक के गाँव से लोग उस दिन दुआर करने आएँगे।

'समझो एक मेला ही लग जाएगा, उस दिन।' बलराम हाथी से उतरते हुए नीचे खड़े बिरंजी से बोले।

'सब तैयारी पक्की है, भइया! बस दूध समय पर आ जाय, जिससे दही जमी रहे।' मुंशी ने बलराम को याद दिलाया।

'उसकी फिकिर तुम छोड़ दो, मुंशी। हमारे लोग दो दिन पहले से काम में लग जायेंगे। वे दूध गर्म करके दही जमाने से लेकर लस्सी बना कर पिलाने तक का काम खुद करेंगे।' बलराम मुंशी से बात करते हुए साधो काका के दालान की ओर बढ़ गये।

बलराम साधो काका का पाँव छू कर तखत पर बैठ गये। मुंशी ने पास आकर पूछा, 'सुना बभनपट्टी के लोगों ने आश्रम में फिर कोई गड़बड़ी की थी।

'अरे, वही गोविन मिसिर के लड़के थे। उनके हलवाहे की कोई लड़की स्कूल में पढ़ने लगी है। वे लोग उसे पकड़ने आये थे। सागर से कुछ कहा-सुनी हो गयी।

भाई जी ने उन्हें डाँट कर भगा दिया। असल में इसमें गलती सागर की है। आखिर अभी वह बच्चा ही है। चाहता है कि एक दिन में लोग बदल जाएँ। भाई, यह कैसे संभव है? कल तक जो चमार उनके जूते के तल्ले के नीचे रहता था, वह उनके बच्चों का शिक्षक बन जाये और उनके सामने आदर्श बघारने लगे, तो लोग जरूर नाराज होंगे।' बलराम साधो काका की उपस्थिति के प्रति सचेत हो कर बोल रहे थे।

'लोगों को समझा-बुझाकर धीरे-धीरे आगे बढ़ाना चाहिए।' बिरंजी ने खड़े-खड़े कहा। फिर अन्दर के दरवाजे पर जाकर, 'श्यामा बेटी, श्यामा बेटी।' पुकारने लगा।

श्यामा दौड़ी हुई उनके पास चली आयी। बिरंजी ने उसे समझाते हुए कहा, 'बलराम भइया आये हैं। भौजी से कह दो, उनसे बात कर लें। बस अपनी जरूरतें बता दें।'

काकी किवाड़ के पल्ले के पास आकर खड़ी हो गयीं। श्यामा वहाँ से तुरंत हट गयी। बिरंजी ने सारी बातें उन्हें फिर से समझा दीं।

शादी की सारी तैयारी चन्दा बहू ने की थी। साज-सामान से लेकर गहना-जेवर तक पूरे हो चुके थे। लेकिन बिरंजी को चैन नहीं था। वह माँ-बाप के दिल को अच्छी तरह समझता था। काका-काकी की हालत भी जानता था। इसलिए उसने बलराम यादव से मिलकर सारी बातें स्पष्ट कर दी थीं। अपना विचार भी उनसे बता दिया था।

बलराम इसी कारण हाथी पर चढ़कर पहुँच आया था। जरूरी रुपया-पैसा काकी के पास छोड़ने के अलावा उसने काकी के मन में लेनदेन की कोई और बात हो तो बताने के लिए जिद की।

काकी ने कहा, 'भइया, जो सुन रही हूँ, उसके अनुसार उसमें सिलाई की मशीन और हाथ की घड़ी नहीं है। श्यामा छुटपन से ही इन दो चीजों को बहुत पसन्द करती है। गहने-कपड़े में उसकी उतनी रुचि नहीं है। लेकिन तुम्हारे ऊपर इतना भार कैसे डालूँ?'

'यह कोई भार है, काकी? यह तो मेरा सौभाग्य है। भगवान की कृपा से इतना कुछ है कि बिटिया को सोने से तो तौल ही सकता हूँ। मेरे भी कोई बेटी नहीं है। यह हमारी साध पूरी होने का अवसर है, काकी!' बलराम बोलता ही चला जा रहा था और काकी की आँखों में सावन-भादों की झड़ी लग गयी थी।

'आज यहाँ आने के लिए उठा, तो आपके सुपुत्र बैजू पूछने लगे,—काका के घर जा रहे हो क्या, बाबू?'

'हाँ' मैंने कहा।

'कहने लगे'—मैं भी चलूँगा, श्यामा बहिन की शादी में।'

'मैंने कहा,—हाँ,हाँ, चलना।

'बोले,—एक बात पूछूँ बापू, क्या श्यामा किसी तरह हमेशा यहीं नहीं रह सकती?

'काकी, मैं कह नहीं सकता कि मेरी क्या हालत हो गयी, थोड़ी देर के लिए। जिस लड़के को दंड-कुश्ती के अलावा दुनिया का कुछ भी पता नहीं, वह यह सब क्या कह रहा था?

'मैंने कहा,—यह कैसे हो सकता है,बेटा? कन्या परायी थाती है। उसे घर से जाना ही है। लोक की यही रीति है।

'इस पर बोले,—काका के कोई लड़का तो है नहीं। जिस लड़के से शादी हो, उसी को यहाँ बुला लीजिये!

'बड़े लोगों में घर जमायी रखना अच्छा नहीं माना जाता, बेटे!' मैंने उसे किसी तरह टाला।'

बलराम उठते हुए बोले, 'जो भी मन में हो, बिना संकोच किसी से कहला दीजियेगा। ज्वाला बाबू जो कर रहे हैं, वह करें, लेकिन आपका भी तो अपना मन है।'

बलराम बाहर दालान में बैठे साधो काका का पैर छू कर चले गये। महावत बड़की बखरी के कुएँ से हाथी को पानी पिला रहा था। उन्हें दालान से बाहर निकलते देख कर लौट पड़ा। हाथी को घेरे, शोर मचाने वाले गाँव के लड़के बलराम को देखते ही चुप हो गये। हाथी ने अपने पिछले पाँव झुकाये और वे पीछे का रस्सा पकड़ कर ऊपर चढ़ गये। हाथी धीरे-धीरे चल पड़ा।

अगले दिन श्यामा की शादी थी। बारात दोपहर को आ जायेगी। पूरे क्षेत्र में शादी का निमन्त्रण बटा था और बारात के स्वागत-सत्कार के साथ ही अपने लोगों को भी जलपान की तैयारी थी।

कुछ दिन पहले लोग लड़की की शादी में पानी भी नहीं पीते थे। आज भी हर आदमी अपनी शक्ति और सामर्थ्य के अनुसार सहयोग देकर कन्यादान के पुण्य का भागीदार बनता है। किसानों के यहाँ शादियाँ फसल की कटाई के बाद गर्मियों में ही होती हैं और दूर-दूर से धूप और लू में पैदल चल कर लोग शादियों में शामिल होने आते हैं। इसलिए सभी आगन्तुकों को जलपान कराने की प्रथा शुरू हुई। धीरे-धीरे उसमें बारीकियाँ निकलने लगीं। फिर लोगों ने उसे प्रतिष्ठा से जोड़ दिया। गुड़पानी

की जगह मिठाई-नमकीन ने ले ली और बात बढ़कर बर्फ-मिली लस्सी तक पहुँच गयी।

बिसेसर बनारस से इक्के पर बर्फ की सिल्लियाँ लाद कर ले आया।

मुसई तथा बिन्दा भगत ने मिलकर उसे लकड़ी के बुरादे और भूसे में ढंक दिया। बलराम के आदमियों ने दूध गर्म करके खाभियों में दही जमाना शुरू कर दिया था।

बलराम का हाथी बखरी के आगे वाले बरगद के नीचे सिक्कड़ में बँधा झूम रहा था और बलराम अपने दल-बल के साथ बाहर वाले दालान में तखत पर बैठा सारा इन्तजाम देख रहा था। बीच-बीच में बिरंजी आ कर कुछ बात कर जाता था। मूरत महराज साधो काका के घर से बखरी और बखरी से साधो काका के घर का लगातार चक्कर काट रहे थे।

बेचन बखरी का दालान सजाने में जुटा था। वह सारा सामान जो ज्वाला बाबू के न रहने पर उठा कर अन्दर रख दिया जाता था, बाहर निकाल कर सजाया जा रहा था। इस काम में कोई खोट न रह जाये, इसे देखने के लिये चन्दा बहू दालान में आयी थीं और फर्शी तथा ओगालदान वहाँ न पाकर, बेचन को डाँटकर वापस चली गयी थीं। डबलबेड की चादरें और कुर्सियों के कवर बदल दिये गये थे। बिरंजी बाहर से आयी कालीनों पर नाम लिख रहे थे और चमरौटी से बुलाये गये लड़कों को गाँव से चारपाइयाँ उठा लाने के लिये भेज रहे थे। अड़ोस-पड़ोस के सारे कहारों को काम पर लगा दिया गया था।

लड़के वालों को दहेज सीधे नहीं दिया जा रहा था, लेकिन शादी का सारा खर्च और जेवर देने की बात मूरत महराज ने मान ली थी। मुंशी ने पहले ही शादी का बीस हजार रुपयों का एक हिसाब तैयार कर दिया था, जो ज्वाला बाबू के नाम से हो रहा था। सिर्फ जेवरों के लिये चन्दा बहू ने सोना दिया था। यहाँ तक कि जो बसें बारात को लाने के लिए भेजी गयी थीं, उन्हें तेल के पैसे भी नहीं देने थे। दो एक बस वालों ने तेल की बात उठायी थी तो मुंशी ने उन्हें डाट कर भगा दिया था और दुबारा उनके गिड़गिड़ाने और सब कुछ मुफ्त करने की बात तब तक नहीं मानी, जब तक उन्होंने सौ-सौ रुपये के एक-एक पत्ते मुंशी की जेब में नहीं डाले।

भाई जी ने सागर को आज सुबह ही से छुट्टी दे दी थी और खुद दिन में आकर साधो काका से मिल गये थे।

बाकर श्यामा के लिये एक धोती बिन रहा था, जो मुराद की कई गलतियों के कारण आज शाम तक नहीं बन पायी थी। मुराद को उसने करघे के पास जाने से मना कर दिया था। 'मन तो तेरा लगता नहीं, काम में।' मुराद से बाकर की आम शिकायत

थी। लेकिन इधर ऐसा एक अरसे के बाद हुआ है। मुराद कठिन-से-कठिन फूल काट लेता था। लेकिन इस लाल साड़ी में वह अक्सर भटका जा रहा था। इसमें लिपटी श्यामा बार-बार उसकी आँखों के आगे उभरती और फूल के रेशमी धागे बहक कर ग़लत हो जाते। वह करघे को रोक कर धागे बाहर खींचता और ढरकी में दुबारा भर कर चलाने लगता। उसे लगता, श्यामा उसका हाथ पकड़ कर कह रही है,—तुम भी, क्या तुम भी चाहते हो, मुराद, कि मैं गाँव छोड़कर चली जाऊँ। मैं सब पर भार हो गयी हूँ! मुराद के मन में करुणा नहीं उपजती, इस बात से। वह चिढ़ उठता,—यह श्यामा नहीं हो सकती। श्यामा कहाँ बोलती है इस तरह? यह तो किसी दूसरी लड़की की भाषा है—उसका दिमाग इतना उलझ जाता कि वह करघे पर गलत बुना रेशम छोड़कर उठ जाता और बाकर उसे इस तरह ऊबा देख कर बिगड़ उठता, 'तू कैसा साथी है, श्यामा का। उसके ब्याह की साड़ी भी पूरा नहीं कर सकता? सारे गाँव में चर्चा है कि श्यामा चली जाएगी, तो इन तीनों का क्या होगा?'

'होगा क्या अब्बा, क्या श्यामा हम लोगों के लिए सारी जिन्दगी इसी गाँव में बिन ब्याही बैठी रहेगी? रास्ता भी क्या था, उसके आगे? वह छबिया की तरह हो नही सकती । जिस परिवार में वह पैदा हुई है, उसकी मर्यादा का सिकंजा उस-जैसी हर लड़की के गले में फँसा है। जब तक उसे ढीला नहीं किया जाता, श्यामा जैसी लड़कियों का रास्ता सदा बन्द रहेगा। लड़कियाँ जब तक अपने पैर पर खड़ी नहीं होतीं, वे समाज के किसी निर्णय का विरोध कैसे कर सकती हैं? विरोध के लिए किसी नयी राह का विकल्प होना चाहिए, कोई दूसरी जगह होनी चाहिए, जहाँ विरोध के बाद खड़ा हुआ जा सके। श्यामा-जैसी लड़कियों के लिये विरोध का मतलब है, आत्महत्या।'

बाकर बेसुध होकर अपने लड़के की बात सुन रहा था। बोला, 'तुम्हार मतलब है कि लड़कियाँ चाकरी करती फिरें? बिना नौकरी के उनकी जिन्दगी दूभर हो रही है। बड़े-बड़े की इज्जत धूल में मिली जा रही है। गुंडे-बदमाश उनकी जान ले ले रहे हैं। नौकरी करेंगी, तो भला उनकी क्या इज्जत होगी। देखते नहीं, ब्लाक की दाई और नर्स को गाँव में लोग कैसी निगाह से देखते हैं।'

'यही निगाह सारी बुराई की जड़ है, अब्बा। हरगोन सिंह ठीक ही कहते हैं कि बिना बुनियादी परिवर्तन के इस निगाह को बदलना असम्भव है। हमारा समाज जड़ हो गया है। सिर्फ ऊपरी ढाँचे के बदलाव से कुछ नहीं हो सकता।'

'यह जड़ क्या होता है?' बाकर ने मुराद की ओर देखते हुए पूछा।

'जड़ कहते हैं, बिना प्राण के होने को। जो अपनी जगह पर रुक गया हो, जिसमें बदलने की ताकत न हो।' मुराद अपने बाप को समझाने लगा।

'अब तेरी शादी कर देता हूँ, नहीं तो इसी तरह की ऊल-जलूल बातों में दिमाग दौड़ाता रहेगा।' बाकर ने बड़े हल्के मन से कहा।

'मैं श्यामा नहीं हूँ, अब्बा!'

'क्या मतलब?' बाकर हक्का-बक्का हो गया। उसके चेहरे पर खून की एक परत उतर आयी।

'यही कि मैं बिना शादी के रह जाऊँगा, तो तुम्हारी कोई तौहीन नहीं होगी। लड़की बोझ बन जाती है, माँ-बाप के सिर पर क्योंकि वह अपनी रोटी नहीं कमा सकती। कैसी उल्टी बात है, अब्बा! जरा सोचो इसे कि लड़का-लड़की माँ की एक ही कोख से जनमते हैं, लेकिन दोनों के लिए समाज ने दो कानून, दो विचार गढ़ रखे हैं। औरत को एक सामान बना दिया है लोगों ने। मुसलमानों में तो अब्बा, कई-कई शादियाँ होती हैं और औरतों को कपड़े में ढँक कर बाहर निकाला जाता है। कहीं कोई देख न ले उसे। कैसा खराब रिवाज है यह और वह औरतें भी खूब हैं, जो इसे आज भी सहती जाती हैं।'

मुराद की इतनी सारी बातें एक साथ सुनकर बाकर घबरा गया। लेकिन इन सारी बातों के बीच मुराद का यह कहना कि 'मैं श्यामा नहीं हूँ।' उसके दिमाग में गूँजता रहा। इस डर से कि मुराद और जाने क्या-क्या बोलता रहेगा और उसे श्यामा बिटिया की साड़ी पूरी करनी है, वह बोला, 'अच्छा, जरा काका के यहाँ हो ले। सागर सवेरे से ही आ गया है। सुनीत भइया तुम्हें पूछ भी रहे थे।'

मुराद तुरन्त श्यामा के घर की ओर चल पड़ा उसे पता था कि आज सवेरे से ही शादी के पहले होने वाले लोकाचार शुरू हो गये होंगे। हिराऊ की डुगडुगी की आवाज और सोन्हू का सिंहा रह रहकर सवेरे से ही बज रहे थे। माँड़ो उठाने के लिये बाकर करघा छोड़कर भागआया था और नाईन हल्दी का न्योता बाँटती उसके घर भी आयी थी। बड़े सवेरे औरतों का झुंड मिट्टी लेने गाता-बजाता बजमा पर गया था।

सागर और सुनीत श्यामा के दरवाजे पर सोहरे नीम के पेड़ के नीचे साधो काका के पास बैठे थे। मुराद को देखते ही दोनों उठ खड़े हुए। वे कहीं अलग बैठकर बात करने की सोच रहे थे, लेकिन सामने से गर्द उड़ाती आती जीप देखकर तीनों एकटक उधर देखने लगे। बखरी के बाड़े से निकलकर बहुत सारे लोग बाहर आ गये। बलराम यादव ने आगे बढ़कर ज्वाला बाबू को नमस्कार किया और ज्वाला बाबू ने उन्हें गले से लगा लिया। दोनों धीरे-धीरे साथ चलकर बाड़े के दरवाजे में घुस गये।

मुराद ने सुनीत से कहा, 'जाओ, चाचा को प्रणाम कर आओ।'

सुनीत कुछ कहने जा रहा था लेकिन इब्राहिम का बाजा पूरे जोश से बजने लगा। निश्चय ही यह बिरंजी के इशारे पर ज्वाला बाबू को यह बताने के लिए बज उठा

था कि शादी की तैयारियाँ पूरी हो चुकी हैं।

आस-पास के लोग और गाँव के सारे बच्चे बाजे की आवाज सुन कर बखरी के सामने सिमटे आ रहे थे।

सुनीत का मन उड़ा-उड़ा-सा था। वह अनायास दूर आकाश की ओर बार-बार देख रहा था।

दिन ढलने को था। आसमान आज धरती के सामने और भी खाली-खाली और दरिद्र लग रहा था। थोड़ी देर में चिड़ियाँ अपने घोसलों की ओर लौटने लगेंगी, तब शायद ऊपर का यह सूनापन थोड़ी देर के लिए कुछ कम हो, लेकिन अभी तो धरती-आसमान में कोई मेल नहीं था।

सुनीत इस शोर से अलग जाना चाहता था। सागर उसकी मानसिक स्थिति समझ रहा था। मुराद के आने के पहले से ही वह सागर से ऐसी अनमनी बातें कर रहा था कि सागर को ऊब हो रही थी। इसलिए बात शुरू करते हुए वह बोला, 'आसमान में जाने का कोई रास्ता नहीं है, सुनीत।'

'क्यों नहीं है, भाई ! हवाई जहाज पर चढ़ो और आसमान में हो रहो।' मुराद बोला।

'वह आसमान में होना नहीं हुआ। बात तो तब बने, जब आदमी खुद हवा पर पांव रखता हुआ ऊपर चढ़ जाये और अपनी इच्छानुसार घूम-टहल कर वापस आ जाये।' सागर बोला।

'सच कहते हो, सागर, आसमान में जाने का यही मतलब है! तुम्हें याद है, मुराद, जब हम चारों उस पत्थर के उल्टे पड़े कोल्हू पर बैठ कर रेल और जहाज बनाने की बात किया करते थे!

'श्यामा कहती थी, रेलगाड़ी पारे के जोर से चलती है। अगर एक डिब्बे में पारा रख कर उसके नीचे आग जलाने की सुविधा कर लो और डिब्बे को किसी तरह पहियादार गाड़ी में कस कर जड़ दो तब गरम पारा हम लोगों की गाड़ी खींच कर दौड़ने लगेगा। तुमने तो गाड़ी बनाना शुरू भी कर दिया था।'

'वह सारा जीवन जाने कहाँ चला गया।' सुनीत बेहद उदास मन से बोल रहा था।

'उसे तो जाना ही था, सुनीत। आज का जीवन भी इसी तरह कल पीछे छूट जायेगा और हमारे-तुम्हारे साथ यह पूरा समाज ही बदल जायेगा। परिवर्तन अवश्यम्भावी है, सुनीत!'

'याद है, उस दिन हरगोन सिंह यही समझा रहे थे।'

'इसी परिवर्तन के स्वभाव की समझ पर ही साम्यवाद का सिद्धान्त आधारित है। वे यह भी तो कह रहे थे।' मुराद बोला।

'श्यामा की समझ है कि भारत जैसे गरीब देश में सबके लिये रोटी और कपड़ा तब तक नहीं जुटाया जा सकता, जब तक देश की सारी सम्पत्ति का समाजीकरण न कर लिया जाये। पूँजीवादी उत्पादन का वर्तमान ढाँचा जितना ही विस्तृत होता जायेगा, गरीबी उतनी ही बढ़ेगी और समस्यायें विकराल रूप धारण करती जायेंगी। बिना बुनियादी परिवर्तन के ऊपरी ढाँचे में हेर-फेर से कोई नतीजा नहीं निकल सकता।' सुनीत ने कहा।

'श्यामा दीदी का रास्ता एकदम सीधा है। उनमें सहज वर्ग-चेतना है। कहती हैं, भाई दूर क्यों जाते हो, यहीं देखो कि धन कहाँ बढ़ रहा है, उच्च और वैज्ञानिक शिक्षा किसके लिये संभव रह गयी है? राजसत्ता पर किस वर्ग की पकड़ मजबूत हो रही है। तुम्हें अपने ही से उत्तर मिल जायेगा।

'धार्मिक अंधविश्वासों और रूढ़ियों के खिलाफ कितने ही सुधारवादी संघर्ष हुए; लेकिन उनसे क्या संस्थाएँ बदलीं? स्त्रियों की सामाजिक-आर्थिक हालत में कोई फरक आया? वे आज भी पूरी तरह गुलामी का जीवन नहीं जी रही हैं? जात-पात टूटी? हाँ, चुनाव जरूर होते हैं, जिनमें धन और शक्ति का खुलकर, मनमाना उपयोग होने लगा है। और जबरदस्ती का बोलबाला है और वह दिन दूर नहीं, जब चुनवा से भी छुट्टी लेने की स्थिति आ सकती है। वर्गों में बटे समाज में लोकतंत्र एक दिखावा बन कर रह जाता है। मैं सच कहता हूँ, मुराद, हरगोन सिंह श्यामा की बातें सुनकर हैरत में आ गये थे, कह रहे थे यह लड़की न जाने क्या बन सकती है।' सागर की आँखें बात करते-करते चमकने लगी थीं।

'लेकिन श्यामा को पूँजीपतियों और जमींदारों के प्रभाव में चलने वाली इस सरकार से यह सारी उम्मीदें नहीं करनी चाहिए। पूँजीवादी व्यवस्था का आधार ही शोषण है, इसलिए शोषण को कायम रखने में जो भी चीजें सहायक हैं, कांग्रेस सरकार उन्हें कभी भी नहीं छोड़ सकती। कौन इतना बेवकूफ होगा, जो अपनी ही जड़ पर कुल्हाड़ी मारेगा? आधार ही बदल जायेगा तो ऐसी सरकार टिकेगी कहाँ? यह जो समाजवादी शब्दावली सुनाई पड़ती है; बढ़ते हुए विरोध को समाहित करने और भ्रम में डालने का उपाय मात्र है। उस दिन हरगोन सिंह ने बड़ी सफाई से इसे समझाया था। जरूरत पड़ने पर यह व्यवस्था और भी क्रांतिकारी नारे दे कर जनता को गुमराह कर सकती है।' मुराद ने बात को और साफ किया।

सागर पिछले दिनों हरगोन सिंह से मिलता रहता था। उन्हें काका के घर अक्सर बुला लाता था। तीनों उनसे देश की राजनीति तथा साम्यवादी सिद्धान्तों के बारे में विस्तार से बातें करते थे। हरगोन सिंह ने उन्हें पढ़ने का एक छोटा-सा कोर्स बना दिया था। कुछ किताबें और पत्रिकायें भी दे गये थे। श्यामा के घर पहले ही से एक छोटा पुस्तकालय था, लेकिन उसमें ज्यादातर पुस्तकें स्वाधीनता-आन्दोलन और साहित्य की थीं। इन नयी पुस्तकों ने उनकी पहले की सारी पढ़ाई को एक नया कोण

प्रदान कर दिया था। वे उन्हें अदल-बदल कर पढ़ रहे थे। मिलने पर आपस में बहस भी करते थे।

शादी के कर्मकाण्ड के कारण श्यामा आज उनके बीच नहीं थी। वैसे भी लगन के बाद लड़कियों को बाहरी समाज से एक हद तक काट दिया जाता है। हल्दी के उबटन की मालिश और ब्याह के गीतों का कार्यक्रम लगन के दिन से ही शुरू हो जाता है। लड़की को गर्मी-धूप से बचाया जाता है और वह चौका-चूल्हा नहीं करने पाती। अपने सारे विचारों और समझ के बाद भी श्यामा वह सब करती जा रही थी, जो गाँव की चलन है।

सागर, मुराद और सुनीत खड़े-खड़े बातों में लीन थे। तभी बिसेसर दौड़ा हुआ आया और सुनीत को बुला ले गया।

श्यामा पतरी उतारने जायेगी और सुनीत खुली तलवार उसके सिर पर रख कर घूर तक जायेगा। सारे बाजे साथ-साथ बजने लगे। औरतें श्यामा के हाथ में परसी हुई पत्तल थमा कर गाती-बजाती घर से बाहर निकल आयीं। सागर और मुराद वहीं खड़े-खड़े सिर झुकाये कदम-कदम चलती सूर्यमुखी श्यामा को देख रहे थे। उसने कपड़े नहीं बदले थे। कपड़े बदले भी नहीं जाते, न लगनही लड़की को नहाने दिया जाता है। नहछू-नहान तो कल होगा, जब लड़के वाले वर का मेटा लेकर आएँगे और उसमें लड़के के नहान का लिया हुआ थोड़ा पानी होगा। शारीरिक और मानसिक सामंजस्य के लिए उन्मुख दो प्राणियों के विपरीत भाव को समाप्त करने का यह पहला चरण है।

तेल और हल्दी से सनी धोती में भी श्यामा के रूप-लावण्य को डूबते सूर्य की सुनहरी किरणों ने इस तरह ज्योतिर्मय बना दिया था कि दूर से देखने पर लगता, जैसे कोई सोने की सजीव मूर्ति पश्चिम के लाल आसमान की ओर बढ़ती चली जा रही हो।

सागर और मुराद बिना कुछ बोले एक टक श्यामा का आना-जाना देखते, अनबोले खड़े थे। बिसेसर की आवाज पर उनका ध्यान टूटा। उनका भी घर के अन्दर बुलावा था।

सुनीत को अन्दर काकी के पास बैठकर खाना था। लेकिन वह दालान में बिछे कम्बल पर एक किनारे, जिद करके पहले ही बैठ गया। मुराद भी सुनीत के बुलाने पर उसकी बगल में जा बैठा लेकिन सागर खड़ा-का-खड़ा रहा।

'लोग देखेंगे तो क्या कहेंगे! सबके सामने मेरी इतनी हिम्मत नहीं है।' सागर सुनीत को मना करते हुए, हँसने लगा। संयोग से साधो काका घर से बाहर निकल रहे थे। तीनों को देख कर ठिठक गये। उन्होंने सागर का हाथ पकड़ कर पाँत में बिठा दिया। दालान में बैठे सारे लोगों में एक फुसफुसाहट एक किनारे से, दूसरे

किनारे तक दौड़ गयी।

श्यामा आँगन से निकल कर आयी और वहीं एक ओर दीवार के सहारे जमीन पर बैठकर तीनों को मूछी-भात खाते देखती रही। खाना दूसरे लोग परस रहे थे। श्यामा कुछ नहीं बोली। किसी से कुछ लेने के लिए भी नहीं कहा। सागर ने खाकर उठते-उठते पूछा, 'तुमने कुछ खाया, दीदी?'

श्यामा ने उसे कोई उत्तर नहीं दिया। बस खाली-खाली निगाहों से उन्हें देखती रही। खाना खा कर हाथ-मुँह धोने के लिए वे बाहर निकले, तो श्यामा उठकर अन्दर चली गयी। घर में लोग अटे पड़े थे और उसे किसी ऐसे एकान्त की तलाश थी, जहाँ वह अकेली जी भरकर रो सके। जाने क्यों, इस समय उसका मन भीतर से भरता आ रहा था। उसे लग रहा था, यदि इन आँसुओं को बाहर न निकाल दिया गया, तो बाढ़ के पानी की तरह यह मन के सारे किनारों को तोड़-फोड़ देंगे।

सागर को वापस नहीं जाना था। बड़ी रात तक तीनों दुनिया भर की बातें करते रहे। सागर सारी आत्मीयता और स्नेह के बावजूद आश्रम में काम नहीं करना चाहता था। उसे बचपन से ही आश्रम का जीवन सामान्य लोगों के जीवन से अलग, कुछ अजीब-सा बनावटी और आत्म-केन्द्रित लगता था। थोड़ी समझ बढ़ने के बाद आश्रम उसे एक द्वीप के समान मालम पड़ता था। वहाँ होने वाला सारा सोच-विचार उसे बनावटी और बेमानी लगता था। इसे वह अपना व्यक्तिगत विचार कहता था और इस पर कभी बहस नहीं करता था। यही कारण था कि वह जिला परिषद के किसी स्कूल में अध्यापक बनने की कोशिश कर रहा था।

मुराद ने करघे को आधार बना कर जीवन शुरू करने का इरादा बना रखा था, जो उसे मिल गया था। वह खादी के अलावा मिल के सूत की बुनाई भी करना चाहता था, जिससे वह इस उद्योग में लगे दूसरे लोगों को समझ सके और आश्रम पर उसकी निर्भरता कम हो जाय।

सुनीत फिर कई वर्ष पुरानी स्थिति में लौट गया था। उसकी समझ में नहीं आता था कि वह क्या करे। आगे पढ़ने के अलावा दूसरा कोई काम न उसके सामने था, न अभी हो सकता था। अब तक वह जिन जीवन-संदर्भों में जी रहा था, उसे समझने और उसमें राह बनाने का एक प्रयत्न उसने शुरू किया था। श्यामा का साहचर्य उसके जीवन की मुख्य धुरी बना हुआ था। अब एकाएक वह धुरी भी टूट रही थी।

इसलिए इन तीनों में जब श्यामा की चर्चा शुरू हुई, तब मुराद ने कुछ इस तरह कहा, 'भाई जो होना आवश्यक है, उसे तो हो ही जाना चाहिए। सच पूछो तो श्यामा के साथ ही यह हम सभी लोगों के हित में है। वरना श्यामा का जीवन तो बेहद अकेला है। काका का क्या ठिकाना और काकी तपेदिक की मरीज हैं।' यह सब कहते समय मुराद अपनी पूरी शक्ति के साथ अपने हृदय के द्वार को जकड़े हुए था,

जहाँ बड़ी सावधानी से उसने श्यामा को बन्द कर रखा था।

सागर एकदम पारदर्शी था। उसका भीतर-बाहर सदा एक रहता था। वह बोला, 'श्यामा दीदी के अलावा मेरी खुद से कोई पहचान नहीं है। तुम दोनों सब कुछ जानते हो कि मुझे मामूली कीड़े-मकोड़े से भी गया-बीता जीवन मिला है, धूल में सना हुआ, पद-दलित, नीच, उपेक्षित, कुत्ते से भी बदतर, हर जगह से दुरदुराया हुआ और अपमानित। इतने पर भी मैं जीवित रह गया तो मात्र श्यामा दीदी के कारण। माँ ने सिर्फ जन्म दिया था, मुराद! श्यामा ने मुझे जीवन दिया है। मेरे पास शब्द नहीं हैं...। अच्छा हो कि तुम लोग इस प्रसंग को बंद कर दो।' सागर दोनों हाथों से अपने आँसू पोछने लगा, 'लेकिन मैं अपनी दीदी की शादी से बहुत खुश हूँ और मेरा निश्चय है कि उसके दिये हुए इस जीवन को मैं बेकार नहीं गवाऊँगा। मैं लड़ूँगा, सुनीत, मैं अपनी हर साँस को देश की जनता के लिए अर्पित कर दूँगा।'

थोड़ी देर के लिए तीनों चुप रह गये। बखरी में चहल-पहल बढ़ती जा रही थी। इस समय कुछ और लोग चले आ रहे थे और पेट्रोमैक्स की रोशनी के नीचे पाँतों में बैठ कर खाना खा रहे थे। बिसेसर इन्तजाम में इधर-उधर दौड़ रहा था। बीच-बीच में आँगन में गाये जाने वाले गीतों की पंक्तियाँ टूट कर सुनाई पड़ जाती थीं।

मोर पिछवरवाँ लवँगिया क पेड़वा
लवँग चुअइ आधी रात,
लवँग कटाइ बाबा पलंग बिनायनि
रेशम डोर लगाइ

शायद गीत की इन पंक्तियों के एकाएक सुनाई पड़ने का कारण यह हो कि वे क्षण भर को चुप हो गये थे और नीम के छितनार, घने पेड़ के उस कोने, जहाँ वे बैठे थे; सूनापन साकार हो गया था। सिवान की ओर से उमड़ता अंधेरा बखरी के सामने होने वाली तेज रोशनी से टकराता और टूट-टूट कर झरता हुआ दिखाई पड़ रहा था। तीनों सबको देख रहे थे, लेकिन अन्य किसी को भी यह मालूम नहीं था कि वे वहाँ एक चारपाई डाले घुप अंधेरे में बैठे थे। सहसा पेड़ के ऊपर कुछ फड़फड़ाया, फिर कोई चिड़िया सन्नाती हुई, अंधेरे में चुभती चली गयी।

सुनीत ने खामोशी तोड़ी,'तुम दोनों की बातें सुन कर मेरा मन बहुत हल्का हुआ है लेकिन मैं अपनी हालत तुम लोगों से बयान करना चाहूँ तो वह इस तरह होगी,—मुझे लगता है, जैसे मैं एक अंधेरे कमरे में बैठा हूँ और उसके किसी कोने में एक नन्हा-सा दीपक जल रहा है। फिर मैं देखता हूँ कि कोई कमरे में आ कर बिना कुछ बोले, बिना मेरी ओर देखे उसे उठाये लिए जा रहा है। मन में आता है, मैं चीख पड़ूँ दौड़ कर उस आदमी को पकड़ लूँ और कहूँ कि तुम्हारे पास आँखें नहीं हैं क्या? देख नहीं रहे हो कि मैं अंधेरे में अकेला रह जाऊँगा तुम मेरी रोशनी क्यों छीन

रहे हो? लेकिन परिस्थितियाँ ऐसी हैं कि मैं कुछ बोल भी नहीं सकता।'

'तुमने अपनी हालत का एकदम सही वर्णन किया है, सुनीत, तुम्हारे बारे में मैं भी कुछ इसी तरह सोचता था।' मुराद उठ खड़ा हुआ।

तीनों अभी दस कदम भी नहीं गये होंगे कि पूरब का आसमान एकदम लाल हो उठा। धीरे-धीरे यह ललाई ऊपर की ओर चढ़ने लगी, फिर उसमें बीच-बीच में नन्हीं-नन्हीं चिनगारियाँ नाचने लगीं। सभी लोगों का ध्यान उधर टँग गया, लेकिन सहसा कोई कुछ नहीं बोला। फिर कुछ ही क्षणों में शोर सुनाई पड़ने लगा और बीच के पेड़ों के ऊपर नाचती हुई लपटों की लपलपाती जीभ का ऊपरी नुकीला कोना दिखाई पड़ने लगा।

बिरंजी लाल बखरी के बाड़े से निकल कर चिल्लाया, 'आश्रम में आग लग गयी।'

'आग लगी नहीं, लगायी गयी है। कल पंडितों ने मुझे धमकाया था। वे कह गये थे कि देखते हैं कि तुम लोग चमारों की लड़कियों को कैसे पढ़ाते हो?' सागर ने कहा और वे तीनों साँस बाँध कर आश्रम की तरफ दौड़ पड़े। दूसरे लोग भी पीछे-पीछे भागे।

बिरंजी ने ललकारा, 'खाली हाथ कोई न जाए! बाल्टी, गगरा, गगरी,जो भी मिले, लेकर चलो!'

बलराम यादव सो चुके थे। शोर सुन कर उठे और नंगे पाँव भागे। बिरंजी ने उन्हें रोका। हाथी पर रस्सियाँ, बड़े-बड़े कण्डाल और सीढ़ियाँ लदवायी गयीं। पीलवान को हाथी दौड़ा कर वहाँ पहुँचने को कह कर, दोनों उधर रवाना हो रहे थे, तभी ज्वाला बाबू अन्दर से बाहर आये, पूछा, 'मैं भी चलूँ?'

बलराम बोले, 'हम लोग जा रहे हैं। कुछ देर बाद आइए।' बिसेसर को उनके साथ आने के लिए कह कर दोनों आश्रम की ओर दौड़ पड़े।

आग भयानक रूप धारण कर चुकी थी। पछुआ की रमक पा कर ऊपर का फूस चिड़चिड़ाते हुए धूधू करता हुआ, जल रहा था और बीच-बीच में जलते हुए बाँसों की गाँठों के फटने की तड़-तड़ की आवाजों में जैसे कोई प्रतियोगिता चल रही थी। लपटें जुट बाँध कर आसमान की तरफ बढ़ते-बढ़ते बीच में फूट जातीं, फिर चारों दिशाओं में बँट कर, एक दूसरे को पीछे छोड़ देने के लिए लपक पड़ती थीं और कई बार मूल लपटों से अलग हो कर निराधार नाचती हुई आसमान में खो जा रही थीं। लगता था, लपटों में आसमान छूने की आपसी होड़ लग गयी हो।

आश्रम के रिहायशी हिस्से और रुई के गोदाम के अलावा बालिका विद्यालय का एक कमरा खपरैल से छाया हुआ था। शेष पूरा आश्रम ईख की पत्तियों और सरपत की छाजन का बना हुआ था। चरखा-ट्रेनिंग सेन्टर के बड़े कमरे से ले कर

पाठशाला के अंतिम छोटे कमरे तक जिसमें सागर का निवास था, सारी छतें एक-दूसरे से मिली हुई थीं। आग सागर को कमरे में सोया समझ कर ही लगाई गयी थी जो अब उस कोने से बढ़कर, रुई की गोदाम की ओर तेजी से लपलपाती हुई दौड़ रही थी।

सागर, मुराद, सुनीत पल मारते वहाँ पहुँच गये। उन्हें यह देख कर आश्चर्य हुआ कि बलराम यादव का लड़का बैजू पच्चीसों लोगों को ले कर आग से जूझ रहा था। आश्रम के उत्तर तथा पूरब के दोनों कुओं से कुछ लोग पानी खींच रहे थे और शेष आग पर पानी फेंक रहे थे। निश्चय ही यह प्रयत्न बेकार था। फूस के इस हिस्से को बुझाने की कोशिश करने का मतलब सारे आश्रम को आग के हवाले करना था।

सागर ने बैजू को आवाज दी और एक सीढ़ी लगा कर पल भर में बीसों लोगों को खपरैल पर चढ़ा दिया।

'किसी तरह बढ़ती हुई आग को खपरैल से अलग रखने की कोशिश करनी होगी। शेष आग को बुझाने का प्रयत्न बेकार है। इसलिए पानी उस हिस्से पर फेंका जाना चाहिए जो अभी जला नहीं है, जिससे आग का बढ़ाव कम हो और बीच की छत को काट कर अलग किया जा सके।' सागर ने समझाया।

सुनीत, मुराद, सागर, बैकुंठी और बैजू तथा उसके साथ आये हुए नौजवान इस काम में जुट गये। पानी सीढ़ियों से ऊपर चढ़ाया जाने लगा लेकिन हवा के कारण आग की सोहरती लपटें कभी-कभी उनकी ओर इस तरह लपकतीं कि वे सभी भाग कर पीछे हट जाते, फिर जैसे ही वे सीधी होतीं, वे अपने काम में लग जाते।

छत को तोड़ कर बीच में जगह बनाने और बाँस-बड़ेर हटाने में कई बड़े-बड़े जलते हुए छप्पर भहरा कर जमीन पर गिर पड़े। फावड़े से, उनके दीवार में दबे हिस्सों को खोद कर निकालना पड़ रहा था। इसलिए आगे के हिस्से पर पानी फेंक कर लपटों को दूर रखना था। छत पर पानी की कमी पड़ रही थी और चारों ओर पानीऽ पानीऽ...का शोर मचा हुआ था।

हाथी सारा सामान लेकर वहाँ खड़ा था। बलराम यादव और बिरंजी भी वहाँ पहुँच गये। बिरंजी ने पुरवट की बड़ी-बड़ी मोटें नार में बँधवा कर दोनों कुओं में घर्रा लगवा दिया और बड़े-बड़े कंडालों में पानी भरना शुरू कर दिया। बैलों की जगह दस-दस लोग पानी निकालते और कंडालों में भर देते । थोड़ी-थोड़ी दूर पर, लाइन में लोगों को छत तक खड़ा करके बिरंजी ने कुएँ से छत तक पानी पहुँचाने का ऐसा सिलसिला शुरू किया कि पानी पाइप लाइन की तरह ऊपर पहुँचने लगा। बैजू घड़ों को थाम कर ऊपर पानी देता जाता और दूसरे लोग उसे बढ़ती हुई आग पर डालते जाते।

काफी बड़े हिस्से को लोगों ने आग से अलग कर लिया था, पर गोदाम का हिस्सा किसी तरह अलग नहीं हो पा रहा था और वहीं सागर, सुनीत और मुराद दूसरे लोगों को साथ लेकर काम पर जुटे थे। फावड़ों से बड़ेर की मोटी बल्ली खोदने का काम बैकुंठी कर रहा था और सागर बीच का सरपत निकाल कर दूसरी तरफ फेंक रहा था। पास खड़े मुराद और सुनीत एक मोटे जलते हुए बाँस की जड़ को दीवार से उठा कर नीचे फेंकने का प्रयत्न कर रहे थे। तभी बीच में जलती बल्ली चरमरा कर टूटी और आश्रम का अगला हिस्सा छप्परों से अलग हो गया। आग काबू में आ गयी थी, लेकिन तभी एक जलता हुआ पूरा बाँस उलट कर तेजी से सुनीत के कुर्ते को छूता हुआ सागर के दाहिने हाथ पर आ पड़ा तो ओह कर सागर चिल्ला पड़ा। लेकिन तभी उसकी निगाह सुनीत के जलते कुर्ते पर पड़ी। सागर ने दोनों हाथों से कुर्ते की आग बुझाने की कोशिश की लेकिन चोट के कारण उसके हाथ काम नहीं कर रहे थे। उसने मुराद को आवाज दी। मुराद ने कुर्ते को चीर कर अलग कर दिया। सुनीत साफ बच गया। सिर्फ जलते बाँस के छू जाने के कारण उसकी पीठ जरा-सा जल गयी। सागर जल कर वहीं खपरैल की छत पर छटपटाने लगा। मुराद के बायें हाथ की तीन अँगुलियाँ जल गयी थीं, इसलिए वह सागर को सँभाल नहीं पा रहा था। सुनीत ने आवाज दी। लोग सागर को उठाकर नीचे ले गये।

भाई जी और भागो बहिन आश्रम के दूसरे लोगों के साथ सामान हटाने में जुटे हुए थे। मुसई महतो और बिन्दा भगत उनकी मदद कर रहे थे। साधो काका लोगों द्वारा उठा कर लाये सामान को थाम कर रखते जा रहे थे।

सागर को इस हालत में देखते ही भाई जी हाथ का सामान छोड़ कर दौड़ पड़े और भागो बहिन को लेकर उसके उपचार में जुट गये।

'कैसा बुरा समय आया है हम पर।' भाई जी सागर का दोनों हाथ अपने हाथों में लेकर तड़प उठे, 'यह ज्यादा जल गया है!' पास खड़े मुराद और सुनीत को देख कर पूछने लगे, 'तुम दोनों ठीक हो न!'

'हाँ !' मुराद अपनी तीन अँगुलियों को दूसरे हाथ से दबाये हुए बोला, 'हल्की-सी जली हैं। सुनीत के कुर्ते में आग लग गयी थी। किसी तरह कुर्ता फाड़ा गया, वर्ना इसकी जान ही चली जाती।'

भाई जी ने आश्रम से निकाल कर बाहर रखे सिले कपड़ों में से एक कमीज निकाल कर सुनीत को पहनाते हुए कहा, 'तुम बच गये, भगवान को धन्यवाद है।'

'पीठ पर जरा-सा छीटा पड़ गया है,' सुनीत ने बताया।

भाई जी ने पीठ खोल कर देखा। रुपये-भर का एक फफोला उसकी पीठ पर उभर आया था।

भागो बहिन भंगरइया का रस और मक्खन फेंट रही थीं। सागर वहीं बगल में चारपाई पर लेटा कराह रहा था। मुराद और सुनीत चुपचाप बैठे थे। बैजू अपने आदमियों के साथ खड़ा था। दूसरे सारे लोग तरह-तरह की बातें करते हुए, वापस जा रहे थे। बलराम यादव ने जाते-जाते भाई जी से कहा, 'दो दिन की बात है। साधो काका की लड़की की शादी बीत जाए तब इस पर सोच-विचार किया जायेगा।' लेकिन बिरंजी ने जाते-जाते भाई जी को अलग ले जा कर कुछ समझाया।

भागो बहिन ने सुनीत और मुराद के जले पर भी दवा लगा दी और उन्हें घर वापस जाने के लिए जोर देने लगीं लेकिन वे सागर को छोड़कर जाना नहीं चाहते थे।

बखरी से बेचन दौड़ा हुआ आया और सुनीत को तुरन्त साथ चलने के लिए जोर देने लगा, 'चन्दा बहू बाहर खड़ी हैं, ज्वाला बाबू आपको पूछ रहे हैं। बहू जी ने बोल दिया है कि बच्चा सो रहे हैं?'

भाई जी ने दोनों को समझा-बुझा कर वापस किया, 'सागर अब आश्रमवासी है। हम उसे देखेंगे। तुम लोग जा कर आराम करो!'

बड़े सवेरे मातृपूजन की साइत थी। मूरत महराज सूरज निकलने से पहले ही कुश और आम का पल्लव लिये दरवाजे पर आ बैठे। नाइन ने आँगन लीप कर चौक पूर दिया। कहाइन अपने पूरे परिवार के साथ पानी भरने आ गयी। गोपी माँड़ो के एक कोने पीढ़ा चढ़ कर बैठ गयी। घर में आयी दूसरी औरतें अभी एक-एक कर उठ रही थीं, लेकिन गीत गाने वाली ब्राह्मणियाँ कब की आ कर आँगन में बैठ गयी थीं।

रात के दोहरे जागरण के कारण अभी बाहर सोता पड़ा हुआ था। श्यामा हल्दी-सनी धोती पहने दालान के भीतर दरवाजे का एक पल्ला पकड़े मूर्ति की तरह खड़ी थी। उसके चेहरे की भाव-शून्यता बढ़ गयी थी। उस पर किसी के आने-जाने का कोई असर ही नहीं पड़ रहा था। गोपी दो बार टहल-घूम, उसे आगे-पीछे से देख कर 'हुँह' कहती हुई, नाराज होकर वापस जा चुकी थी। लेकिन दूसरे लोग हिम्मत नहीं कर पा रहे थे कि उसे अन्दर जाकर बैठने के लिए कहें।

आग की सारी खबर श्यामा को रात को ही मालूम हो गयी थी। मुराद के घर श्यामा ने तुरन्त खबर करा दी थी कि वह घर आते ही पहले उससे मिल कर दूसरा काम करे।

मुराद तुरन्त पहुँचा था। वह अपने दर्द को छिपाने के लिए लगातार मुस्करा रहा था और कह रहा था, 'कोई बात नहीं, श्यामा, भागो बहिन ने ऐसी दवा दी कि सारा दर्द ही उड़ गया।' श्यामा उसकी आँखों में देख कर दर्द को पहचानना चाहती थी।, लेकिन वह लगातार नीचे ही देखता रहा था। श्यामा ने उसके जले हाथ को अपने

हाथ पर रख लिया तो मुराद की देह में एक सिहरन-सी दौड़ गयी। न जाने क्यों अनायास आज फिर फफायी हुई बजमा का चाँदनी-सिक्त जल-विस्तार उसकी स्मृति में कौंध गया। पानी धीरे-धीरे ऊपर चढ़ता गया था। मुराद के हृदय का कंपन हाथों पर उतरने ही वाला था कि उसने अपना हाथ धीरे से छुड़ा लिया था।

'इसका ध्यान रखना, मुराद', श्यामा ने अपने ही अन्तर से अपने को झटके से काटते हुए कहा था।

'मेरी कोई बात नहीं, इसे ठीक होते देर नहीं लगेगी पर सागर...'

'मैंने सब सुन लिया है, मुराद। काका को मैंने वहाँ से लौटते ही वापस भेजा है कि सागर जैसे भी आ सके, वे उसे यहाँ लाएँ। जब तक वह नहीं आता, मैं यहीं खड़ी रहूँगी।' श्यामा ने मुराद को वापस भेज दिया था।

वह बड़ी रात से वहीं-की-वहीं खड़ी थी। माँ ने आ कर कहा, 'कल तू चली जाएगी, फिर तेरे सागर की देख-भाल कौन करेगा?'

'अभी तो मैं हूँ न, माँ!' श्यामा संक्षिप्त-सा जवाब दे कर चुप हो गयी। उसके हृदय में कोहराम मचा हुआ था। सागर के छुटपन से ले कर आज तक की अनेक आवाज़ें एक साथ उसे बुला रही थीं। वह उन बीते दिनों के जंगल में खो गयी थी।—उसके जन्म के बाद लोग उसकी माँ के पास आते हुए डरते थे। माँ के आँसू भरे चेहरे के अनेक चित्र, अनायास उसकी आँखों के सामने एक-एक कर आये और चले गये। मुसई चाचा ने कभी दुआर नहीं छोड़ा। लोगों ने क्या-क्या नहीं कहा,—गोरे पकड़ ले जाएँगे। आग में जिन्दा जला देंगे। श्यामा को तो पाते ही भाले की नोक पर उठा लेंगे। लेकिन मुसई चाचा रोज रात, सागर के साथ आते और मड़ई में उसे छोड़ देते। मुझे गोद में लिए तब तक कहानियाँ सुनाते रहते, जब तक मैं सो न जाती। कहते, 'गोरे आएँगे और काका के बच्चे को माँगेंगे तो सागर को थमा दूँगा।'

—सागर भी कैसा अनोखा था। कैसे-कैसे खेल खेलता था। रोज शाम वह सनई से सिपाही बनाता और गोरों पर चढ़ाई करता। उन्हें सताता और बाँध कर जेल में डाल देता। वह उन्हें वही यातनाएँ देता,जो वह सुनता था कि गोरे सुराजियों को देते हैं।—श्यामा खड़े-खड़े सोचती जा रही थी।

मूरत महराज आकर बगल में खड़े हो कर बोले, 'आज चन्दा बहू पहली बार मण्डप में आएँगी, श्यामा बिटिया। संदेश आया है कि पूजा शुरू होने के पहले खबर करें। क्या कहती हो?'

'काका सागर को लेकर लौटेंगे, तभी मैं यहाँ से हटूँगी।' बोल कर श्यामा फिर चुप हो गयी।

काकी श्यामा को जानती हैं। अब चाहे जो भी हो जाए, सागर को देखे बिना वह कुछ नहीं करेगी। यह तो गनीमत समझिए कि ऐसे ही कंगन बाँधे, भागती हुई वह आश्रम तक नहीं चली गयी।

माँ ने बिसेसर को तुरन्त दौड़ाया। लेकिन उसे बहुत दूर नहीं जाना पड़ा। बिन्दा, मुसई, बैकुंठी और काका सागर को चारपाई पर लिटाये लिये चले आ रहे थे।

श्यामा ने उसे घर के अन्दर एक कमरे में लिटा दिया। आश्रम के बगल वाले कम्पाउण्डर ने उसकी बेचैनी के कारण कोई ऐसी दवा दे दी थी, जिससे वह बेहोश होकर सो गया था। श्यामा ने उसकी ख़ुली-खुली बाँहों पर हाथ से सहलाया और सिर ठीक से सँभाल कर नीचे एक तकिया लगा दिया। सागर के सारे बदन पर जगह-जगह कालिख के निशान लगे थे। श्यामा ने एक कपड़े से पानी निचोड़ कर उसका चेहरा साफ किया और बाहर आ कर कोहबर के दरवाजे पर बिना कुछ बोले बैठ गयी। मतलब था,—अब जो कुछ पूजा-पाठ शुरू करना हो, करो!

मूरत महराज ने नाइन को इशारा किया। वह श्यामा की माँ को मण्डप में बुला लायी।

चन्दा बहू भी आ गयी थीं। वे आँगन में विशेष रूप से बिछे कालीन पर एक ओर बैठी थीं।

पूजा शुरू हो गयी। सारे देवी-देवता इस पुण्य-यज्ञ को देखने के लिए बुलाये जाने लगे। औरतें मूरत महराज के लोकाचार के समानान्तर गीत उठाने लगीं। धीरे-धीरे सारा आँगन औरतों से खचाखच भर गया। जो भी आता, उसकी नजर चन्दा बहू पर सबसे पहले जाती। वे आपस में उनकी प्रशंसा करते हुए कहतीं, 'उन्हीं का सारा किया-दिया है। बड़ा पुन्न कमा रही हैं, चन्दा बहू!' दूसरी बिना रुके बोलतीं, 'यह भी कोई कहने की बात है, बहिनी? बिटिया के विवाह से बढ़ कर धरम का दूसरा कोई काम ही नहीं है।'

कोई बूढ़ी उनके पास जाकर बैठ जाती और कहने लगती, 'दूधन नहा, पूतन बढ़ा, बहू रानी। जस लूट रही हो लोक में। नहीं तो आज के जमाने में कौन दूसरे की लड़की का बेड़ा पार लगाता है?'

कई मुँहफट औरतें चन्दा बहू को सुना कर बेलाग कहतीं, 'भगवान भला करें चन्दा बहू का, नहीं तो भला हल्दी लगती लड़की की गाँठ में।'

मूरत महराज अब हर मिनट किसी देवता के ऊपर अपनी अँगुली रख देते और काकी की ओर देख कर रुक जाते। काकी यह सब नहीं समझती थीं। लेना-देना कैसे होता है, यह भी उन्हें नहीं मालूम था। वे कुछ कहना चाहतीं,लेकिन उनके मुँह से आवाज फूट ही नहीं रही थी। इतनी उम्र होने पर भी आज तक वे कभी इतने लोगों के सामने नहीं बैठी थीं। उनका बीमार शरीर पसीने से भींगता जा रहा था।

उन्होंने नाइन की धोती खींच कर उसके कान में कुछ कहा।

नाइन बोली, 'महराज पूजा कराएँ, संकलप और दच्छिना सब जोड़ कर एक साथ ले लीजिए।'

गोपी कभी से बेचैन हो रही थी। अब उसका संदेह पूरा पक्का हो गया,—बहुरिया कहाँ पाएगी पैसा, दान-दच्छिना के लिए। वह लड़खड़ाती हुई उठी और औरतों के बीच से उढ़कती हुई, आगे बढ़ने लगी। बीच में बैठी औरतें भुनभुनाने लगीं,—कहाँ सिर पर चढ़ती आ रही है, बूढ़ी। लेकिन गोपी मानने वाली नहीं थी। पास पहुँच कर अपने आँचल के खूँट से उसने एक पोटली निकाल कर काकी के सामने रखी और उसे खोलने की कोशिश करने लगी। पोटली की गाँठ कस गयी थी। पड़ाइन ने आगे खिसक कर गाँठ खोल दी। विक्टोरिया छाप यह ग्यारह रुपये गोपी ने इसी दिन के लिए कब से प्राण के समान संजो रखे थे। उसे यह चिन्ता बहुत दिनों से सताती रहती थी कि श्यामा की शादी में गरीब बहुरिया चौक पर क्या करेगी! चार पैसे हाथ में नहीं रहेंगे, तो गाँव-गिराँव के लोग क्या कहेंगे बेचारी को। इसलिए लाख जरूरत पर भी उसने इन रुपयों को हाथ नहीं लगाया था। गोपी वहाँ से उठते हुए कमर पर हाथ टिका कर मूरत महराज की ओर देखती हुई, पल भर रुक कर गुस्से में बोली, 'अब का टुकुर-टुकुर ताकता है रे, मुरता, हमें दरिद्दर समझ रखा है का रे! वह धरी है तेरी दान-दच्छिना। अब बीच में पैसा-पैसा कह कर गरियार बरधा की तरह रुका तो इसी बकुली से तेरी पीठ ही लाल कर दूँगी।'

गाँव में सबको गोपी डाँट देती थी। किसी ने साधो काका का नाम लिया नहीं कि उसके कान खड़े हो जाते थे। क्या मजाल जो कोई काका के परिवार के बारे में कुछ कह दे। फिर तो उसके सात पुश्त की लादी गोपी खोल देती,—मुँह फुकौना, सरबौला, मरकिनौना, अघोड़ी और कोढ़िया जैसे विशेषणों के बिना उसकी जबान आगे चलती ही नहीं थी।

मण्डप में छाये सन्नाटे को तोड़ती हुई, दुलरा आजी की शान्त, गम्भीर आवाज ने गीत उठाया,

आटन छोड़लूँ, मैं पाटन छोड़लूँ,
छोड़लूँ मयरिया की गोद
एहि सेंधुरा के कारण बाबा
छोड़लूँ मैं देस तिहार।

श्यामा को यह गीत पूरा याद था। वह करुणा-विह्वल होकर ब्याह के गीतों को गाते-गाते कई बार हिचक-हिचक कर रो पड़ती थी।

सुनीत सह ही नहीं पाता था इन गीतों को और अक्सर जहाँ ये होते रहते थे, वहाँ से उठकर चला जाता था। मुराद और सागर उद्वेलित होने के बजाय इन गीतों पर

बात किया करते थे।

श्यामा इन्हें शोषित कन्या का करुण आर्तनाद कहती थी। उसका ख्याल था कि इन गीतों की रचना तब हुई होगी, जब स्त्री ने अपनी वर्तमान सामाजिक नियति को स्वाभाविक मान लिया होगा। पुरुष-प्रधान समाज ने युगों तक उसके रोम-रोम को कुंठित करके उसे मात्र देह बना दिया होगा। मान-अपमान, विचार-अविचार का मतलब ही समाप्त कर दिया गया होगा और कालान्तर में बन्धन और गुलामी उसके स्वभाव का सहज हिस्सा बन गये होंगे। कैसी विडम्बना है कि पुरुष के बिना वह कुछ नहीं—उसका अपना कोई अधिकार नहीं। उसके घायल पक्षी की तरह तड़पते हुए मन का कोई मूल्य नहीं। उसकी दहला देने वाली आकुलता को कोई मान्यता नहीं। सिन्दूर ही सब कुछ है, उसके जीवन में।

सागर कहता, 'श्यामा दीदी, तुम्हारी यही बात समझ में नहीं आती। एक तरफ तुम इन गीतों को सर्वथा लाचार स्त्री जाति की दुखभरी कराह मानती हो, दूसरी तरफ उन्हें गाते-गाते हमेशा रो पड़ती हो।'

'ठीक कहते हो, सागर', श्यामा उसे समझाया करती थी, 'अगर मैंने इन गीतों के भीतर छिपी मार्मिक भावनाओं से अपने को एक सीमा तक वेवश होते नहीं पाया होता, तो मुझे इनका सही अर्थ कभी समझ में नहीं आता। अपने लिए मुझे रोना भी नहीं आता। रोने का कुछ मतलब उसके लिए होता है, जिसके पास हँसने के लिए कुछ होता है। मेरे पास ऐसा क्या है, सागर? मुझे सारे स्त्री-समाज के सीने में लबालब भरे आँसू, इन गीतों में छलकते हुए दिखायी पड़ते हैं। मेरे हृदय में एक वैसा ही हहाता हुआ समुद्र छिपा है। मैं हृदयहीन नहीं हूँ, सागर। हो सकता है, कभी यह समाज बदले। औरतों को भी उनका सहज स्वाभाविक जीवन मिले, तब इन गीतों ही से उनके हृदयहीन शोषण का सही इतिहास जाना जा सकेगा।'

लेकिन इस समय श्यामा अवाक्—लगभग भावशून्य थी।—**हटिऐ त सेन्हुरा महंग भइनै बाबा, चुनरी भइल अनमोल। एहि सेन्हुरा के कारण बाबा, छोड़ेउ पैं देस तिहार** जैसी पंक्तियाँ उसके कानों को सुनाई ही नहीं पड़ रही थीं। आँखों के आगे चलने वाले लोकाचार में लोगों की व्यस्तता और दौड़-भाग का कोई भी अक्स उसकी आँखों में नहीं पड़ रहा था।

सामने के कमरे में नींद की गोलियों के कारण गहरी नींद में सोया सागर न जाने कब जगेगा। कुछ खाया भी होगा कि नहीं?—श्यामा सोचती है और उसकी निगाह बराबर उसी दरवाजे पर लगी हुई है, जहाँ सागर सो रहा है।

दो हाथों के अलावा और सागर के पास था ही क्या? सागर उन हाथों पर कितना भरोसा करता था। कभी उत्साह से कहता, इन्हें दुकेला ही न समझना, श्यामा दीदी।

वह समय दूर नहीं, जब मैं इन्हें करोड़ों हाथों के साथ जोड़ दूँगा और वही हाथ...? श्यामा की आँखों में सागर के जले हुए हाथों की शक्ल जैसे जड़ दी गयी हो।

—छबिया भी तो नहीं है। होती तो मन को भरोसा होता, देखभाल तो करती, लेकिन वह कब तक बैठी रहती, इस तरह।

श्यामा को छबिया के पत्र का स्मरण हो आया था। छबिया झूठी मर्यादा के बोझ में दबी, घिसट-घिसट कर जीवित रहने वाली, मेरी जैसी लड़कियों से भिन्न इसलिए थी कि वह बचपन से भूख की लड़ाई में जूझने वाले वर्ग में जन्मी थी। वह जीविका के लिए संघर्ष करती थी। मेहनत-मजदूरी द्वारा रोटी कमाने में लगे हरिजनों और गिरिजनों की स्त्रियाँ पति की गुलामी का बोझ कहाँ ढोती हैं। कल को आदमी से नहीं पटी, तो वे अपने घर, पति अपने घर। जब शरीर ठठा कर ही दो रोटी कमानी है, तब किसी की धौंस क्यों सहें। पति रोटी कमाने के श्रम से पत्नी को मुक्त करके परमेश्वर बन गया है। -श्यामा का मन वायु वेग से भागता रहा।

उधर आँगन में मातृ-पूजा समाप्त हो गयी थी। औरतें एक-एक मुट्ठी चने की भींगी दाल और एक-एक जौ की ढूढ़ी लेकर वापस चली गयी थीं।

श्यामा बेहोश सोये हुए सागर के पास जा खड़ी हुई। वह अब भी गहरी नींद में एक ओर सिर झुकाये सो रहा था। उसके जले हुए हाथ की मुट्ठी खुली हुई थी। अँगुलियाँ फूल कर इस तरह मोटी हो गयी थीं और एक-दूसरे से मिल गयी थीं कि गदोरी और अँगुलियों में अन्तर करना मुश्किल था। कलाई का निचला भाग झुलस कर काला पड़ गया था। नसें फूल कर मोटी हो गयी थीं और किसी बटी हुई रस्सी की तरह ऐंठी-ऐंठी लग रही थीं। कोहनी के ऊपर की दुबली-पतली बाँह कुर्ते में छिपी हुई थी इसलिए पहली नजर में सागर के जले हुए हाथ को उसके शेष शरीर से जोड़कर देख पाना कठिन था। ऐसा लगता, जैसे वह शरीर से अलग जा पड़ा हो।

लोग सागर को देखने आते और देख कर चुपचाप चले जाते। कोई कुछ पूछता ही क्यों? वहाँ जवाब देने वाला कौन बैठा था? श्यामा के पास वैसे ही सवालों की भीड़ लगी हुई थी। इसी बीच मुराद आया और उसके पीछे-पीछे सुनीत। श्यामा ने दोनों को बैठने के लिए पुआल के मोढ़े दिए और खुद सागर की चारपाई पर पायताने बैठ गयी।

रोशनी आँगन के दूसरी ओर खिसक गयी थी। सूरज बखरी की बड़ेर से नीचे की ओर झुक गया था। वे जहाँ बैठे थे, वहाँ छाया से कुछ कम रोशनी के कारण, हलके, भूरे कनवास पर उदास रंगों में रचे चित्र की तरह दिख रहे थे। फिलहाल अगली सुबह का एहसास उनके मन में नहीं था, जब चारपाई के पायताने, अपने दोनों घुटनों और कुहनियों के बीच मुँह छिपाये श्यामा का रिक्त स्थान इस रूपाकार के

सामंजस्य को डावांडोल कर देगा। पता नहीं, उस खाली स्थान का अंकन कर सकने वाला कोई कलाकार देश में है या नहीं—यह तो भविष्य ही बतायेगा।

सोन गाँव की बारात और थाने की पुलिस दोनों ने दो दिशाओं से गाँव में एक साथ प्रवेश किया। एक ओर ढोल और दमामों के साथ इब्राहिम का बैण्ड एकाएक बजने लगा। दूसरी ओर रोते-चिल्लाते स्त्री-पुरुषों और बच्चों के साथ एक भीड़ पुलिस की मोटर के पीछे आकर बड़की बखरी के सामने खड़ी हो गयी। पुलिस ने मानिकपुर के एक मात्र काँग्रेस-समर्थक और ज्वाला बाबू के परम अनुचर गोबिन महराज के परिवार के सभी मर्दों को रस्सियों में बाँध रखा था।

गोबिन महराज ज्वाला बाबू की ओर से मानिकपुर के जाबिर जमींदार बिनेसरी पाण्डे से हमेशा लोहा लेते थे। उन्होंने थानेदार को इस बात के लिए बाध्य कर दिया कि पाँच मिनट बड़की बखरी के सामने रुक कर, उन्हें ज्वाला बाबू से मिल लेने दिया जाय।

भाई जी ने डाका और आगजनी की नामजद रपट थाने में दर्ज करायी थी और गाँधी आश्रम के उच्चाधिकारियों को तार दे कर प्रांतीय और केन्द्रीय सरकार तक बात पहुँचा दी थी। बिरंजी यह सब जानता था और पुलिस के आने का इंतजार कर रहा था। लेकिन उसने स्वप्न में कभी नहीं सोचा था कि यह सब इतने बेमौके घटित हो जाएगा। उसने गोबिन महराज को बाहर बहुत समझाया, 'थानेदार आपका क्या कर सकता है? कल ही जमानत पर छूट कर आ जाएँगे। इस समय चुपचाप थाने चले जाइए।'

पर गोबिन की इज्जत इतने ही से मिट्टी में मिल चुकी थी। अगर थाने तक सारा परिवार चला गया, तब वे इस खित्ते में मुँह दिखाने के काबिल नहीं रह जाएँगे। वे पुलीस की गाड़ी के अन्दर से ही चिल्लाने लगे, 'दोहाई ज्वाला बाबू की ऽऽ। .... 'दोहाई ज्वाला बाबू कीऽऽ!'

मुंशी नहीं चाहता था कि इस समय उनकी मुलाकात ज्वाला बाबू से हो। उसने इब्राहिम को इशारा कर दिया। बैंड जोर-जोर से बजने लगा और गोबिन महराज की दोहाई उसी में डूब गयी। लेकिन बात बनी नहीं। किसी ने अन्दर खबर कर दी थी। ज्वाला बाबू नंगे पाँव बाहर आ गये। उन्होंने थानेदार को अलग ले जा कर बात की।

थानेदार ने बताया कि गिरफ्तारी गृहमंत्री के आदेश पर की गयी थी।

'मैं समझ लूँगा गृह-मंत्री को, फिर मैं यह कहाँ कह रहा हूँ कि तुम इन लोगों को गिरफ्तार न करो, लेकिन देख रहे हो कि आज हमारे दरवाजे पर बारात आयी है, लड़की की शादी है और गोबिन महराज हमारे पुरोहित हैं। मैं कल तक

गृहमंत्री से बात कर लूँगा। कलक्टर और एस०पी० कहें तो तुम स्पष्ट कर देना और उनसे कहना कि हमसे मिल लें। आज इन लोगों को यहीं छोड़ दो। दो दिन के बाद ऊपर से आदेश न मिला, तब फिर पकड़ ले जाना। ये लोग कहीं जानेवाले थोड़े ही हैं।'

थानेदार ज्वाला बाबू को जानता था। उसे अपनी नौकरी का ख्याल कर गोबिन महराज के साथ उनके पूरे परिवार को छोड देना पडा।

मुंशी कलट कर रह गया। वह खुद गोबिन महराज को बहुत चाहता था,लेकिन उनके लड़कों ने आश्रम में आग लगा कर जो भयानक अपराध किया था, इसके लिए वह उन्हें कड़ी सजा दिलवाना चाहता था। कोई कुछ भी कहे, मुंशी आश्रम को एक मंदिर के समान मानता था। कभी-कभी कहता, 'इस तरह सच्चे मन और सेवा-भाव से इस समाज में काम करना सबके बूते की बात नहीं। हम लोग रात-दिन झूठ-फरेब करके चार पैसे के लिए लोगों को सताते हैं। मैं ऐसे लोगों को इस मृत्युलोक में भगवान का अंश ही मानता हूँ। इस अधम देह से इतना ही बनता रहे तो क्या कम है।'

बलराम यादव को भी ज्वाला बाबू का गोबिन महराज के परिवार को इस तरह छुड़ा देना खल गया।

साधो काका इसे सुन कर खाट से उठ गये और इधर-उधर टहलते रहे।

गोपी गरियाती हुई उस कमरे में घुसी, जहाँ सागर के साथ श्यामा, मुराद और सुनीत बैठे थे।

'पुलिस से तो छुड़ा दिया, लेकिन भगवान से कैसे छुड़ायेगा, ज्वलवा? पपिअन को कोढ़ फूटेगा, कोढ़!'

गोपी के इस कथन से कमरे में इकट्ठी इतनी देर की खामोशी का भार थोड़ा डगमग हो गया। श्यामा ने घुटनों के बीच से सिर उठा कर गोपी को देखा, लेकिन मुराद की निगाह सुनीत पर जा टिकी, जो पूरा घूम कर गोपी की ओर देखने लगा था।

गोपी से कुछ और पूछना नहीं पड़ा । बिसेसर उसके पीछे-पीछे आ कर दरवाजे के बाहर खड़ा था। चन्दा बहू ने सुनीत को बुलवाया था। सुनीत बिना कुछ बोले उठा और बाहर चला गया।

श्यामा ने इस बार दोनों बाँहों में अपना मुँह नहीं छिपाया। कनपटियों के सहारे उसे बाँहों पर टिका कर मुराद को एकटक देखने लगी। मुराद उसे इस तरह देखते जान कर भी नीचे जमीन पर निगाह गाड़े रहा। समय जैसे थम-सा गया हो, कुछ देर के लिए, लेकिन तभी एक गौरइया चूँ-चूँ करती हुई, कमरे के सामने फुदकती, चौखट तक आयी और फिर फुर्र से सीधा उड़ कर काल के सीने में खरोंच

लगाती हुई, दूर चली गयी। लगा, जैसे कुछ घट गया हो। मुराद पर सीधी प्रतिक्रिया हुई। उसके भीतर कुछ दुखने लगा। उसकी आँखें अनायास भर आयीं—कल सुबह ही श्यामा चली जायेगी—उसने जरा-सा सिर उठाया, श्यामा का भावशून्य चेहरा जैसे-का-तैसा बाँहों पर टिका पड़ा था। मुराद ने साहस कर उसकी आँखों में झाँका लेकिन श्यामा ने पुतलियों के बीच पल भर को जुड़ गये तारों को अपनी पलकें झाँप कर, तोड़ दिया। संवेगों का यह असह्य परिसीमन था।

श्यामा की माँ आकर दरवाजे पर खड़ी हो गयी, 'तू अब इधर आ जा, श्यामा! दरवाजे पर बरात आ गयी है। मैं किसी को यहाँ बैठा देती हूँ। सागर के आँख खोलते ही वह तुम्हें बता देगा।'

श्यामा वहाँ से उठ कर कोहबर वाले घर में चली गयी। मुराद भी बाहर निकल आया।

अब सूरज काफी नीचे झुक गया था और बड़की बखरी से काका के घर तक आदमी-ही-आदमी भर गये थे। साधो काका नीम के नीचे एक तखत पर नंगे बदन बैठे थे।

लोग पहले बखरी के हाते में लगे तम्बू में जलपान के लिए ले जाये जाते थे। वहाँ प्रथा के अनुसार वे यथाशक्ति एक-दो रुपये थाल में रख कर, बिरंजी लाल की कापी में अपना नाम लिखाते, फिर साधो काका से मिलने इधर आ जाते। इतने लोगों को बैठाने का कोई साधन काका के पास नहीं था। दस-बीस चारपाइयाँ वहाँ जरूर पड़ी थीं, जिन पर लोग पहले ही बैठ चुके थे। अब वहाँ खड़े-खड़े नमस्कार करके बखरी के हाते में लौटने के अलावा दूसरा चारा नहीं था।

बाकर कब से मुराद की प्रतीक्षा में नीम के चबूतरे पर बैठा था। उसे अन्दर से निकलता देख कर वह तुरंत उठ खड़ा हुआ। पास जा कर बोला, 'लोग दुआर करने आ रहे हैं, कपड़े तो बदल ले!'

बाकर ने आश्रम से धुली खादी लाकर, मुराद के लिए कुर्ता पायजामा इसी दिन के लिए बनाया था।

'अच्छा नहीं लगता, अब्बा!' मुराद अपने घर की ओर मुड़ते हुए बोला, 'सागर की आँख अभी तक नहीं खुली। शायद उसे बुखार भी हो आया है। श्यामा के दुख का ठिकाना नहीं, अब्बा। जाने कैसी अनमनी और उदास हो रही है।'

'ठीक है, लेकिन जो हो रहा है, वह रुकने वाला नहीं, बेटा। तेरा भी तो हाथ इतना जल गया है। हाँ, तुमने गले में लटकी पट्टी क्या कर दी। हाथ उसमें लगा लो, नहीं तो अँगुलियाँ फूल जाएँगी। दर्द बढ़ जाएगा, मुराद!'

'मैंने जान-बूझ कर उसे निकाल दिया था। सागर को देख-देख कर श्यामा वैसे ही बेचैन हो रही है। मुझे भी पट्टी में हाथ लटकाये देख कर उसका मन और दुखी होता। तुम तो जानते ही हो श्यामा को, अब्बा।' मुराद बिना किसी तनाव के धीरे-धीरे बोलता जा रहा था। वह बेहद थका हुआ था और उसके होंठ सूख गये थे।

बाकर का मन भर आया, 'जानता हूँ, बेटा। खुदा न करे इस दुनिया में किसी को श्यागा-जैसा दिल मिले। उसीके असर में तुम लोग भी ऐसे बन गये हो। हर समय दूसरों के लिए जीने वाला इस जहान में सुखी नहीं रहता, मुराद। यह दुनिया पत्थर-दिल लोगों के लिए बनी है। भला श्यामा का कैसा वास्ता सागर से या तुमसे? हम लोगों को तो ये ठाकुर-बाभन मलिच्छ कहते हैं, मलिच्छ। एक हीन जाति का, भूखा-प्यासा, चमार है सागर, जिसे वे लोग घर में पैर भी नहीं रखने देंगे लेकिन यह ऊपर वाले की किरपा ही समझो। मुसई महतो की जिनगी भी सुआरथ हो गयी। कमाया-धमाया नहीं तो क्या! पारस पत्थर के पास रहने वाला लोहा भी सोना हो जाता है। जरा चारों ओर देख कर समझो! हमें ही यह जीवन कहाँ नसीब होता! भला ज्वाला पूछते हम लोगों को? घास तो डालते ही नहीं, जो भी नेक काम भूले-भटके उनसे हो रहा है, वह साधो काका के कारण। लोगों में फैले काका के जस में ज्वाला होशियारी से हिस्सेदार बन जाते हैं। लेकिन अब श्यामा के कारण सुनीत का बदला हुआ स्वभाव उनके लिए सिर का बत्था बन गया है। रोज झगड़ा होता है चन्दा बहू से। बेचन कह रहा था, कल रात भर लड़ाई हुई है।'

मुराद किसी तरह कुर्ता-पायजामा पहन कर, गले की पट्टी में हाथ लटकाये, घर से निकल कर बखरी के अहाते में जा खड़ा हुआ। एक बड़े से तखत पर बिछे रंगीन कालीन पर गाव तकिये के सहारे बैठे बलराम यादव बार-बार उठ कर आने वालों का स्वागत कर रहे थे। बखरी के दालान के सामने खड़ा उनका लड़का बैजू, सुनीत से कुछ बातें कर रहा था। मुराद को देखते ही दोनों वहाँ से चल पड़े।

मुराद का ध्यान सुनीत के चेहरे पर था। सुनीत कुछ न बोलकर चुपचाप बैजू की बातें सुन रहा था। उसने खादी सिल्क का बगल बटन वाला कुर्ता पहन रखा था। उसका चेहरा चढ़ा हुआ था और आँखों के पपोटे फूल आये थे। पुतलियों के नीचे के सफेद भाग की नसें लाल हो रही थीं। लगता था, सुनीत बहुत रोया है। मुराद उसी समय सुनीत के मन की गिरावट ताड़ गया था, जब श्यामा के पास उसने आश्रम में आग लगाने वाले गोविन महराज के परिवार को छुड़ा देने की बात सुनी थी। यही कारण था कि बिसेसर से माँ का बुलावा सुनते ही सुनीत तुरन्त उठ कर चला गया था।

तीनों अहाते से निकल आये। बाहर सामान लिये बैठे बैजू के दो आदमी उसे देखते ही उठ खड़े हुए। एक ने बगल में पड़ी बड़ी-सी काँवर उठा ली और दूसरा एक रंग-बिरंगा बक्सा सिर पर उठाये उनके पीछे-पीछे चलने लगा। मुसई महतो ने

काँवर उतरवा कर सामान घर में पहुँचा दिया। बैजू ने बक्सा खोल कर कागज में लिपटी एक सिन्दूरी रंग की बनारसी साड़ी हाथ में ले ली और मुसई महतो को बक्से की कुंजी देते हुए बोला, 'माँ ने साज का सामान भेजा है, श्यामा के साथ जाने के लिए। काकी को देकर सहेज दीजिएगा।'

सुनीत कुछ आगे बढ़कर खड़ा था। बैजू और मुराद उसके साथ आँगन में पहुँच गये।

बलराम यादव की दूध की गाड़ी रोज ही बनारस से आती-जाती थी। लेकिन साड़ी लेने बैजू खुद बनारस गया था। सिन्दूरी रंग के असली सिल्क पर सोने के तारों की कढ़ाई हुई थी। वह इसे श्यामा को खुद देना चाहता था और श्यामा से मिलना भी चाहता था। वे तीनों मंडप की बगल से निकल कर आँगन के दक्षिणी भाग में जा खड़े हुए। काकी ने कोहबर में बैठी श्यामा को खबर दी। श्यामा बैजू को आया हुआ सुन-कर आँगन में आ खड़ी हुई। बैजू ने दोनों हाथों से साड़ी आगे बढ़ायी।

श्यामा बहुत उदास थी, फिर भी वह बैजू को बहुत ही स्नेह से देखते हुए बोली, 'तुम्हें यह सब करने की क्या जरूरत थी?' उसने हाथ बढ़ा कर जैसे ही साड़ी थामी, बैजू तेजी से उसका पैर छूने के लिए झुका। श्यामा ने उसका कंधा पकड़ कर रोकना चाहा लेकिन उसके हाथ श्यामा के पैर तक पहुँच ही गये।

बैजू की बड़ी-बड़ी साफ चमकती आँखों पर पानी की एक परत उतर आयी। श्यामा ने भी आँचल से अपनी आँखें साफ कर लीं, लेकिन वह जरा भी विचलित नहीं हुई। वैसी ही उदास और डूबी हुई आवाज में बोली, 'तुम ही नहीं, बाकर चाचा और मुसई चाचा को छोड़ कर शायद ही कोई जानता होगा कि बलराम चाचा ने इस परिवार को किस तरह पाला है। जब मैं छोटी थी और रात के अँधेरे में ऊँट पर लदा अनाज घर में लाया जाता था, तब मैं माँ से बहुत पूछ-ताछ करती थी। लेकिन वे हमेशा टाल जाती थीं। बड़े होने पर सब कुछ खुद ही समझने लगी। काका के जेल से छूट कर आने के बाद, कई वर्ष तक खेती-बारी का सिलसिला ठीक नहीं बन पाया था, लेकिन हम भूखे कभी नहीं रहे।

'इसे अनुग्रह मानने की हिम्मत नहीं होती है, बैजू,' श्यामा की आवाज काँपने लगी, 'लगता है, तुम भी बाप ही के रास्ते पर जा रहे हो। इसलिए कह रही हूँ कि मेरे न रहने पर काका को देखते रहना।' श्यामा अपने को किसी भी तरह सँभाल नहीं पायी। आँचल में मुँह छिपा कर रोती हुई वह तेजी से कमरे में भाग गयी।

सुनीत का भीतर से जलता हुआ मन इन बातों से और भी राख हो गया।—देश के लिए जान की बाजी लगाने वाले काका के परिवार का पालन बलराम यादव करते रहे और यही बगल में बैठे मेरे माँ-बाप...। सुनीत भीतर-ही-भीतर अपने को भी

कोसने लगा,—वह चाहे कितना छोटा था, फिर भी उसे कुछ समझना जरूर चाहिए था!

बाहर भीड़ बढ़ती जा रही थी। असगाँव-पसगाँव के अलावा दूर-दूर से लोग बिना किसी निमंत्रण के काका की इकलौती बिटिया की शादी में अपना न्यौता देने चले आ रहे थे। एक-एक रुपये की नोटों से मुंशी की कई थालियाँ भर चुकी थीं। ऐसा लगता था जैसे कोई मेला लगा हो।

बखरी के सामने, अहाते के बाहर बारात के थोड़े से आ मी नहा-धो चुके थे और अपने झोलों से कुर्ता-धोती निकाल कर पहन रहे थे। एक छोटे-से टेंट के पीछे दो-तीन छोटे बच्चों के साथ दूल्हा जोड़ा-जामा पहने बैठा था। वहीं बगल में एक बक्से पर उसका मौर तथा एक रँगी-चुँगी गगरी रखी थी। इब्राहिम का दल अब अहाते से निकल कर बारात में आ गया था और लाल-काली वर्दियाँ पहन कर द्वार-चार के लिए तैयारी कर रहा था।

'भाई जी नहीं आये,' मुराद धीरे से बोला।

'हाँ, यार!' बैजू ने सुनीत की ओर मुड़ कर हामी भरी, 'लगता है, गोबिन महराज के लड़कों को छुड़ा देने की बात उन तक पहुँच गयी। तुम्हीं बताओ सुनीत, आग लगा कर उन सबों ने कितना बड़ा अपराध किया है। वे तो जानते थे कि सागर भी अन्दर ही सोया है।'

'मैं तुम्हारी स्थिति में नहीं हूँ, बैजू,' सुनीत ने अपने पिता के प्रसंग में पहली बार मुँह खोला, 'माँ के सामने अपने को थोड़ा सता लेने के अलावा मेरे पास कोई रास्ता नहीं है।'

'क्यों, तुम ज्वाला चाचा से झगड़ते नहीं?'

'मैं बाबू से किसी-किसी बात में बहस कर बैठता हूँ। वे भी बहुत सारी बातें मुझसे कह देते हैं। एक दिन वे अपने एक दोस्त को एक भैंस दे रहे थे। मेरे विरोध करने पर कहने लगे,—देख, जिस दिन तू मुझे पंजे में हरा देगा, उसी दिन यह सारा कारोबार तेरी इच्छा से चलने लगेगा। कुछ दंड-बैठक और बढ़ा दे। थोड़ा दूध और पिया कर।'

'मुझे उनकी बातों पर हँसी आ गयी। बोले,—जानता है, मेरी एक आवाज पर बेचारे का सारा परिवार जान देने के लिए तैयार रहता है। अच्छा कारोबार था उसका, लेकिन समय की मार को कौन जानता है। उसकी चार-चार मुर्रा भैंसें एक ही महीने में खोरया से मर गयीं। आज उसके साथ मैं नहीं खड़ा होऊँगा, तो दुनिया मुझे क्या कहेगी?

'मैं चुप रह गया।

'लेकिन इसका मतलब यह नहीं कि मैं अपनी बात उनसे न कहूँ।' बैजू सुनीत के मुरझाये चेहरे को ध्यान से देखने लगा, 'तुम बहुत उदास दिखते हो!'

मुराद बीच में बोल पड़ा, 'आश्रम में आग लगना, सागर का इतनी बुरी तरह जल जाना और श्यामा की शादी...।'

'शादी तो खुशी की बात है, यार।' बैजू ने अपने उसी अल्हड़ लहजे में मुराद की बात काट दी।

'ठीक कहते हो बैजू, लेकिन शादी कोई खेल-तमाशा नहीं है। जिस तरह बिना जाने-समझे जल्दी में यह सब हो रहा है, वह हमारी समझ में नहीं आता। मेरा मन शंकाओं से भरा हुआ है। भला श्यामा जैसी लड़की की शादी इस तरह होनी चाहिए!'

बैजू चुप हो गया। उसका अभी-अभी का आवेश और अल्हड़पन न जाने कहाँ खो गये और वही पुराना मनोभाव फिर हावी हो गया—जो श्यामा की शादी की बात सुनने के तुरन्त बाद उसे एक अर्से तक उलझन में डाले हुए था।

तीनों इसी तरह बातें करते, नीम के नीचे साधो काका के पास जुटी भीड़ में जा खड़े हुए। पीछे से किसी ने मुराद की पीठ पर हाथ रखा। मुराद ने उलट कर पीछे देखा। भाई जी और भागो बहिन के साथ भीम भाई खड़े थे। मुराद को समझते देर नहीं लगी कि आश्रम में आग लगने की खबर पा कर भीम भाई जाँच के लिए आये होंगे। हरगोन सिंह भी आश्रम में आग लगने की सूचना पर ही भाई जी से मिलने गये थे और वहीं से सब लोग साथ-साथ यहाँ आये थे।

भीम भाई के लिए अब सागर की चिन्ता करना कर्तव्य में शामिल था, क्योंकि वह कस्तूर बा-निधि के विद्यालय का एक शिक्षक है। लेकिन श्यामा की शादी में उपस्थित होना और अपनी शुभ कामना उस तक पहुँचाने की लालसा सभी आश्रम-वासियों के हृदय में भरी हुई थी।

भागो बहिन बहुत सारा सामान और एक नये ढंग का चरखा, छोटी धुनकी और पिउनी-पट भी उसके लिए लायी थीं। वे जब आश्रम के अन्य लोगों के साथ अन्दर गयीं, तो ब्याह की चुनरी पहने श्यामा सागर को सुतुही से दूध पिला रही थी। इस मार्मिक दृश्य को सह पाने की शक्ति इस पूरी मंडली में किसी के पास नहीं थी। भीम भाई सागर को अच्छी तरह देख भी नहीं पाये और भाई जी को ले कर आँगन में आ खड़े हुए। कुछ देर में आश्वस्त होने के बाद भागो बहिन ने श्यामा को बुला कर सारा सामान दिया और चरखे की पेटी खोल कर उसमें लगे नये उपकरणों के बारे में अच्छी तरह समझा दिया। फिर उसे सीने से लगा कर, उसके माथे को चूम लिया।

हरगोन सिंह ने श्यामा को कई पुस्तकों के साथ मार्क्स-एंगिल्स का एक लाकेट दिया। वे मुराद और सुनीत से कुछ बात भी करना चाहते थे, लेकिन बाजों का शोर

अब तक इतना बढ़ गया था कि उसमें सब कुछ डूब चुका था।

द्वारचार लगने ही वाला था,. लेकिन भाई जी इसके लिए नहीं रुके। उनके चेहरे पर नाराजगी की उदासी स्पष्ट झलक रही थी। भीड़ में घुस कर उन्होंने साधो काका को प्रणाम किया और हरगोन सिंह तथा अपनी पूरी मंडली के साथ दूसरी ओर से वापस निकल गये।

द्वारचार के थोड़ी ही देर बाद शादी होने वाली थी। बीच में दूल्हे के साथ आये छोटे बच्चों को खाना खिलाने की प्रथा है। बलराम यादव ने सुनीत को बुला कर कहा, 'तुम अपने दोस्तों को साथ ले कर खाने के साथ बारात में चले जाओ!'

सुनीत, मुराद और बैजू खाने के सामान के साथ टेन्ट के पीछे जा खड़े हुए। दूल्हा चारपाई पर पैर लटकाये बैठा बीड़ी पी रहा था। इन लोगों को देख कर उसने धीरे से बीड़ी नीचे गिरा दी और उसे पाँव के जूते से बुझा दिया। साथ आये आदमियों ने परात का खाना और दही की खाभियाँ वहीं रख कर बताया कि बच्चों के लिए खाना है। लेकिन दूल्हा कुछ नहीं बोला। तीनों कुछ देर खड़े रहे, फिर बैजू के इशारे पर मुराद बोला, 'हम लोग दो मिनट आपके पास बैठ जाएँ?'

'आइए, बैठिए!...मैं समझता था, आप लोग चले जाना चाहते हैं।' दूल्हा बोला।

तीनों का मन लड़के को बीड़ी पीता देख कर दुख गया था—और पहले से व्याप्त शंकाएँ साँप की तरह रेंगने लगी थीं। मुराद ने बात शुरू करते हुए, सुनीत की ओर इशारा करके बताया, 'यह सुनीत है, ज्वाला बाबू का लड़का और यह बैजू है, साधो काका के मित्र बलराम यादव का लड़का। मैं इन दोनों का दोस्त हूँ और हम तीनों बचपन से श्यामा के साथ पढ़ते रहे हैं। क्या आपका नाम हम जान सकते हैं?'

'संदीप सिंह,' दूल्हे ने संक्षिप्त-सा उत्तर दिया।

'आप अभी पढ़ते हैं?' मुराद ने पूछा।

'पढ़ता नहीं, लेकिन इस साल इंटर की प्राइवेट परीक्षा दी है। बीच में तीन-चार साल मैं बम्बई में रहा। मेरे चाचा की दूध की दुकान है, वहाँ।'

'हाईस्कूल आपने वहीं से किया था?'

'नहीं, मैंने जिस साल हाईस्कूल का इम्तहान दिया था, उसी साल चाचा अपने साथ मुझे बम्बई लिवा ले गये थे। मैं दूकान पर बैठता था। इस बीच घर में बँटवारा हो गया और चाचा से पिता जी का मतभेद बहुत बढ़ गया। इसी कारण मुझे भी बम्बई छोड़ देना पड़ा।'

'घर में और कौन-कौन हैं आपके?'

'कोई दूसरा नहीं। चार बहनों की शादी हो चुकी है, जिसमें से एक बड़ी बहिन विधवा हो जाने के कारण बचपन से ही हमारे पास रहती हैं और माता-पिता हैं।'

'अब आपका क्या करने का इरादा है?'

'इरादा क्या बताएँ आपसे। मैंने चार बरस समय गँवा कर अपना बहुत बड़ा नुकसान कर लिया है। घर में खेती-बारी सँभालने वाला कोई दूसरा नहीं है।'

'एक बात पूछूँ, बुरा तो नहीं मानेंगे?' मुराद क्षण भर को रुका।

'नहीं, नहीं, आप बिना हिचक पूछें।' संदीप सिंह ने बड़ी सफाई से कहा।

'आप यह बीड़ी कब से पीते हैं?' मुराद ने बड़े संकोच के साथ पूछा।

'बम्बई जाने के बाद दूध की दूकान पर काम करने वाले नौकरों की संगत में यह आदत पड़ गयी। मैं आप लोगों को देख कर शर्मिन्दा हो गया था। कई बार सोचता हूँ कि इसे छोड़ दूँ, लेकिन नहीं छूट पाती।' संदीप सिंह कुछ और कहना चाहता था, लेकिन तभी आश्रम की ओर से सड़क पर आती मोटर की तेज रोशनी सहसा बखरी की ओर मुड़ गयी। तीनों उठ कर खड़े हो गये। हास्पिटल की सफेद गाड़ी इसके पहले इन्होंने नहीं देखी थी, लेकिन भीम भाई और एक अपरिचित सूट-बूट वाले को देख कर उन्हें यह समझते देर नहीं लगी कि वह कोई डाक्टर था।

भीम भाई यहाँ के लोगों से अपरिचित थे। सुनीत और मुराद को सामने खड़े पा कर उन्हें प्रसन्नता हुई।

'मैंने शहर के अस्पताल से डाक्टर साहब को बुलवाया था। उन्हें कुछ देर हो गयी। सिविल सर्जन महोदय ने कृपा करके एम्बुलेन्स भी भेज दी है। अब हमें सागर के पास तक पहुँचा दो।'

मुराद, सुनीत और बैजू भीम भाई के साथ काका की बखरी में घुसे। आँगन स्त्रियों से खचाखच भरा था। सागर के कमरे में एक चिराग जल रहा था, साथ ही दरवाजे के सामने आँगन में जलते पेट्रोमैक्स की रोशनी सागर के खाट पर फैल रही थी। किसी तरह थोड़ा रास्ता बना कर डाक्टर और भीम भाई को सागर के पास पहुँचाया गया।

सागर को इस समय तेज़ बुखार हो आया था। वह आँखें बन्द किये पड़ा था। डाक्टर ने सबसे पहले उसका जला हुआ हाथ देखा। फिर बुखार नापा। नब्ज और हृदयगति की जाँच करने के बाद बोला, 'लड़का ठीक नहीं है। अगर सेप्टिक हो गया, तो हाथ काटने पड़ सकते हैं।'

'नहीं-नहीं, डाक्टर, ऐसा न कहें।' ब्याह की चुनरी पहने, अस्त-व्यस्त श्यामा लोगों की भीड़ चीरती हुई डाक्टर के पास पहुँच आयी थी। उसकी फटी-फटी आँखें और चेहरे का भाव देख कर डाक्टर आश्चर्यचकित हो गया। भीम भाई ने आगे बढ़ कर श्यामा को सँभाल लिया, 'नहीं, श्यामा बेटी, सागर को कुछ नहीं होगा। जिसे

तेरा इतना स्नेह मिला है, उसका भगवान भी कुछ नहीं बिगाड़ सकता।'

'लेकिन यह तभी संभव है, जब सागर को तुरंत अस्पताल पहुँचाया जाए। शरीर में पानी की कमी है। ग्लूकोज चढ़ाना पड़ेगा और कुछ इन्जेक्शन दे कर इसे सेप्टिक से बचाना होगा। टिटनस की रोक तो तुरन्त करनी होगी।' डाक्टर बोला।

'यह सब कैसे होगा, डाक्टर साहब?'

'मेरे पास एम्बुलेन्स है। मैं एक घंटे में अस्पताल पहुँच जाऊँगा।'

'सागर अच्छा हो जाएगा न, डाक्टर!' श्यामा अब रोने लगी।

'बिल्कुल अच्छा हो जाएगा लेकिन अब समय बरबाद करना ठीक नहीं है।' डाक्टर अपना आला उठा कर कमरे से बाहर निकलने लगा।

'सागर को साथ ले जाइए, डाक्टर साहब, तुरंत ले जाइए!' श्यामा विक्षिप्त-सी बोली थी।

एम्बुलेन्स से स्ट्रेचर ला कर मुराद और बैजू ने सागर को उस पर लिटा दिया। लेकिन श्यामा ने बीच से स्ट्रेचर पकड़ लिया। सागर को पानी पिलाया,दूध दिया और माथा छू कर बिदा लेने के लिए झुकी। सागर ने पलकें खोलीं, दोनों आंखों से आँसू की धाराएँ बह कर कान के पास तक चली गयीं।

मुराद ने सागर के साथ जाने का आग्रह किया। सुनीत और बैजू भी तैयार हुए। लेकिन भीम भाई ने उन्हें रोक दिया। शुरू में वहाँ बड़ी जिम्मेदारी होगी। श्यामा होती तब बात दूसरी थी। हम लोगों ने भागो बहिन को साथ ले जाने का निर्णय लिया है।

सागर को ले कर एम्बुलेन्स एक ओर को निकली और दूसरी ओर से गाजे-बाजे के साथ शादी के लिए बारात दरवाजे पर आ लगी। लेकिन साधो काका, मुसई, बिन्दा, बैकुंठी, बिसराम, बिरंजी और बिसेसर अब भी कुछ दूर आगे, अँधेरे में खड़े दूर जाती हुई एम्बुलेन्स को देख रहे थे।

बखरी के दरवाजे पर बाजे की आवाज धीमी पड़ गयी थी। बरातियों को यथास्थान बैठा कर लड़के को शादी के लिए अन्दर ले जाया गया। औरतें ऊँचे स्वर में ब्याह का गीत गाने लगीं।

कन्यादान के लिए साधो काका की बुलाहट हुई। ज्वाला बाबू और चन्दा बहू भी मंडप में आने वाले थे, इसलिए बेचन बार-बार वहाँ आ-जा रहा था। मूरत महराज बड़े जोश में मन्त्रोच्चार करके जल्दी से उस स्थल पर पहुँचना चाहते थे जब वे ज्वाला बाबू और चन्दा बहू को मंडप में बुला भेजें, लेकिन बेचन की ग़लती से वे पहले ही आ कर मंडप में बैठ गये।

मूरत महराज ने झूम-झूम कर मंत्र बोलते हुए कन्या को मंडप में ले आने का संकेत किया और नाउन श्यामा को धोती और पिछौरी में लपेट कर ले आयी। चन्दा बहू ने उठ कर श्यामा को बैठाया और आचमन-मार्जन के बाद वर-पक्ष के पंडित ने लड़की के भाई को बुलाने के लिए कहा।

चन्दा बहू ने बेचन को बुला कर कहा, 'देख कहाँ है सुनीत, जल्दी बुला ला!'

सुनीत का मंडप में आना और श्यामा तथा उसके पति की ओर अभिमुख हो कर खड़ा होना, वहाँ उपस्थित सभी स्त्री-पुरुषों के हृदय को छू लेने वाला प्रसंग था। सारी आँखें एकटक सुनीत की ओर टिक गयीं। लेकिन सुनीत के साथ इस पूरे जन-समुदाय में कुछ ऐसे प्राणी भी थे, जिन्हें शादी का बाजा भी अच्छी तरह सुनाई नहीं पड़ा था। उनके हृदयों में इतनी हलचल थी कि संसार का कोई बड़ा-से-बड़ा शोर भी उसके ऊपर छा नहीं सकता था। भीतर का शोर होता ही ऐसा भयावह है। लोग आदमी को ऊपर से पहचानते हैं—अपनी भावनाओं को आरोपित करते हुए परम्परा और मान्यता का सहारा लेते हैं। सुनीत को देख कर लोग करुणार्द्र इसलिए हो रहे थे कि श्यामा का कोई सहोदर नहीं था। अथवा धन्य हैं, ज्वाला बाबू, जो पत्नी-पुत्र समेत श्यामा की शादी में उसी तरह हाथ बँटा रहे थे, जैसे वह उन्हीं की बेटी हो।

कुछ देर के लिए शादी का काम रुक गया। मूरत महराज ने सुनीत को इस तरह खड़ा देख कर कंधे पर पड़े दुपट्टे से कई बार अपनी आँखें पोंछीं और नाक सुड़की।

ज्वाला बाबू ने नीचे से ऊपर तक, पूरी दृष्टि से सुनीत को बहुत दिनों के बाद देखा,—कितना लम्बा हो गया! उनके मन में विचार आया और उन्होंने दूसरी ओर मुँह फेर लिया। चन्दा बहू एकटक उसे देखती रहीं। दुलरा आजी ने टोका, 'मतारी की नजर बहुत तेज लगती है, बहू।'

पंडितों ने लावा परछवाना शुरू कर दिया था। वर-पक्ष ने सिल्क की चादर सुनीत के कंधे पर रखा। उसमें धान का लावा रख कर सुनीत पंडितों की आज्ञा से श्यामा के ऊपर फेंकने लगा। उसके कान साथ-साथ गाये जाने वाले गीतों पर लगे हुए थे।

मूरत महराज ने खुद उठ कर सुनीत के हाथ में पानी का गेडुआ थमा कर समझाया, 'जल की धार धीरे-धीरे टूटनी चाहिए! धार के टूटते ही भाई अपनी बहिन खो देता है, वह परायी हो जाती है। इस जल-पात्र को सँभालते हुए तुम्हारा हाथ काँपना नहीं चाहिए। जल की धार भी नहीं टूटनी चाहिए। ध्यान रखो कि तुम बहिन का दान कर रहे हो। अब तक जो तुम्हारी सर्वस्व थी, तुम्हारी अंग-रक्षिका थी, इससे तुम बिलग हो रहे हो। इसलिए तुम्हारा हृदय विचलित न होने पाये। यह कर्म की बेला है, पुण्य की घड़ी है।'

गेडुआ उठावत भइया हथवा न काँपै,
टूटै न पनियाँ की धार,

दान करत बीरन छतिया न काँपै
जून धरम की लागि।

सुनीत के लिए यह असह्य वेदना थी। हाथ तो नहीं, लेकिन उसका हृदय बुरी तरह काँप रहा था और लगता था, कलेजा गले में आ कर अटक गया है। वह धीरे-धीरे पानी गिरा रहा था। सामने रंगीन वस्त्रों में गठरी की तरह बैठी श्यामा इस तरह लग रही थी, जैसे वह भीतर-ही-भीतर चीत्कार कर रही हो। स्त्रियाँ सधे हुए करुण-स्वर में गाती जा रही थीं—

काँपत झारी, काँपत गेडुआ, काँपत कुस कर डोभ,
धार न गेडुआ की टुटइ बीरन, देत कुँआरी क दान।

सुनीत अपने शरीर को कमान की तरह साधे, साँस रोक कर फिर उसे धीरे-धीरे छोड़ने में अपनी पूरी शक्ति लगा रहा था, लेकिन आँखों को साधने का कोई उपाय उसके पास नहीं था। वे लगातार उमड़ी आ रही थीं। मुराद और बैजू भी अपनी जेबों से रूमाल निकाल कर आँखें सुखा रहे थे। चन्दा बहू ने अपनी साड़ी का आँचल ही दाँतों-तले दबा रखा था।

गूलर फुलवा बहिन मोरि होइहैं, लेत आज मोसे दान,
सोरह बरिस रह्यो हमरे अँगनवा, अब तो छुटत है साथ।

लावा परछने का काम समाप्त होते ही सुनीत मंडप से निकल कर बिना किसी ओर देखे सीधे बाहर चला गया। मुराद और बैजू भी पीछे-पीछे निकले, लेकिन वह बाहर कहीं दिखाई नहीं पड़ा। बड़ी देर बाद पूछने और पता लगाने पर किसी ने बताया कि वह साधो काका की मड़ई की ओर गया है। वहाँ घुप अँधेरा था। खास कर रोशनी से जाने पर कुछ देर वहाँ कुछ भी दिखाई नहीं पड़ता था। चारपाइयों पर टटोलने से पता चला कि वह औंधे मुँह लेटा पड़ा था।

बैजू ने पूछा, 'कैसा जी है, सुनीत।'

'ठीक है, मुझसे वहाँ खड़ा नहीं हुआ जा रहा था। भीड़-भाड़ में ऐसा हौल हो रहा था, जैसे मैं वहीं गिर पड़ूँगा। जी में आ रहा था कि पानी का बर्तन मूरत के सिर पर दे मारूँ और चल दूँ वहाँ से, लेकिन वहाँ बाबू साहब बैठे थे।' सुनीत के स्वर में व्यंग्य उभर आया।

'क्या हुआ?' बैजू बोला।

'तुम यह सब नहीं समझ सकते, बैजू। मुझे आज दुख हो रहा है कि हम लोगों ने शुरू से ही तुम्हें भी साथ क्यों नहीं लिया!'

'लेकिन तुम मुझे समझाओ कि ज्वाला चाचा के वहाँ बैठने से तुम्हारा क्या बिगड़ रहा था?'

'यही कि मुझे वे सदा तौलते रहते हैं। माँ से तरह-तरह की बातें करते हैं और मेरे कारण उन्हें ताना दे कर सताते हैं। साधो काका से उन्हें गहरी चिढ़ है, लेकिन वे इसे किसी से कह नहीं सकते। श्यामा को मेरे बिगड़ने का मूल कारण मानते हैं। कहते हैं, 'वही यह सारा जहर सुनीत के दिल-दिमाग में भर रही है।'

बैजू सारी बातें सुन कर चकित था, लेकिन मुराद को इससे कोई आश्चर्य नहीं हो रहा था। आज यह पहला मौका था, जब सुनीत अपने पिता के बारे में इतनी खुली बातें कर रहा था। उसकी समझ में सारी स्थितियाँ स्पष्ट होने लगीं।—शायद आज से सुनीत को इस बात का कोई भय नहीं रह गया है कि उसके द्वारा की जाने वाली किसी भी बात के लिए अब कोई श्यामा को दोषी ठहराएगा।

'माँ के बहुत विरोध करने पर भी श्यामा की शादी जल्दी में तय की गयी है। बाबू साहब ने यहाँ की आगामी राजनीति का आभास पा लिया है। अँधेरे में बटेर हाथ लगने की आशा उन्होंने छोड़ दी है। आश्रम के साथ हम लोगों को जोड़ कर वह एक नये विश्वास के उदय के आभास से बहुत परेशान हैं। यही कारण है कि वे यहाँ के जमे हुए लोगों में ताक-झाँक कर अपने लिए संतुलन का रास्ता बनाना चाहते हैं। श्यामा का धैर्य तो समुद्र के समान है, लेकिन मैं अच्छी तरह जानता हूँ कि उसने वह परचा जरूर देखा होगा।'

'कौन-सा परचा?' बैजू ने जिज्ञासा से पूछा।

'वही जो साधो काका के नाम से हरिजनों से अपील करते हुए निकाला गया था।'

'उसमें कौन-सी ऐसी बात थी, यार?' बैजू ने लापरवाही से कहा।

'उसे तो हजारों की संख्या में मैंने रातों-रात बाँटा था।'

'बात थी, बैजू! साधो काका ने ऐसा कोई बयान नहीं दिया था। वह झूठा परचा था।'

मुराद अपने को रोक नहीं पाया, 'यह सब तुम्हें कैसे मालूम हुआ सुनीत, किसने बताया तुम्हें!'

'तुम लोग मेरा मन नहीं दुखाना चाहते हो, लेकिन जानते हो. उस दिन ही से मैं सारी बात समझने लगा था, जब मुसई चाचा की गिरफ्तारी के बाद श्यामा ने थाने से लौटते हुए कहा था,—राह मुझे अकेले ही खोजनी है!'

सुनीत और भी बहुत-सी बातें कहता, लेकिन बीच में मुराद बोल पड़ा, 'शादी खत्म हो गयी। उसके तुरन्त बाद विदाई की साइत है। वह देखो, बारात वाले अपना-अपना सामान ठीक करके बस में लादने की तैयारी कर रहे हैं।'

'इतने सवेरे?' सुनीत ने पूछा।

'हाँ, चार बजे के बाद मूरत महराज ने भद्रा बताया है।' मुराद ने उत्तर दिया।

'मुझे न जाने क्यों, बड़ी कमजोरी मालूम हो रही है। लेकिन श्यामा जाते समय हम-सबको खोजेगी।' सुनीत चारपाई पर उठ बैठा और कुछ सोचने लगा।

मुराद खुद बिदाई के ख्याल को अपने से दूर रखते-रखते थक कर चूर हो चुका था और अब उस समय को सामने आया देख कर वह विचलित हो उठा था।

घर के अन्दर से औरतों के रोने की आवाज सुनाई पड़ने लगी थी। श्यामा के साथ जाने वाला सामान बाहर निकाला जा रहा था। लोगों का इधर-उधर आना-जाना शुरू हो गया था और एक बार फिर शाम की सरगर्मी वापस आ गयी थी।

पूरब में बहुत दूर पर सफेदी का हलका आभास लक्षित हो रहा था और पक्षियों की चहचहाहट धीरे-धीरे उभरने लगी थी। दूर बाग में भुजंगा बोलने लगा था। जानवर अपने-अपने बथानों पर उठ-उठ कर खड़े होते जा रहे थे। ऐसा लगता था, जैसे पूरी सृष्टि श्यामा की विदाई के लिए अँधेरे का पर्दा अपने ऊपर से उतार फेंकने के लिए अकुला रही हो।

सुनीत उठ खड़ा हुआ, 'दूर रहने पर श्यामा की विदाई के शोक-सागर की लहरें हमें निगल जाएँगी, मुराद। अलग रह कर इस दाह को सह पाना संभव नहीं। चलो, आँख मूँद कर उसी में कूद पड़ें। जब श्यामा इतना सह सकती है तो हम इस दुख से क्यों मुँह चुरायें?'

तीनों काका की बखरी की ओर चल पड़े। सुनीत अन्दर घुस गया। मुराद ने बैजू को ओसारे के बाहर ही रोक लिया। दोनों रास्ते से जरा किनारे हट कर एक ओर खड़े हो गये।

श्यामा रो नहीं रही थी। कल से ही उसने कुछ भी मुँह में नहीं डाला था। प्यास से उसका गला सूख रहा था और वह बेहद कमजोर लग रही थी। वह कपड़े बदलने के लिए तैयार नहीं थी। सुनीत को देखते ही उसने आगे बढ़ कर उसका दोनों हाथ थाम लिया, 'कहाँ खो गया था, भइया, कब से मैं तुझे पुकार रही थी।'

सुनीत श्यामा की माँग में भरे हुए सिन्दूर का लालित्य देखता ही रह गया। जैसे स्वर्ग की कोई देवी धरती पर उतर आयी हो।

'क्या देख रहा है तू इस तरह!' श्यामा ने सुनीत से कहा।

'तुझे पहचानने की कोशिश कर रहा हूँ। कैसी लगती है तू, श्यामा, मेरी दीदी!' सुनीत ने उसके माथे को अपने सीने में दबा लिया।

थोड़ी देर बाद सुनीत ने वहाँ से सभी स्त्रियों को हटा दिया। श्यामा को दही-चीनी खिला कर पानी पिलाया और विदाई के लिए साड़ी चुनने लगा। बाकर चाचा के करघे से बनी साड़ी ही सुनीत को सबसे अच्छी लगी। श्यामा ने सुनीत की मदद से साड़ी बदल ली। सुनीत ने सामान सहेज कर विदाई के लिए जल्दी मचाने वालों को पालकी दरवाजे पर लगाने के लिए कहा।

बाहर एक बार फिर बाजे बजने लगे थे और बारात वाले जनवासे से उठ कर मड़वा-मिलने के लिए दरवाजे पर आ बैठे थे।

श्यामा को सुनीत एक-एक कदम सँभाल कर चला रहा था। गाँव के छोटे-बड़े सभी घरों की औरतें उसे छू लेने के लिए आगे बढ़तीं, श्यामा उनकी छाती पर सिर रखती, फिर सुनीत सँभाल कर उसे आगे बढ़ाता जाता। दालान के पहले ही दरवाजे पर मुसई महतो खड़े थे। उनकी मटमैली आँखें आँसुओं में पहले ही से डूबी थीं। श्यामा उन्हें देखते ही सुनीत को छोड़ कर उनसे लिपट गयी और फूट-फूट कर रोने लगी, 'मुझे इसी दिन के लिए जिलाया था, चाचा? क्यों सीने में छिपा कर पाला, बोलो चाचा, क्यों चुप हो?' मुसई श्यामा के सिर पर हाथ रखे, आँसुओं की बाढ़ में डूबे निस्पंद खड़े रहे।

बाकर कई बार साहस करके भी श्यामा की विदाई में शरीक नहीं हो सके, 'मुझसे नहीं देखा जाएगा, मुसई भइया। मुझे तो भगवान ने लड़की नहीं दी, लेकिन श्यामा ने कभी यह महसूस नहीं होने दिया कि वह मेरी बेटी नहीं है। मैं घर जाता हूँ।' और वे मुसई को वहीं अकेला खड़ा छोड़ कर चले गये थे।

गोपी आँगन के कोने में जमीन पर अलग-थलग बैठी कराह-कराह कर बिसूर रही थी। वह श्यामा का पाँव ही पकड़ कर रोने लगी। श्यामा ने वहीं जमीन पर बैठ कर उसे भेंटा। फिर वहीं खड़ी सागर की माँ ने उसे बाँहों में भर लिया। शोक का ऐसा उमड़ता-उफनता सागर गाँव में कभी किसी ने नहीं देखा था। बूढ़े, जवान, लड़के-लड़कियाँ सभी उसमें डूबते जा रहे थे।

बिरंजी श्यामा के साथ जाने वाले सामानों की लिस्ट बना रहा था। बेचारा यह देखने के लिए घर में घुसा था कि कहीं कुछ छूट तो नहीं गया है। सोचा था, बगल से निकल जाऊँगा, लेकिन सामने ही रोती श्यामा को देखकर बिलख पड़ा, 'आज यह गाँव सूना हो गया, बेटी। आशा की वह अकेली किरण ही हमसे अलग हो रही है, जिसके उजाले में हम जी रहे थे। अब तो आगे अँधेरा-ही-अँधेरा है। जाने क्या होगा हमारा!' मुंशी ने श्यामा का सिर बड़ी देर तक अपने सीने में दबाये रखा।

श्यामा दहलीज पार कर गयी। बिसेसर, सोन्हू, बैकुंठी, बिन्दा भगत को भेंटती वह बाहरी दरवाजे तक पहुँची। चन्दा बहू तेजी से चली आ रही थीं। श्यामा उनसे लिपट कर रोने लगी। फिर वहाँ से सुनीत के सहारे आगे बढ़ कर जैसे ही पाँव बाहर रखा, बैजू और मुराद को देख कर उसका रहा-सहा धैर्य भी छूट गया। उसने आगे बढ़ कर दोनों हाथों से दोनों का एक-एक हाथ पकड़ लिया, 'तुम लोग मुझे काका के पास ले चलो, मुझसे चला नहीं जा रहा है, सुनीत!'

मुराद धीरे से हाथ छुड़ा कर काका को श्यामा के पास ले आया। वे बड़ी देर तक श्यामा को अपने सीने में सटाये रहे। श्यामा ने टूटती आवाज में कहा, 'मेरा दुख मत करना, काका!'

काका के धीरज का बाँध टूट गया। उनके पत्थर से गोल चेहरे पर आँसुओं की लुढ़कती धाराएँ असंख्य सलवटों में रिस-रिस कर बहने लगीं।

श्यामा ने फिर कहा, 'सागर को देखना। मुराद, बैजू, सुनीत तुम्हें मेरी कमी खलने नहीं देंगे!' वह आगे कुछ और नहीं कह सकी।

सुनीत ने अपनी पूरी ताकत से उसे लगभग उठा कर पालकी में किसी तरह बिठा दिया। बिलखती माँ ने अन्त में बिदाई दी और सुनीत के इशारे पर पालकी उठ गयी। कहार डीह बाबा की तरफ चल पड़े। कुछ स्त्रियों का झुंड पीछे-पीछे चला। सुनीत लगातार पालकी के फाटक से सटा चलता रहा। श्यामा ने अपने दोनों हाथों से उसका एक हाथ अन्दर थाम रखा था।

डीह बाबा पर, आम के पेड़ के नीचे डोली उतर गयी। सुनीत ने श्यामा को पानी पिलाया। उसके माथे का कपड़ा ठीक किया। फिर एकाएक उसकी समझ में आया जैसे अब कुछ भी शेष नहीं है। वह कगार के उस बिन्दु पर खड़ा है, जहाँ से आगे कोई राह न थी।

श्यामा ने सुनीत को अपनी सूजी हुई, भारी पलकें उठा कर देखा। पालकी में उसके जहाँ-के-तहाँ पड़े एक हाथ को उसने फिर अपने हाथों में ले लिया और धीरे-धीरे बोलने लगी, 'तुम्हीं पर सब कुछ है, सुनीत। माँ-बाप से मिल कर रहना। कहीं ऐसा न हो कि तुम्हारे कारण उन्हें कष्ट हो। मुराद को सदा सहारा देना, बैजू को मित्र बना लेना और मुझे भूलने की कोशिश करना, सुनीत, मुझे...।' श्यामा हिचक-हिचक कर रोने लगी।

'नहीं श्यामा, मैं इन सभी बातों में वही करूँगा, जो मैं ठीक समझूँगा। तुम्हें याद है, कभी तुम्हीं ने कहा था,—'राह तुम्हें अकेले ही चुननी होगी।'

सुनीत ने अपने दोनों काँपते हाथों में श्यामा का हाथ थाम कर उसे माथे से लगा लिया। पालकी उठ गयी। श्यामा उसका हाथ पकड़े-पकड़े बोली, 'सागर के पास जरूर चले जाना!'

'जरूर जाऊँगा!' सुनीत उसी दिशा में देर तक एकटक देखता खड़ा रहा।

कहारों के पाँव से उड़ने वाली धूल जल्दी ही धरती में समा गयी। नहर के पार, कास और सरपत के ऊँचे-ऊँचे जंगल के पीछे, बाग के कोने के पास, श्यामा की पालकी ओझल हो गयी। थका-हारा सुनीत धीरे-धीरे बखरी की ओर मुड़ा। राह उसे दिखाई नहीं पड़ रही थी लेकिन वह चल रहा था। दूर अपनी जगहों पर अवसन्न, मूर्तिवत् खड़े बैजू और मुराद ही नहीं, गाँव के आबाल-वृद्ध उसे धीरे-धीरे लौटते एकटक देख रहे थे।

■